HEYNE ‹

Das Buch

»Der Tod ist nicht das Ende« war einst ein Satz, der Hoffnung und Trost spendete, doch diese Zeiten sind endgültig vorbei. Seit sich das Omega-Virus mit rasender Geschwindigkeit auf der Erde verbreitet hat, ist daraus eine düstere Wirklichkeit geworden: Die Toten kriechen aus ihren Gräbern und machen Jagd auf die Lebenden. Pater Xavier Church sieht es als seine Pflicht an, die wenigen Menschen, die die Plage bisher überlebt haben, an einen sicheren Ort zu bringen – und der einzige Ort, auf den diese Bezeichnung noch zutreffen könnte, scheint der vor San Francisco auf Grund gelaufene Flugzeugträger der US Marine zu sein. Kaum ist seine kleine Herde allerdings auf dem Wrack angekommen, müssen sie feststellen, dass in der Welt der Zombies jede noch so kleine Überlebenschance bitter erkämpft werden muss …

Die *Omega-Days*-Reihe im Heyne-Verlag:

Erster Band: *Die letzten Tage*
Zweiter Band: *Schiff der Toten*

Der Autor

John L. Campbell wurde in Chicago geboren und besuchte verschiedene Universitäten in North Carolina und New York. Seine Kurzgeschichten wurden bereits in zahlreichen Magazinen veröffentlicht, bevor er mit *Omega Days* seinen ersten Roman schrieb. Er lebt mit seiner Familie in der Nähe von New York.

 www.twitter.com/HeyneFantasySF

diezukunft.de»

JOHN L. CAMPBELL

OMEGA DAYS
Schiff der Toten

Roman

Deutsche Erstausgabe

WILHELM HEYNE VERLAG
MÜNCHEN

Titel der Originalausgabe
OMEGA DAYS –SHIP OF THE DEAD
Deutsche Übersetzung von Norbert Stöbe

Verlagsgruppe Random House FSC® N001967

Deutsche Erstausgabe 3/2017
Copyright © 2014 by John L. Campbell
Copyright © 2017 der deutschsprachigen Ausgabe by
Wilhelm Heyne Verlag, München,
in der Verlagsgruppe Random House GmbH,
Neumarkter Straße 28, 81673 München
Printed in Germany
Redaktion: Sven-Eric Wehmeyer
Umschlaggestaltung: Nele Schütz Design, München,
unter Verwendung von shutterstock/Mila Croft, Andrey Yarlov
Satz: KompetenzCenter, Mönchengladbach
Druck und Bindung: GGP Media GmbH, Pößneck

ISBN: 978-3-453-31819-9

*Dieses Buch ist den Männern und Frauen der
US Navy und insbesondere den Offizieren und der Besatzung
des Flugzeugträgers CVN-68 gewidmet.
Euch allen, die ihr der Heimat und der Familie so fern seid,
danke ich.*

Für Linda, wie immer

Seelen-versammlung

1

Rosa Escobedo hätte bei ihrem Kollegen bleiben, hätte ihre Mutter beschützen sollen. Sie hätte versuchen sollen, ihrer Einheit Meldung zu erstatten. Sie hatte nichts dergleichen getan und war stattdessen um ihr Leben gerannt. Das lastete auf ihr wie ein schweres Kreuz, das sie seit jenem furchtbaren Tag mit sich herumschleppte.

An jenem Tag hatte Jimmy Albright die Sirene eingeschaltet, ein gellendes *Wuuh-aah*. Er steuerte den Rettungswagen nach links und dann gleich wieder scharf nach rechts, als er einen BMW überholte, der trotz des Blaulichts nicht angehalten hatte. Er folgte zwei Wagen des San Francisco Police Department vom Typ Crown Victoria und bretterte durch den dichten Verkehr auf dem Embarcadero.

»Ich sag ja nur, so kann's nicht weitergehen, Rosie.« Er rauchte im Wagen, ein schwerer Verstoß gegen die Vorschriften der Rettungskräfte. Der Filter klemmte ihm zwischen den Zähnen, während er das schwere Gefährt wie einen Sportwagen steuerte. Sein rotes Haar war kurz geschoren, und er war groß gewachsen, langgliedrig und hatte sehnige, muskulöse Arme. »Du verausgabst dich.«

Die beiden Streifenwagen überholten rechts und links einen Alhambra-Getränkelaster, und Jimmy schloss mit gellenden Sirenen zum flachen Heck auf, stieß aus dem rechten Mundwinkel eine Rauchwolke aus und lenkte dann nach rechts. Mit über siebzig Stundenkilometern zog er im Abstand von fünfzehn Zentimetern an der

Stoßstange des Trucks vorbei. Jimmys Partnerin zuckte auf dem Beifahrersitz nicht einmal zusammen. Nach drei Jahren im selben Wagen war sie immun gegen seine Fahrkünste.

»Ich hab's im Griff«, sagte Rosa. Sie war fünfundzwanzig, dunkelhaarig und attraktiv, was jedem Cop, Sanitäter und Feuerwehrmann, dem sie begegnete, zwangsläufig sofort ins Auge stach. Die meisten baten sie um ein Date. »Wenn's mir zu viel wird, fahre ich irgendwas runter.«

»Ja, klar.« Er trat kurz auf die Bremse und schoss eine Ausfahrt hinab.

Obwohl es Mitte August war, standen die Fenster offen, und Rosa ließ den Arm heraushängen und schaute zu, wie die Stadt vorbeizog. »Du willst nur, dass ich mit dem Tanzen aufhöre.« Sie schaute ihn nicht an.

Mit quietschenden Reifen schwenkte er nach links, fuhr unter dem Highway durch und jagte den beiden Streifenwagen über die abendlichen Straßen hinterher. »Wir wollen doch nicht schon wieder *so eine* Unterhaltung führen?«, sagte er. »Darauf wollte ich nicht hinaus.«

Sie warf ihm einen Blick zu. »Genau darauf läuft es hinaus.«

Jimmy schnippte den Zigarettenstummel aus dem Fenster und schnaubte angewidert, wie es Leute tun, wenn sie schon wieder einen ausgetretenen Pfad beschreiten müssen. »Wenn du mich fragst, ob ich will, dass du aufhörst, dich für Fremde auszuziehen ...«

»Ich tanze!« Unter dem gebügelten weißen Uniformhemd und der dunkelblauen Cargohose steckte der feste, wohlgeformte Körper einer Tänzerin, der ohne die Silikonimplantate auskam, welche die meisten Mädchen in ihrem Teilzeitjob für nötig hielten. Jimmy wusste, was sich unter der Uniform befand, doch das war inzwischen Vergangenheit, was das Thema noch schwieriger machte.

»Ja, um eine Stange, während du dich nackig machst. Willst du, dass ich dich anlüge? Nein, das gefällt mir nicht.«

»Siehst du? Ich hab's dir ja gesagt.« Sie lächelte triumphierend und drohte ihm mit dem Zeigefinger. »Ich hab's gesagt.«

»Aber …« Er bremste, bevor er bei Rot über eine Kreuzung fuhr. »Ich weiß, du willst nicht aufhören, weil du zu viel Geld damit verdienst, und ein Medizinstudium ist teuer.«

»Genau!« Rosa brannten die Wangen. Sie sprach mit Jimmy nicht gern über diesen Teil ihres Lebens. Er stand ihr zu nahe, aufgrund des Jobs und wegen ihrer kurzen, aber angenehmen Beziehung, die sie in beiderseitigem Einverständnis beendet hatten, weil es sie bei der Arbeit zu sehr ablenkte. Und doch war er der Einzige, mit dem sie reden konnte. Es hätte ihre Mutter umgebracht, davon zu erfahren, und ihre in Sacramento lebende Schwester konnte sich kaum auf eine Unterhaltung konzentrieren, da ihre fünf Kinder ständig um ihre Aufmerksamkeit bettelten. Rosa hatte keinen Freund; dafür fehlte ihr die Zeit. Insgeheim bezweifelte sie, dass ein anständiger Typ – abgesehen von Jimmy – eine Stripperin zur Freundin wollte. *Tänzerin*, verbesserte sie sich.

»Genau!«, rief Jimmy, grinste und boxte sie quer durch die Fahrerkabine gegen den Arm, wobei er beinahe ein parkendes Auto gestreift hätte.

Rosa lachte und boxte ihn zurück. »Du kannst ja so blöd sein.«

»Ich weiß. Deshalb karre ich auch meinen White-

Trash-Arsch in diesem Wagen durch die Gegend. Du hingegen bist nicht blöd, und du brauchst den Job nicht. *Deshalb* solltest du damit aufhören.«

Es wurde still im Wagen, und Rosa blickte ihn an, während Jimmy den Streifenwagen durch eine Gegend mit vier- und fünfstöckigen Gebäuden folgte. Im Erdgeschoss waren Läden, darüber Wohnungen. In der Ferne, noch ein paar Straßenblocks entfernt, funkelten die roten Lichter der Feuerwehr von San Francisco. Der Leitstellendisponent hatte gemeint, es gebe Verletzte, aber kein Feuer.

»Jimmy …« Ihre Stimme klang jetzt weicher.

»Ist mein voller Ernst. Sieh dich doch mal an, Rosie. Du hast den Pre-Medicine-Bachelor in Rekordzeit gemacht, du bist im Begriff, ein Medizinstudium zu beginnen, und du hast mir hundertmal gesagt, wie viel Arbeit auf dich wartet. Dann hast du auch noch eine Einberufung zur Navy-Reserve bekommen. Und tanzen, um das alles zu bezahlen? Du hast keine Zeit, dich hier mit mir rumzutreiben.«

Sie runzelte die Stirn. Damit hatte sie nicht gerechnet. »Ich sammle hier praktische Erfahrungen. Da roste ich nicht ein.«

Jimmy schaute finster drein. »Das ist Bockmist. Du solltest deine Nase in Bücher stecken, Doc. Du solltest keine Toten von der Straße abkratzen und dich nicht um Schusswunden, Junkies mit Überdosis und missbrauchte Kinder kümmern. Bis zum Arsch in menschlichem Dreck«, schloss er brummelnd.

So hatte sie ihn noch nie reden gehört, so leidenschaftlich und fast schon wütend. Ihr Herzschlag geriet einen Moment lang aus dem Takt. »Ich bin gern mit dir unterwegs.«

»Ach ja? Vielleicht bist du doch nicht so schlau.«

Sie waren in Rincon Hill, ganz in der Nähe von Folsom. Der Wagen hielt hinter einem Streifenwagen. Die Officer eilten bereits zu einer Menschenansammlung vor dem Gebäude. Für die Insassen des Rettungswagens sah es so aus, als kämpften mehrere Feuerwehrleute mit einem Mob von Zivilisten. Die Scheinwerfer des Feuerwehrwagens malten tanzende Schatten an die Backsteinwand.

»Warte«, sagte Jimmy und legte Rosa die rechte Hand aufs Bein, als sie nach draußen springen wollte. Verblüfft beobachteten sie, wie ein Zivilist einen Feuerwehrmann beim Kopf packte und ihm ein Ohr abbiss. Jemand schrie, und ein zweiter Feuerwehrmann warf sich in den Kampf und schwang eine Axt. Die Cops zogen die Waffen, feuerten und trafen einen dicken Mann mit Muskelshirt in Brust und Bauch. Der Mann zuckte nicht mal zusammen, sondern schlurfte ihnen entgegen, rempelte den einen Cop an und warf ihn zu Boden. Er biss ihm das Ohr ab, dann machte er sich über das Gesicht her. Der Feuerwehrmann mit der Axt spaltete ihm den Schädel. Der Kollege des gestürzten Cops hielt dem Dicken die Pistole ans Ohr und drückte ab, dann wälzte er sich zur Seite und rief: »Sanitäter!«

Rosa sprang aus der Beifahrertür und lief nach hinten, wo sie sich mit Jimmy traf. Gemeinsam öffneten sie die Doppeltür und schnappten sich die orangefarbenen Notfalltaschen. Plötzlich drückte Jimmy sie gegen einen der Türflügel und rückte dicht an sie heran, womit er sie überraschte. »Sei vorsichtig.«

Sie löste sich ungeduldig von ihm. »Auf geht's«, sagte sie und lief zu dem Cop, der neben seinem zusammengebrochenen Kollegen hockte, die Hand auf die Stelle gedrückt, wo sich dessen Ohr befunden hatte. Er fluchte in einem fort und blickte zwischen seinem stöhnenden Kollegen und dem Feuerwehrmann mit der Axt hin und her, der brüllte wie ein rasender Wikinger und soeben einen weiteren Zivilisten niedergeschlagen hatte. Zwei Asiatinnen klammerten sich an seine Beine und bissen ihn in Knie und Schenkel. Andere Cops waren nicht zu sehen, trotz des zweiten Streifenwagens.

Rosa ließ dicke, dunkelrote Latexhandschuhe über ihre Hände schnappen, ging neben den beiden Cops in die Hocke und öffnete die Tasche. »Ich übernehme«, sagte sie, drückte dem Verletzten eine dicke Kompresse an den Kopf und drängte seinen Kollegen mit der Schulter weg. Der Cop starrte sie einen Moment lang blinzelnd an, dann ging er zu dem tobenden Feuerwehrmann und hob die Dienstwaffe.

Als Jimmy Albright die Waffe sah, wich er nach links aus und rannte zur Treppe eines angrenzenden Gebäudes, wo ein weiterer Feuerwehrmann in Embryonalhaltung in einer Blutlache am Boden lag. »Bin schon da, Kumpel.« Er stellte die Tasche ab, kniete sich hin und streifte die Handschuhe über.

Rosas Cop versuchte sich aufzusetzen und knirschte mit den Zähnen. »Der Scheißtyp hat mir ein Ohr abgebissen. Marco! Wo bist du, verdammt noch mal?«

Marco näherte sich langsam dem axtschwingenden Feuerwehrmann und schoss einer der Asiatinnen, die sich in dessen Bein verbissen hatte, aus nächster Nähe in den Kopf. Sie brach knurrend zusammen, doch die Kugel durchdrang den Kopf und zerschmetterte dem Feuerwehrmann das Knie. Brüllend fuhr er herum, holte mit der Axt aus und durchtrennte zur Hälfte den Hals des Cops, dessen Kopf auf einmal schief saß. Als der Cop auf die Knie fiel, schlug er ihm mit einem zweiten Hieb den Schädel ab und brüllte etwas Unverständliches. Das zerschmetterte Knie gab nach, und die andere Frau kroch an ihm hoch, bis sie ihn in den Hals beißen konnte.

»Marco!«, schrie der am Boden liegende Cop, während Rosa versuchte, ihn aufs Pflaster niederzudrücken.

»Er macht seinen Job«, sagte sie. In der Ferne hörte sie Sirenen und das Geknatter eines Helikopters. »Wie läuft's, Jimmy?«

Keine Antwort.

Sie schaute hoch. Jimmy lag auf dem Rücken, mit geweiteten, leeren Augen, und ein blutverschmierter Feuerwehrmann hockte über ihm, riss ihm Innereien aus dem Leib und schob sie sich in den Mund.

»Jimmy!« Sie schnellte hoch und lief zu ihm. Der Feuerwehrmann schaute mit glasigen gelben Augen hoch und knurrte. Jimmy zuckte. Rosa rief seinen Namen, lief zurück zum Cop und riss ihm trotz seines Protests die Neun-Millimeter aus dem Holster. Sie schaute nach, ob sie geladen war, dann entsicherte sie die Waffe. Nach ihrem Irakeinsatz als Navy-Sanitäterin bei den Marines kannte sie sich damit aus. Sie ging zu dem Ding, das an ihrem Freund fraß. »Scheißkerl«, flüsterte sie und schoss ihm in die Stirn.

Ihr Partner verkrampfte sich erneut und stieß einen Schrei der Erleichterung aus, als sie neben ihm auf die Knie fiel. »Ich bin da, Jimmy.« Sie brach in Tränen aus. »Ich bin bei dir, Schatz.«

Rechts von ihr ertönte lautes Stöhnen. Als Rosa den Kopf wandte, sah sie den axtschwingenden Feuerwehrmann auf dem zerschmetterten Knie auf sich zuhumpeln, sein Hals eine klaffende rote Wunde, aus der ein Teil der Speiseröhre heraushing. Die Asiatin, die ihn zerfleischt hatte, torkelte ihm hinterher, und dann tauchten weitere Gestalten auf, Feuerwehrmänner und Zivilisten und einer der Cops aus dem leeren Streifenwagen, alle mehr oder weniger zerfleischt. Sie taumelten hinter einem Müllcontainer und einem der großen roten verchromten Trucks hervor. Ihr Blick richtete sich auf den abgehackten Kopf des Cops, der auf dem einen Ohr lag und sie mit trübem Blick anschaute. Sein Mund mahlte lautlos und schnappte ins Leere.

Rosa wandte sich ab und rannte los.

Der Cop mit dem abgetrennten Ohr hatte sich auf die Ellbogen gestützt und sah, was los war. »Jesus Christus!« Er tastete nach der an seinem Unterschenkel festgeschnallten Pistole und feuerte vier Schüsse ab, traf den einen und verfehlte den anderen, doch sie ließen sich einfach nicht aufhalten. Er richtete sich auf und lief ins abendliche Zwielicht.

Rosa sprang in den Rettungswagen, ohne die Türen zu schließen, und blickte dem wegrennenden Cop nach. Sie dachte daran, dass die Marines geschworen hatten, niemals jemanden zurückzulassen. Diese Philosophie hatten sie auch den Sanitätern eingebläut, die sie »Doc« nannten. Allerdings hatte damals Krieg geherrscht, und das hier war ein Albtraum aus der Hölle, der düsteren Fantasie eines Drogensüchtigen entsprungen.

Und doch hatte Jimmy sich bewegt.

Nein, mit diesen Verletzungen konnte er unmöglich noch am Leben sein. Ebenso wenig wie all die anderen.

Im nächsten Moment klatschte jemand seine blutverschmierte Hand gegen die Windschutzscheibe, und sie schrie auf. Sie klemmte die Pistole zwischen Oberschenkel und Beifahrersitz, wendete mit zweimaligem Zurücksetzen und gab Gas. Mit tränenüberströmtem Gesicht betete sie zur Heiligen Mutter Gottes.

Ein Polizeihubschrauber – einer der wenigen, die nach der Flottenreduzierung vor ein paar Jahren übrig geblieben waren – schwebte langsam über der Main Street entlang. Dann hielt er an und richtete den Scheinwerfer auf den Rettungswagen, der mit eingeschaltetem Blaulicht und offener Hecktür am Straßenrand stand.

Rosa saß auf dem Fahrersitz, die Knie an die Brust gezogen, die Arme um den Oberkörper geschlungen, und schaukelte weinend vor und zurück. Jimmy war tot. Sie hatte ihn zurückgelassen, und er war tot. Sie war weggelaufen. Ihr Schluchzen füllte die Fahrerkabine aus, in der nicht lange zuvor zwei Stimmen zu hören gewesen waren. Sie presste den Kopf an die Knie und zitterte am ganzen Leib. Der Scheinwerfer wanderte weiter. Niemand kam.

Ein paar Straßenblocks vom Gemetzel entfernt, wartete sie eine Viertelstunde, bis ihre Tränen versiegt waren und ihre Hände nicht mehr zitterten. Dann rief sie ihre Mutter an, doch es ging niemand ran. Sie stieg aus, schloss die Hecktür und kletterte wieder auf den Fahrersitz.

Das Funkgerät plärrte in einem fort – Notrufe und Codemeldungen, aufgeregte Stimmen, die Verstärkung, Rettungshubschrauber, Polizisten und Waffen anforderten. Manchmal waren im Hintergrund Schüsse zu hören. Und Schreie. Der Disponent funkte Jimmys und Rosas

Einheit an, um sie zu einem weiteren Notfall zu schicken. Rosa antwortete nicht.

Die Main war eine Einbahnstraße, und sie fuhr mit eingeschaltetem Blaulicht und gellender Sirene durch den Mission District. Hier wirkte alles ganz normal; die Menschen, die unterwegs waren, wussten nichts von dem Wahnsinn, den sie hinter sich gelassen hatte. An der Kreuzung Market Street musste sie jedoch anhalten. Die Polizei stellte gelbe Schranken auf, die Straße war mit Streifenwagen verstopft, und alle blickten zum hell erleuchteten Eingang der Embarcadero-U-Bahn-Station. Jeder Polizist hatte ein Gewehr dabei. Einer bemerkte sie aus dem Augenwinkel und winkte sie zu sich.

Rosa hatte keine Lust, sich in irgendetwas verwickeln zu lassen, deshalb fuhr sie langsam weiter, lenkte den Wagen um eine Sperre herum und hielt auf die Straße an der anderen Seite der Kreuzung zu. Sie hatte ein Drittel des Weges zurückgelegt, als Menschen aus dem Stationseingang strömten. Es waren Hunderte, überwiegend in Geschäftskleidung, die einmal sauber und gebügelt gewesen war. Jetzt war sie zerrissen und blutig. Sie taumelten und torkelten auf die Kreuzung hinaus, obwohl die meisten schwere Fleischwunden aufwiesen. Andere hatten verdrehte Gliedmaßen oder einen Arm oder ein Bein verloren.

Zwei Tränengasgranaten flogen in den Pulk hinein. Die Menschen drängten weiter, und es kamen immer mehr nach. Über Megafon wurde ein Befehl erteilt, dann zuckte Rosa zusammen, als Gewehre und Pistolen auf die Menge abgefeuert wurden.

Sie wurde nicht langsamer.

Weitere Schüsse, dann schwärmte die Menge aus,

schwappte über die Absperrungen und wogte den Streifenwagen entgegen. Die Cops zogen sich zurück, als die abgerissenen, blutigen Pendler wie eine Wand herandrängten, stöhnend, nach allem greifend und beißend, was sich bewegte. Rosa gab Gas und schoss über die Kreuzung. Eine junge Frau – das halbe Gesicht war abgerissen, der Unterkiefer fehlte – in einem grauen Businesskostüm, das einmal elegant gewesen war, taumelte vor ihren Wagen. Sie prallte mit einem dumpfen Geräusch gegen den Kühlergrill und wurde weggeschleudert. Die Sanitäterin biss sich auf die Lippen, ohne den Fuß vom Gas zu nehmen.

Der Verkehr staute sich auf der Gegenfahrbahn, als Rosa die Drumm Street entlangfuhr, dann bog sie zweimal links ab zur Pine Street, einer weiteren Einbahnstraße, die schnurgerade durch die City führte. Über Funk wurde immer noch nach Hilfe gerufen, einige weinten, und der Disponent rief alle verfügbaren Einheiten der Polizei und der Nationalgarde zur Market Street, von der sich Rosas Rettungswagen gerade mit Vollgas entfernte.

Sie schaltete das Funkgerät aus.

Auf der nächsten Kreuzung hatte es einen Unfall gegeben. Sie wich ihm aus, blickte starr geradeaus und weigerte sich, die benommenen, blutverschmierten Gesichter anzusehen, die ihr fassungslos hinterherschauten, als sie weiterfuhr, ohne auch nur zu verlangsamen. In der Montgomery Street blockierten zwei Streifenwagen die Fahrbahn, Soldaten sperrten die Pine Street mit Stacheldraht ab. Rosa schaffte es hupend, sich durchzumogeln. Ein paar Minuten später kam sie an einem Park vorbei. Schattenhafte Gestalten verfolgten torkelnd einen Obdachlosen, der einen vollgestopften Einkaufswagen über den Rasen und die Baumwurzeln schob. Sie kamen ihm immer näher.

Unmittelbar hinter dem Stockton Tunnel näherte sie sich dem Ende eines Staus. Einen halben Straßenblock entfernt brannte ein Wohnhaus und färbte den frühen Abend orangerot. Rosa stellte die Sirene wieder an und bahnte sich einen Weg zur nächsten Kreuzung, fuhr mit zwei Rädern auf den Gehsteig und bog hinter dem Feuer wieder auf die Pine Street ein.

Ihre Mutter ging noch immer nicht ans Telefon, und sie wählte die Nummer noch dreimal, immer mit dem gleichen Ergebnis. Als das Handy plötzlich zirpte, nahm sie den Anruf an, ohne hinzusehen.

»Unteroffizier Escobedo, bitte.«

»Am Apparat.«

»Hier spricht der wachhabende Offizier vom CIN-CPAC-Hauptquartier. Ihre Reserveeinheit wurde einberufen, und Sie haben Befehl, sich unverzüglich im Oakland Middle Harbor auf der USNS *Comfort* zu melden. Bestätigen Sie den Befehl, Unteroffizier.«

Rosa atmete tief durch. »Ich soll mich unverzüglich im Oakland Middle Harbor auf der USNS *Comfort* melden. Verstanden.«

»Ausgezeichnet, Unteroffizier.« Die Verbindung wurde unterbrochen.

Rosa widerstand dem Impuls, das Handy gegen die Windschutzscheibe zu schmettern. Sie fluchte leise. Der Rettungswagen hatte Pacific Heights erreicht. Sie wandte sich nach Norden, schaltete das Blaulicht aus und fuhr zum Haus ihrer Mutter. Als die Scheinwerfer die Szenerie erhellten, wurde sie langsamer.

Fahrbahn und Gehwege waren mit Koffern, Kleidung

und Kartons übersät. Ein einziges Auto parkte am Straßenrand, wo es normalerweise schwer war, einen Parkplatz zu finden. Die gepflegten dreistöckigen Häuser waren hell erleuchtet, doch hinter keinem der Fenster war eine Bewegung zu erkennen.

Rosa hielt vor dem Haus ihrer Mutter, stieg aus und schob die Automatikpistole hinter den Hosenbund. In der Ferne hörte sie Sirenen und Helikopterknattern, doch hier war es ruhig. Sie stieg die Treppe hoch. Die Haustür stand offen, auf dem Küchentisch lag eine Nachricht.

> *Rosa,*
> *die Army bringt uns mit Trucks vor den Unruhen in Sicherheit.*
> *Wir fahren nach Presidio und sollten bald wieder zu Hause*
> *sein. Mein Handy geht nicht, habe vergessen, es zu laden. Ich*
> *rufe dich bald an.*
>
> *Alles Liebe, Mom*

Rosa trat wieder auf die Straße und hielt auf dem Gehweg an, als sie einen Soldaten bemerkte, der vor dem Kühlergrill stand, die Arme schlaff herabhängend, von einer Seite zur anderen schwankend. Er trug keine Waffe und keinen Helm, und im Scheinwerferlicht sah sie, dass er an einer Hand statt der Finger nur abgekaute Stummel hatte. Seine Uniform war verkohlt, und trotz der Entfernung roch er verbrannt.

Der Soldat hob den Kopf, seine leeren Augen funkelten im Scheinwerferlicht. Er gab einen klagenden Laut von sich und setzte sich in Bewegung. Er bewegte sich ähnlich wie die Personen an der Einsatzstelle, an der Jimmy ums Leben gekommen war. Das Wort *Seuche* kam ihr in den

Sinn. Rosa lief nach rechts, der Soldat schwenkte herum und wollte ihr folgen, geriet am Bordstein aber ins Stolpern. Als sie genügend Abstand hatte, zog Rosa die Automatik, nahm Schusshaltung ein und packte die Waffe mit beiden Händen. »Halten Sie Abstand.«

Der Soldat stöhnte und ging weiter.

Rosa feuerte zweimal und traf ihn im Bauch. Der Mann zuckte, hielt aber nicht an. Sie feuerte erneut und zielte diesmal auf sein Herz, doch der Soldat taumelte weiter, noch schneller als zuvor. Er hob die Arme und fauchte.

Panzerweste, dachte sie, hob die Waffe weiter an und schoss ihm ins Gesicht. Der Soldat brach zusammen und regte sich nicht mehr. Kurz darauf saß Rosa wieder im Rettungswagen und fuhr auf der Divisidero Street Richtung Norden. Dies war der kürzeste Weg zum Armeestützpunkt am Presidio Park. Was immer vor sich ging, sie hatte nicht die Absicht, ihre Mutter einem provisorischen Flüchtlingslager anzuvertrauen.

Vier Straßenblocks weiter begriff sie, dass ihre Überlegungen hinfällig waren.

Der Konvoi der vier Army-Trucks und der Humvee-Eskorte hatte auf einer Kreuzung gehalten. Drei der großen Fahrzeuge brannten und hüllten die Gegend in ein gespenstisches orangefarbenes Licht. Ein Dutzend Tote lagen auf der Fahrbahn inmitten von Patronenhülsen, welche die tanzenden Flammen reflektierten. Weitere verkohlte Gestalten mit fehlenden Gliedmaßen und tödlichen Verletzungen taumelten über die Straße.

Andere torkelten auf der Ladefläche eines brennenden Trucks umher.

Eine Person fiel heraus und landete auf der Fahrbahn. Haar und Kleidung brannten lichterloh, die versengte

Haut warf Blasen. Das Wesen kroch zum Rettungswagen und hob den Kopf, aufgrund der Hitze schälten sich die Lippen von den Zähnen. Als es die Hand ausstreckte, erkannte Rosa das silberne Armband, das ihre Mutter nie mehr abgelegt hatte, seit sie es von ihrer fünfzehnjährigen Tochter geschenkt bekommen hatte.

Rosas Wohnung lag nur sechs Straßenblocks vom Haus ihrer Mutter entfernt, und als sie dort ankam, hatte sie sich beinahe erfolgreich eingeredet, dass die Person, die aus dem Truck gestürzt und brennend über die Fahrbahn gekrochen war, nicht Marta Escobedo gewesen war. Es konnte nicht sein. Es hätte bedeutet, dass Rosa weggefahren war, ohne wenigstens zu versuchen, ihr zu helfen, und sie hätte ihre Mutter niemals im Stich gelassen. Dies hatte sie der Arbeit an der Stange im Glass Slipper Gentlemen's Club zu verdanken: die Fähigkeit, die unangenehmen Aspekte des Lebens, die lüsternen Gesichter und die Angebote der Betrunkenen vom Bühnenrand zu verdrängen und die Scham abzuschütteln, die sie jedes Mal empfand, wenn sie tanzte.

Auch in dieser Gegend war es ruhig, die Straßen und Gehwege waren menschenleer. Rosa ließ den Motor an, als sie hineinging. Es gab keine Mitbewohnerin, die sie hätte stören können, denn sie lebte allein. Sie zog sich rasch um: blaue Tarnuniform und Kappe, Kampfstiefel, die Abzeichen der Navy-Sanitäterin am Kragenspiegel. Der Seesack war bereits gepackt und wartete im Schrank, gefüllt mit Wäsche und Kulturbeutel. Minuten später saß sie wieder im Wagen. Sie hatte darauf verzichtet, die Haustür abzuschließen, denn sie rechnete nicht damit, hierher zurückzukehren.

Rosas Toyota Corolla Baujahr 2007 stand in einer kleinen Garage hinter der Wohnung, doch sie ließ ihn stehen. Das Blaulicht und die Sirene des Rettungswagens würden sie leichter an eventuellen Hindernissen vorbeibringen. Sie fuhr zurück in die Stadt, auf die Bay Bridge zu.

Die Radiosender brachten ständig Nachrichten, in denen von Unruhen und Plünderungen die Rede war, und es wurde von bestialischen Überfällen in der ganzen Stadt berichtet. Polizeisprecher versicherten der Öffentlichkeit, sie hätten die Lage unter Kontrolle, doch als Rosa gegen Mitternacht durch das Zentrum von San Francisco fuhr, stellte sie fest, dass dies nicht der Wahrheit entsprach. Gebäude brannten, und niemand tauchte auf, um sie zu löschen; Streifenwagen rasten an Unfallstellen vorbei, während die Opfer ihnen benommen hinterherwinkten; Plünderer waren unterwegs. Kleine und bisweilen auch größere Gruppen schlugen Schaufenster ein, brachen Türen auf und entschwanden mit der Beute in der Dunkelheit der Nacht.

Irgendwann musste Rosa wegen eines weiteren Unfalls anhalten. Als sie nach einer Umfahrung Ausschau hielt, lief ein Halbwüchsiger mit einer Strickmütze auf den Rettungswagen zu, in beiden Händen je eine Sprühdose. Er kam vor der Windschutzscheibe rutschend zum Stehen, schüttelte die Dosen, wackelte mit der Zunge und rief etwas Unverständliches. Er schaffte es, eine rote Linie auf das Beifahrerfenster zu sprühen, dann lehnte Rosa sich mit der Automatik aus der Fahrertür und schoss vor seinen Füßen in den Asphalt. Der Typ jaulte wie ein getretener Hund und lief weg.

In der Nähe der Fell Street hielt sie wieder an. Diesmal wurde die Straße von einem Müllauto blockiert, der

Fahrer hatte sich neben einem der Räder auf alle viere niedergelassen und übergab sich schluchzend. Der Reifen hatte einen jungen Mann überrollt und zerquetscht. Doch er bewegte sich noch, sein Mund ging auf und zu, und mit der einen Hand tastete er nach dem Hemdsärmel des Fahrers.

Der Fahrer bemerkte den Rettungswagen. »Helfen Sie ihm!«

Unwillkürlich langte Rosa zum Türgriff, um hinauszuspringen. Plötzlich fiel jemand von einem der Gebäude zur Rechten und krachte aufs Dach eines Nissan Altima. Die Scheiben barsten. Der Mann fiel aufs Straßenpflaster und kroch auf dem Bauch auf den Müllwagenfahrer zu. Zwei weitere Personen stürzten herab; die eine wurde auf dem Gehweg zerschmettert, die andere begrub den schluchzenden Fahrer unter sich und tötete ihn auf der Stelle.

Ihre Fähigkeit zur Gedankenabspaltung schaltete sich ein und verhinderte, dass sie sich mit dem Geschehen auseinandersetzte. Es war kindisch und dumm, mit Verdrängung auf eine gefährliche Realität zu reagieren, doch insgeheim wusste sie, dass alles andere in den Wahnsinn geführt hätte. Deshalb verschloss sie die Gedanken an Jimmy und ihre Mutter und das übrige Grauen dieser Nacht in einem Winkel ihres Bewusstseins und konzentrierte sich darauf, aus der Stadt hinauszugelangen. Sie würde sich in Oakland melden und mit Arbeit betäuben, würde in der festgefügten militärischen Ordnung aufgehen.

An der Auffahrt zum Highway 101, der sie zur Bay Bridge führen würde, bekam sie eine Lektion in Sicherheit und Ordnung erteilt. Der Verkehr staute sich in alle

Richtungen, die Fahrzeuge hupten. Auf der Auffahrt rollte gerade ein M1-Kampfpanzer von einem Flachbettauflieger, davor errichteten Soldaten eine Sandsackbarrikade. An der rechten Seite richteten mehrere Feuerwehrleute im Schein des Blaulichts einen Hochdruckschlauch auf eine Gruppe von Leuten, welche die Brücke zu erreichen versuchten. An der linken Seite rollte ein Marine LAV-25, ein achträdriges Panzerfahrzeug mit kleinem Geschützturm und Bushmaster-Kettenkanone Kaliber 25 Millimeter, langsam auf die Straßensperre zu.

Ein Mann und eine Frau, beide blutverschmiert, torkelten davor umher. Das LAV überrollte sie, ohne langsamer zu werden, und zerquetschte sie mit seinen großen Rädern.

Rosa schaltete Blaulicht und Sirene ein in der Hoffnung, man würde ihr Platz machen, sodass sie sich durch eine weitere Straßensperre hindurchmogeln konnte. Die Fahrzeuge bewegten sich nicht von der Stelle, doch der Geschützturm des Panzers schwenkte in ihre Richtung, während er noch zurücksetzte, und richtete die riesige Mündung der 120-Millimeter-Kanone auf Rosas Windschutzscheibe.

Bei diesem Anblick hätte sie sich beinahe in die Hose gemacht, und sie schaltete eilig in den Rückwärtsgang, wendete und fuhr in der Richtung, aus der sie gekommen war, bis zur Mission Street. Dort wandte sie sich zum Wasser und zur Fähranlegestelle am Rand des Embarcadero.

Kurz nach eins fuhr sie auf den Parkplatz, ließ den Rettungswagen auf einer Brandschneise stehen, nahm den Seesack und eilte ins Gebäude. Überall waren Soldaten und Cops, und vom Hauptterminal ertönte der bereits wohlbekannte Lärm: Hilferufe und die Schmerzens-schreie der Verwundeten. Der hohe Raum hallte wider vom Gebrüll und dem Stöhnen. Es roch nach Blut und Antiseptika.

Ein Mann in einer graugrünen Tarnuniform, mit strup-pigem Silberhaar und Arztkittel, sah Rosa sowie das Ab-zeichen an ihrem Kragen und zeigte auf sie. »Sanitäterin! Kommen Sie her!«

Rosa ließ den Seesack fallen und lief zu ihm.

2

»Wie lange waren Sie dort?«, fragte Xavier.

Rosa steuerte das Boot der Hafenpatrouille durch die Bucht. Die Scheibenwischer kämpften gegen den Regen an. Ihr Blick wanderte zwischen dem Bugfenster und der grünen Anzeige des Oberflächenradars hin und her. Es wunderte sie, dass sie sich dem Mann, dem sie eben erst begegnet war, geöffnet hatte. Er war Mitte vierzig, hatte kurzgeschorenes Haar, sein Oberkörper bildete ein V mit imponierenden Muskeln, und sein braunhäutiges Gesicht wurde von einer länglichen Narbe verunziert. Auf den ersten Blick wirkte er furchteinflößend. Die Sanftheit seiner Augen aber zog sie an. In gewisser Weise erinnerte er sie an Jimmy, der ein wirklich guter Zuhörer gewesen war und nicht nur ständig auf eine Gelegenheit zum Reden gewartet hatte wie die meisten Menschen. In seiner Nähe hatte sie das Gefühl, nichts sei wichtiger als das, was sie zu sagen hatte. Dieses Gefühl hatte ihr bislang nur ein einziger Mensch vermittelt – ihr geliebter Onkel, der Gott sei Dank gestorben war, bevor all das passiert war.

»Wochen«, antwortete sie. »Ich habe die Übersicht verloren. Die Tage verschmelzen miteinander.«

Sie dachte an das große Fährterminal, das in ein Traumazentrum umgewandelt worden war. »Es war ein Albtraum. Wir haben versucht zu helfen, aber gegen das Fieber ließ sich einfach nichts ausrichten. Jeder, der gebissen worden war, starb, ganz gleich, was wir unternahmen, und dann verwandelten sie sich. Alle. Wir haben Sanitäter und Ärzte an unsere eigenen Patienten verloren, ehe wir merkten, was los war.«

Xavier versuchte sich vorzustellen, was sie erlebt hatte. Sich das Grauen zu vergegenwärtigen fiel ihm leicht. Schwerer fiel ihm die Vorstellung, was sie durchgemacht hatte, ohne dass man es ihr anmerkte. Ihre psychischen Wunden waren verborgen, aber sie mussten vorhanden sein. Wie hätte es anders sein können?

Sie fuhr fort. »Eine Zeit lang exekutierten die Soldaten jeden, der gebissen worden war. Die Ärzte drehten durch und wollten, dass sie damit aufhörten, und ein Armeearzt bedrohte sie gar mit der Waffe. Um ein Haar wären wir uns im Terminal gegenseitig an die Gurgel gegangen. Aber es war sowieso egal. Wir konnten die Gebissenen nicht retten.«

Während das Boot die flachen Wellen durchteilte, hielt Rosa aufmerksam Ausschau und schilderte ihm das Grauen, das sie erlebt hatte. Xavier hörte nur zu; seine eigenen Erlebnisse behielt er für sich. Rosa berichtete von Menschen in Schutzanzügen, von Soldaten, die Plünderer erschossen, von brennenden Gebäuden und explodierenden Fahrzeugen, von einem Helikopter, der plötzlich vom Himmel stürzte und irgendwo in Telegraph Hill aufprallte und dessen Feuerball über die Dächer aufstieg. Sie erzählte vom Exodus der Schiffe und kleineren Boote aus der San Francisco Bay und ihrem Versuch, vom Dach des Fährterminals aus Funkkontakt mit ihnen herzustellen. Keines der Boote aber hatte sie abgeholt.

Rosa berichtete von den Toten, die bisweilen zu Tausenden durch die Straßen schwärmten und unerbittlich gegen das Terminal anbrandeten, während die Soldaten aus allen Türen und Fenstern feuerten, sodass sie schon meinte, das Knallen werde niemals aufhören. Dann wie-

der verschwanden die Toten, ohne dass die verbarrika-
dierten Überlebenden gewusst hätten, wo sie abgeblieben
waren. Sie schilderte den unheimlichen Anblick ihrer
Silhouetten, die sich durch den Nebel bewegten, ihr ein-
sames Stöhnen, das durch leere Straßen hallte.

Ihre Wangen waren inzwischen nass von Tränen, und
Xavier legte ihr seine große Hand auf die Schulter. Sie
schüttelte sie nicht ab. »Mit der Zeit wurden die Leute im
Terminal immer weniger«, sagte sie. »Bei den Angriffen
gab es natürlich Tote. Und wenn die Straßen frei waren,
zogen die Cops und Soldaten los, um nach Vorräten und
Überlebenden zu suchen. Die meisten kehrten nicht
zurück. Die Ärzte machten sich bei Nacht davon und
nahmen Nahrung und Waffen mit.« Sie wischte sich die
Augen. »Aber nicht der ältere Arzt, der mich anfangs gebeten hatte, ihm zu helfen, und der die anderen Soldaten
mit der Waffe bedroht hatte. Er war Colonel. Der hat sich
nicht weggeschlichen. In einer Besenkammer hat er sich
die Pistole in den Mund gesteckt und dafür gesorgt, dass
er nicht wiederkehrt.«

Ihre Stimme bebte, doch sie kämpfte gegen die Tränen
an. »Nach einer Weile waren nur noch eine Handvoll Leute
übrig.« Sie wies mit dem Kinn auf das schwangere Paar
und Darius. »Es gab auch kaum noch Patienten. Wenn sie
sich verwandelten, habe ich mich um sie gekümmert.«

Rosa schwieg eine Weile, und da waren nur das Brummen des Motors und das flüsternde Trommeln des Was-
sers auf Fiberglas. Xavier blickte auf die Bucht hinaus und
schämte sich auf einmal dafür, dass er sich in den vergangenen Wochen selbst bemitleidet hatte, als wäre er der
Einzige, der diesen Albtraum durchlebte.

Das Gesicht der jungen Frau hellte sich unvermittelt

auf. »Einer meiner Patienten war ein Cop, ein berittener Officer oder wie man das nennt. Er und seine Einheit waren auf Patrouille und trafen auf eine Horde von Toten. Er bekam Fieber, wies alle Symptome auf, aber zu dem Zeitpunkt ließen die Ärzte Tötungen erst dann zu, wenn die Leute sich verwandelt hatten.«

»Wenn er Fieber hatte«, fragte Xavier, »woher wissen Sie dann, was aus ihm geworden ist?«

Sie lächelte. »Weil er es geschafft hat! Er hat es überlebt. Die Ärzte sprachen von einem schwelenden Verlauf, wenn jemand, der gebissen worden war, überlebte. Meistens starben sie, aber es kam vor.«

Xavier überlegte. War das ein Anlass zur Hoffnung? Oder würde am Ende nur eine umso größere Enttäuschung stehen?

Rosa lachte. »Als er genesen war, hat er sich als Erstes nach seinem Pferd erkundigt, können Sie sich das vorstellen?« Ihr Lachen ging in Schluchzen über.

Xavier hielt sie fest umarmt. »Was wurde aus dem Officer?«

Nach einer Weile antwortete sie mit tonloser Stimme: »Als er wieder gehen konnte, zog er los. Hat gemeint, er wolle nach seiner Frau und den Kindern suchen. Er kam dreißig Meter weit, dann rissen sie ihn zu Boden.« Sie wandte sich ab, jedoch nicht ruckartig. »Sie haben ihn zerfleischt, und ich konnte nur tatenlos zusehen.«

Das Boot traf auf ein paar steilere Wellen und vollführte heftige Nickbewegungen. In der Windschutzscheibe wurde Alameda größer. Der Himmel war eine brodelnde Masse dunkelgrauer und schwarzer Wolken, der Regen wurde heftiger. Darius und dem schwangeren Paar wurde es zu viel, und da von dem Neuankömmling auf dem

Boot anscheinend keine Gefahr ausging, zwängten sie sich zwischen Xavier und Rosa hindurch und stiegen in die kleine Bugkabine hinunter.

»Woher haben Sie das Boot?«, fragte Xavier und klopfte mit den Fingerknöcheln auf das Fiberglas.

»Wir haben es erst heute Morgen gefunden«, antwortete sie. »Es trieb in einer der Fährbuchten. Es war niemand an Bord. Da war bloß eine Menge Blut, aber der Tank war noch halb voll.« Sie zuckte mit den Achseln. »Ich schätze, meine seemännische Grundausbildung zahlt sich jetzt aus.«

Der Priester lächelte. »Zu meinem Glück. Nochmals danke.« Nachdem er Alden verloren hatte – den Lehrer mit dem Herzfehler, Xaviers letzter Freund auf Erden –, hatte er sich von Totenschwärmen in den Yachthafen von San Francisco drängen lassen. Die Toten waren ihm über einen schmalen Steg entgegengeschwärmt, und es hatte ganz danach ausgesehen, als würde er einen Montierhebel schwingend zu Boden gehen. Dann war Rosa mit dem Boot aufgetaucht und hatte ihm das Leben gerettet. Als er auf dem Deck stand, hatte Darius versucht, ihn zu erschießen, doch das Gewehr war ungeladen gewesen, und zu einem zweiten Schussversuch war es nicht gekommen.

»Dass wir Sie gefunden haben, war Zufall«, sagte Rosa achselzuckend. »Wir haben nach einer Treibstoffpumpe gesucht, und dann wollten wir nach San José fahren. Angeblich gibt es dort ein Flüchtlingszentrum.« Sie zeigte nach vorn. »Vermutlich ist das Gerücht nach einer Helikoptersichtung aufgekommen, was meinen Sie?«

»Kann schon sein.«

»Sind Sie wirklich Priester?« Sie hätte ihn gern nach der großen, furchteinflößenden Narbe gefragt, mit der er wie ein Bandenmitglied aussah, doch sie wollte nicht unhöflich sein und verkniff sich ein Lächeln. Auch wenn die Welt unterging, war Höflichkeit noch immer eine Tugend.

»Ja ... ich glaube schon.« Als sie fragend eine Braue hob, sagte er: »Sind Sie wirklich eine Sanitäterin und Navy-Reservistin, die sich auf ein Medizinstudium vorbereitet und ihre Ausgaben mit exotischem Tanz finanziert?«

Sie lachte. »Da kommt wohl einiges zusammen. Sie klingen wie Jimmy. Er ... war mein Kollege im Rettungswagen.« Rosa musterte ihn von der Seite. »Wollen Sie mir einen Vortrag halten, meine Art zu tanzen sei sündig und so weiter, Pater?«

»Belassen wir's bei Xavier, okay? Es steht mir nicht zu, darüber zu urteilen, womit andere Menschen sich ihren Lebensunterhalt verdienen. Mich interessiert eher Ihre medizinische Ausbildung.« Er erzählte ihr, er sei als Marine in Somalia gewesen, und die Soldaten hätten größten Respekt vor den Sanitätern gehabt. Er verschwieg, dass er damals zwei Jungs erschossen hatte, die noch zu jung für die Grundschule gewesen waren. Sie waren mit AK-47 bewaffnet gewesen und hatten Xavier und dessen Kameraden töten wollen, deshalb hielten die meisten diese Tat für gerechtfertigt, doch für einen von Schuldgefühlen gequälten jungen Marine war das nur ein kleiner Trost. Seine Unfähigkeit, sich damit abzufinden, hatte das Ende seiner militärischen Laufbahn bedeutet.

Rosa erzählte ihm, sie sei mit ihrer Einheit ein Jahr lang im Irak gewesen, und obwohl weibliche Sanitäter nicht auf Patrouille durften und die Sanitätsstation in einem »sicheren« Gebiet lag, seien irgendwann Aufständische eingedrungen, und sie habe zusammen mit den Männern das Feuer erwidert.

»Hat die Navy Ihnen dafür die Kampfeinsatz-Band-schnalle verliehen?«

Sie nickte.

»Also semper fidelis – immer treu.« Das brachte sie zum Lächeln, und der Priester lächelte zurück. »Wollen Sie nicht wenigstens versuchen, mich Xavier zu nennen?«

»Das dürfte mir schwerfallen«, sagte sie. »Ich bin katholisch.«

Xavier nickte. »Strengen Sie sich an. Ich werde Sie Doc nennen, wenn's Ihnen recht ist.«

»Klar«, sagte Rosa. Sie zeigte zum Ufer, ein dunkler Streifen vor dem Hintergrund der Unwetterwolken. »Der Heli ist an der Westseite der Insel runtergegangen, dort, wo die Flugstation der Navy liegt. Irgendwo vor uns befinden sich die Kais, an denen die Schiffe festgemacht haben und wo jetzt die *Hornet* liegt. Wir können dort anlegen und zu Fuß zum Flugfeld gehen.«

Xavier nickte. »Und die Toten?«

»Wenn die Lage unsicher ist, können wir am Ufer entlangfahren«, antwortete Rosa, »und vielleicht an irgendwelchen Felsen festmachen und uns zum Zaun durchkämpfen.«

»Klingt gut. Und wenn es zu viele sind ...?«

»Dann schaffen wir unseren Arsch zurück aufs Boot«, sagte sie abschließend.

»Okay, Doc, was erwarten Sie von mir?«

»Sagen Sie Darius, er soll Ihnen das Gewehr und Ersatzmunition geben. Er soll's mir nicht übel nehmen, aber das ist in den Händen eines ehemaligen Marine besser aufgehoben als bei einem Soziologieprofessor, der es nicht schafft, einen vor ihm auf dem Deck liegenden Mann zu töten«, sagte Rosa, womit sie auf den Moment anspielte, als Xavier aus dem kalten Wasser der Bucht an Bord geklettert war. Er hatte heftig gezittert, und Darius hatte geglaubt, er sei infiziert. Er hatte gezielt und gefeuert, aber nicht bedacht, dass dies seine letzte Patrone war. Xavier hatte ihm die Waffe abgenommen, und Rosa hatte über seine Selbstbeherrschung gestaunt, denn sie hatte erwartet, dass er den Professor zusammenschlagen und über Bord werfen würde. Sie zwinkerte, womit sie bewies, dass sie ihren Humor nicht verloren hatte. »Nach der Begegnung an Deck«, sagte sie, »dürfte er wohl keine Schwierigkeiten machen.«

So war es auch. Unter wortreichen Entschuldigungen gab er die Waffe und die halb volle Munitionsschachtel ab. Xavier lächelte ihn an und sagte, er solle sich entspannen, worauf Darius mit sichtlicher Erleichterung reagierte. Als der Priester wieder an Deck kam, zeigte Rosa zur Zehn-Uhr-Position.

»Allein sind wir jedenfalls nicht«, sagte sie.

Vor ihnen lag die Einfahrt der Hafenanlage. Die Silhouetten der stillgelegten Kreuzer und Zerstörer wurden überragt von der viel größeren USS *Hornet*, einem Flugzeugträger aus dem Zweiten Weltkrieg, der inzwischen als Museum diente.

Von links näherte sich dicht am Ufer entlang ein Lastkahn der kleinen Bucht, der schwarze Dieselabgase ausspuckte. Wenn sie die momentane Geschwindigkeit beibehielten, würden beide Boote die Mündung der kleinen Bucht gleichzeitig erreichen. Auf dem Deck des Kahns drängten sich zahlreiche Menschen um einen blauen Truck. Sie alle blickten mit Waffen in Händen dem Patrouillenboot entgegen.

3

Evan Tucker lenkte den schwer beladenen Wartungskahn am Südrand der alten Navy-Flugbasis entlang und hielt am felsigen Ufer Ausschau nach einer geeigneten Stelle zum Anlegen. Er war fünfundzwanzig und gut aussehend, hatte blaue Augen und schwarzes Haar, das ihm bis zum Kragen reichte. Er trug eine ausgewaschene Jeans, Jeansjacke und Arbeitsstiefel und sah aus wie ein umherreisender Schriftsteller, der davon träumte, den großen amerikanischen Roman zu schreiben. In den Wochen seit dem Ausbruch der Seuche hatte er sich vom Vagabunden zum Anführer entwickelt.

Auf dem Deck hockten Calvin und die Family und suchten wie viele andere hinter dem gepanzerten Bearcat Schutz vor dem Regen. Calvin, ein typischer Hippie in den Fünfzigern, mit australischem Buschhut und schwer bewaffnet, hatte es bislang geschafft, die Family am Leben zu halten. Die Family war eine Mischung aus freigeistigen Verwandten und Freunden, die wie Zigeuner lebten. Da sie weniger als andere von modernen Annehmlichkeiten abhängig waren, konnten sie sich unter den veränderten Umständen besser behaupten.

Maya schmiegte sich an Evan an, den Kopf auf seine Schulter gelegt. Ihre schweigsame Nähe hatte eine beruhigende Wirkung auf ihn, genau das, was er brauchte. Sie war ein paar Jahre jünger als er, hatte langes, dunkles Haar und saphirblaue Augen. Maya war von Geburt an taubstumm, doch ihr und dem jungen Schriftsteller bereitete

36

es keine Probleme, ihre Gefühle auszutauschen. Calvin, ihr Vater, billigte die Beziehung.

Das Boot schaukelte heftig, die Wellen trafen in regelmäßigen Abständen auf die rechte Seite des Rumpfs. Hier draußen herrschte raue See, der kräftige Wind überschüttete sie mit Regenböen, und Evan wurde daran erinnert, dass dieser lange, flache Kahn nur für ruhige Hafengewässer gebaut worden war. Er musste langsam fahren, damit sie nicht kenterten, und das wiederum verlängerte die gefährliche Fahrt und erhöhte die Wahrscheinlichkeit einer Katastrophe.

Obwohl die knappe Flucht vor der bösartigen Horde der wandelnden Toten vom Oakland Pier noch keine Stunde her war, kam es Evan so vor, als habe das alles in einem anderen Leben stattgefunden. Jetzt ging es allein darum, den Kahn auf Kurs zu halten, ein Kentern zu verhindern, durch die Fenster des Steuerhauses Ausschau zu halten und darum zu beten, dass am Ufer etwas anderes auftauchte als Felsen, Zaun und Unkraut.

Nach einer weiteren Stunde langsamen Tuckerns, als Evan vom Kampf mit dem Steuerruder bereits Arme, Schultern und Halsmuskeln schmerzten, tauchten in der Ferne Strukturen im Regen auf. Als der Kahn näher kam, stellte sich heraus, dass es sich um zwei große Betonpiers handelte, an denen graue Kriegsschiffe und ein alter Flugzeugträger festgemacht hatten. Evan lachte vor Erleichterung auf, und Maya umarmte ihn von hinten. Links von den Piers befand sich ein großes rechteckiges Hafenbecken, umgeben von einer Betonmauer. In der Nähe der Einfahrt schwamm eine Boje mit einem verrosteten gelben Schild und der Aufschrift WASSERFLUGZEUGE sowie einem Pfeil, der zum Becken wies. Evan drosselte den Motor noch mehr, während an Deck Rufe erklangen. Da der Panzerwagen ihm die Sicht verdeckte, konnte er nicht erkennen, was los war, doch dann tauchte Calvins Bruder Dane vor dem Fenster auf. Der blonde Pferdeschwanz reichte ihm bis weit in den Rücken, bewaffnet war er mit einem Repetiergewehr.

»Von rechts nähert sich ein Boot. Sieht aus wie ein Polizeiboot.«

»Seid vorsichtig«, sagte Evan. »Ich fahre zum Hafenbecken.«

»Verstanden.« Dane verschwand.

Das Schaukeln ließ nach, als Evan die Boje passiert hatte und auf einen langgestreckten Kai zuhielt, der weniger verfallen wirkte als der Rest. Boote hatten keine angelegt. Um eine kleine Werft herum waren mehrere weiße Gebäude gruppiert. Das einzige Boot in Sicht war ein altes Charterboot in lausigem Zustand, das auf Metallständern aufgebockt war. Der Motor lag in Einzelteilen auf einem Sperrholztisch.

Dane tauchte wieder am Fenster auf. »Das ist eindeutig ein Polizeiboot, aber ich glaube, es sind keine Cops an Bord. An Deck sind nur ein paar Leute zu sehen, und sie haben angefangen zu winken. Sie fahren hinter uns her.«

»Behalte sie im Auge«, sagte Evan, der sich noch immer nicht ganz daran gewöhnt hatte, Befehle zu erteilen. »Und postiere ein paar Bewaffnete im Bug. Ich nähere mich dem Kai ganz langsam, und du musst mich warnen, wenn ihr irgendwelche Drifter seht. Ich will euch nicht zum zweiten Mal in eine Todesfalle steuern.«

»Calvin kümmert sich schon darum.« Dane verschwand wieder.

Evan musterte die Umgebung. Die alten Kriegsschiffe befanden sich jetzt weit rechts, und unmittelbar vor ihnen mündete eine Zugangsstraße auf den Kai. Verfallene gleichartige Gebäude, von denen die Farbe abblätterte, säumten die andere Straßenseite. Nichts bewegte sich, niemand rief. Das war aber nur ein schwacher Trost. Er dachte an den alten Zombie, der am Zaun gerüttelt hatte. Dieser Drifter war bestimmt nicht der einzige auf der Insel.

Er nahm das Gas weg und ließ das Boot auslaufen. Es prallte heftiger gegen den Kai als beabsichtigt. Mehrere Leute wurden umgeworfen, doch zum Glück stürzte keiner ins Wasser. Unter lautem Knirschen kam das Boot zum Stillstand, und der Steg erbebte und splitterte, während Evan fluchte, denn er fürchtete, die Holzkonstruktion zu zerlegen. Er wünschte, das Boot hätte eine Bremse gehabt, doch er konnte nur den Motor ausschalten. Die linke Bugseite prallte gegen einen massiven Holzpfeiler, und das Boot kam ruckartig zum Stillstand, was weiteres Geschrei auslöste. Mehrere Hippies machten das Boot fest, andere sprangen mit Gewehren bewaffnet auf den Steg und schwärmten aus, während Eltern ihren Kindern an Land halfen.

»Wir kümmern uns um den Bock!«, rief Dane zum Steuerhaus, worauf mehrere Männer die Harley Road King auf den Steg wuchteten. Ein anderer ging ein Stück voraus Richtung Land.

Carney, einer der beiden von San Quentin entflohenen Gefangenen, holte Evan ein und hielt ihn auf. Sie hatten bereits in Oakland kurz miteinander gesprochen. »Ich habe Ihren Namen nicht verstanden. Sind Sie der Anführer der Gruppe?«

Evan schüttelte den Kopf und deutete auf Calvin, der seiner Frau Faith und ihren Kindern half. »Ich bin Evan, bloß ein Mitläufer.« Er stellte Maya vor.

»Hm, ja.« Der Mann zeigte auf einen großen, muskulösen Wikinger von einem Mann, bedeckt mit Knasttätowierungen und mit langem blonden Haar, mit dem er sich jahrelang die Zelle geteilt hatte. »Das ist TC. Ich bin Carney.« Ihre letzte Daueradresse ließ er aus. »Wir werden den brauchen«, sagte er und deutete mit dem Daumen auf den Bearcat, dessen Motor im Leerlauf tuckerte.

Evan musterte erst den Truck und dann den schmalen Steg. Auf einmal kam er sich blöd vor. »Okay. Irgendwo muss hier eine Bootsrampe sein. Ich lasse den Kahn aufsetzen, dann könnt ihr runterfahren.« Er übersah die Aufschrift »CALIFORNIA D.O.C« auf der Seite des Trucks – *Kalifornische Strafvollzugsbehörde.*

Carney nickte und ging zum Truck zurück. TC lächelte den Schriftsteller an. Evan erwiderte das Lächeln nicht, ohne zu wissen, weshalb. Er half Maya an Land, dann löste er die Leinen.

»Ich komme mit«, sagte Calvin, der am Bug stand, die Hände entspannt auf das Sturmgewehr gelegt, das er an einem Riemen um den Hals trug. Regenwasser tropfte von der Krempe seines Buschhuts. Er hatte die Aufschrift des Trucks bemerkt und sie sogleich mit den beiden großen, tätowierten Männern in Verbindung gebracht. »Wenn diese Burschen ihren Willen durchsetzen wollen, solltest du besser nicht alleine sein.« Calvin sah nicht Evan an, sondern TC.

Das Lächeln des Häftlings gefror, ein unangenehmes Funkeln trat in seine Augen.

An der anderen Seite des Stegs hatten kurz nach dem

Lastkahn Rosa und Xavier festgemacht. Das Anlegemanöver der Navy-Reservistin war reibungslos vonstattengegangen. Sie vertäuten gerade das Boot, während die Passagiere im strömenden Regen zu den Hippies eilten.

»Mir ist nicht ganz wohl dabei, das Boot ohne Bewachung zurückzulassen«, sagte Rosa leise, mit Blick auf die unerwarteten Gefährten.

»Nehmen Sie die Schlüssel mit«, sagte der Priester. »Wenn mit dem Helikopter alles klargeht, kommen wir eh nicht zurück.« Er hängte sich das Gewehr um und kletterte an Land. Rosa schulterte eine orangefarbene Nylontasche und folgte ihm.

Calvin bemerkte das aufgeprägte rote Kreuz auf ihrer Tasche. »He, sind Sie Ärztin?« Als Rosa mit den Achseln zuckte, zeigte er auf den gepanzerten Bearcat. »Da drin liegt ein schwerkrankes Mädchen. Könnten Sie mal nach ihr sehen?«

TC warf Calvin einen Blick zu, den der in der Fahrerkabine sitzende Carney bemerkte. Diesen Blick kannte er von seiner Zeit im Staatsgefängnis, und für die Person, dem er galt, bedeutete er nichts Gutes.

»Ich komme mit«, sagte Xavier und kletterte hinter Rosa auf den Kahn. Carney stieg aus der Fahrerkabine und geleitete sie zur Hecktür, öffnete sie und deutete auf die junge Frau, die gefesselt und geknebelt auf der Ladefläche lag. Calvin gesellte sich zu ihnen. Der Dieselmotor des Kahns kam auf Touren, und Evan legte vom Steg ab.

Die Sanitäterin sah ein Mädchen – eigentlich eine Frau, vermutlich unter zwanzig – auf dem Boden liegen, an Händen und Füßen gefesselt, der Mund zugeklebt. Bekleidet war sie mit einer Mischung aus Tarnanzug und Zivilklamotten. Rosa kletterte in den Wagen, hockte sich neben sie und vergewisserte sich, dass Knebel und Plastikfesseln intakt waren. Die Unruhe und der Schweiß waren typisch, und sie nahm die Hitze wahr, die von ihr ausstrahlte. »Wann wurde sie gebissen?«

»Ich glaube nicht, dass sie gebissen wurde«, sagte Carney. »Sie hatte Gehirnmasse und Blut im Gesicht, auch im Mund und in den Augen.«

»Keine Bisse?« Rosa streifte Gummihandschuhe über, packte eine Chirurgenschere aus und zerschnitt damit die Kleidung der jungen Frau. Bisswunden fand sie keine. »Wann war das?«

»Heute Morgen«, antwortete Carney. »In Oakland. Wir haben sie aus 'ner Kirche geholt, wo sie Scharfschützin gespielt hat.« Dann erinnerte er sich an die vielen Toten auf der Straße und ihre Treffsicherheit. Vielleicht hatte sie gar nicht gespielt. »Seitdem ist sie in diesem Zustand.«

Rosa sah auf die Uhr. Wegen der dunklen Wolken, die den letzten Rest Tageslicht verjagten, waren die Ziffern schwer zu erkennen, außerdem gab es auf der Ladefläche kein Deckenlicht, das sich einschaltete, wenn Türen geöffnet wurden. Es war ungefähr neun. »Hat sie sich übergeben?«

»Nicht dass ich wüsste«, antwortete Carney. Er blickte sich nach TC um, der jedoch nicht zu sehen war.

Rosa schüttelte den Kopf. »Das ist auch unwahrscheinlich. Hätte sie sich mit dem Knebel übergeben, wäre sie vermutlich erstickt.«

Carney sah wieder in den Wagen. »Sie ist krank, sie hat bestimmt das Virus.« Er zeigte auf sie. »Der Knebel bleibt, wo er ist.«

»Nichts dagegen«, sagte Rosa. Sie hob beide Lider der

jungen Frau an. Das rechte Auge war klar, der Augapfel weiß, das linke wies eine milchige, gelbliche Farbe auf. Beide Pupillen waren vergrößert und bläulich getrübt, als wäre sie am Star erkrankt. Sie nahm eine Decke von einem Karton Erdnussbutter und legte sie auf das Mädchen. »In zwölf bis fünfzehn Stunden wissen wir mehr«, sagte sie und kletterte wieder nach draußen. »Wir sollten sie im Auge behalten. Wenn sie anfängt, sich zu übergeben, müssen wir ihr den Knebel abnehmen und die Atemwege freilegen.«

Carney schüttelte den Kopf. »Ich habe keine Ahnung, wieso ich sie überhaupt mitgenommen habe. Sie wird sich verwandeln. Also, was soll's?«

»Doc, was werden wir in zwölf bis fünfzehn Stunden wissen?«, fragte Xavier.

»Ob sie durchkommt«, antwortete Rosa. »Es könnte sich um den schwelenden Verlauf handeln, den ich erwähnt habe, hervorgerufen durch infizierte Körperflüssigkeit anstatt durch einen Biss. Binnen vierundzwanzig Stunden erholt sich der Betroffene, oder er stirbt.«

Niemand sagte etwas, und das Boot schaukelte kaum merklich.

»Sie meinen, es könnte sein, dass sie überlebt«, sagte Carney. »Wie stehen ihre Chancen?«

Rosa hob die Schultern. »Nicht gut. Ich hatte nur mit wenigen Fällen zu tun, und davon hat einer überlebt.« Sie blickte zum Mädchen. »Ich bleibe bei ihr, wenn's Ihnen recht ist.«

Carney nickte.

»Wie heißt sie?«

»Keine Ahnung«, antwortete Carney und ging am Truck entlang. Der Priester, die Sanitäterin und der Hippie wechselten Blicke, dann stellten sie sich einander vor. Calvin berichtete ihnen von der Odyssee nach Oakland und wie Evan zu ihnen gestoßen war. Xavier mochte Calvin auf Anhieb und fühlte sich zu dem umgänglichen, selbstsicheren Mann hingezogen. Er war jemand, von dem die Menschen Antworten und Führung erwarteten, und der Priester vermutete, dass es gut war, einen wie ihn in einer solchen Krise zur Seite zu haben.

Nach wenigen Minuten hatten sie eine Bootsrampe erreicht. »Ich lege an!«, rief Evan aus dem Steuerhaus. Dann erbebte das Boot auch schon und rutschte auf die geneigte Betonfläche. Carney fuhr mit dem Bearcat, den sie aus dem Gefängnis entwendet hatten, auf die Zugangsstraße neben der Lagune.

Kurz darauf stieß die große Hippiefamilie zu ihnen, nachdem sie die Verkaufsautomaten für Snacks und Erfrischungsgetränke an der Wartungsstation für Yachten aufgebrochen hatten. Ein bärtiger junger Mann namens Mercury schob Evans Harley neben den Bearcat, während Xavier und Rosa sich der Gruppe anschlossen. Kurz darauf tauchte auch Carney auf, doch TC blieb im Truck. Sie musterten aufmerksam die leeren Gebäude. Unter dem Regenhimmel dunkelte es rasch.

»Wenn mich mein Orientierungssinn nicht trügt«, sagte Evan, »ist der Helikopter dort drüben gelandet.« Er zeigte nach Nordosten, zur anderen Seite der Lagune. Dort waren Lagerhäuser und Hangars in grauen Reihen angeordnet, manche durch Straßen voneinander getrennt. Alle Fenster waren dunkel.

Rosa nickte. »Der Flugplatz liegt dort hinten.« Als mehrere Leute sie ansahen, sagte sie: »Ich komme aus San Francisco und bin in der Navy. Hier war ich noch nie, aber die Anlage ist nicht geheim. Und sie ist groß. Wenn wir heute noch nachsehen wollen, sollten wir gleich aufbrechen. Es wird dunkel.«

»Vielleicht sollten wir bis morgen warten«, schlug Faith vor, die ihre beiden zehn- und zwölfjährigen Söhne an den Händen hielt. »Bei Nacht sind wir nie unterwegs.« Ihr von den Jahren auf der Straße geprägtes Gesicht, normalerweise freundlich und einladend, wirkte angespannt und besorgt.

»Das macht niemand gern«, meinte Evan und blickte in die Runde. Alle schüttelten den Kopf. »Aber sollen wir das Risiko eingehen, dass der Helikopter wieder verschwindet, bevor wir ihn erreichen?« Erneutes Kopfschütteln.

»Er hat recht«, sagte Calvin. »Wir bleiben dicht beieinander, die Waffe in der Hand.« Der Hippie blickte Carney an. »Kommen Sie mit?«

Nach kurzem Zögern nickte Carney.

»Vielleicht könnten Sie langsam vor uns herfahren und das Gelände ausleuchten?«

Ein weiteres Kopfnicken.

Calvin zeigte sich zufrieden. »Habe gesehen, dass Sie über eine Menge Feuerkraft verfügen. Wenn Sie die Waffen verteilen würden …«

»Wir sind noch keine Trinkkumpane«, entgegnete der Sträfling und schürzte die Lippen. »Sagen Sie Ihren Leuten, sie sollen sich dicht beim Truck halten, dann sehen wir, was passiert.«

»Ich fahre voraus«, sagte Evan und stieg mit Marla auf die Harley. Xavier und Rosa gingen zum Heck des Bearcat, und ein paar Minuten später rückte die Gruppe langsam in den verlassenen Marinestützpunkt vor. Die

Heckleuchte und das Knattern von Evans Road King verschwanden in der Abenddämmerung.

In der Fahrerkabine des rumpelnden Bearcat blickte Carney seinen Zellenkumpan an. TC grinste ihn bloß an, pflanzte die Stiefel aufs Armaturenbrett und öffnete eine Dose Red Bull.

4

Der Marinestützpunkt Alameda – der jetzt Alameda Point genannt wurde – war 1997 geschlossen worden. Davor waren auf dem 1000 Hektar großen Gelände Marineflugzeuge und Schiffe der Pazifikflotte stationiert gewesen. Es gab ein Straßennetz von fünfzig Kilometern Länge und dreihundert Gebäude, darunter Hangars, Werkstätten und Kasernen, Verwaltungsgebäude und Häuser für die Unterbringung der Familien sowie die dazugehörige Infrastruktur: Geschäfte, Kinos, Friseurläden, Esslokale, Wäschereien und Freizeitzentren.

Nach der Schließung hatte es mehrere Versuche mit Wohnbebauung gegeben. Schließlich gab es hier, mitten in einem dicht besiedelten Gebiet, unerschlossene Grundstücke am Meer. Jedes Mal hatten sich die Finanziers wieder zurückgezogen – oder waren darum gebeten worden –, deshalb war das Gelände geprägt von Verfall und unvollständigen Abrissaktionen. Noch immer war schweres Gerät neben Haufen von Kies und zerbrochenen Ziegelsteinen abgestellt. Die Umnutzung des Stützpunkts war auf zahlreiche Schwierigkeiten gestoßen. Es gab Probleme mit verseuchtem Boden und verschmutztem Grundwasser. Bei einer Deponie in der südwestlichen Ecke war man auf PCBs gestoßen, deren Beseitigung gewaltige Investitionskosten erfordert hätte. Des Weiteren gab es Bedenken wegen möglicher Überflutungen und Gefährdung der Tierwelt sowie diverse juristische Probleme. Bestehende Pachtverträge waren zu berücksichtigen, und ein hartnäckiger Geschichtsverein hatte teure Anwälte engagiert und war entschlossen gewesen, keinen Zentimeter zu weichen. Das Museum der Marineluftwaffe, das auch den Flugzeugträger *Hornet* aus dem Zweiten Weltkrieg zu seinem Bestand zählte, hatte sich bei dem Versuch, das wertvolle Gelände einer neuen Nutzung zuzuführen, als würdiger Gegner erwiesen.

Ganz verlassen war der alte Stützpunkt nicht. In einigen Gebäuden waren Fitnessclubs, Designstudios, Tech-Firmen, Auktionshäuser oder Nachtclubs untergebracht, darunter auch die Ausbildungsstätte der Feuerwehr von Alameda. Mehrere Realityshows wie *Angies Waffenschmiede* wurden auf den alten Startbahnen gedreht, da man hier ungehindert mit Schusswaffen hantieren konnte. Für einen Kinofilm hatte man einen Flugzeugabsturz inszeniert. Ein anderes Filmstudio hatte einen Kreiskurs rund um das Flugfeld gebaut, um eine Verfolgungsjagd zu drehen.

Die meisten der dreihundert Gebäude aber standen leer und verfielen in der salzigen Meeresluft. Die höhlenartigen Hangars beherbergten Tauben und Seemöwen; zwei- und dreistöckige Kasernen waren umgeben von braunem Rasen, aus den Rissen in den Gehwegen und im Asphalt wuchs Unkraut. Vandalen hatten Fenster eingeworfen und die einstmals schmucklosen, gleichartigen Gebäude mit Graffiti beschmiert.

Als das Gelände noch als Marinestützpunkt diente, war es eingezäunt gewesen und der Zaun bewacht worden. Jetzt, Jahrzehnte nach der Schließung, war der Zaun vielerorts beschädigt; Neugierige hatten ihn zerschnitten oder beiseitegezogen, an anderen Stellen war er verrostet und zusammengesackt, oder Bulldozer und Schuttlaster

hatten ihn niedergewalzt. Die Straßen, die zu den Wohn-
häusern führten, waren abgesperrt, und auf den Schildern stand »Keine Durchfahrt«.

Das Gelände des Marinestützpunkts Alameda war
nicht sicher. Trotz der abgeschiedenen Lage gab es auch
hier Tote.

Calvin und dessen Gruppe folgten in dichtem Pulk
dem Bearcat, der langsam durch die abendlichen Straßen
fuhr. Sie hielten nur einmal an, als sie auf drei Anhänger
stießen, die, beladen mit Rasenmähern und Werkzeug,
am Straßenrand standen. Sie sammelten ein, was sie
brauchen konnten: Spaten, Heckenscheren, Handsägen
und Sicheln. In ihrer abgerissenen Kleidung glichen sie
mit diesen primitiven Waffen einem mittelalterlichen
Heerhaufen, der hinter einer Belagerungsmaschine in den
Krieg zog.

Auf der Ladefläche des Trucks saß Xavier auf einer
Bank und beobachtete Rosa, die neben der infizierten
jungen Frau kniete, ihr mit einem feuchten Tuch die Stirn
kühlte und hin und wieder ihren Puls maß. Er hätte für
das Mädchen beten sollen, doch das tat er nicht. Er hatte
Rosa gesagt, er sei Priester, aber stimmte das wirklich?
Als er dem sterbenden Alden beistand, hatte er gedacht,
er sei vielleicht doch nicht vom Glauben abgefallen und
könne zurückgewinnen, was er verloren hatte. Als der
Tote ihn in San Francisco auf dem Kai bedrängte, hatte er
gebetet, aber bedeutete das etwas? Oder war es bloß ein
Reflex, eine Angewohnheit? Er hatte keine umwerfende
Offenbarung erlebt, hatte nicht gespürt, wie Gott in sein
Leben zurückgekehrt war. Als Rosa das Patrouillenboot
an den Kai von Alameda steuerte, hatte er mit angelegtem Gewehr bereitgestanden, nicht, weil er sich vor den

Toten, sondern vor den bewaffneten Fremden fürchtete, die vor ihnen mit dem Boot angelegt hatten – vor seinen Mitmenschen.

Nein, er war kein Priester. Und jetzt war er auch noch ein Lügner.

Er fragte sich, was sie mit dem am Boden liegenden Mädchen machen sollten. Wahrscheinlich würde sie sich verwandeln, und man müsste sich ihrer entledigen. Wer würde es tun? Wäre er dazu imstande? Nicht, solange es Hoffnung gab, Gottes Gnade zurückzuerlangen. Er machte sich außerdem Gedanken über die Männer in der Fahrerkabine. Sie kamen ihm nicht wie Vollzugsbeamte vor. Vermutlich waren sie irgendwo auf den Van gestoßen, hatten ihn sich unter den Nagel gerissen und unterwegs mit Beutegut beladen. Sie hatten eine harte, gefährliche Ausstrahlung, die ihm bekannt vorkam, und er vermutete, dass das Panzerfahrzeug und die beiden Männer vom selben Ort kamen. Sie würden ein Auge auf sie haben müssen.

Im rumpelnden Wagen dachte Xavier über den Gott nach, dem er den Großteil seines Erwachsenenlebens über gedient hatte. Hatte Er der Menschheit dies alles angetan? Das hatte man ihn glauben gelehrt, ob es für die Menschen Sinn ergab oder nicht. Dies gehörte alles zum Mysterium. Aber das hier … dieser Albtraum … Das war wie ein Schlag ins Gesicht der Vorstellung, Gott sei voller Liebe und Gnade. Aber galt das nicht auch für die meisten anderen schrecklichen Ereignisse? Für Amokläufe in Schulen, für Völkermord, Krieg und Hungersnöte und auch für die herzzerreißende Armut und Obdachlosigkeit, die er im Tenderloin gesehen hatte. Jetzt also die Auslöschung der Menschheit durch die Hände – beziehungsweise Zähne – der wandelnden Toten. Das reichte, um einen Gläubigen zum Zweifeln zu bringen. Wie sahen dann seine Chancen aus, die Chancen eines Mannes, der keinen Glauben hatte?

Der Bearcat rollte langsam durch den Stützpunkt.

TC schaute nach hinten, dann beugte er sich zu seinem Zellenkumpel vor und flüsterte: »Was zum Teufel machen wir hier?«

Carney blickte ihn an. »Wir suchen nach einem Helikopter.«

»Wir wollten nach Mexiko, erinnerst du dich?«

»Ja, ich erinnere mich.«

»Also, was soll der Scheiß?«

Carney musterte ihn aus dem Augenwinkel, ohne den Blick von der Straße abzuwenden. »Was meinst du?«

TC schaute wieder nach hinten. »Wir wollten das zusammen machen, du und ich, Abstand zwischen uns und die hohen Mauern bringen, Mann. Wie kommt's, dass wir jetzt für diese Wichser Kindermädchen spielen?«

»TC, schläfst du eigentlich die ganze Zeit? Du weißt verdammt gut, wie wir hierhergekommen sind.«

»Wir sollten frei sein«, sagte der Jüngere. »On the Road und uns nehmen, was wir wollen. Wir sind niemandem mehr Rechenschaft schuldig. Jetzt nimmst du Befehle von einem Hippietyp entgegen, als wärst du seine …«

Carneys Augen verengten sich zu schmalen Schlitzen. »Sag's schon. Na los, nenn mich seine Schlampe, und du wirst sehen, was passiert.«

TC wandte den Blick ab und schwieg.

Carney versetzte TC eine Kopfnuss. Als der Jüngere ruckartig den Kopf wandte, bleckte Carney die Zähne. »Du kleiner Dreckskerl. Du hältst dich für stark?«, knurrte er. »Glaubst du etwa, du wärst noch am Leben, wenn ich dir nicht geholfen hätte? Du würdest immer noch in Handschellen am Ende der Bank sitzen, so tot wie alle anderen.«

TC wollte etwas sagen, doch Carney schnitt ihm das Wort ab. »Jedes Mal, wenn du mich herausforderst, kuschst du, Mann. Jedes … beschissene … Mal.«

Der Jüngere blickte aus dem Beifahrerfenster, den Kopf hielt er gesenkt. Als er sprach, klang seine Stimme wie ein nicht ganz authentisches Winseln. »Das gefällt mir nicht. Du bist doch mein Bruder, und ich weiß sehr wohl, was du für mich getan hast, im Bau und hier draußen. Aber ich mache mir halt Sorgen, du könntest vergessen.«

»Was vergessen?«

»Mich. Dass du mich genauso brauchst.«

»Scheißdreck, Mann. Du verarschst mich doch, TC. Finde ich gar nicht lustig.«

Der Jüngere schaute ihn an. »Ich mache mir Sorgen, du könntest vergessen, dass du *keinem* von denen trauen kannst. Hast du verstanden? Das sind die Leute, die uns in den Knast gesteckt haben, diese Recht-und-Ordnung-Arschlöcher. Denk dran, die geben einen Scheiß auf Leute wie uns, Mann. Das solltest du nie vergessen.« Er blickte auf seine Füße.

Das war die längste Rede mit Sinn und Verstand, die Carney je von seinem Zellenkumpel vernommen hatte. Doch der Hund zerrte heftig an der Kette, und Carney fragte sich, was passieren würde, wenn sie zerriss. »Schau mich an.« TC gehorchte. »Ich bestimme, wo's langgeht, Mann. Wenn ich sage, wir geben ihnen unsere Nahrungsvorräte oder unsere Waffen oder was auch immer, dann wird das gemacht. Wenn ich sage, wir fahren weg oder stehlen den Helikopter oder machen den Hippie kalt, dann ist das meine Entscheidung. Das ist meine Show. Wenn's dir nicht passt, dann hau ab.«

TC sah auf seine Stiefel nieder.

»Wenn du dich das nächste Mal mit mir anlegen willst, musst du damit rechnen, zu bluten. Und jetzt halt einfach mal das Maul.«

Carney beobachtete, wie der Scheinwerferkegel eine leere Straße entlangkroch. Auf dem Straßenschild an der Ecke stand *Avenue F*. Er unterdrückte ein Schaudern, erleichtert darüber, dass er seinen Zellenkumpel zusammengestaucht hatte, zumindest vorübergehend. Er durfte niemals vergessen, was TC war: ein gewalttätiges, gefährliches und nahezu unberechenbares Tier. Seine gute Laune konnte von einem Moment zum anderen in blinde Wut umschlagen, und obwohl er den Jüngeren gerade eben so hitzköpfig herausgefordert hatte, war er sich keineswegs sicher, dass er aus einem Zweikampf als Sieger hervorgehen würde.

Und dann war da noch die Sache mit TC und dem Mädchen. Calvin hatte ihm gesagt, er habe TC allein mit ihr angetroffen. War da irgendetwas passiert? Carney hatte seinem Zellengenossen gesagt, er solle sich von ihr fernhalten, und ihm im Falle einer Zuwiderhandlung mit Strafe gedroht. Wie weit war er bereit zu gehen? Aber jetzt war kein guter Moment, um darüber nachzudenken, außerdem war das Mädchen in Sicherheit. Dem Schwarzen mit der Narbe traute er zu, dass er TC notfalls Paroli bieten konnte. Carney hatte keine Ahnung, weshalb die junge Frau seinen Beschützerinstinkt weckte. Lag es daran, dass seine Tochter in ihrem Alter wäre, wenn sie nicht als Säugling erstickt wäre? Nein, er hatte sie nicht einmal gekannt. Oder lag es daran, dass Carney es nicht mitansehen konnte, wenn jemand hilflos war und niemanden hatte, der ihm zur Seite stand?

Scheißdreck, dachte er und schürzte die Lippen. Was hatte er schon mit Moral zu schaffen? Hatte er nicht die gefesselten Männer auf der Bank zurückgelassen und sie von den Toten fressen lassen? Und hatte er nicht mit einem Baseballschläger zwei Menschen im Schlaf erschlagen? Genau, Bill Carnes, der Beschützer der Hilflosen. Am liebsten hätte er ausgespuckt. Er war ein verurteilter Mörder, Punkt. Er fuhr besser auf Sicht, behielt die Augen auf, blieb am Leben und wartete ab, wie die Dinge sich entwickeln würden. Philosophie war was für Menschen, die das Zeug schlucken konnten, ohne zu kotzen.

Der junge Mann und dessen Freundin fuhren mit dem Motorrad voraus, umgeben von riesigen Flugzeughangars. An einer Rechtsabzweigung hielten sie an und warteten. Als der Bearcat zu ihnen aufgeschlossen hatte, reckte der junge Mann den Daumen und bog in die Straße ab, offenbar die letzte vor dem Flugfeld.

Carney vergewisserte sich im Rückspiegel, dass Calvin und dessen Leute ihm immer noch folgten.

»Gehören diese Leute zu Ihnen?«, fragte Vladimir und blickte über das Flugfeld zu dem Motorrad und dem nachfolgenden Truck hinüber. Sie waren noch mehrere Hundert Meter entfernt. Der russische Pilot fühlte sich exponiert. Er wäre lieber in der Luft gewesen.

»Ich glaube nicht«, antwortete Margaret Chu bedächtig. »Elson! Jerry!« Die beiden Männer, die neben dem weißen Van und dem altmodischen Cadillac standen – der eine Rechtsanwalt, der andere ein rundlicher Stand-up-Comedian namens Jerry –, holten Gewehre und Faust-feuerwaffen aus den Wagen und nahmen neben Margaret und dem Russen vor dem Helikopter Aufstellung. Meagan, eine junge Frau im Highschoolalter, die nicht viel sprach und direkten Augenkontakt mied, gesellte sich zu ihnen. Sie war mit einer Rasenmäherklinge be-waffnet, die sie bei sich trug, seit Angie West sie auf einem Kundschaftertrip gefunden und zur Gruppe gebracht hatte. Die Klinge hatte rote Flecken, die Meagan nicht ab-wischen wollte.

Sophia, die selbsternannte Beschützerin der Waisen, blieb bei den Kindern im Van, die anderen hielten sich in der Nähe der Fahrzeuge. Für die Überlebenden, die sich unter Angies Schutz in der Feuerwache von Alameda ver-sammelt hatten, war es eine große Enttäuschung gewe-sen zu erfahren, dass der Black Hawk nicht zu einer grö-ßeren Streitmacht gehörte und keinen Treibstoff mehr hatte. Sie hatten ihre Zuflucht in der Hoffnung verlassen, gerettet zu werden. Der zweite Grund war der Verrat eines Mannes aus ihrer Gruppe gewesen.

Vladimir nahm eine kleine Automatik in die Hand und versteckte sie hinter seinem Bein. Er war sehr groß und ziemlich hässlich. Seine inzwischen gefallenen Kamera-den hatten ihm den Spitznamen Troll verpasst, und er überragte die kleine Asiatin an seiner Seite um mehr als einen Kopf.

Margaret Chu überprüfte den Verschluss ihres Ge-wehrs, legte den Schaft an die Schulter und zielte auf einen zehn Meter entfernten Punkt am Boden. In kür-zester Zeit hatte sie sich von einer passiven, durch-schnittlichen Person, die sich vor Waffen fürchtete, zu einer Anführerin entwickelt, die über weit mehr Kraft verfügte, als sie sich selbst je zugetraut hatte. Die anderen erwarteten von ihr Führung und befolgten ihre Anweisungen. Sie wartete neben dem Mann, der eben erst zu ihnen gestoßen war.

Der starke Motorradscheinwerfer beleuchtete den Helikopter, die beiden Fahrzeuge und die zwischen ihnen versammelten Menschen. Evan näherte sich ihnen langsam, dann hielt er in Rufweite an und stieg mit Maya ab.

»Wer sind Sie?«, rief eine Frau.

Evan zeigte seine leeren Hände vor. »Ich bin Evan Tucker, und das ist Maya. Wir haben gesehen, wie der Helikopter gelandet ist.« Von hinten näherten sich Scheinwerfer und das metallische Dröhnen eines defekten Motors. »Diese Leute gehören zu uns, überwiegend Familien mit Kindern. Wir kommen aus Oakland.« Er wusste nicht mehr weiter.

Die Leute am Helikopter berieten sich, dann näherten sich ihnen eine kleine Frau mit Gewehr und ein großer Mann in Fliegermontur. »Ich bin Margaret Chu; das ist Vladimir.« Hände wurden keine geschüttelt. »Wir haben ebenfalls Kinder dabei, deshalb müssen wir sicherstellen, dass Sie Rücksicht nehmen und vorsichtig im Umgang mit Feuerwaffen sind. Verstehen Sie, was ich meine?«

Evan nickte. Niemand wollte, dass es in Gegenwart der Kinder zu einem Missverständnis kam, das zu einem Schusswechsel auf kurze Distanz führen mochte. »Ich sage den anderen Bescheid, einverstanden?«

Margaret nickte, und Evan drückte Maya die Hand, dann trabte er zum gepanzerten Fahrzeug zurück. Kurz darauf stand es neben der Harley, und Calvins Hippies und Rosas Bootsflüchtlinge mischten sich unter die Überlebenden aus der Feuerwache. Nach der anfänglichen Befangenheit tauschten sie sich gegenseitig aus. Es gab keine Aggression und kein Misstrauen, nur verängstigte Menschen, die auf Gleichgesinnte trafen und erleichtert waren über die Annehmlichkeiten, die eine große Menschengruppe mit ähnlichen Erfahrungen bot. Es wurde sogar gelacht, nervös zunächst, dann herzhafter. Die Kinder beider Gruppen fanden zueinander, und Erwachsene, Fremde, schauten ihnen gemeinsam beim Spielen zu und staunten insgeheim über ihre Widerstandsfähigkeit.

Die Hungrigen aus Calvins Gruppe bekamen von den Vorräten im Cadillac zu essen, und die wenigen Raucher versammelten sich an der Seite. Dies alles wirkte vollkommen natürlich, beinahe so, als hätten alle mit einer solchen Begegnung gerechnet und darauf gehofft. Xavier beobachtete das Geschehen und fühlte sich ein wenig bestätigt in seinem Glauben an die Fähigkeit des Menschen, sich in krisenhaften Zeiten solidarisch zu verhalten. Dergleichen hatte er schon lange nicht mehr erlebt.

Xavier sah, wie Carney, der Fahrer des Panzerwagens, und dessen großer Freund TC mit dem Helikopterpiloten sprachen. TC ließ die Schultern hängen und schlurfte davon, als habe er schlechte Neuigkeiten vernommen. Sein Verhalten wirkte kindisch, was bei seiner Größe und seiner gefährlichen Ausstrahlung beunruhigend war.

»Wir müssen mit ihnen über das Mädchen sprechen«, sagte Rosa, die zu ihm getreten war. »Wir müssen ihnen sagen, dass wir eine Infizierte dabeihaben, sonst zerstören wir womöglich ihr Vertrauen.«

»Wie geht es ihr?«

»Unverändert. Sie hat Fieber und fantasiert.« Rosa sah auf die Uhr. »In ein paar Stunden wissen wir mehr.«

»Wenn sich eine Gelegenheit bietet, sage ich es ihnen«, meinte Xavier. Im Moment genossen alle den unbeschwerten Moment. Niemand wusste, wie lange er währen würde. Das wollte er ihnen nicht nehmen.

»Ich hole meine Tasche«, sagte die Sanitäterin, »und untersuche alle, Calvins Gruppe und auch die Neuen. Behalten Sie das Mädchen im Auge?«

Xavier versprach es und ging zum Heck des Trucks, während Rosa mit ihrer orangefarbenen Einsatztasche zu der Menschengruppe hinüberging. Der Priester sah nach dem Mädchen, stellte keine Veränderung fest und setzte sich auf die Stoßstange. Der Regen hatte aufgehört. Vor lauter Aufregung über die Begegnung mit anderen Überlebenden hatte er es gar nicht bemerkt. Jetzt war es nur noch dunstig, und die Wolkendecke brach auf. Er lauschte auf die Unterhaltungen ringsumher. Die Menschen erzählten einander ihre Erlebnisse und sprachen über die allgemeine Lage.

Schritte näherten sich, dann versammelte sich eine Gruppe am Heck des Bearcat; Calvin, Evan und Maya, der russische Pilot und die Frau, die sich als Margaret vorgestellt hatte. Carney stand am Rand der Gruppe und musterte die Umgebung, das Gewehr in der Armbeuge.

»Die Sanitäterin hat gesagt, Sie wollten mit uns sprechen«, sagte Evan. Xavier setzte zu einem Kopfschütteln an, doch Evan kam ihm zuvor. »Wir müssen die Sache klären und entscheiden, wie es weitergehen soll.«

Der Priester nickte langsam.

»Wir müssen einen sicheren Ort finden, die ganzen Leute dorthin schaffen und Pläne schmieden«, fuhr Evan fort. »Margaret meint, einer von ihrer Gruppe ist noch unterwegs.«

Xavier erhob sich von der Stoßstange und streckte die Hand zum Türgriff aus. »Vorher sollten wir über dieses Mädchen sprechen und ...« Er konnte seinen Satz nicht beenden.

»Drifter!«, rief jemand, dann schrie eine Frau. Alle fuhren herum. Ein Dutzend Gestalten taumelten aus der Dunkelheit hervor, und dann begann Carneys M14 zu feuern.

5

Faith und ihr Schwager Dane standen am Heck des weißen Cadillac und schauten den Kindern zu, die im Scheinwerferlicht spielten. Faith lächelte. Kids, die an einem Sommerabend Spaß hatten. Der junge Mann mit Namen Mercury stand ein paar Meter entfernt, bewaffnet mit einem Sturmgewehr, und blickte in die Dunkelheit. Die Reihe der großen Hangars war nicht mehr zu sehen, und die Wolken verdeckten noch den Mond. Ohne das Leuchten der Stadt war es stockdunkel. Mercury war nervös; sie machten eine Menge Lärm und Licht und glaubten anscheinend, sie befänden sich an einem sicheren Ort, wo es auf diese Dinge nicht mehr ankam. Er fand das leichtsinnig. Er wollte etwas sagen, doch er war kein professioneller Wachposten; er war jung, ihm fehlte der große Überblick, und er vertraute auf die Weisheit der Älteren, die sie bislang am Leben erhalten hatten.

Dane beobachtete die spielenden Kinder. »Schön mitanzusehen, dass sie das alles eine Zeit lang vergessen können.«

Faith nickte. »Schon eine Zeit lang ist eine gute Sache.« Sie blickte Calvins Bruder an. »Das mit dem Hospitalschiff tut mir leid. Es tut mir leid, dass ich uns hierher gebracht habe.«

Dane schüttelte den Kopf. »Wir alle haben gehofft, es gäbe das Schiff, und wir haben es auch gefunden. Du hattest recht. Woher hätten wir wissen sollen, dass es … tot war?« Den Anblick der langen, weißen USNS *Comfort* am Kai von Oakland, auf dem es von Toten gewimmelt hatte, würden sie beide so schnell nicht vergessen.

»Cal wollte nicht herkommen, er hat versucht, es mir auszureden. Ich habe ihn unter Druck gesetzt.« Faith brach in Tränen aus. »Ich habe uns hergebracht.«

Dane legte ihr den Arm um die Schultern.

»Meine Kinder werden meinetwegen sterben«, flüsterte sie unter Tränen, dann schluchzte sie laut.

Mercury blickte sich zu ihnen um. Er hätte sie gern getröstet. Faith war ihnen allen eine Mutter, und es brach ihm das Herz, sie so zu sehen. Da er dem dunklen Flugfeld den Rücken zuwandte, bemerkte er die drei Toten, die aus dem Dunkel der Nacht auf sie zugaloppiert kamen, nicht.

Der erste prallte gegen ihn und warf ihn um. Der zweite warf sich auf ihn und drückte ihn zu Boden. Mercury bekam keine Luft mehr und konnte deshalb nicht einmal schreien, als sie ihn kratzten und in Arme und Bauch bissen. Der dritte Tote hoppelte vorbei, er hatte ein anderes Ziel. Dane bemerkte den fauligen Gestank und schaute hoch, als der Drifter Faith auch schon die Zähne in die nackte Schulter schlug. Sie schrie, Blut spritzte ihrem Schwager ins Gesicht, die verfaulten Hände kratzten über ihre Augen und ihren Mund.

»Drifter!«, brüllte Dane und boxte dem Toten mit aller Kraft ins Gesicht. Etwas riss mit einem dumpfen Geräusch, die Faust zerschmetterte die Nase und drückte die Augenhöhlen nach innen. Auf einmal steckte seine Hand in einer kalten, klebrigen Masse. Das Wesen ließ Faiths Schulter trotzdem nicht los. Es grub ihr die Finger in ein Auge und krallte die schmutzigen, abgebrochenen Fingernägel um ihren Mund, tastete nach der Zunge. Faith schrie und versuchte sich aufzurichten.

Dane tastete nach der Pistole, die er an der Hüfte trug, bekam sie mit seinen glitschigen Fingern aber nicht zu fassen. Irgendwo fielen Schüsse, während der Tote Faith zu Boden zog, ihr von hinten die Arme um die Brust schlang und mit den Zähnen an ihrer Schulter zerrte, bis der blanke Knochen zum Vorschein kam. Sie schlug um sich.

Endlich hielt Dane die Pistole in der Hand und zielte auf den Kopf des Wesens, denn er wollte auf keinen Fall Faith treffen. Gleichzeitig hörte er das Geräusch sich nähernder Schritte. Das Wesen, das sich von Mercury gelöst hatte und auf allen vieren auf ihn zukroch, sah er nicht. Es biss ihn in dem Moment in die Kniekehle, als er abdrückte und die Waffe in seiner Hand ruckte.

Die Kugel traf Faith aus knapp einem Meter Abstand über dem rechten Auge.

Dane schrie vor Schmerz und Entsetzen. Faiths Angreifer scherte sich nicht um ihre plötzliche Reglosigkeit, sondern kaute weiter stöhnend an ihrem Arm.

Calvin traf als Erster am Ort des Geschehens ein. Als er sah, was passiert war, gab er einen klagenden Laut von sich. Gleich darauf traf Evan mit seinem Beil ein und versenkte die Klinge im Hinterkopf des Wesens, das sich in Danes Knie verbissen hatte. Das Wesen brach mit einer Art Seufzen auf dem Asphalt zusammen. Margaret näherte sich dem Drifter, der über Mercury hergefallen war, schoss ihm den Kopf weg, lud nach und schoss auch dem toten Hippie in den Kopf. Xavier trampelte auf Faiths Angreifer herum, bis dem Toten der Kopf abfiel und seine Hände sich lösten. Faith schaute einäugig zu ihnen auf, ihre herausgerissene Zunge hielt der Zombie in der Hand, auf dem Asphalt sammelte sich eine Blutlache.

»Baby«, flüsterte Calvin, fiel auf die Knie und schloss sie in die Arme. »Ach, Baby.«

Auch Maya fiel auf die Knie und umarmte lautlos weinend ihren Vater, während Vladimir die in ihre Richtung rennenden Kinder abfing. Carneys M14 knallte mehrmals, mehrere Tote brachen zusammen. Dann stieß TC zu ihnen, holte eine Taschenlampe aus dem Truck und leuchtete, während Carney den Zielscheinwerfer schwenkte. Im weißen Lichtkegel tauchte ein Drifter auf, eine Frau mit grünlicher Haut, zerfetzter Jeans und T-Shirt. Carney schaltete sie aus.

»Faith!«, rief Dane und sackte wegen des verletzten Beins zusammen, versuchte aber, zur Frau seines Bruders zu kriechen. »Faith!«

Rosa kam angelaufen und fiel neben Dane auf die Knie. »Nicht bewegen«, befahl sie ihm.

»Faith!« Dane hob die Pistole und zielte auf den Toten mit dem zerdrückten Kopf.

»Pater, nehmen Sie ihm das Ding ab!«, rief Rosa, während Xavier Dane die schwankende Pistole entwand. Rosa drückte ihn zu Boden, dann kamen zwei Frauen hinzu, die ihn an den Schultern niederdrückten, ihm das Haar streichelten und immer wieder seinen Namen sagten. Rosa streifte die Handschuhe über und inspizierte im Schein einer kleinen Taschenlampe sein Knie. Sie schnitt die Hose auf und besah sich die Wunde, dann fluchte sie.

Sie alle sahen die Bisswunde, außer Calvin, der nur Augen für seine tote Frau hatte.

Evan fasste Xavier beim Ellbogen. »Wir müssen die Leute in ein Gebäude bringen.«

Der Mann hatte ihren Onkel überfallen und ihn getötet, hatte die Toten absichtlich in die Feuerwache eindringen lassen, die ihre Zuflucht geworden war, und den mit Waffen vollgepackten Van gestohlen. Jetzt jagte ihn Angie West, ehemals Star einer Realityshow, professionelle Waffenschmiedin und Schützin.

Sie vermutete, dass Maxie versucht hatte, möglichst viel Abstand zur Feuerwache zu gewinnen, bevor er sich versteckte. Nachdem sie Margaret per Funk über ihre Absichten informiert hatte, fuhr sie zwei Kilometer weit, dann suchte sie systematisch die Straßen ab. In Anbetracht des Zustands der Brücken und der Zugangsstraßen konnte er Alameda unmöglich verlassen haben, doch ihn aufzuspüren, würde Geduld erfordern. Der Hurensohn brauchte den Van nur in eine offene Garage zu fahren und das Tor zu schließen. Und wenn sie langsam die Gegend durchkämmte, würde sie nicht nur die Toten auf sich aufmerksam machen, sondern für den schwer bewaffneten Maxie auch ein einfaches Ziel abgeben.

Es war ihr egal. Wenn er auf sie schoss, tat er gut daran, sie zu treffen, denn sonst würde sie ihn erledigen.

Bruder Peter saß schweigend neben ihr, als sie systematisch die Straßen von Alameda abfuhr. Die Scheibenwischer arbeiteten gegen den nachlassenden Regen an, die Schweinwerfer beleuchteten Straßen mit leeren Fahrzeugen, weggeworfenen Habseligkeiten und umherwandernden Toten. Er beobachtete sie von der Seite. Er schätzte sie auf Ende zwanzig, etwa zehn Jahre jünger als er selbst. Sie war schlank, athletisch und muskulös und hatte eher kleine Brüste. Er bevorzugte weichere Frauen mit mehr Kurven, doch irgendetwas an ihr erregte ihn. Er stellte sich vor, wie sich ihr straffer Körper unter ihm aufbäumte, und schmückte die kleine Fantasie mit Handschellen und lustvollem Stöhnen aus. Auf dem Höhepunkt könnte er ihr den Hals mit einem Teppichmesser aufschlitzen.

Mit seinem Teppichmesser. Mit diesem geliebten Metallwerkzeug, das sich so kühl anfühlte, hatte er einer Frau das Gesicht zerfetzt und sie als Köder zurückgelassen, um seine Flucht abzusichern. Jetzt saß er schmutzig neben einer Frau, die ihn erst hatte töten wollen und es sich dann anders überlegt hatte, kam langsam von den Amphetaminen runter und streichelte das Teppichmesser in der Tasche seiner schäbigen, verdreckten Kapuzenjacke.

Peter bekam eine Erektion und versuchet sie zu unterdrücken. Er lächelte. »Wir jagen einen Mann?«, sagte er. »Den, der Ihren Onkel getötet hat?«

Angie schwieg.

»Er ist gefährlich. Kann ich meine Pistole wiederhaben?«

Keine Antwort.

Bruder Peter betastete das Teppichmesser, als handelte es sich um einen Handschmeichler. »Wäre es nicht besser, wenn wir beide bewaffnet wären? Schauen Sie sich nur die Toten an, die auf die Straße strömen. Das Motorengeräusch und vermutlich auch die Scheinwerfer locken sie an.« Er schaute sie an. »Also, was ist mit der Pistole?«

Angie trat so fest auf die Bremse, dass Peter gegen das Armaturenbrett prallte. »Aussteigen.«

»Moment, ich habe doch nur …«

Sie legte die Hand um den Kolben der Automatik in ihrem Schulterholster. »Steigen Sie aus«, wiederholte sie.

Peter hob die Hände und zog den Kopf ein. »Tut mir leid, tut mir leid!«, jammerte er. »Ich habe doch bloß

Angst, und Sie reden nicht mit mir. Ich werde den Mund halten.« Ach, es war ihm zuwider, sich vor dieser Frau zu demütigen. Doch es war notwendig. Es war seine Eintrittskarte.

Angie musterte ihn aufmerksam, dann setzte der Excursion sich wieder in Bewegung. Straßenblock um Straßenblock zog vorbei. Es war längst dunkel geworden. Die Straßen waren voller Glasscherben und ausgebrannter Autos, die Haustüren standen weit offen. Von Maxie keine Spur. Die Toten torkelten Treppen herunter und hinter Autos hervor und schlugen gegen den SUV, als er an ihnen vorbeifuhr. Viele gerieten ihm in die Quere und wurden überrollt, und viele blieben mit gebrochenen Knochen auf der Straße liegen und versuchten dem Fahrzeug hinterher zu kriechen.

Auf der Uhr des Excursion war es weit nach Mitternacht, als Peter einnickte, den Kopf an die Fensterscheibe gelehnt. Obwohl ständig tote Hände gegen das Wagenblech schlugen, konnte er sich nicht länger wachhalten. Es war ein langer Tag für ihn gewesen; erst hatte er Sherri ans Rohr gebunden und sich angeschickt, den jungen Offizier zu verzehren und Sherri zu zerstückeln, dann war er gelaufen, gelaufen, gelaufen. Dann die Flucht vom Flughafen, das Umherwandern auf dem Golfplatz, Alameda und schließlich die Begegnung mit der reizenden Angie – das war eine ganze Menge für einen Tag. Er schnarchte leise.

Auch Angie war erschöpft, ihre Augen waren gerötet und trocken. Einfacher wäre es gewesen, den Excursion in einer Garage abzustellen, ihren Beifahrer zu fesseln (im Handschuhfach waren ein paar Kabelbinder aus Polizeibeständen) und ein wenig zu schlafen. Doch sie konnte nicht; sie musste Maxie finden. Was ihren Beifahrer anging, war sie noch immer unentschlossen. Er hatte mit der Waffe auf sie gezielt, sich dann aber ergeben und gemeint, er habe Angst gehabt. Er war unheimlich, er stank und stellte nervige Fragen, aber hieß das, dass er gefährlich war? Zu Anfang hatte ihr Onkel Bud gesagt: *Wir walzen alles nieder, was sich uns in den Weg stellt.* Galt das auch für diesen Mann? Sie hatte wochenlang vereinzelte Streuner aufgelesen, aber noch keiner hatte eine Waffe auf sie gerichtet. Bislang spurte er, deshalb beschloss sie, ihn zumindest so lange mitfahren zu lassen, bis sie einen triftigen Grund hatte, ihn loszuwerden.

In den frühen Morgenstunden kam ihr der Gedanke, die Suche könnte vergeblich sein. Die Toten wurden immer zahlreicher, und bald würden die Straßen unpassierbar sein; irgendwann würde selbst der schwere SUV nicht mehr weiterkommen, und sie würden ihn umkippen. Sie konnte nicht hier draußen bleiben. Maxie war möglicherweise ein übler Bursche, doch er war nicht dumm. Er würde sich bestimmt nicht zeigen und es ihr leicht machen …

Plötzlich tauchte zwei Blocks entfernt Angies Van auf.

Er stand mitten auf der Straße und war gegen einen Hydranten geprallt. Die Fahrertür stand offen, und davor kniete auf allen vieren ein Toter, das Gesicht an den Asphalt gepresst. Der Van war vor einer kleinen Kneipe namens *Lucky's* zum Stehen gekommen, das dunkle Neonschild über dem Eingang stellte ein Kleeblatt dar.

Angie hielt am Straßenrand und schaltete das Licht aus, hielt Ausschau nach einer Bewegung, nach dem Schein einer Taschenlampe, irgendwas. Es war dunkel und still, und der Tote am Van war anscheinend das einzige Wesen im näheren Umkreis. Aus diesem Abstand konnte sie nicht erkennen, ob es Maxie war. Sie blickte ihren schlafenden Begleiter an. Gefährlich? Vertrauenswürdig? Im Moment konnte sie sich darüber keine Gedanken machen. Jedenfalls kannte sie ihn nicht gut genug, um ihn mitzunehmen.

Sie nahm zwei Kabelbinder aus dem Handschuhfach, legte den einen um Peters linkes Handgelenk, zog ihn zu und zerrte seinen Arm zum Lenkrad. Er schnaubte und brummte, als habe sie ihn aus dem Tiefschlaf geweckt. In Sekundenschnelle war er mit beiden Händen ans Lenkrad gefesselt.

»Was …?«

Angie stieg aus, holte das Galil-Sturmgewehr aus dem Wagen und warf Peters .45er samt Magazin in den Laderaum. Sein Jagdmesser schob sie sich hinter den Gürtel, dann zog sie den Zündschlüssel ab. »Machen Sie keinen Mucks und hupen Sie nicht, sonst locken Sie sie an.« Sie hielt den Schlüsselanhänger hoch und verriegelte den Excursion mit dem Knopf an der Fahrertür. »Wenn Sie ihn vor mir warnen, entriegele ich den Wagen aus der Ferne, dann kommen die Zombies rein und fressen Sie.«

Peter schwieg. Seine sexuelle Fantasie hatte sich auf das Halsaufschlitzen reduziert.

Angie schloss die Tür und trabte auf die Kneipe zu, das Sturmwehr angelegt, nach Bedrohungen Ausschau haltend. Sie war noch immer der einzige Mensch weit und breit, doch das konnte sich schnell ändern. Der Ghul an der offenen Fahrertür des Vans hatte das Blut auf der Straße aufgeleckt und danach geschnappt; seine Lippen waren aufgerissen, die Schneidezähne entweder abgebrochen oder bis auf kurze Stummel abgeschabt. Als er das leise Geräusch ihrer Schritte und das metallische Klicken hörte, mit dem das Bajonett von Angies Galil einrastete, schaute er hoch und fauchte. Die Klinge bohrte sich in sein Auge und drang bis ins Gehirn vor.

Angie inspizierte mit einer kleinen Taschenlampe den Van. Auf dem Fahrersitz und an der Innenseite der Windschutzscheibe war Blut. In der Karosserie waren mehrere Löcher, die Margarets Schrotmunition gerissen hatte, doch es war niemand im Wagen. Die Waffen und Vorräte auf der Ladefläche waren anscheinend unberührt. Hatte Maxie den Hydranten gerammt und war anschließend von den Toten aus dem Wagen gezerrt worden? Sie konnte nur hoffen, dass er ordentlich hatte leiden müssen.

Sie lauschte an der Kneipentür, dann zog sie sie auf. Zigarettengestank und ein säuerlicher, modriger Geruch schlugen ihr entgegen, ganz anders als der Verwesungsgestank der Toten. Die Taschenlampe an den Vordergriff des Galil gedrückt, presste sie den Schaft an die Schulter und ging hinein.

Auf einem Tisch in der Nähe der Theke brannte in einem roten Glas eine Kerze. Maxies .32er lag auf einem verkohlten Stück Holz neben der Kerze. Maxie saß auf einem Kapitänsstuhl und schaukelte auf zwei Beinen. Sein Hemd war an der ganzen rechten Seite dunkelrot gefärbt, sein Gesicht wirkte im Kerzenlicht aufgedunsen und gelblich.

Angie näherte sich ihm, den Lauf auf sein Gesicht gerichtet, und beförderte die Pistole mit einer Handbewegung auf den Boden. »Warum?«, sagte sie.

Maxie gab einen krächzenden Laut von sich, stützte sich auf den Tisch und langte mit der einen Hand nach der Zigarette und mit der anderen nach der Flasche. Er schaute zu Angie hoch. Sein rechtes Auge war zugeschwollen, die untere rechte Gesichtshälfte entzündet. Eiter lief ihm über den Hals, der ebenfalls angeschwollen war. Er klemmte sich die Zigarette zwischen die Lippen und stieß zischend Rauch aus.

»Die Chinesenhure«, knurrte er. Anscheinend bekam er den Mund nicht richtig auf. »Hab sie im Seitenspiegel gesehen, hat mit ihrer Schrotflinte auf mich geschossen.« Er lachte, ein gurgelndes Grollen, das sich anhörte, als hätte sich die Infektion auch auf seinem Hals ausgebreitet. Der saure Geruch kam von ihm.

»Ein Glückstreffer«, sagte er. »Eine Schrotkugel hat mich unter dem Ohr getroffen, gleich zu Anfang. Hat mir den Kiefer zerschmettert, alles am Arsch.« Er stellte die Flasche ab und nahm einen Schluck, vor Anstrengung stöhnend. »Komisch, finden Sie nicht, Miss Angie? Ich überlebe die Zombies und werde von einer Frau erledigt, die nicht mal richtig schießen kann.« Er versuchte zu lächeln und entblößte seinen Goldzahn. Selbst diese kleine Bewegung bereitete ihm Schmerzen.

Angie richtete die Gewehrmündung auf seine Stirn. »Weshalb haben Sie sie getötet? Warum Bud?«

Maxie lachte, dann schrie er auf. Er tastete nach der angeschwollenen Schrotverletzung, zuckte zusammen und musterte Angie mit seinem unversehrten Auge. »Hab keine gute Antwort drauf, Missy. Gibt keine richtige Erklärung. Manche Leute sind halt schlecht.«

Sie krümmte den Finger am Abzug.

Maxie schloss das Auge. »Machen Sie schon. Tun Sie, weswegen Sie hergekommen sind.«

Der Schuss blieb aus, Maxie öffnete das Auge. Angies Gewehr lag auf dem Tisch, doch sie selbst stand nicht länger vor ihm. Auf einmal packte sie von hinten sein Haar und riss seinen Kopf so fest zurück, dass er aufschrie.

»Ich habe eine bessere Idee«, flüsterte Angie ihm ins Ohr und zeigte ihm Peters Jagdmesser.

Maxie schlug das Auge auf und schaute sich um. Durch eine offene Tür hörte er das Kreischen von Metall, als Angie den Van zurücksetzte, dann entfernte sich das Motorengeräusch. Exakt bestimmen konnte er die Geräusche nicht. Aber sie waren ein Hinweis auf Nahrung.

Sein Blick war leicht getrübt. Der Boden unter ihm war feucht und rot, am Tisch saß eine zusammengesackte Person mit blutigen Klamotten, ein weiterer Toter hockte daneben und fraß an der Hand. Maxie wollte zu ihm. Er rollte das Auge in der Höhle, sein Blick fiel auf den sitzenden Mann.

Er war enthauptet worden.

Von seinem Ruheplatz auf der Theke aus blickte Maxies Kopf den fressenden Toten an und fauchte frustriert. Er war ja *so* hungrig.

6

Am Rand des Flugfelds, dort, wo die Bebauung anfing, lag ein Hangar, der so groß war, dass er einen B-52-Bomber aufnehmen konnte. Er war in einen Nachtclub umgewandelt worden, mit einer langen Theke, Sitzgruppen und Tischen, einer großen Tanzfläche und einer Bühne für Livebands. Die Fenster an der einen Seite gingen auf den Parkplatz hinaus, auf dem der Bearcat und die Harley neben einem weißen Van und Maxies Cadillac abgestellt waren.

Neben der Bühne standen noch die Lautsprecher und Rollkoffer mit der Lichtanlage, doch die Band würde nie mehr spielen. Die gesteppten Packdecken dienten jetzt als Schlafunterlage für die Kinder. Die Erwachsenen hatten sich in den Separees oder an den Wänden niedergelegt, den Kopf auf den Schoß des Nachbarn gebettet. Es war lange her, dass sie geschlafen hatten, und fast alle hatten es sich bequem gemacht, kaum dass sie den Hangar betreten hatten.

Beim Rundgang hatten sie ein paar Notausgänge entdeckt – geschlossen und abgesperrt. Außerdem stellte sich heraus, dass über die Hälfte des Hangars nicht genutzt worden war. Zum Glück hatten sie in der widerhallenden Leere keine Drifter angetroffen. Strom gab es natürlich nicht, und der Mondschein, der durch die Fenster fiel, nachdem die Wolkendecke sich gelichtet hatte, war die einzige Beleuchtung.

Carney saß auf einem Stuhl am Fenster und war eingenickt, das M14 über die Knie gelegt. Jerry, der Komiker, schlief vor der Eingangstür, neben ihm lag ein Gewehr. Vor dem Einschlafen hatte er gescherzt, wenn ein Zombie es schaffen würde, ihn von der Tür wegzuschieben, hätte die Gruppe ein Problem. Es wurde gelächelt, aber niemand lachte.

TC saß auf einem Hocker an der Theke und starrte sein dunkles Spiegelbild an der Wand an. Sein Oberkörper war noch immer nackt. Er mochte es, wie die Leute ihn anguckten, wenn er kein T-Shirt trug; die Männer voller Nervosität, die Frauen neugierig. Er hatte gewartet, bis Carney weggeduselt war, dann hatte er sich einen Tequila genehmigt. Die eine Hand hatte er um die Flasche gelegt, die andere um ein Schnapsglas.

Darius, der Soziologieprofessor, der Rosa gerettet und es nicht geschafft hatte, Xavier niederzuschießen, trat leise hinter die Theke. Er nickte TC lächelnd zu – was keine Reaktion hervorrief –, dann suchte er in den Kühlfächern nach einer Flasche Wasser. TC schenkte sich das Glas voll, hob es vors Gesicht und betrachtete die goldfarbene Flüssigkeit, bevor er sie hinunterkippte. Er knallte das Glas auf die Theke und seufzte wohlig.

Der Professor musterte erst ihn und dann die Flasche und bemerkte, wie viel vom Inhalt bereits fehlte. »Sie sollten sich vielleicht ein bisschen zurückhalten«, sagte er leise, denn er wollte die Schlafenden nicht wecken. »Wir brauchen alle einen klaren Kopf.«

TC legte den Kopf schief, seine Mundwinkel zuckten nach oben. »Ach ja?« Er schenkte sich einen weiteren Drink ein, dann stützte er die Ellbogen auf die Theke, hielt das Glas mit beiden Händen umfasst und senkte die Stimme zu einem Flüstern. »Sie erinnern mich an jemanden.«

Darius lächelte und wartete.

»Ja, an ein kleines Luder, das ich in Q gefickt habe. Hab ihn für ein paar Zigaretten ausgeliehen.«

Der Professor spannte sich an, als wäre er geschlagen worden.

»Was sagst du dazu, schwarzer Mann? Mir gefallen die Perlen in deinen Zöpfen. Wie wär's, wenn du dich auf meinen Schoß setzt?«

Der Professor zog den Kopf ein und eilte davon. TC lachte und sah ihm im Spiegel nach. »Später vielleicht, mein Süßer«, murmelte er und kippte den Drink hinunter.

In einem Büro an der Seitenwand des Hangars schlief Margaret Chu in einem Stuhl. Ihre Flinte lehnte in einer Ecke. Das erkrankte Mädchen war noch immer gefesselt und lag, in eine Decke gewickelt, in der Nähe eines Tischs auf dem mit Teppich belegten Boden. Ihr Gesicht glänzte vor Schweiß, und sie wälzte sich hin und her, während sie etwas in ihren Knebel brummelte. Rosa hatte es für das Mädchen so komfortabel wie möglich eingerichtet, und Margaret hatte sich freiwillig gemeldet, sie zu bewachen und sich im Falle ihrer Verwandlung um sie zu kümmern. Entgegen Xaviers Befürchtungen, eine infizierte Person in ihrer Mitte könne eine Gruppenpanik auslösen, hatte es kaum Probleme oder Diskussionen gegeben. Alle waren viel zu erschöpft. Margaret wünschte sich, den Namen des Mädchens zu kennen, aber sie würde ihn wahrscheinlich nie in Erfahrung bringen. Sie wusste, was kommen würde.

Im angrenzenden Büro gab Rosa Escobedo Dane eine Demerol-Spritze und deckte den Einstich mit einem Pflaster ab. Die Bisswunde am Knie war frisch verbunden, und er saß aufrecht an der Wand, ohne zu sprechen oder jemandem in die Augen zu sehen. Maya stand neben ihrem Vater, streichelte ihm den Rücken und bedankte sich bei der Sanitäterin mit einem Kopfnicken. Rosa ging hinaus und schloss hinter sich die Tür.

Xavier und Evan erwarteten sie in der Dunkelheit des großen Hangars, und alle drei gingen zur Rückseite der Bühne und setzten sich. Alle waren erschöpft und schwiegen eine Weile, blickten stumm in die Dunkelheit und lauschten auf die Stille.

»Wir sind hier nicht sicher«, sagte Xavier schließlich. »Es kommt einem nur so vor, weil es so ruhig ist und nichts geschieht. Aber das wird sich ändern. Sie werden uns hier finden.«

»Die Halle lässt sich auch nur schwer verteidigen«, meinte Evan. »Zu viele Eingänge und Fenster.«

Rosa seufzte. »Das sind nicht die einzigen Probleme. Proviant und Wasser gehen zur Neige. Die Suche hat nicht viel Zeit beansprucht. Wir haben etwas Wasser gefunden und ein paar Snacks, aber das wird nicht lange vorhalten. Im Panzerwagen sind ein paar Vorräte, das haben wir gesehen, aber wir haben nur etwas davon, wenn die beiden sie mit uns teilen, und bei den vielen Menschen kommen wir damit auch nicht weit.«

Xavier nickte. Insgesamt zählten sie über fünfzig Personen.

»Die Leute werden krank werden«, fuhr Rosa fort und schüttelte den Kopf, als die beiden Männer sie ansahen. »Nicht vom Virus. Aber die Hygiene stellt für uns ein großes Problem dar. Es gibt einfach nicht genug Wasser zum Trinken, geschweige denn zum Baden. Und die Ernährung ist schlecht. Die meisten ernähren sich seit über einem Monat von Konserven und irgendwelchem Mist. Das wird irgendwann Folgen haben.«

Der Priester wusste, dass sie recht hatte. Vor dem Ausbruch der Seuche hatte er sorgfältig auf seine Ernährung geachtet, hatte regelmäßig trainiert und vier- bis fünfmal pro Woche geboxt. Er hatte abgenommen, seine Muskeln waren erschlafft. Ständig juckte es ihn, und weil er sich nicht richtig wusch, bekam er Ausschlag. Bei den anderen war es das Gleiche.

»Ständig im Freien«, sagte die Sanitäterin, »Mangelernährung, schlechte Hygiene … selbst die Leute, die vorher in guter gesundheitlicher Verfassung waren, werden abbauen, und dann ist da noch das ältere Paar aus der Feuerwache. Der Mann hat MS, und die Frau braucht Sauerstoff, der bald ausgehen wird. Zwei von Calvins Kindern haben Diabetes …« Sie schüttelte den Kopf.

Irgendwo im Dunkeln schlurften Stiefel über den Boden, dann tauchte Carney auf, mit geschultertem Gewehr. Er rieb sich das unrasierte Gesicht. »Was dagegen, wenn ich mich der Versammlung anschließe?«

Xavier nickte. »Ich glaube, es ist wichtig, dass Sie dabei sind. Aber ich wollte Sie nicht wecken.«

»Worum geht's denn?«

»Schlechte Neuigkeiten«, sagte Evan.

Carney lachte leise. »Gibt's denn auch andere?« Er setzte sich im Schneidersitz auf den Boden und legte die Arme auf die Knie.

Rosa wies mit dem Kinn zu den Büros hinüber. »Der Mann wird sich verwandeln. Das Mädchen vermutlich auch. Dann müssen wir schnell handeln.«

»Und leise«, sagte Evan. »Schüsse locken sie an.«

Carney nickte. Bevor er eingeschlafen war, hatte er

mindestens ein Dutzend Drifter gesehen, die in Richtung Flugfeld am Hangar vorbeigezogen waren. Für ihr Versteck hatten sie kein Interesse gezeigt, doch das lag daran, dass sie nicht wussten, dass sich in dem Gebäude Nahrung befand. »Wie lange hält Insulin ohne Kühlung?«, fragte er. »Ich habe den Motor des Bearcat vor zwei Stunden abgestellt, seitdem läuft das Kühlgerät nicht mehr. Ich habe gesehen, dass Calvin es in den Wagen gestellt hat.«

Rosa nickte. »Das war eine Vorsichtsmaßnahme, denn niemand weiß, wann wir Nachschub finden. Insulin hält bei Raumtemperatur etwa einen Monat, und mit dieser Temperatur sollte man es auch spritzen. Ich habe gehört, kaltes Insulin tut höllisch weh. Falls Sie noch irgendwelche Vorräte haben, sollten Sie sie kühlen.«

Carney lachte auf und schüttelte den Kopf. »Ich dachte schon, da wären Schalentiere drin.« Damit brachte er alle zum Lachen. Er blickte Evan an. »Wie haben Sie das Ding bis jetzt mit Strom versorgt? Sie konnten doch nicht ständig den Motor laufen lassen.«

Evan schüttelte den Kopf. »Calvin hat hinten im Van einen Generator. Wenn wir irgendwo kampiert haben oder ein Nachtlager aufschlugen, haben wir den laufen lassen.« Er musterte die anderen. »Im Wohnwagen, den wir in Oakland zurückgelassen haben, war eine Menge Zeug, das wir gut brauchen könnten.«

Xavier blickte den Ex-Häftling an. »Und Sie haben eine Menge Zeug in Ihrem Truck. Wir haben eben über Proviant und Wasser gesprochen.« Der Priester ließ die Bemerkung so stehen. Alle warteten auf eine Antwort.

Carney erwiderte ihre Blicke. »Anscheinend haben wir gar keine Wahl. Ich bin kein Arschloch, das alles für sich behalten will, aber es sind so viele Leute, da werden die Vorräte nur ein paar Tage reichen. Wir sollten uns besser einen Plan zurechtlegen.«

Xavier bedankte sich mit einem Kopfnicken.

»Wie sieht das Ihr Partner?«, fragte Rosa.

Carney antwortete nicht, und das Schweigen währte so lange, dass schon keiner mehr mit einer Antwort rechnete. Plötzlich stand Carney auf und verschränkte die Arme. »Ich habe wegen Doppelmords siebzehn Jahre in San Quentin gesessen. Meine Frau und ihr Geliebter waren drogensüchtig und haben meine Tochter ersticken lassen, und ich habe sie beide im Schlaf getötet.« Er schaute in die Runde und nickte. »Mehr, als Sie erwartet haben. Sie sollten nicht fragen, wenn Sie die Antworten nicht hören wollen. Haben wir jetzt ein Problem?«

Xavier musterte den Mann, der vergeblich sein jahrelanges Leid hinter harten blauen Augen zu verbergen suchte. »Werden Sie uns Schwierigkeiten machen?«

»Nein«, antwortete Carney ohne Zögern.

Xavier verzichtete darauf, sich nach seinem Begleiter zu erkundigen, denn es lag auf der Hand, wo sie sich kennengelernt hatten. »Menschen verändern sich«, sagte der Priester. »Ihr Wort reicht mir.«

Der Ex-Häftling schürzte die Lippen. So etwas hatte noch niemand zu ihm gesagt. Er blickte die Sanitäterin an. »Ich habe Ihre Frage beantwortet, Doc; jetzt bin ich an der Reihe. Was bedeutet das alles?« Er schwenkte den Arm. »Wie kommt es, dass die umherwandelnden Toten uns auslöschen wollen?« Das war die Frage aller Fragen, die sie alle umtrieb, auch wenn sie ständig auf der Flucht waren und ums Überleben kämpfen mussten und kaum Zeit hatten, sich damit zu befassen. Jetzt stand sie im Raum.

Rosa schüttelte den Kopf. »Ich bin keine Ärztin.«

Carney lachte und setzte sich neben sie. »Oh nein, Doc, damit lasse ich Sie nicht durchkommen.«

»Hören Sie«, sagte sie, »ich habe den Pre-Med-Bachelor gemacht, aber das eigentliche Medizinstudium habe ich noch nicht mal begonnen. Ich bin nichts weiter als eine Sanitäterin.«

»Das macht Sie in diesem Kreis zur Expertin«, sagte Carney. »Also lassen Sie schon hören. Sie haben sich doch bestimmt Gedanken gemacht.« Auch die anderen musterten sie erwartungsvoll.

Rosa zögerte, dann schüttelte sie den Kopf. »Ich kann Ihnen nur sagen, was ich gehört und gesehen habe, und meine Meinung dazu äußern. Eigentlich müsste das ein Virologe übernehmen.«

Die anderen nickten ihr aufmunternd zu.

»Okay. Wir sprechen von einem Virus, aber das ist eine bloße Annahme. Es könnte sich auch um etwas handeln, das im Genom versteckt ist. Ich weiß nicht, ob bereits entsprechende Analysen durchgeführt wurden, deshalb kann ich dazu nichts sagen. Sprechen wir deshalb einstweilen von einem Virus.«

»In den Nachrichten war die Rede vom Omega-Virus«, sagte Carney.

»Stimmt«, sagte Rosa und nickte. »Aber es ist komplizierter. Da ist noch etwas anderes wirksam, vielleicht ein zweiter OV-Erregerstamm. Das Virus verhält sich wie ein Bluterreger, da die Krankheit durch Blutkontakt übertragen wird, aber wenn man nicht gebissen wird, verläuft die Ansteckung nicht immer tödlich.«

Alle dachten an das Mädchen nebenan.

»Wie ist das möglich?«, fragte Evan. »Körperflüssigkeit

ist Körperflüssigkeit; wenn sie ansteckend ist, sollte es egal sein, wie sie in den Körper gelangt.«

Die Sanitäterin zuckte mit den Achseln. »Ich habe nicht gesagt, dass es logisch oder richtig wäre. Das ist nichts weiter als eine Hypothese, die auf meinen Beobachtungen im Feldlazarett und da draußen beruht.« Sie schwenkte den Arm. »Vielleicht hat es mit dem Überträger zu tun, mit einer Mutation der wandelnden Toten. Eine Autopsie würde vielleicht weiterhelfen.«

»Aber selbst wenn ein Toter einen nicht auf der Stelle tötet«, sagte Xavier, »stirbt man schließlich vom Biss.«

»Ja«, sagte Rosa. »Der Biss löst das Fieber aus, und das ist immer tödlich. Aber es ist nicht das, was einen verwandelt.«

»Blödsinn«, sagte Carney. »Wird man gebissen, verwandelt man sich. Ganz einfach.«

Die Sanitäterin schüttelte den Kopf. »Falsch. Wird man gebissen, stirbt man, und *anschließend* verwandelt man sich. Der Tod ist das Problem, und deshalb muss noch etwas im Spiel sein.«

Alle schauten sie an.

Rosa erwiderte ihre Blicke. »Hat schon mal jemand erlebt, dass irgendwer sich verwandelt hat, der nicht gebissen wurde?«

Die anderen nickten, und Carney wirkte verblüfft. Er dachte an den übergewichtigen Gefängniswärter, der sie bewacht und einen Herzanfall bekommen hatte. Minuten später war er wieder aufgestanden. Xavier dachte an den Cop aus San Francisco, der gelyncht worden und vermutlich dabei gestorben war. Trotzdem hatten seine Beine gezuckt.

Rosa merkte, wie es bei ihm klick! machte. »Es ist der

Tod«, sagte sie. »Die Ärzte im Feldlazarett nahmen an, wir alle trügen das OV bereits in uns. Einige vermuteten, es sei im Trinkwasser enthalten oder wäre über die Luft übertragen worden. Wie auch immer, es schlummert in uns, ohne dass wir irgendwelche Symptome zeigen, und wartet auf einen bestimmten Auslöser. Das ist anscheinend der Tod.« Sie nahm eine Wasserflasche aus der Tragetasche, während die anderen voller Grauen an das Verderben dachten, das sie in sich trugen.

»Ich bin keine Virologin«, fuhr Rosa fort, »aber das ist keine Science-Fiction. Wir erleben es ständig, dass in einem Menschen ein tödlicher Erreger schlummert, der erst dann aktiv wird, wenn bestimmte Ereignisse auftreten. Das können Umwelteinflüsse sein, Luftverschmutzung, Pestizide.« Sie zuckte mit den Achseln. »Alles nur Hypothesen.«

»Wo versteckt es sich?«, fragte Evan, dem nicht bewusst war, dass er sich die Oberarme rieb.

»Vielleicht im Gehirn«, antwortete Rosa. »Das Gehirn ernährt den Erreger, hält ihn am Leben.«

»Deshalb lassen sie sich auch mit einem Kopfschuss ausschalten«, meinte Xavier und nickte. »Und bei noch lebenden Personen verhindert man auf diese Weise, dass sie wiederkehren. Wir haben alle die Selbstmörder gesehen.«

Die anderen schauten ihn an.

Carney schüttelte den Kopf. »Das ergibt keinen Sinn. Wenn man tot ist, verwest man, und dann ist auch das Gehirn tot und zersetzt sich. Wie kann es dann noch funktionieren?«

»Viele Organismen ernähren sich von totem Gewebe«, entgegnete Rosa. »Aber darauf wollen Sie gar nicht hinaus, oder? Sie wollen wissen, weshalb die Toten noch so mobil sind. Weshalb sie nicht bloß umherwandeln, sondern auch noch sehen, hören und riechen können, motorische Fähigkeiten besitzen und einfache Probleme lösen können, wie zum Beispiel eine Klinke betätigen oder eine Treppe hochsteigen. Weshalb sie über einen Jagdinstinkt verfügen.« Rosa lächelte schwach. »Tut mir leid, darauf weiß ich keine Antwort. Vielleicht können Sie mir sagen, weshalb sie diesen Fressdrang haben, obwohl sie keinen Nutzen davon haben, denn sie verfügen über kein Verdauungssystem mehr. Können Sie die Frage beantworten?«

»Nicht mein Fachgebiet, Doc«, sagte Carney.

»Meins auch nicht«, sagte Rosa, lauter und schärfer als beabsichtigt. »Verzeihung«, schob sie hinterher.

Carney bedeutete ihr mit einem Kopfnicken, dass er ihr die Erwiderung nicht übel nahm.

»Was glauben Sie, wie lange sie durchhalten werden?«, fragte Xavier. »Sie verwesen. Eigentlich hätten sie schon längst auseinanderfallen müssen.«

»Das sollte man eigentlich meinen«, sagte Rosa. »Da sie verwesen, liegt die Vermutung nahe, dass man sie einfach überdauern kann. Sich irgendwo verstecken und abwarten, nicht wahr? Das klingt vernünftig, aber abgesehen davon, dass überhaupt nichts von alledem irgendeinen Sinn ergibt, ist diese Argumentation schief.«

Sie schilderte den Prozess der Verwesung, beginnend mit der Autolyse. Sie erklärte, wie die Zellenzyme sich nach dem Tod zersetzten, ein Prozess, der durch Wärme beschleunigt und durch Kälte verlangsamt wurde. Dies führte zur Verwesung, und sechsunddreißig Stunden nach dem Tod nahmen Hals, Kopf, Bauch und Schulter eine grünlich-graue Farbe an. Der Körper blähte sich auf, da die Bakterien Gase produzierten, was sich besonders im Gesicht bemerkbar machte. Augen und Zunge wurden vom Gas nach außen gedrückt. Die Haut bildete Blasen, das Haar fiel aus.

Alle hörten ihr zu. Was sie beschrieb, hatten sie mit eigenen Augen gesehen.

Dann folgte der Prozess der Marmorierung. Die Blutgefäße in Gesicht, Brust, Bauch und Extremitäten wurden sichtbar, da die roten Blutzellen platzten und das Hämoglobin austrat. Der ganze Körper nahm eine schwärzlichgrüne Farbe an, Flüssigkeiten sickerten aus Mund, Nase und den übrigen Körperöffnungen. Nach zweiundsiebzig Stunden war die Totenstarre verschwunden.

»Im Wasser verwesen Körper doppelt so schnell wie an der Luft«, schloss sie.

»Ich habe das alles beobachtet«, sagte Xavier, »jedoch nicht bei allen. Manche zeigen schon früh Anzeichen von Verwesung, bei anderen dauert es länger, und manche verschrumpeln wie Mumien. Der Prozess verläuft unterschiedlich.«

»Stimmt.« Rosa trank aus der Wasserflasche. »Das ist das Problem. Der Ausbruch ist jetzt über einen Monat her. Die meisten sollten sich längst in Moder und Knochen verwandelt haben, doch das tun sie nicht. Einige machen sogar einen recht frischen Eindruck.« Sie sah den Priester an. »Sie haben recht. Der Prozess verläuft unterschiedlich.«

Carney nickte bedächtig. »Wenn sie den von Ihnen geschilderten biologischen Abläufen folgen würden, Doc, bräuchten wir uns in einem Monat wegen der Körperflüssigkeiten keine Sorgen mehr zu machen. Dann wären sie knochentrocken. Aber die meisten sind ...«

»Noch immer voller Saft«, beendete Evan den Satz. »Sie haben beide recht, das ergibt keinen Sinn.«

»Das gilt auch für die Tatsache, dass sie tot sind und uns trotzdem jagen«, sagte Xavier.

Carney ergriff das Wort. »Wollen Sie damit sagen, dass der Verwesungsprozess irgendwie stabilisiert wird?« Er blickte Rosa an und hob eine Braue.

Sie schnaubte frustriert, nicht wegen der Frage, sondern weil sie so wenig wusste. »Ich weiß es nicht. Ich kann ihre Existenz oder ihr Verhalten nicht erklären, ich weiß nicht mal, ob sich unsere Beobachtungen verallgemeinern lassen. Es könnte … Varianten geben, mit unterschiedlich entwickelten Sinnesleistungen und motorischen Fähigkeiten. Wir wissen nicht, ob sie sich anpassen können oder lernfähig sind.« Sie lachte unsicher. »Herrgott, hoffentlich nicht. Ich weiß auch nicht, woher das OV stammt, ob es künstlich erzeugt wurde oder eine Grille der Natur ist. Aber es gibt das Virus noch nicht lange, sonst hätte es schon vor dem August Menschen infiziert.«

»Das hieße, es wurde künstlich erzeugt«, sagte Evan.

Carney nickte. »Irgendein Arschloch hat es zusammengebraut, und ein zweites Arschloch hat es aus dem Labor entwischen lassen, sei es absichtlich oder durch Nachlässigkeit.«

Rosa zuckte mit den Achseln. Diese Hypothese war so gut wie jede andere, und dieser imposante Mann, der zwei Morde begangen hatte, hatte sie so prägnant formuliert, wie ein Arzt es nicht besser vermocht hätte. »Ich wünschte, ich wüsste mehr. Ich wünschte, ich wüsste, ob irgendetwas von dem Gesagten wahr ist, aber es wäre ein Kurzschluss zu glauben, wir würden das Phänomen auch nur ansatzweise verstehen.«

Xavier drückte ihr die Schulter. »Sie haben Ihre Sache gut gemacht, danke.«

Carney versetzte ihr einen Stupser. »Ja, danke, Doc.«

Sie nickte und ging sich einen Schlafplatz suchen. Eine Flasche zerschellte, gefolgt von gedämpften Flüchen, und Carney ging nach seinem Zellenkumpel sehen. Xavier und Evan saßen noch eine Weile beieinander, dann gingen sie zu den Fenstern hinüber. Alle schliefen; zu hören waren allein Carneys leise Stimme und TCs Gelalle, als der Ältere seinen Kumpel in eine Nische bugsierte und ihm befahl, seinen Rausch auszuschlafen.

Die Wolkendecke hatte sich gelichtet, und in den Windschutzscheiben spiegelte sich der Mond und verwandelte den Hangar in ein Muster aus hellen Flecken und tiefem Schatten. Ein Toter schlurfte über den Parkplatz in Richtung Flugfeld, ein Uniformierter, dem ein Arm fehlte. Er schaute nicht zu den Fenstern herüber, und hätte er es getan, hätte er vermutlich nur sein Spiegelbild gesehen. Trotzdem hielten sie den Atem an, bis er vorbei war.

Als er verschwunden war, blickte Evan den Älteren an. »Jetzt haben wir also eine medizinische Erklärung gehört. Ich kenne Sie nicht, aber mir scheint, dass es mit wissenschaftlichen Erklärungen allein nicht getan ist.«

»Das ist immer so«, sagte Xavier, in die Nacht hinausblickend.

»Was macht eigentlich das Militär?« Evan legte die Hände auf den Fensterrahmen und schaute den Mond an. »Wo sind die Spezialeinsatzkräfte? Der Pilot ... Vlad ... hat gemeint, sein Stützpunkt sei überrannt worden, aber es muss doch noch andere geben. Wieso haben wir überlebt und diese Leute nicht?«

Xavier schaute neben ihm aus dem Fenster. »Ich glaube nicht, dass wir etwas Besonderes sind, falls Sie das meinen. Wir hatten einfach nur Glück. Es ist reine Statistik, dass einige von uns überleben, jedenfalls eine Zeit lang. Da draußen gibt es noch mehr, davon können Sie ausgehen.« Er schlug den Blick nieder. »Wie lange wir durchhalten, das ist eine andere Frage, und die Zahlen sprechen nicht zu unseren Gunsten.«

»Und das Militär?«, hakte Evan nach.

»Es gibt da draußen bestimmt auch Soldaten«, erwiderte Xavier, »jedenfalls einige, aber vermutlich haben sie keine Eile, die Befestigungen, die sie halten konnten, zu verlassen. Der Rest wurde überrannt. Zivilisten hatten den Luxus, flüchten zu können. Das Militär, die Cops und die Feuerwehrleute mussten sich der Gefahr stellen.«

Evan sah ihn an. »Aber die ganze Feuerkraft, die Technik, die Panzer und Flugzeuge …«

»Sie haben es ebenso wenig kommen sehen wie alle anderen«, sagte der Priester, »und für eine solche Situation gibt es keinen Notfallplan, es sei denn, man steht auf Verschwörungstheorien.« Evan schüttelte den Kopf, und Xavier lächelte. »Was die Feuerkraft angeht, was kann ein Panzer schon gegen etwas ausrichten, das sich nur durch einen Kopfschuss ausschalten lässt? Und wenn dieses Etwas in tausendfacher, millionenfacher Gestalt auftritt? Wie wird man damit fertig, wenn die meisten Menschen, auf die man sich verlassen hat, als Tote umherstolpern?« In sanfterem Ton fügte er hinzu: »Ich glaube, es ist töricht zu glauben, die Regierung werde uns irgendwann militärische Unterstützung schicken.«

Evan schob die Hände in die Taschen.

»Und außerdem«, sagte Xavier und sah wieder aus dem

Fenster, »geht es wohl eher darum, dass unsere Gesellschaft schon immer anfällig für Seuchen war und kein Mittel gegen eine sich in solchem Maßstab ausbreitende Gefahr hatte. Niemand konnte rechtzeitig reagieren, selbst wenn es die Möglichkeit dazu gegeben hätte. Jetzt geht es nur noch ums Überleben.«

»Ich muss sagen, es überrascht mich ein wenig, Sie so reden zu hören«, meinte Evan.

Xavier wandte sich ihm zu. »Sie kennen mich doch gar nicht. Wie kommen Sie darauf?«

Evan lächelte beschwichtigend. »Als Dane auf dem Flugfeld mit der Pistole fuchtelte, hat Rosa Sie *Father* genannt. Sie sind Priester, nicht wahr?«

Xavier seufzte. »Ich wünschte, darauf gäbe es eine einfache Antwort.«

»Die gibt es«, entgegnete Evan. »Entweder Sie sind Priester oder Sie sind es nicht, und Ihrer Antwort entnehme ich, dass Sie es sind. Dann müssen Sie auch eine theologische Sicht auf die Entwicklung haben. Die würde ich gern hören.«

Xavier schwieg lange. Schließlich sah er den Schriftsteller an. »Ich würde Ihnen gerne Trost spenden oder Ihnen Einsicht vermitteln. Das sollte ich tun, und ich weiß auch genau, welche Worte ich sagen müsste, damit Sie sich besser fühlen. Aber in meinen Ohren klingen sie hohl, Evan, und ich will Ihnen nichts sagen, woran ich selbst nicht mit ganzem Herzen glaube. Das ist nicht die Antwort, die Sie sich erhofft haben, ich weiß.«

Evan sah wieder aus dem Fenster. »Vor ein paar Jahren starb meine Mutter. Ihr Tod führte zu einem Riss zwischen mir und meinem Dad. Wir waren auch vorher nicht besonders eng miteinander gewesen, aber Mom hat uns immer zusammengehalten. Als sie weg war, entzweiten wir uns.«

»Das tut mir leid.«

Evan hatte ihn anscheinend nicht gehört. »Ich überlegte, auf welche Dinge es wirklich ankommt. Der ganze Mist, den ich für so wichtig gehalten hatte, verflüchtigte sich wie Rauch. Auf einmal sah ich alles in einer neuen Perspektive.«

Xavier nickte. Dergleichen hatte er bei seiner Trauerberatung schon häufig gehört.

»Das da«, sagte Evan und zeigte aus dem Fenster, »ist etwas Ähnliches, bloß im denkbar größten Maßstab. Alles, was uns aneinander nicht gefallen hat und weshalb wir uns gegenseitig gehasst haben, alle Beziehungen, die wir geopfert haben, um irgendwelchen *Dingen* nachzujagen – unsere ganze Lebensweise und Selbstbezogenheit –, was bedeutet das jetzt noch?« Er gähnte und rieb sich die Augen. »Ich bin erledigt und ins Plappern geraten. Das ergibt doch alles keinen Sinn.«

Eine Tote in einem zerfetzten Kleid wanderte steif über den Parkplatz und taumelte wie die anderen zum Flugfeld, einen Arm vorgestreckt. Sie sah aus wie eine Mutter, die ihrem weggelaufenen Kind folgt, und dieser Eindruck wurde verstärkt durch einen toten Zweijährigen, der vor ihr herstolperte. Er war mit Latzhose und Turnschuhen bekleidet, die bei jedem Schritt rot aufleuchteten. Er hatte eine Art Geschirr umgeschnallt und trug einen Affen auf dem Rücken, dessen Schwanz als Leine diente und hinter ihm herschleifte.

»Was bedeutet das, was Sie sehen, für Sie?«, fragte Evan leise. Dann wandte er sich zu Xavier herum. »Perspektive, Pater. Ich habe Sie gefragt, ob Sie Priester sind, und Sie sind mir ausgewichen. Was immer Sie sind, Sie haben das, was Menschen brauchen. Nennen Sie es Führungsqualität, Zuversicht, meinetwegen Glaube, ob Sie nun glauben wollen oder nicht, ob es für sie hohl klingt oder ob Sie es für kompletten Unfug halten. Sie können diesen Leuten besser helfen, als jeder andere es vermöchte. Die Menschen brauchen vieles, aber was sie am meisten brauchen, ist jemand, der über mehr Kraft verfügt, als sie sich selbst zutrauen.«

Der junge Mann lächelte und legte dem Priester die Hand auf die Schulter. »Ich lege mich jetzt schlafen.« Er ging weg und ließ Xavier im Mondschein stehen.

7

Angies Van und der schwarze Excursion standen nebeneinander auf dem Parkplatz einer kleinen Polsterei, nicht weit entfernt von der Straße, die zum Eingangstor des ehemaligen Marinestützpunkts führte. Sie schlief im verriegelten Van, Bruder Peter lag auf dem Rücksitz des Ford. Er hätte schlafen sollen, doch das tat er nicht.

Gott wollte ihn einfach nicht in Ruhe lassen.

Angie war blutverschmiert aus der Kneipe gekommen, mit ausdruckslosem, leerem Blick. Sie holte mehrere Gewehre und Peters Automatik aus dem Laderaum des Excursion, legte die Waffen auf den Rücksitz ihres Vans und ging zurück zum Ford, an dessen Lenkrad Peter noch immer gefesselt war. Er hatte überlegt, sich mit dem Teppichmesser zu befreien, und hätte es auch getan, wenn es in der Kneipe anders ausgegangen wäre, doch er hatte dem Impuls widerstanden. Er wollte das Spiel zu Ende bringen.

»Ich bin immer noch angepisst wegen der Waffe«, sagte Angie.

»Ich weiß. Tut mir leid.«

Sie musterte ihn. »Ich werde wieder zu meiner Gruppe stoßen. Sie können mitkommen, mir mit dem Wagen folgen, wenn Sie möchten.« Sie klopfte auf den Lenker.

»Kein Problem«, sagte Peter. »Hören Sie, Angie, es tut mir wirklich leid. Ich war wohl zu lange nicht mehr unter Menschen. Ich habe vergessen, wie man sich benimmt.«

Sie überlegte. »Bleiben Sie dicht hinter mir und fahren Sie, wenn ich fahre. Sollten Sie abbiegen« – sie zuckte mit den Achseln –, »sind Sie auf sich allein gestellt. Niemand wird nach Ihnen suchen oder Ihnen helfen.«

»Ich folge Ihnen. Ich möchte wieder unter Menschen sein.« Das meinte er ehrlich, allerdings aus anderen Gründen, als sie vermutete.

Angie schnitt ihn mit dem Jagdmesser los, dann nahm sie das Funkgerät vom Armaturenbrett und teilte Margaret mit, sie sei unterwegs. Margaret klang verschlafen. Kurz darauf fuhren sie los. Bruder Peter hatte zunächst Mühe, den Excursion zu lenken. Es war Jahre her, dass er selbst am Steuer gesessen hatte. Doch er fand sich schnell zurecht, kam aber einmal Angies Van zu nahe und rumste gegen die Stoßstange. Sie trat auf die Bremse, und er fürchtete schon, das Miststück würde zum Ford marschiert kommen und ihn erschießen.

Die Toten wimmelten in Hundertschaften über die Straße, kratzten am Blech und schlugen gegen die Fenster, wenn die beiden Fahrzeuge ihnen zu nahe kamen. Bruder Peter beobachtete im Rückspiegel, wie sie kehrtmachten und dem Excursion hinterhertorkelten. Ein Schauder lief ihm über den Rücken. Angie fuhr ein paar Kreise und Umwege, weil sie die Toten nicht zur Gruppe locken wollte. Nachdem sie geparkt und ihm ihre Strategie erklärt hatte, nickte er, sagte ihr, sie sei klug, und stellte sich vor, wie er ihr eine Waffe an den Kopf hielt und sie vergewaltigte.

»Ich habe mit Margaret gesprochen und ihr gesagt, wir halten vor dem Stützpunkt und schlafen ein wenig. Ich möchte bei Tageslicht reinfahren, damit wir sehen, womit wir es zu tun haben.«

»Haben Sie vielleicht etwas zu essen und ein bisschen Wasser?«, fragte Peter.

»Tut mir leid.« Angie holte mehrere Flaschen Wasser und etwas Proviant aus dem Van. »Schlafen Sie jetzt. Ich wecke Sie auf, wenn es weitergeht.«

Die Straßen waren in Mondschein gebadet, die Sicht war entsprechend gut. Im Moment waren keine wandelnden Toten zu sehen, also war ihr Vorgehen offenbar erfolgreich gewesen. Peter sah ihr nach, als sie zum Van zurückging, das Gewehr geschultert. »Träum schön«, sagte er und betastete das Teppichmesser.

Jetzt, da die Amphetamine, die ihn unter Strom gesetzt hatten, sich abbauten, lag er zusammengekrümmt auf dem Rücksitz des Excursion und hielt sich die Augen zu. »Bitte lass mich schlafen«, sagte er. Das war unfair. Nach all den Ansprachen, die er den ungewaschenen Menschenmengen gehalten hatte, nach all seinen vielen Büchern und Fernsehpredigten, den Redeauftritten und Seminaren in seinem Bibelkolleg, hatte Peter Dunleavy noch nie die Stimme Gottes vernommen. Und jetzt, da Er endlich zu ihm sprach, war er zu müde für eine Unterhaltung.

Aber hatte er das alles denn tatsächlich *geglaubt*? Früher vielleicht, als er noch jung und naiv gewesen war und empfänglich für machtvolle Worte. Aber jetzt? Peter Dunleavy war es, der jetzt die machtvollen Worte sprach. Er halluzinierte, weil er gestresst und erschöpft war, das war alles.

Außerdem sollte Gottes Stimme dröhnend und majestätisch klingen und ihn mit Ehrfurcht erfüllen. Und nicht *so*.

»Ich bin also eine Halluzination, ach ja? Du klingst wie eine Tussi, Pete.«

»Ich bin keine Tussi. Ich bin müde. Lass uns morgen reden.« Nein, das war nicht das, was er erwartet hatte.

»Es ist mir egal, ob du müde bist. Sieh mich an, wenn ich mit dir spreche.«

Peter setzte sich auf. Gott saß auf dem Beifahrersitz, wandte den Kopf und sah ihn an. Der Prediger blinzelte. Gott sah genauso aus wie der Seelenklempner, der ihn aus der Air Force geschmissen hatte, komplett mit Uniform und allem.

»Du bist vom Weg abgekommen, Peter. Ich bin sehr enttäuscht.«

»Wie meinst Du das? Ich liebe Dich über alles.«

»Ach, spar dir doch den Blödsinn. Du bist gefallen, in Verwirrung geraten. Du bist ein Ungläubiger.«

»Diese Unterhaltung ist nicht real«, sagte Peter.

Gott langte zwischen den Sitzen hindurch und schlug Peter fest ins Gesicht. Der Ring der Air Force Academy in Colorado Springs ließ seine Lippe platzen. *»Na, wie fühlt sich das an? Real genug?«*

Peter schrie leise auf. »Moment, tu das nicht …«

Ein weiterer Schlag, der die andere Wange traf. *»Ungläubiger.«*

Der Prediger hob abwehrend die Hände. »Es tut mir leid!«

Ein dritter Hieb – diesmal traf der Air-Force-Ring Peters Scheitel.

Er brach in Tränen aus. »Bitte hör auf!«

»Weinerlichkeit widert mich an«, sagte Gott. *»Reiß dich zusammen.«*

Peter wischte sich eilig die Tränen ab.

»Du hast versucht, der Air Force die Wahrheit über die atomaren Sprengköpfe zu sagen, aber du hast die falschen Worte ge-

braucht, deshalb wurde es dir genommen«, sagte Gott. »Du hast in meinem Namen eine globale Gemeinde gegründet, aber auch das hast du vermasselt, deshalb wurde es dir genommen.« Gott blickte über Seine Brillengläser hinweg. »Dann hast du eine neue Herde um dich versammelt, sie mit unausgegorenen Vorstellungen von der Gründung einer neuen Gemeinde unter die Erde geleitet. Das führte zu einem Riesendurcheinander, inklusive Kannibalismus und Vergewaltigung. Sehr, sehr enttäuschend, Peter.«

Der Fernsehprediger wollte etwas sagen, beherrschte sich aber. Er wollte nicht mehr geschlagen werden.

»Und jetzt diese Frau. Dein Kopf ist voller dunkler, lüsterner Gedanken, und du redest, als wolltest du sie versklaven, sie deinem Willen unterwerfen. Tust du das? Nein, du winselst um Gnade, katzbuckelst und schmeichelst ihr.« Gott verzog angewidert das Gesicht. »Hat sich mein Prophet wegen einer Hure erniedrigt?«

»Nein!« Peters Wangen brannten, und es flossen wieder Tränen.

»Willst du ihr dienen wie ein Hund seinem Herrn?«

»Nein!« Er würde aufrecht zum Van hinübergehen, sie herauszerren, sie auf dem Asphalt nehmen, er würde …

»FALSCH!« Eine donnernde Ohrfeige traf seinen Kopf, der Air-Force-Ring brach einen Zahn ab.

Peter schlug die Hände vors Gesicht, weinte und schüttelte den Kopf. »Ich verstehe nicht, was Du meinst.«

»Das kommt daher, dass du meine Gnade verschmäht hast. Willst du zu mir zurückkehren?«

Der Prediger nickte nach kurzem Zögern. Hatte er wirklich Gottes Gnade erfahren? Müsste der wahre Gott ihn nicht als das erkennen, was er war?

»Dann hör mich an. Ich weiß genau, was du bist. Du bist ein

Versager, Pete, ein verwirrter, dreckiger kleiner Versager, dem die Menschen misstrauen und aus dem Weg gehen. Sieh dich an. Du bist im Begriff, in die Gemeinschaft anderer Menschen zurückzukehren, auf die du keinen Einfluss hast und die du nicht herumkommandieren kannst.« Gott blickte wieder über Seine Brille hinweg. »Sie wissen nicht, wer du warst, und es ist ihnen auch egal.«

»Was soll ich tun?«

»Reiß dich zusammen. Wasch dich, hör auf zu flennen, verhalte dich wie ein normaler Mensch.«

Peter zog schniefend den Rotz hoch. »Das schaffe ich.«

»Besinn dich auf den Charme, der Millionen dazu gebracht hast, ihre Taschen für den Mist zu leeren, den du verkauft hast.« Gott lächelte. »Ich vertraue darauf, dass du das schaffst, Pete. Wer wäre ein größerer Lügner und Schwindler als du?«

»Stimmt.« Peter lächelte ebenfalls.

»Schmeichel dich ein, sei der Peter Dunleavy, den wir alle kennen und lieben.«

»Das werde ich tun.«

»Und vor allem«, sagte Gott, »verhindere, dass sie es merken.«

»Was sollen sie nicht merken?«

Gott betastete eine der Medaillen an seiner Uniform, dann schaute er hoch. »Dass du ein gefährlicher, durchgeknallter Irrer bist.«

»Werde ich Dich wiedersehen?«

»Ich glaube, das wirst du«, antwortete der Air-Force-Psychiater, und seine Worte hallten in Peters Kopf wider wie eine Erinnerung.

»Dein Wille geschehe.« Diese Formel erschien ihm passend, Aug in Aug mit dem Allmächtigen, auch wenn Er nur ein Traum war.

Gott nickte. »Denk, was du willst, Peter, aber lass die lüsternen Gedanken einstweilen beiseite. Die lenken dich ab. Solange du tust, was ich dir sage, wirst du am Ende bekommen, was du dir wünschst.«

Peter leckte sich die Lippen. »Werde ich die Frau bekommen?« Er blickte zum Van mit der schlafenden Angie hinüber.

»Pete, mein Junge, wenn die Zeit kommt, wirst du sie alle ficken.«

8

In den Wochen nach dem Ausbruch der Seuche hatte jeder Überlebende von Alameda Begegnungen mit wandelnden Toten gehabt, ihr Verhalten beobachtet und sich eine Meinung über ihre Fähigkeiten und Einschränkungen gebildet. Father Xavier Church war überzeugt, dass sie kurzsichtig waren, aber gut hörten. Mit der ersten Annahme irrte er, mit der zweiten unterschätzte er die Toten. Sie verfügten über ein außergewöhnlich empfindliches Gehör. Was ihr Sehvermögen anging, übertraf es bei Nacht sogar das der Lebenden.

Angie West war sich ihrer Herdenmentalität nicht vollständig bewusst. Häufig kam es vor, dass einer sich aus irgendeinem Grund in Bewegung setzte und andere sich ihm anschlossen, vielleicht weil sie instinktiv annahmen, es befinde sich etwas Essbares in der Nähe. Angie hatte recht in der Annahme, dass sie sich leicht ablenken und durcheinanderbringen ließen, doch das galt nicht uneingeschränkt. Hatten sie sich erst einmal in Bewegung gesetzt, behielten viele so lange die Richtung bei, bis sie auf ein Hindernis trafen, das sie umgehen mussten. Die anderen folgten ihnen und taten das Gleiche.

So kam es, dass die Untoten – angelockt von Motorenlärm und fernen Schüssen – in Alameda, Kalifornien in westliche Richtung durch die Stadt zum alten Marinestützpunkt zogen. Wie Vieh trotteten sie Straßenzug um Straßenzug hintereinander her und wanderten wie eine lange, bewegliche Kette über die Brücken nach Oakland.

Die Toten in der Stadt wurden auf sie aufmerksam, und schon bald hatten sich über eine Million Tote der Herde angeschlossen und schlurften auf die Brücken zu. Sie strömten über die I-80 und aus San Francisco kommend über die Bay Bridge, und die langsame, aber unaufhaltsame Herde schwoll auf mehrere Millionen an.

Im Süden marschierten die untoten Massen aus Los Angeles Richtung Norden durch Mittelkalifornien wie ein Schwarm gefräßiger Heuschrecken. Nichts widerstand ihrem Vorbeimarsch; Fahrzeuge wurden beiseitegeschoben oder umgekippt, Zäune wurden überlaufen, das Getreide von Millionen schlurfenden Füßen niedergetrampelt. Die vereinzelten Flüchtlinge wurden aus ihren Verstecken getrieben, gestellt und auf Feldern zerfleischt, aus Kellern und Fahrzeugen gezerrt. Die Flüchtlinge aus L.A., über die Vladimir hinweggeflogen war, fielen den mitleidlosen Toten zum Opfer, wurden zu Zehntausenden niedergemacht, erhoben sich Minuten später und schlossen sich dem Schwarm an.

An einem einsamen Straßenabschnitt, der durch tausende Morgen Ackerland führte, versteckten sich mehrere Migrantenfamilien in einem Abflusskanal und beteten, dass die Horde vorbeiziehen möge. Sie wurden einander aus den Armen gerissen und bei lebendigem Leib gefressen. Schon bald würde die L.A.-Horde den überrannten Marinestützpunkt Lemoore erreichen und ihn leer vorfinden. Dieser Schwarm war bereits nach Norden weitergezogen.

Als Angie um 5 Uhr 58 im Van erwachte und Bruder Peter in unruhigem Schlaf zuckte, wurden alle wandelnden Toten im Umkreis von dreihundert Kilometern um West-Oakland langsamer und hielten an. Sie standen regungslos da, der Wind spielte mit ihrem Haar, den Kleidungsfetzen und herabhängenden Hautlappen. Sie hoben die Köpfe. Sie fauchten und knurrten nicht, sondern verharrten stumm an Ort und Stelle.

Um 6 Uhr 01 entlud sich die Spannung zwischen der pazifischen und der nordamerikanischen Kontinentalplatte. Die wenigen Überwachungsgeräte, die in Kalifornien noch arbeiteten und in menschenleeren Räumen Strom verbrauchten, registrierten ein kleines Erdbeben der Stärke 1,7. Das Ereignis währte nur vier Sekunden und war kaum wahrzunehmen.

Als es vorbei war, setzten sich die Toten wieder in Bewegung.

9

Im Morgengrauen erreichten Angie und Bruder Peter den Hangar. Es gab ein trauriges Wiedersehen mit der Gruppe aus der Feuerwache, die von Buds Tod und der Flucht erzählte. Angie berichtete in nüchternen Worten, Maxie habe für seinen Verrat bezahlt. Mehr wurde zu dem Thema nicht gesagt.

Angie war entsetzt darüber, dass der Helikopter keinen Sprit mehr hatte und so viele neue Mäuler zu stopfen waren. Obendrein war der Hangar schlecht gesichert und im Notfall nur schwer zu verteidigen. Allerdings freute es sie, dass eine Sanitäterin zur Gruppe gestoßen war. Bereitwillig teilte sie mit ihr die medizinischen Vorräte aus dem Excursion.

Peter war der perfekte Gentleman; beherrscht, zurückhaltend in der Wortwahl und beschämt über seinen verdreckten Zustand. Er reinigte sich so gut es ging mit Feuchttüchern, rasierte sich und nahm dankbar die Kleidung entgegen, die ihm einer aus der Feuerwachegruppe gab. Seine Unterredung mit dem Herrn erschien ihm inzwischen wie ein Traum, doch der Rat, sich zu verhalten wie ein normaler Mensch, war vernünftig gewesen. Dies hier waren arglose, verzweifelte Schafe, leicht zu verletzen. Und Peter Dunleavy hatte erkannt, dass er gerne Schafen wehtat. Er verstaute sein geliebtes Teppichmesser in der Tasche seiner neuen Jeans.

Vor dem Hangar schlurften immer mehr Tote über den Parkplatz. Alle bemühten sich, leise zu sein, und die Steppdecken, auf denen sie geschlafen hatten, hingen vor den Fenstern, damit die Drifter sie nicht bemerkten. Im Hangar war es jetzt noch düsterer, doch niemand beklagte sich.

Margaret ging im Büro, um nach dem infizierten Mädchen zu sehen. Als sie eintrat, setzte Skye sich auf, knurrte mit dem Knebel im Mund und funkelte sie mit ihrem milchig-blauen Auge an.

»Angie!« Margaret lud eine Patrone in ihr Gewehr. Während sich eilige Schritte näherten, zerrte das Mädchen an den Fesseln und versuchte aufzustehen. Angie tauchte in der Tür auf, eine Pistole in der Hand. Margaret legte das Gewehr an.

Als Rosa neben dem Fernsehstar auftauchte, ruckte Skyes Kopf herum. Sie knurrte wieder und zerrte an ihren Fesseln. Rosa sah das getrübte Auge, dann bemerkte sie, dass das andere klar war.

»Warte!«

Margaret nahm im letzten Moment den Finger vom Abzug. Die Sanitäterin stürzte zum Mädchen, ging in die Hocke und nahm ihr den Knebel ab.

»Doc, nicht!«, rief Margaret.

»Lasst mich los!«, schrie Skye. »Nehmt mir die Fesseln ab!«

Immer mehr Leute drängten sich in der Tür, als Rosa die Schere aus der Gürteltasche zog. »Entspann dich«, sagte sie, »wehr dich nicht.« Skye gab einen erstickten Laut von sich, und Rosa rief nach Wasser. »Ich bin Sanitäterin, ich helfe dir.«

Die junge Frau schüttelte den Kopf wie ein nasser Hund. »Weshalb kann ich nicht sehen? Was stimmt nicht mit meinem Auge? Mach mich los!«

»Ich schneide jetzt die Fesseln auf, und ich möchte,

dass du dich einen Moment hinlegst und ruhig verhältst, okay?«

Skye blickte sie an, am ganzen Leib zitternd, und brachte ein Kopfnicken zustande. Rosa schnitt die Plastikriemen durch, und Skye ließ sich auf den Boden niederdrücken und massierte sich die Handgelenke. »Wo ist meine Schwester?«

»Das weiß ich nicht, Liebes«, sagte Rosa, steckte sich das Stethoskop in die Ohren und hörte den Herzschlag des Mädchens ab. Die Frequenz war erhöht, aber weniger stark als zuvor und nicht im gefährlichen Bereich. Ihre Haut war kühl und trocken.

»Sie sind in der Kirche! Wo ist mein Gewehr? Wir können hier nicht bleiben, wir müssen hier weg.«

»Ruhig, Liebes, wir bleiben nicht hier. Wie heißt du?«

Die Antwort ließ ein paar Sekunden auf sich warten. »Skye Dennison.«

Die Sanitäterin lächelte. »Freut mich, dich kennenzulernen. Ich bin Rosa.«

»Was ist mit meinem Auge?« Skye betastete es, kurz vor dem Hyperventilieren. Rosa sprach leise auf sie ein. Margaret legte das Gewehr weg und ging mit zitternden Händen hinaus. Sophia erwartete sie im Hangar und schloss sie in die Arme, als sie zu weinen begann.

Rosa sagte Skye, sie sei krank gewesen, nachdem sie sich mit Körperflüssigkeit infiziert habe. Sie habe fast vierundzwanzig Stunden lang starkes Fieber gehabt. Von der Rettung an der Kirche hatte sie gehört und berichtete dem Mädchen davon.

»Du hast das durchgemacht, was wir als schwelenden Verlauf bezeichnen. Du kannst von Glück sagen, dass du am Leben bist.«

»Meine Schwester ist tot«, flüsterte Skye.

Rosa ging nicht darauf ein. »Das Fieber hat vermutlich dein Auge geschädigt. Kannst du überhaupt nicht damit sehen?«

Skye kniff das rechte Auge zu, das milchig-blaue blieb offen. »Nein, ich kann nur hell und dunkel unterscheiden.« Sie zuckte zusammen. »Es tut weh. Wird das heilen?«

Rosa runzelte die Stirn. »Wir werden sehen, Liebes. Sag mir, was genau dir wehtut.«

»Der Kopf.« Skye schloss beide Augen und rieb sich die Schläfen. »Ich habe schlimme Kopfschmerzen.«

Rosa reichte ihr die Wasserflasche und nahm ein paar Ibuprofen aus ihrer Tasche, dann schloss sie die Untersuchung ab. Skye war mager, fast schon ausgezehrt, aber das kam vermutlich von der Dehydrierung durch das Fieber. Offenbar war sie unterernährt, wenngleich es den Anschein hatte, als habe sie sich den Umständen entsprechend fit gehalten. War sie Soldatin gewesen? Ihr Herzschlag beruhigte sich, ihre lebenswichtigen Funktionen waren in Ordnung – Skye ließ es zu, dass Rosa ihr eine Blutdruckmanschette anlegte –, und abgesehen von den abgeschürften Knien und den durch die Fesseln wundgeriebenen Handgelenken machte sie einen gesunden Eindruck.

Carney streckte staunend den Kopf herein. »Wird sie wieder gesund?«

Rosa blickte Skye an. »Ich glaube schon, ja. Aber ich möchte, dass sie sich erst einmal schont.«

Der Ex-Häftling verharrte im Eingang und musterte einen Moment lang die junge Frau, die von der Schwelle des Todes zurückgekehrt war, bevor er nickte und sich zurückzog.

»Wer war das?«

Rosa lächelte. »Einer der beiden Männer, die dich an der Kirche gerettet haben.«

Skye überlegte. »Ich erinnere mich nicht an ihn. Ich war auf dem Turm. Ich habe geschossen …« Sie spannte sich an. »Wo ist mein Gewehr? Ich brauche es!« Sie fasste sich ans leere Schulterholster und dann an die ebenfalls leere Messerscheide am Stiefel. »Ich brauche meine Waffen.«

Rosa versuchte sie zu beruhigen und sagte, sie befinde sich in Sicherheit und werde ihre Waffen zurückbekommen, solle sich aber erst einmal ausruhen. Sie gab ihr ein starkes Antibiotikum und ließ sie eine ganze Flasche Wasser leertrinken, dann spritzte sie ihr Demerol. Skye wehrte sich nicht, wich aber den Blicken der Neugierigen aus, die durch die Tür zu ihr hereinschauten. Sie achtete darauf, ihnen nicht das getrübte Auge zuzuwenden.

»Mein Gott, ich stinke. Und meine Klamotten …« Sie waren steif von den getrockneten Körperflüssigkeiten des Toten, den sie mit der Machete ausgeschaltet hatte, und stanken nach Exkrementen.

»Ich kümmere mich darum«, sagte Rosa. »Wir haben ungefähr die gleiche Größe, falls du keine Einwände gegen meine Navy-Tarnuniform hast. Du warst doch bei der Army, oder? Bei den Spezialeinsatzkräften?«

Skye blinzelte und schüttelte den Kopf. »Ich gehe aufs College, oder vielmehr ging. UC Berkely.«

Rosa wusste nicht, was sie davon halten sollten, doch sie nickte und wartete, bis das Demerol wirkte und Skye einschlief. Dann öffnete sie ihren Seesack und scheuchte alle Zuschauer weg. Margaret, die in der Zwischenzeit die Fassung wiedergewonnen hatte, kam zurück, und gemeinsam entkleideten sie Skye und wuschen sie, dann zogen sie ihr Rosas blaue Uniform an.

Margaret schwieg die ganze Zeit, doch dann rollte ihr eine Träne über die Wange. »Mein Gott, um ein Haar hätte ich …«

Rosa umarmte sie. »Aber du hast es nicht getan, und sie wird wieder gesund.«

Margaret nickte und rang sich ein Lächeln ab.

Im angrenzenden Büro gab es keine solch glücklichen Momente. Dane saß nicht mehr an der Wand, sondern lag seitlich auf dem Boden. Sein Gesicht war gerötet und mit Schweiß bedeckt. Er hatte starkes Fieber und zitterte. Calvin saß im Schneidersitz neben ihm und wischte seinem Bruder mit einem Barhandtuch das Gesicht ab. Maya stand ein Stück abseits und weinte leise, die Hände vors Gesicht geschlagen. Evan hatte sie nicht hereingelassen. Das hier war eine Familienangelegenheit.

»Erinnerst du dich, wie sie getanzt hat?«, fragte Dane, zu seinem Bruder aufschauend. »So lebendig in all dem Licht.«

»Ich erinnere mich«, sagte Calvin leise und lächelte.

»Ich habe sie auch geliebt. Ich war froh, dass sie mit dir zusammen war. Sie war ein besserer Mensch als wir beide. Ich konnte nicht … ich …«

Calvin streichelte ihm die Stirn. »Ich weiß. Das ist okay.«

»Ist es nicht.« Dane schüttelte den Kopf. »Es ging so schnell, und ich habe versucht, sie zu retten. Dann wurde ich gebissen.« Er schluchzte auf. »Es tut mir leid.«

Calvin legte seine Stirn an die seines Bruders. »Du konntest nichts mehr tun. Sie wurde gebissen, war schwer verletzt. Es war aussichtlos.« Dane wollte widersprechen, doch Calvin drückte ihm die Hand. »Sie hätte sich verwandelt. Jetzt hat sie ihren Frieden. Das hast du für sie getan.«

Dane begann zu weinen, die Tränen mischten sich mit dem Schweiß. »Ich bin krank, Cal. Ich fühle mich mies. Es hat mich erwischt, oder?«

»Nein. Das wird nicht passieren.« Er bekam feuchte Augen.

Dane blickte an seinem Bruder vorbei und warf Maya mit zitterndem Arm eine Kusshand zu. »Tut mir leid, meine Liebe.« Maya nickte und weinte umso heftiger.

Calvin legte seinem Bruder die Hand auf die Stirn, dann sagte er, er werde gleich zurückkommen, und ging hinaus. Er suchte Angie, sagte ihr, was er haben wollte, und sie holte es ihm wortlos. Als er wieder ins Büro trat, schraubte Calvin einen Schalldämpfer auf Angies Automatik. Maya flüchtete sich zu Evan, und Calvin schloss hinter ihr die Tür.

Dane versuchte sich aufzusetzen, kämpfte gegen den Brechreiz an und zwang sich, den Mann anzusehen, den er seit seiner Kindheit verehrte. »Du wirst die Kinder an einen sicheren Ort bringen, hast du mich verstanden?«

Ein Kopfnicken. »Das werde ich. Ich liebe dich, Bruder.«

Draußen im Gang war ein metallisches Husten zu hören, gefolgt vom gedämpften Weinen eines Mannes.

Alles in allem verlief der Tag entspannt, die Menschen ruhten sich aus und machten eine Bestandsaufnahme ihrer kargen Vorräte, froh darüber, dass sie nicht draußen waren und ständig Angst vor einem Angriff haben mussten. Carney sammelte ein paar Männer um sich, unternahm mehrere Ausflüge zum Bearcat und entlud ihn in sorgfältig geplanten Intervallen, wenn gerade keine Toten unterwegs waren. Er lagerte die Waffen und die Kampfausrüstung auf der Bühne und bat Margaret und Sophia, die Verteilung der Vorräte zu beaufsichtigen. TC machte keinen Ärger. Er schlief seinen Rausch aus.

Gegen Mittag bat Xavier Evan, Angie und Carney, ihn zur Rückseite des Hangars zu begleiten. »Ich möchte euch etwas zeigen, das mir aufgefallen ist, als Rosa mit dem Boot zur Anlegestelle gefahren ist.«

Angie und Carney folgten dem Priester zu einer Metallleiter, und nachdem er sich vergewissert hatte, dass Maya mit ihren jüngeren Geschwistern beschäftigt war, schloss Evan sich an. Die Leiter führte zu einem Laufgang und zu einer weiteren Leiter an der Wand des Hangars. Oben angelangt, kletterte Xavier durch eine Luke auf das gewölbte Dach hinaus.

Vom Scheitelpunkt aus rutschten sie auf dem Bauch zum Rand hinunter. Ein Lebender – von den Toten ganz zu schweigen – hätte vermutlich Mühe gehabt, sie hier oben auszumachen, doch sie wollten kein Risiko eingehen. Sie alle hatten erlebt, was es bedeutete, ihre Gegner zu unterschätzen.

Vor ihnen breiteten sich das Flugfeld und die Bucht aus. Mehrere Dutzend Tote, die von hier oben aus winzig wirkten, wanderten ziellos über die Rasenflächen und Startbahnen. Einige standen in der Nähe von Vladimirs Black Hawk; einer hatte sich auf alle viere niedergelassen und beschnüffelte die Stelle, an der Calvins Frau gestorben war.

»Was wollen Sie uns zeigen?«, fragte Carney.

Xavier reichte ihm ein Fernglas und wies auf eine Stelle

jenseits des Flugfelds. »Der Flugzeugträger dort drüben. Ich schätze, er ist keine zwei Kilometer vom Ufer entfernt.«

Der Ex-Häftling schaute durchs Fernglas. »An Deck bewegt sich etwas, doch ich glaube nicht, dass das Seeleute sind.«

»Nicht mehr«, meinte Angie.

»Bei Tag ist es schwer zu erkennen«, sagte Xavier, »aber gestern Abend, als wir die Bucht durchquerten und uns Alameda näherten, habe ich Lichter an Bord gesehen, funktionierende Beleuchtung, auch auf der Brücke. Es wundert mich, dass Sie die nicht bemerkt haben.«

Evan übernahm das Fernglas. »Ich habe mich bemüht, nicht über Bord zu gehen. Ich sehe Lichter, allerdings ganz schwach. Worauf wollen Sie hinaus?« Er reichte das Fernglas an Angie weiter.

»Lichter bedeuten, dass es Strom gibt«, sagte Xavier. Dann teilte er ihnen seine Vermutung mit.

Seine Gefährten musterten ihn, als habe er den Verstand verloren.

10

»Das ist eine Insel«, sagte Xaxier, »eine Festung mit hohen Mauern und dem denkbar breitesten Burggraben.«

Sie hatten sich in der Bar versammelt. Alle Sitzplätze waren besetzt, und einige standen am Rand oder saßen vorne auf dem Boden. Xavier hatte vor der Versammlung Aufstellung genommen, und hinter ihm, wie die stummen Unterstützer bei einer Pressekonferenz, standen Evan, Angie, Rosa und Vladimir, während Carney sich ein wenig abseits hielt. Die Flüchtlinge aus der Feuerwache – Margaret, Jerry, Elson und Sophia – saßen abgetrennt von der großen Hippiefamilie. Zwischen den beiden Gruppen hatten Darius und das schwangere Paar aus dem Patrouillenboot, Peter Dunleavy, die ältere Frau und ihr an MS leidender Ehemann sowie ein Haufen Kinder Platz genommen. Die anderen hielten sich am Rand. Hinter der Versammlung pflegte TC seinen Kater, unterstützt von einer Aspirintablette, die Rosa ihm gegeben hatte. Calvin saß mit seinen fünf Kindern an einem Tisch. Er wirkte stark gealtert.

Xavier entging nicht, dass die verschiedenen Gruppen für sich geblieben waren. Trotz der freundlichen Gesichter und des höflichen Umgangs hatte sich noch kein Vertrauen eingestellt. Wenn sie gemeinsam überleben wollten und seinem Plan zustimmten, mussten sie zusammenarbeiten. Seine Aufgabe war es, die Voraussetzungen dafür zu schaffen.

»Wir können hier nicht bleiben«, fuhr der Priester fort.

»Hier ist es nicht sicher, und es gibt nichts zu essen. Wir können auf Dauer nicht von Bretzeln und Dosenbohnen leben, außerdem wird das Wasser knapp. Auf dem Schiff gibt es alles, was wir brauchen.«

Mercy, eine Frau aus Calvins Family, fragte: »Wäre die Nahrung dort nicht verdorben wie überall sonst?«

»Nicht, wenn es noch Strom gibt«, sagte Evan. Er war bereits überzeugt von Xaviers Idee und stand voll dahinter. »Auf dem Discovery Channel sind Serien über Flugzeugträger gelaufen, ich habe sie gesehen. An Bord gibt es genug Vorräte, um Tausende Personen monatelang zu ernähren.« Er musterte die Anwesenden. »Wir würden damit notfalls Jahre auskommen.«

Xavier nickte. »Proviant, hohe Wände, umgeben von Wasser, sodass niemand an Bord kommen kann. Irgendwo da draußen muss es Militäreinheiten geben, und an Bord gibt es Funkgeräte.«

»Von denen wir nicht wissen, wie man sie bedient«, sagte ein Mann namens Tommy, der ebenfalls zu Calvins Family gehörte.

Vladimir, der stand und die Arme vor der Brust verschränkt hatte, sagte: »Dort gibt es bestimmt auch JP-5.« Als er die verständnislosen Blicke bemerkte, fügte er hinzu: »Treibstoff für den Black Hawk.«

Bruder Peter, der weit einnehmender aussah als bei seiner Ankunft, erhob sich. »Wenn die Regierung noch aktiv ist, wird sie das Ding zurückhaben wollen. Wenn wir an Bord sind, werden wir gerettet.« Er erntete halblaute Zustimmung, worauf der Prediger sich rasch wieder setzte. Subtile Einflussnahme, mehr war im Moment nicht angesagt. Natürlich glaubte er kein Wort von dem, was er gesagt hatte, doch darum ging es nicht. In seiner ganzen Zeit als Fernsehprediger war es nie darum gegangen.

»Wir sollten hierbleiben«, sagte eine Frau namens Lilly, »und Beutezüge unternehmen wie bisher.«

Angie schüttelte den Kopf. »Hier ist es nicht sicher. Du hast die Toten gesehen, es werden stündlich mehr.« Sie blickte Calvin an, der aschfahl wirkte. »Der Zaun ist an mehreren Stellen kaputt.«

»Wir sind hier auf einer Halbinsel gefangen«, meinte Angie.

»Wir sollten mal über die Toten reden«, sagte Jerry, der auf einem Barhocker thronte. »Auf dem Schiff gibt es bestimmt Infizierte. Das wäre ein Problem.«

Mehrere hitzige Unterhaltungen wurden gleichzeitig geführt, und alle drehten sich um ein Schiff voller wandelnder Leichen.

»Wieso können wir nicht einfach weiterfahren?«, wandte ein Hippie namens Tuck ein. »Die meisten von uns haben wochenlang auf der Straße überlebt, oder etwa nicht?«

Ein großer Mann mit dem widersinnigen Namen Little Bear schüttelte den Kopf. »Wir müssen weg von Alameda.«

»Wie wäre es mit Alcatraz?«, schlug Eve vor, die neben dem siebzehnjährigen Stone saß. »Das ist eine Insel; dort kann es nur eine Handvoll Drifter geben.«

»Kein Essen, kein Strom«, entgegnete Stone wie aus der Pistole geschossen.

Darius, der Soziologe, richtete seinen Kommentar an die Anführer. »Sie haben gemeint, der Flugzeugträger sei aufgelaufen und habe eine leichte Krängung. Was ist, wenn die Reaktoren beschädigt sind und Strahlung abgeben?«

Eine Stimme wie eine Schüssel voll Staub von der Seite: Skye, die auf einem Stuhl saß und mit beiden Hände eine Flasche Wasser umklammert hielt. »Glaubt ihr etwa, das wäre gefährlicher, als hierzubleiben und gefressen zu werden?«

Es wurde still. Alle ließen sich ihre Worte durch den Kopf gehen.

»Es kann nur eine bestimmte Anzahl an Bord geben«, sagte sie, »und sie bekommen keinen Nachschub. Jeder, den wir töten, verringert ihre Zahl und erhöht unsere Chancen.«

»Es sei denn, wir sind der Nachschub!« Darius lachte nervös und blickte in die Runde. »Glauben Sie, wir könnten das schaffen, ohne dass jemand von uns stirbt?«

Skyes Stimme war ein heiseres Krächzen, und sie blickte den Professor direkt an. »Um das Frischfleisch kümmern wir uns schon.«

Angie musterte die junge Frau und fragte sich, welche Hölle sie dort draußen durchgemacht hatte.

»Wie wär's, wenn wir in die Feuerwache zurückkehren?«, schlug Lorraine vor, die alte Frau, die auf Sauerstoff angewiesen war. »Dort sind weniger Tote, und Angie hat die Wache gut ausgerüstet.«

Angie schüttelte heftig den Kopf. »Die Feuerwache kommt nicht in Frage; die wurde komplett überrannt, und die Vorräte würden bei so vielen Menschen nur für eine Woche reichen. Auf den Straßen sind mehr Tote als je zuvor. Das haben wir auf der Herfahrt gesehen.« Niemand hatte Fragen zu ihrem Jagdausflug gestellt.

»Angie hat recht«, meinte Bruder Peter. »Vermutlich würden wir die Feuerwache unter diesen Umständen nicht mal erreichen. Aber ich frage mich, wie lange wir es uns noch leisten können, *hier* zu bleiben. Es geht darum, *wann* wir weggehen, nicht *ob*.« Angie nickte zustimmend, und der Prediger bedankte sich mit einem bescheidenen Lächeln. Insgeheim stellte er sich vor, dass sie Angie als Fraß für die hungrigen Toten zurückließen.

Weitere Fragen wurden gestellt, doch die meisten Debatten wurden unter den Zuhörern geführt, nicht mit den Anführern. *Gut*, dachte Xavier, *wir haben sie ins Grübeln gebracht.*

Ein Mann namens Dakota fragte: »Wie kommen wir an Bord? Wird es nicht dunkel sein?«

Die Frage verunsicherte Eve. »Wie sollen wir uns orientieren, wenn wir erst mal drin sind?«, fragte sie.

»Wir sind keine Soldaten«, meinte ein hagerer Hippie namens Juju. »Wir haben nicht kämpfen gelernt. Wir haben überlebt, weil wir weggelaufen sind, und wir töten Drifter nur dann, wenn wir müssen.« In der Runde wurde genickt.

»Was passiert, wenn wir scheitern?«, fragte ein Mann namens Freeman leise. Er saß in der Nähe von Calvin und war in ungefähr gleichem Alter wie sein Anführer. »Wer geht, wer bleibt, und wer entscheidet?«

»Und was machen wir mit den Kindern?«, wollte Sophia wissen. Der kleine Waise Ben saß auf ihrem Schoß.

Elson, der Anwalt aus der Feuerwache, stand auf und räusperte sich. »Ich persönlich glaube, es wäre gut, wenn wir das machen, denn eine bessere Option haben wir nicht. Es macht mir Angst, das ja. Ich mache mit, ich melde mich freiwillig, aber ich habe Angst.« Er schaute sich um. »Wenn wir das tun, werden Menschen sterben. Da sollten wir uns nichts vormachen. Aber die Alternative ist, nichts zu tun, und ich glaube, in diesem Fall sterben wir *alle*.«

Dies löste eine weitere halbstündige Debatte aus, das Für und Wider wurde erörtert. Xavier wunderte sich über die wachsende Begeisterung und fragte sich, ob er diese Menschen womöglich ins Verderben führte. Evan spürte anscheinend sein Unbehagen und drückte ihm aufmunternd die Schulter.

Schließlich erhob Jerry seine Stimme. »Lasst uns darüber reden, was uns erwartet. Was glaubt ihr, wie viele Tote an Bord sind?«

Xavier blickte Rosa an, die sich daraufhin erhob. »Ich war bei der Navy«, sagte sie. »Aber ich war nur einmal auf einem Flugzeugträger, und das auch nur für wenige Tage. Es ist dort eng, ein Labyrinth von Gängen und Türen, in dem man sich leicht verirren kann. Ein Flugzeugträger hat sechstausend Leute an Bord. Das ist eine schwimmende Stadt.«

Es gab erstaunte Ausrufe und verängstigte Blicke, viele schüttelten den Kopf.

»Wenn die Flugbesatzung das Schiff verlassen hat, wie es beim Anlaufen des Heimathafens üblich ist«, fuhr sie fort, »sinkt die Besatzung auf etwa viereinhalbtausend Mann. Wir müssten das Schiff aus Sicherheitsgründen säubern, und das heißt, jeden einzelnen Gang und jeden Raum. Wir müssten die Toten ausschalten, wo immer sie sich aufhalten, und das dürfte gefährlich werden.« Sie blickte Xavier an. »Er hat recht mit den Vorräten; an Bord gibt es alles, was wir jemals brauchen werden. Wegen der Reaktoren würde ich mir keine Gedanken machen; es gibt zahlreiche Sicherheitsmaßnahmen, und wenn einer beschädigt worden sein sollte, wurde er automatisch heruntergefahren. An Bord gibt es ausreichend Treibstoff für den Helikopter, Funkausrüstung, Waffen, und wenn die Systeme noch funktionieren, kann man sogar Trinkwasser erzeugen. Vor allem aber gibt es Strom, eine medizinische Abteilung mit modernster Technik und eine Apotheke. Wenn die Kühlung noch arbeitet, gibt es zudem Fleisch, Gefriergemüse, jede Menge Nahrung, die besser ist als das, was wir im Moment essen.«

Calvin erhob sich langsam und legte die Hände auf die Schultern der beiden Jungs, die neben ihm saßen. »Ich habe genug gehört. Ich brauche ein Zuhause für meine Kinder. Hier ist es nicht sicher, auf der Straße auch nicht. Ich bin dabei.« Alle Mitglieder seiner Family blickten ihn vertrauensvoll an, und damit waren über die Hälfte der Anwesenden einverstanden.

»Wie ich schon sagte, wir brauchen einen guten Plan«, sagte Carney. »Und zwar besser jetzt gleich als später. Die Toten werden uns nicht in Ruhe lassen.«

Rosa nickte. »Der Flugzeugträger, auf dem ich war, hatte am Heck eine Badeplattform. Darüber kommen wir an Bord, und wenn das nicht klappt, klettern wir durch die Flugzeugaufzüge hoch. Die Plattform wäre besser. Für den Fall, dass die Toten in Scharen auftreten, bleibt der Frachtkahn in der Nähe und hält sich bereit, um alle zu evakuieren, die nicht mitkommen. Außerdem brauchen wir für den Angriff ein weiteres Boot.«

Carney schnaubte. »Doc, wenn Boote so leicht zu finden wären, wären TC und ich schon in Mexiko.«

Viele nickten zustimmend, doch dann berichtete Xavier von seinen Beobachtungen an der Werft in Mission Bay, wo er Rosa gefunden hatte: Mindestens ein Boot war aufgebockt und wartete in weiße Plastikfolie gehüllt darauf, dass die Besitzer es vor dem Winter einlagerten. Er meinte, in der Werft gebe es bestimmt die nötige Ausrüstung, um das Boot zu Wasser zu lassen.

Rosa nickte. »Wir fahren hin und sehen es uns an.«

Tuck, einer von Calvins Männern, erhob sich. »Die Fahrzeuge, die wir in Oakland am Pier zurückgelassen haben, sind voller Vorräte und Waffen. Wir werden die Feuerkraft brauchen.« Er erklärte sich bereit, sie zu holen, und mehrere andere schlossen sich ihm an.

»Schon wieder eine Bootstour«, bemerkte Rosa.

»Entschuldigung«, sagte Sophia, die vorne mit den Kindern am Boden saß. »Könnten wir nicht einfach mit dem Helikopter dorthin fliegen?« Sie blickte Vladimir an. »Der hat doch noch ein bisschen Sprit, oder? Sie haben gemeint, für eine kurze Strecke würde es reichen.«

Der Russe lächelte. »Ich weiß nicht mal, ob ich damit abheben könnte. Und wenn ja, würde der Treibstoff vermutlich unterwegs ausgehen, und *Wooosch!*« Er wedelte mit den Armen. »Ein Helikopter samt Pilot am Grund des Meeres. Sie möchten doch bestimmt nicht mit einem so gefährlichen Hubschrauber fliegen, oder, junge Lady?«

Sie errötete und schüttelte den Kopf.

Er grinste. Hübscher machte es ihn nicht. »Aber sobald wir Treibstoff haben, nehme ich Sie als Erste auf einen Rundflug mit.« Als er ihr zuzwinkerte, lächelte sie.

Auch Xavier lächelte. *Solange wir noch miteinander flirten, ist nicht alles verloren,* dachte er.

»Wer bestimmt, wer mitfährt und wer hierbleibt?«, fragte Elson.

»Die Leute sollten sich freiwillig melden«, meinte Xavier. Er blickte Vladimir an. »Sie sollten hierbleiben. Sie sind der einzige Pilot, und wir dürfen es nicht riskieren, Sie zu verlieren.«

»Die Sanitäterin muss auch bleiben!«, rief eine Frau. »Tut mir leid, ich habe Ihren Namen vergessen.«

Rosa schüttelte den Kopf. »Ich muss mitkommen. Ich bin die Einzige, die Erfahrung mit Booten hat. Ich werde eines der Boote steuern, und ich muss vor Ort sein, falls jemand verletzt wird. Ich habe Kampferfahrung; ich komme schon klar.«

Es wurde laut durcheinandergeredet. »Nein!«, sagte Lilly. »Sie ersetzen uns den Arzt. Wir dürfen nicht riskieren, dass Sie zu Schaden kommen.« Andere stimmten ihr lautstark zu.

»Sie sollten bei den Kindern bleiben«, sagte Juju.

Rosa hob die Hände. »Hört mich bitte an. Im Schiff drohen andere Gefahren als von den Toten. Es gibt da scharfe Munition, viele Gelegenheiten, zu stolpern oder sich den Kopf aufzuschlagen. Außerdem wissen wir nicht, in welchem Zustand es sich befindet. Sicher ist nur, dass es beschädigt wurde.« Sie musterte die Anwesenden. »Menschen werden im Kampf auf vielerlei Weise verletzt, und ich sollte da sein, um ihnen zu helfen. Und um zu verhindern, dass sie sterben und sich verwandeln.« Als sie die Frauen ansah, wurde ihr Tonfall sanfter. »Ist es nicht das, was ihr euren Männern wünschen würdet – dass jemand für sie da ist?«

Ihr Argument traf ins Schwarze, die Debatten verstummten.

Es gab noch viele Details auszuarbeiten, das war ihnen bewusst, doch wenigstens standen jetzt alle hinter dem Plan. Xavier lauschte den zahlreichen Unterhaltungen und spürte, dass diese Leute froh waren, ein gemeinsames Ziel zu haben, und zum ersten Mal seit langer Zeit wieder das Gefühl hatten, selbst über ihr Leben zu bestimmen. Da er Kampferfahrung hatte, wusste er auch, dass sie genau wie andere unerfahrene Rekruten waren, die in den Krieg zogen: aufgeregt wegen des großen Abenteuers, ohne jede Vorstellung davon, welcher Albtraum sie erwartete. Diejenigen, die sich zu Wort gemeldet hatten, lagen richtig; Menschen würden sterben, vielleicht sogar alle. Er machte sich keine Illusionen darüber, wem die Verantwortung für all die Toten zufallen würde.

Xavier wagte es noch nicht zu beten, doch er riskierte eine Frage. *Herr, tue ich das Richtige für diese Menschen?*

Gott gab keine Antwort.

11

Das Boot der Hafenpatrouille querte die Bucht, mit Rosa am Steuer. Die Pumpen am Yachthafen waren zwar ausgefallen, doch sie hatten den Zugang zu den unterirdischen Tanks gefunden und festgestellt, dass sie voll mit Treibstoff waren. Mit einer Handpumpe hatten sie das Boot aufgetankt.

An Bord waren noch Xavier, Angie West, die beiden Ex-Häftlinge, Darius und zwei von Calvins Hippies. Alle waren bewaffnet. Angie hatte zwei Schulterholster angelegt; in dem einen steckte die Automatik ihres Onkels, die sie sich von Maxie zurückgeholt hatte. Die .32er, mit der Bud ermordet worden war, hatte sie nicht mitnehmen wollen. Außerdem hatte sie ihr Galil dabei, ein Gewehr für den Kampfeinsatz, und einen Taschengurt mit Munition für beide Waffen. Carney hatte die Kampfausrüstung aus seinem Bearcat verteilt, und die meisten trugen schwarze Kampfanzüge und Helme. Nur Carney und TC hatten bissfeste Handschuhe.

Während der Überfahrt saß TC dicht neben Darius, und jedes Mal, wenn der Professor von ihm abrückte, rutschte er ihm nach. TC klappte das Helmvisier hoch und warf dem Mann eine Kusshand zu. Darius wandte den Blick ab, die Hände zu bebenden Fäusten geballt.

Wenn Xavier recht hatte und es in einem Lagerraum in Mission Bay einsatzfähige Boote gab, waren die Tanks aller Wahrscheinlichkeit nach leer. In Anbetracht des Massenexodus übers Wasser, den Rosa beobachtet hatte, befanden sich in den Tanks der Werft vermutlich nur noch Dämpfe. Deshalb hatten sie zwei rote Plastikkanister mit Sprit gefüllt und sie auf dem Bootsdeck festgezurrt. Für den Fall, dass der Sprit nicht reichte, lag in einem Staufach ein schweres Abschleppseil.

Während der Überfahrt wurde kaum geredet, zu hören waren nur das Rauschen des Winds, das Brummen des Motors und das Geräusch der Wellen, die gegen den GFK-Rumpf klatschten. Es war bewölkt, der Himmel einheitlich schiefergrau, irgendwo dahinter hielt sich die Sonne versteckt. Alle Blicke waren auf die ausgestorbene Stadt im Westen gerichtet.

Die Brände hatten ihren Tribut gefordert, und viele der einst so imposanten Türme waren rußgeschwärzt, zahlreiche Fensterscheiben geborsten. Aus der Ferne wirkten sie wie wurmzerfressene Baumstämme. Einige waren eingestürzt oder lehnten schief aneinander, während andere wie ausgeweidete leere Hüllen dastanden. Kein Verkehr und keine Straßenbahnen krochen über die berühmten Hügel und Boulevards, keine Scharen von Touristen und Einheimischen strömten über die Gehwege oder drängten sich in den Sightseeing-Bussen. Es war eine Stadt der Zerstörung und der Schatten, der herzzerreißenden Leere. Trotzdem war es unmöglich, nicht hinzuschauen.

Sie alle wussten, dass San Francisco nicht unbewohnt war. Jetzt wimmelte dort ein anderes Leben.

»Ich lege an«, sagte Rosa und nahm Gas weg, als sie sich den Kais und Werften näherten, wo sie erst gestern Xavier gerettet hatte. Sie setzten die Ferngläser an und musterten das Ufer.

Xavier blickte zum Pier, auf dem er sich aufs letzte Gefecht vorbereitet hatte. Er war leer. Dann schaute er aufs Wasser und erwartete, in den Wellen tanzende, schnappende Köpfe zu sehen, bis er sich an Rosas Erläuterung zu den Toten erinnerte. Sie waren untergegangen, und da sie keine Verwesungsgase bildeten, würden sie nicht wieder auftauchen. Waren sie immer noch dort unten? Stapften sie durch den Schlick und den Schleim und wanderten langsam durchs trübe Wasser? Oder hatte die Strömung sie fortgetragen?

»Drifter«, sagte ein Hippie.

Er zeigte auf einen einzelnen Mann, der den Kai entlangschlurfte und sich einem großen Restaurant an der rechten Seite näherte. »Ich sehe auch einen«, sagte Carney. Ein Toter im orangefarbenen Overall der städtischen Müllmänner stand neben einem kleinen Kühlhaus, an dem Fisch entladen worden war, sah ihnen entgegen und schwankte von einer Seite zur anderen. Der Overall erinnerte Carney an sein früheres Leben, und unwillkürlich biss er die Zähne zusammen.

Sie beobachteten noch zehn Minuten lang die Lage, während der Motor im Leerlauf vor sich hintuckerte und das Boot sachte schwankte. Außer den beiden Gestalten bewegte sich nichts am Kai oder zwischen den dahinter befindlichen Bäumen, welche die hohen Wohnblocks von Mission Bay vom Ufer trennten. Wenn hier Gefahr drohte, war sie verborgen. Rosa legte an, und sie machten das Boot fest.

»Weiter wie besprochen«, sagte Xavier, und alle nickten. Rosa sollte auf dem Boot bleiben und wieder ablegen. Die anderen sollten sich notfalls in kleinere Gruppen aufteilen. Angie hatte das eine Walkie-Talkie, das andere lag auf der Kartenablage über dem Steuer des Patrouillenboots. Die Ufergruppe setzte sich in Bewegung, rückte im Gänsemarsch über die Holzplanken vor, das Klatschen der Wellen und das ferne Möwengeschrei die einzigen Geräusche.

Das Wesen im orangefarbenen Overall schwenkte augenblicklich zu ihnen herum, und sie ließen es herankommen, beobachteten, wie es über den Kai taumelte. Der bärtige Hippie namens Little Bear, ein großer Mann mit Grateful-Dead-T-Shirt, Cargoshorts und Wanderstiefeln, ging ihm an der Spitze der Gruppe entgegen. Er war mit einem Baumschneider mit langem Griff bewaffnet, hatte aber das Sägeblatt durch die geschärfte Klinge eines Heckenschneiders ersetzt. Little Bear wartete, bis das Wesen in Reichweite war, dann machte er einen Satz nach vorn wie ein mittelalterlicher Pikenier. Die Klinge traf das Wesen am Mund und trat am Hinterkopf aus. Der Drifter erschlaffte und kippte zur Seite. Als Little Bear seine Waffe zurückzog, fiel er ins Wasser.

Carney nickte. »Sieht so aus, als machten Sie das nicht zum ersten Mal.«

Little Bear schüttelte den Kopf. »Ist mein erster Zombie. Aber als Kind habe ich auf einer Farm gearbeitet. Das ist nicht viel anders, als einen Heuballen aufzuspießen.«

Angie klopfte ihm im Vorbeigehen auf den breiten Rücken, das Galil im Anschlag. TC bildete die Nachhut, das Helmvisier hatte er hochgeklappt. Immer wieder blickte er sich um. Xavier erzählte Angie, von wo er gekommen und wo er gelandet war, berichtete vom Totenmob, der aus der Werft hervorgekommen war, und zeigte ihr die Stelle, wo er die Boote zu sehen gemeint hatte.

Dort waren rostige Metallschuppen, die als Werkstätten dienten, kleine Lagerhäuser, durch Zäune abgetrennte Wartungshöfe, Kühlhäuser für den Fisch – der Gestank der verdorbenen Ware war inzwischen verflogen –, Charterbüros und Geschäfte: eine Menge Versteckmöglichkeiten für die Toten. Darius schrie auf und hätte um ein Haar geschossen, als zwischen zwei Gebäuden eine graubraune Katze hervorschoss und ihren Weg querte, doch TC entriss ihm die Waffe gerade noch rechtzeitig.

»Lass mich die halten, mein Süßer«, sagte er leise und zwinkerte. Darius holte tief Luft, als wollte er etwas sagen, sah das Lächeln, das nicht zu der Drohung in TCs Augen passte, und wandte sich ab.

Bald darauf hatten sie die Stelle gefunden, von der Xavier gesprochen hatte. Sie lag an der Rückseite einer Werft, eine Art Lagerhaus mit schweren Metallgestellen. Der Priester hatte sich nicht getäuscht. Nicht nur ein Boot ruhte oben im Gestell, eingehüllt in weiße Plastikplane, sondern zwei.

Es waren Kanus.

Alle sahen den Priester an, dem die Röte ins Gesicht stieg. Er verzichtete darauf zu erklären, er sei vor den Toten geflüchtet und habe im Zwielicht nur einen kurzen Blick erhascht. Er kam sich vor wie ein Idiot.

»Lasst uns einen Flugzeugträger mit Kanus angreifen«, meinte TC lachend. »Was für eine beschissene Zeitverschwendung.«

»Lass gut sein, TC«, sagte Carney.

Der jüngere Exhäftling funkelte den Priester an. »Gut gemacht.«

»Äh, bevor wir zu vorschnellen Urteilen kommen, Leute«, sagte Little Bear und streckte den Arm aus. Unmittelbar hinter einem eingezäunten Hof, auf dem früher einmal Boote auf Trailern gestanden hatten, lagen eine

Baumreihe und eine Zufahrtsstraße. Auf der Straße stand ein neunachsiger Sattelschlepper. Auf dessen Ladefläche war ein schwarz-weißes 32-Fuß-Boot der Marke Bayliner festgezurrt. Das Deck war in weiße Plastikfolie verpackt.

Xavier blickte gen Himmel und schüttelte den Kopf.

»Glück gehabt«, brummte TC, dann gingen sie alle zur Beute hinüber.

»Irgendetwas stimmt damit nicht«, sagte Darius. »Weshalb steht es sonst hier?«

Angie zuckte mit den Achseln. »Die Leute wollten schnell weg. Vermutlich haben sie es in der Eile übersehen.«

Carney schüttelte den Kopf. »Das kann ich mir nicht vorstellen. Vielleicht wussten sie nicht, wie sie es anstellen sollten, das Ding vom Truck runterzubekommen und es ins Wasser zu schaffen. Dieses Problem stellt sich auch uns.«

»Vermutlich hat es keinen Motor«, meinte Darius.

»Hey, Mary Sunshine«, sagte TC und legte dem Professor den Arm um die Schulter. Darius schüttelte ihn ab. Der Exhäftling legte den behandschuhten Zeigefinger an die Lippen. »Pssst, Süßer …«, flüsterte er.

Xavier war die Spannung zwischen den beiden Männern und das aufdringliche Verhalten des Knackis nicht entgangen. »So was ist hier Routine«, sagte er. »Es muss irgendwo einen Gabelstapler geben.« Er trat zwischen Darius und TC und blickte den Professor an. »Würden Sie mit Little Bear mal schauen, ob hier irgendwo einer steht?« Der Professor nickte und ging mit Little Bear und einem Hippie namens Lou zu einem Lagerhaus.

»Ich gebe ihnen Deckung«, meinte TC, zwinkerte dem Priester zu und wandte sich zum Gehen.

Xavier hielt ihn am Arm fest. »Wie wär's, wenn Sie bei uns bleiben und uns Deckung geben würden, während wir das Boot inspizieren?«

TC grinste schief, dann riss er sich los und trottete den drei sich entfernenden Gestalten hinterher. Xavier sah ihm zornig nach, kurz davor, TC einen Schuss in den Rücken zu verpassen; dann wurde ihm bewusst, dass er machtlos war. Angie und Carney gingen zum Sattelschlepper, um nachzusehen, ob der Professor mit seiner Schwarzmalerei recht hatte, und nach einer Weile folgte ihnen der Priester. Sie vergewisserten sich, dass im Schatten zwischen den Bäumen und unter dem Trailer keine Zombies lauerten.

Vom Trailer aus hatten sie Zugang zur Plexiglastreppe am Heck des Bootes. Ein rascher Schnitt, und schon konnten sie ein Stück Plastikfolie anheben und ins Boot klettern. Drinnen war es aufgrund der Umhüllung stickig und für alle bis auf Carney auch ein wenig klaustrophobisch. Er holte eine kleine Taschenlampe hervor.

Das Boot roch neu. Auf dem großen Deck gab es weiße Polstersitze, die Kajüte krönte das weiße, geschwungene Plastikgehäuse des Radars. Unter Deck gab es hinten und mittschiffs geräumige Kajüten, auch die Bugkajüte bot ausreichend Platz. Das Boot war mit Kühlschrank, Mikrowelle und Backofen ausgestattet. Alles war in Teakholz gehalten. Ein Schrank in der Hauptkajüte war vollgestopft mit hochwertiger Unterhaltungselektronik und einem Flachbildschirm.

»Was zum Teufel mag das gekostet haben?«, sagte Carney und fuhr mit den Fingern über das polierte Holz.

»Neu?«, meinte Angie. »Etwa hunderttausend, schätze ich.«

Der Exhäftling schüttelte den Kopf. *So viel Geld für ein Boot,* dachte er.

Sie gingen wieder an Deck, schnitten die Plastikfolie weg und ließen das graue Tageslicht herein. Unwillkürlich erwarteten sie, der Neunachser sei von dagegenhämmernden Toten umzingelt, doch sie waren allein mit den wenigen Vögeln, die im Geäst der Bäume zwitscherten.

»Diese Dinger fahren sich wie ein Auto, oder?«, sagte Carney.

Angie nickte. »Im Prinzip, ja.«

»Dann brauchen wir den Zündschlüssel«, sagte der Ex-Häftling, und die anderen beiden hielten inne und sahen erst ihn an, dann wechselten sie miteinander Blicke.

»Mist«, sagte Angie.

Sie suchten erst im Bereich des Cockpits, dann dehnten sie die Suche auf das ganze Deck aus, öffneten Staufächer und blickten in Taschen an den Rücklehnen der Sitze hinein. Carney sprang auf den Boden und sah in der Fahrerkabine des Trucks nach, als ein Schuss die Stille zerriss. Gleichzeitig tauchte der größte Gabelstapler auf, den sie je gesehen hatten, und näherte sich mit Vollgas dem Truck.

12

»Wo sind sie alle hin?«, flüsterte Evan. Er und Calvin hockten hinter einer Palette voller Kisten mit koreanischer Beschriftung und spähten darüber hinweg. Auf dem Boot am Pier, von hier aus nicht zu sehen, warteten vier Männer und Frauen aus Calvins Gruppe, bewaffnet mit Gewehren, Pistolen und jeweils einem Baumschneider.

»Wer weiß«, meinte Calvin. Seit dem Aufbruch von Alameda hatte er kaum ein Dutzend Worte geredet.

Evan machte sich Sorgen wegen der tausenden Toten, die am Vortag hier am Kai umhergewimmelt waren, und fragte sich, wo sie abgeblieben waren. Er konnte sich nicht vorstellen, dass sie alle vom Pier gestürzt und untergegangen waren. Außerdem machte er sich Sorgen um die Menschen, die in Alameda zurückgeblieben waren. Sie hatten keine Boote zur Verfügung, und sollte eine Evakuierung notwendig werden, waren sie auf eine Handvoll Fahrzeuge angewiesen. Dann würden sie wahrscheinlich nicht überleben. Er dachte an Maya.

Was dem Schriftsteller aber die größte Sorge bereitete, war die junge Frau, die hinter einem Kistenstapel neben ihm kniete und durch das Zielfernrohr ihres Gewehrs spähte. Skye hatte sich ihre Kampfausrüstung samt Gewehr und Munition geholt und war mit den anderen im Bearcat zum Dock und den Booten gefahren. Wortlos war sie an Bord geklettert.

Angie hatte ihr eine Pilotensonnenbrille gegeben, da sie immer wieder blinzelte und sich die Schläfen massierte.

Evan schämte sich deswegen, doch er war froh, nicht ihr grauenhaftes, getrübtes linkes Auge sehen zu müssen. *Sie ist beschädigt,* dachte er, *und das nicht nur in körperlicher Hinsicht. Und jetzt läuft sie mit einer Automatikwaffe herum.* Er versuchte sie nicht anzustarren.

»Steuer das Boot am Pier entlang, bis es mit den Fahrzeugen gleichauf ist«, befahl Calvin, »Wir räumen sie schnell aus und werfen alles an Deck.«

»Ich übernehme die Bewachung«, krächzte Skye. Ohne eine Antwort abzuwarten, trabte sie mit angelegtem Gewehr los. Calvin und Evan folgten ihr langsam, während der Bootsdiesel spotzend das Boot am Pier entlangschob.

Skye bewegte sich an den abgestellten Autos, Vans und SUVs entlang und schwenkte die Gewehrmündung konsequent in Blickrichtung; sie blickte in jedes Fahrzeug und schaute auch darunter nach. Keine Toten zu sehen. Hinter dem erblindeten Auge lauerte ein höllischer Kopfschmerz, der sie veranlasste, mit den Zähnen zu knirschen, und hätte sie nicht den Vordergriff des Gewehrs so fest umklammert, hätte ihre linke Hand gezittert, als leide sie an Parkinson. Sie konnte nicht mehr räumlich sehen, und wenngleich sie nicht glaubte, dass es sie beim Zielen beeinträchtigte, schränkte es sie doch in ihrer Beweglichkeit ein.

Du warst dumm und leichtsinnig, und jetzt bist du schwach.

Unerträglich.

Sie hatte das Ende der Fahrzeugreihe erreicht und kniete neben dem linken Hinterreifen eines Ford Escape nieder, nahm eine bequeme Schusshaltung ein, setzte die Sonnenbrille ab und zielte am Pier entlang. An der einen Seite war er von Schiffen gesäumt. Auf jedes war ein gelbes Gefahrensymbol aufgesprüht, die Gangways hatte man heruntergerissen. Auf dem Kai standen Fracht-container und schweres Gerät, dahinter erstreckte sich ein Gewerbegebiet.

Skyes Sicht war verzerrt, als blicke sie ohne Spezial-brille auf eine 3D-Kinoleinwand. Alles wirkte flach, wie zweidimensionale Kulissen auf einer Bühne, die immer wieder unscharf wurden. Die Trümmer, Container und Gabelstapler machten das Gelände unübersichtlich und boten den Toten zahlreiche Versteckmöglichkeiten. Skye aber wusste, dass sie sich nicht versteckten. Das hatten sie nicht nötig. Sie orteten ihre Beute und steuerten gera-dewegs darauf zu.

»Na los, macht schon«, flüsterte sie, krümmte den Zei-gefinger am Abzug und spähte durchs Zielfernrohr. Plötzlich schoss ein sengender Schmerz mitten in ihr Ge-hirn. Keuchend kniff sie die Augen zu und hätte beinahe das Gewehr fallen gelassen. Sie biss die Zähne zusammen und öffnete das tränende Auge. Alles wirkte verschwom-men.

Unerträglich.

Calvin, Evan und zwei andere Personen gingen zwi-schen den Fahrzeugen hindurch, öffneten Türen und Heckklappen und luden den Inhalt aus. Sie schleppten Kartons, Holzkisten und Plastikbeutel zum Rand des Kais, stapelten einen Teil auf einen Haufen oder warfen ihre Last gleich zu den an Bord wartenden Hippies hi-nunter. Nahrungsvorräte, Wasserflaschen, Kleidung, Batterien, Dosen mit Trockenspiritus und Propangas-flaschen, Grills, Kühlgeräte und Schlafsäcke, Zelte und Liegestühle, alles wurde eingesammelt.

Skye bemerkte eine Bewegung am Ford Escape; in fünfzig Metern Entfernung wanderte langsam ein schmutzigblonder Haarschopf vorbei, versteckt hinter einem Metallgewirr, das einmal die Gangway eines Frachtschiffs gewesen war. Skye verfolgte die Bewegung, die leuchtenden grünen Markierungen des Zielfernrohrs wackelten und ruckten. Die Gestalt gelangte in Sicht, ein halbwüchsiges Mädchen, dessen Kleidung dermaßen zerfetzt war, dass sie wie angeheftete Lumpen aussah. Die Tote humpelte stark, einer ihrer Füße war nach innen verdreht.

Skye legte den Zeigefinger an den Abzug und versuchte, die Zielmarkierungen mit dem Kopf zur Deckung zu bringen. Sie drückte ab.

Pffft. Das Mädchen reagierte nicht. Ein Fehlschuss.

Der Schalldämpfer hustete wieder, und diesmal knallte es laut, als die Kugel vom Metallverhau abprallte. *Herrgott, das war mindestens einen halben Meter daneben,* dachte sie. Die Tote hielt an, wandte sich halb dem Geräusch zu und blickte in die Richtung von Skyes Position. Sie legte den Kopf schief, dann hob sie ihn an und wendete ihn hin und her.

Sie wittert, dachte Skye. *Sie sucht nach mir.*

Hinter dem Mädchen tauchte eine zweite Gestalt auf, eine Bohnenstange von einem Mann in einem ehemals weißen Arztkittel, der jetzt von rostroten Flecken übersät war. Die Kopfhaut war abgerissen, man sah den weißen Schädelknochen. Er blieb ebenfalls stehen und witterte. Skye biss sich fest in die Wange, riss vor Schmerz die Augen auf und ließ langsam die Luft entweichen. Sie brachte die phosphoreszierenden Markierungen mit dem blanken Knochen zur Deckung.

Pffft.

Die Kugel riss ein Stück der Schulter ab und drehte den Toten um neunzig Grad. Der Arztleichnam taumelte ein paar Schritte weit in die neue Richtung, dann wandte er sich wieder zu den Fahrzeugen um. Das Mädchen schloss sich ihm an.

Skye wollte schreien. Sie rieb sich das unversehrte Auge, während der Kopfschmerz sich in Finger verwandelte, die zur Schädelbasis krochen, tastend und grellweiß. Sie fühlte sich erschöpft, und unwillkürlich schluchzte sie auf.

Die Toten hatten sie gehört. Ihre Köpfe ruckten herum.

Als sich ihr eine Hand auf die Schulter legte, fuhr sie herum und riss das Gewehr hoch. Calvin packte den Lauf und drückte ihn beiseite. »Hör auf!«, flüsterte er zornig. Skye entriss ihm den Lauf und bleckte die Zähne, nicht nur vor Schmerz.

»Wir laden gerade die Waffen ein«, sagte Calvin leise und blickte zu den beiden Jammergestalten hinüber, die sich ihnen langsam näherten. Skye sah ebenfalls in die Richtung, aber ohne das Gewehr zu heben.

»Es waren so viele«, sagte Calvin, mehr zu sich selbst als an sie gewandt. »Weshalb sind sie verschwunden? Wo sind sie hin?«

Skye hatte die gierige Meute auf dem Kai nicht gesehen, nur Bruchstücke der Fluchtgeschichten aufgeschnappt, die sich die Hippies gegenseitig erzählt hatten. Sie wusste darauf keine Antwort. Manchmal wirkten die Wesen durchschaubar wie Vieh, im nächsten Moment schlau und brutal zielstrebig. Ihr war es gleich. Sie waren Tangos, wie Sgt. Postman sie genannt hätte. Sie massierte sich die Schläfe.

»Komm mit und hilf uns«, sagte Calvin. »Bevor du mit dem Ding was ausrichten kannst, musst du dich erst mal erholen und ein bisschen üben.«

Skye richtete sich auf und schaute ihn mit dem blinden Auge an, dann wandte sie sich um und legte das Gewehr an. *Pffft. Pffft.* Beide Toten brachen zusammen, und Skye Dennison stürmte wortlos an dem alternden Hippie vorbei und schulterte das Gewehr.

Die Sehnen traten an Evans Armen hervor, als er eine große Plastikkiste aus dem Laderaum des Vans hob und zum Rand des Kais schleppte. *M72 Law 66mm HEAT QTY 10* stand darauf. Er stellte sie neben einer Holzkiste mit 90-Millimeter-Gewehrgranaten ab, etwas, das er nur aus Filmen kannte. Neugierig öffnete er die Plastikkiste und schaute hinein. Darin lagen mehrere röhrenförmige Objekte, und als er das braune, ölige Papier entfernte, in das sie eingeschlagen waren, erblickte er eine weitere Waffe, die er nur aus Filmen kannte.

»LAW-Raketen, Mann«, sagte einer der Hippies, die ihm beim Ausladen halfen, ein Mann namens Dakota, der bei der Versammlung das Wort ergriffen hatte. »Leichte Antipanzerwaffen. Cool, was?«

Evan schüttelte den Kopf, alles andere als überzeugt, dass es einem Zombie viel ausmachen würde, von dieser Waffe getroffen zu werden. Sie sah eher so aus, als könnte sie ein hungriges aggressives Wesen in *mehrere* hungrige aggressive Wesen verwandeln. »Kennt sich einer von euch damit aus?«

Ein Achselzucken. »Mit einem Teil davon. Die Gewehre stellen kein Problem dar, und Handgranaten – Scheiße, man zieht den Sicherungsstift ab und wirft sie, stimmt's? Mit den schwereren Sachen hatten wir noch nicht zu tun.«

»Woher habt ihr das alles?«

Dakota reichte einer Frau auf dem Boot eine Armladung Gewehre an. »Irgendwo zwischen Vacaville und Fairfield sind wir auf die Überreste einer Armeeeinheit gestoßen, verteilt über anderthalb Kilometer Highway.« Der Hippie schüttelte den Kopf. »Das war übel, Mann. Die Typen haben den Driftern einen höllischen Kampf geliefert. Auf dem Boden lagen so viele Patronenhülsen, dass man kaum die eigenen Schuhe sehen konnte. Waren vermutlich zu viele. Zu viele Drifter, meine ich. Kein einziger Soldat hatte überlebt. Nur ein paar hatten den Ort verlassen, die meisten wanderten noch umher.« Er schwenkte die Hand.

Evan versuchte sich vorzustellen, wie viele Drifter nötig gewesen waren, um eine Militärkolonne zu überwältigen, die sich mit Zähnen und Klauen verteidigte.

»Wir hatten Glück, dass die Drifter inzwischen abgezogen waren. Vermutlich war es dieselbe Horde, die den Luftwaffenstützpunkt Travis überrannt hat.« Er half Evan, die Raketenwerfer ins Boot weiterzureichen, dann richtete er sich auf und sah ihn an. »Weißt du, früher habe ich diese Burschen für Schweine gehalten, für einen Teil des Unterdrückungssystems, für rechte Idioten, die die Freiheit unterdrücken. Alles Hippiekacke, verstehst du?« Dakota schüttelte den Kopf und verzog angewidert das Gesicht. »Was für ein Scheiß. Das ist nicht mehr unser Leben, und diese Burschen waren nie das, wofür ich sie gehalten habe. Das waren einfach nur Menschen, die einen Job gemacht haben, den *ich* nie hätte machen können. Sie haben gekämpft, während wir weggelaufen sind.« Er schaute über die Bucht hinweg zu dem Flugzeugträger mit der leichten Schlagseite hinüber. »Ich schäme mich.«

Evan wusste darauf keine Erwiderung. Was hatte Xavier noch über das Format dieser Leute gesagt? Sie laufen ins offene Feuer. Auch Evan hatte schon ganz ähnliche Gedanken gewälzt wie der *ehemalige* Hippie, doch er hatte noch nie den Mut aufgebracht, sich ihnen zu stellen oder sie laut auszusprechen. Dakota hatte recht. *Scham* war genau das richtige Wort.

Ein paar Minuten später waren sie fertig. Der Wohnwagen war eigentlich keine rollende Waffenkammer gewesen – den größeren Teil der Ladung machten Proviant, Kleidung und Campingausrüstung aus –, doch mit der Feuerkraft, die Calvins Leute eingesammelt hatten, würden sie die Gruppe lange verteidigen können. Oder sie würden damit einen Flugzeugträger stürmen, wenn Xaviers Plan in die Tat umgesetzt wurde.

Skye tauchte auf und kletterte wortlos aufs Boot. Evan half Calvin, die letzten Dieselkanister einzuladen, und kurz darauf stand der Schriftsteller wieder im Steuerhaus, und das Boot tuckerte in den Middle Harbor hinaus. Er war erleichtert und dankbar, dass sie ohne eigene Verluste so viele Vorräte eingesammelt hatten.

Er fragte sich, wie es wohl der anderen Gruppe ergangen sein mochte.

13

Xavier legte das Fernglas auf den Gabelstapler, während Angie auf den Boden sprang und zur Hecktür des Trucks lief. Little Bear fuhr, TC saß hinten und feuerte aus seinem Gewehr mit Trommelmagazin. Lou, der Hippie, der sie begleitet hatte, trabte hinter ihnen her.

Die Toten folgten ihm.

Über zwanzig Drifter taumelten hinter dem Gabelstapler her, und immer mehr tauchten aus den Schuppen und Werkstätten auf und marschierten steifbeinig ins Freie. Auf einmal stolperte Lou und stürzte, dann heulte er auf und fasste sich an den Knöchel. Ehe der Priester auch nur rufen konnte, fielen die Toten über ihn her und zerrten an ihm.

»Allmächtiger, sei ihm gnädig«, flüsterte Xavier. Er schaute sich um und rief: »Darius ist nicht bei ihnen.«

Carney sprang aus dem Fahrerhaus des Sattelzugs, in der Hand einen großen Plastikumschlag. »Ich habe die Bootsschlüssel gefunden«, sagte er und schüttelte den Umschlag.

»Kommen Sie.« Angie lief an den Bäumen entlang zum Werftgelände. Der Gabelstapler näherte sich mit brüllendem Motor, und Carney trabte auf der linken Seite mit. Angie legte ihr Galil und der Exhäftling sein M14 an, während sie auf das Eintreffen des Fahrzeugs warteten. Der bollernde Dieselmotor des Gabelstaplers und das Knallen von TCs Gewehr ließen sie zusammenzucken. Das würde die Toten im weiteren Umkreis aufmerksam machen.

Bear fuhr vorbei und hielt dicht am Neunachser, während TC zu seinem Zellenkumpel heraussprang.

»Was ist passiert?«, fragte Carney.

»Wir haben den Gabelstapler gefunden«, antwortete TC und zeigte grinsend auf das Fahrzeug.

»Nein, mit denen, meine ich.« Carney zielte auf die Toten, die sich ihnen auf dem Werftgelände näherten.

»Wo ist Darius?«, fragte Angie.

TC zeigte in die entsprechende Richtung. »In dem Lagerhaus da drüben, dem mit den verrosteten Wänden. Dort haben wir den Gabelstapler gefunden. Während die anderen beiden Typen versuchten, das Ding in Gang zu bringen, bin ich mit dem schwarzen Burschen hinten nachsehen gegangen, was wir noch brauchen könnten. Und da war ein ganzer Haufen Toter.«

»Wo ist Darius?«, wiederholte Angie.

Der Ex-Häftling schüttelte den Kopf. »Sie haben ihn erwischt. Konnte es nicht verhindern.«

Carney beobachtete seinen Kumpel, während der seinen Bericht vortrug, der sich wie auswendig gelernt anhörte.

Xavier und Little Bear hatten sich zu ihnen gesellt. »Sie kamen aus allen Richtungen«, sagte der große Hippie atemlos.

»Hat irgendwer von euch ein eigenes Boot gehabt?« Angie musterte die Umstehenden. Niemand meldete sich. Sie dachte an das, was sie und ihr Mann Dean gelernt hatten, als sie den Kauf eines Bootes erwogen, in der Zeit, bevor alles angefangen hatte. Viel war es nicht.

»Eins nach dem anderen«, sagte Xavier. »Richten Sie den Gabelstapler so aus, dass er das Boot am Heck aufnehmen kann, dann schneiden Sie die Gurte durch, und wir schaffen das Ding irgendwie ins Wasser. Alle Übrige tüfteln wir aus, wenn wir hier weg sind.«

»Normalerweise werden Boote mit einem Trailer über eine Rampe zu Wasser gelassen«, meinte Little Bear.

Sie hatten keinen solchen Trailer, außerdem war das Boot vermutlich zu groß für diese Vorgehensweise. Wie zur Bestätigung, dass die Zeit drängte, begannen die Toten zu stöhnen. Sie waren näher herangekommen, und in ein paar Minuten würden sie sie erreicht haben.

»Wir machen's mit dem Gabelstapler«, sagte TC. »Lenken das Scheißding zusammen mit dem Boot ins Wasser und versenken es. Das brauchen wir dann nicht mehr.«

Alle sahen den Ex-Häftling erstaunt an, dann wechselten sie Blicke. Warum eigentlich nicht? Sie brauchten bloß eine Rampe. Angie funkte Rosa an und sagte ihr, sie solle vom Boot aus nach einer Rampe Ausschau halten. Rosa bestätigte.

»Carney und ich bleiben hier und halten sie zurück«, sagte Angie. »Mit dem Herumschleichen ist jetzt Schluss. Ihr schafft das Ding vom Schlepper, und passt auf, dass der Rumpf keinen Schaden nimmt, sonst war der ganze Aufwand umsonst.«

Sie nickten und gingen zum Truck.

»Und gebt Acht, dass sich keiner von hinten an euch ranschleicht!«, rief Carney ihnen nach. Er wandte sich um und legte das Gewehr an. Er und Angie eröffneten das Feuer.

Little Bear steuerte den riesigen Gabelstapler am Auflieger vorbei und wendete auf der Zugangsstraße, dann näherte er sich langsam dem Heck des Sattelschleppers. Er brauchte einen Moment, um mit der Steuerung klarzukommen, doch dann passte er die Höhe der Gabel erfolgreich an.

TC hielt in der Nähe Wache und lud gerade sein Gewehr nach, ein schwaches Grinsen im Gesicht. Schon sehr lange hatte er sich nicht mehr so frei und zufrieden gefühlt. Das Ende der Welt war das Beste, was ihm hatte passieren können. Die Welt war jetzt ein Spielplatz des Teufels, dachte er – vermutlich hatte er die Formulierung aus dem Fernsehen. *Sein* Spielplatz. Mehrere Gestalten näherten sich von hinten über die Straße. Sie bewegten sich langsam und schwerfällig, befanden sich aber noch außer Schussweite. »Hierher, Miez, Miez ...« TC lachte glucksend und schnitt den taumelnden Gestalten Grimassen.

Xavier ging am Auflieger entlang, überprüfte die Leinwandgurte, mit denen das Boot fixiert war, und untersuchte die Verschlüsse, bis er dahintergekommen war, wie sie funktionierten. Er bedeutete Little Bear, weiter zurückzusetzen.

Nicht jeder Schuss war ein Kopftreffer. Die 5,6-Millimeter-Munition des Galil riss Löcher in Oberkörper und Hälse, was die Toten nicht weiter störte. Die meisten Kugeln aber fanden ins Ziel, die Getroffenen brachen zusammen. Carneys 7,62mm-Patronen richteten größere Schäden an, wenn sie den Kopf verfehlten, rissen Fleischfetzen ab, zerschmetterten Knochen, wirbelten die Toten herum oder warfen sie zu Boden. Die Volltreffer ließen die Köpfe platzen wie überreife Melonen. Die anderen Getroffenen richteten sich auf und schleppten sich weiter.

Zwei Dutzend Tote gingen zu Boden, bevor die Schützen nachladen mussten.

Wie erwartet strömten immer mehr Drifter von den umliegenden Straßen auf das Werftgelände, angelockt von den Geräuschen, die sie mit Beute gleichsetzten. Die Gewehre hielten sie auf Abstand, doch die Gruppe als Ganzes kam immer näher. Angie und Carney war klar, dass sie nicht mehr lange durchhalten würden.

»Ich glaube, das kommt hin!«, übertönte Xavier den Motorenlärm. Little Bear fuhr zentimeterweise vor, geleitet von den Handzeichen des Priesters. *Mehr nach links. Die Gabel etwas höher. Zu viel, tiefer. Weiter vor.* TC sah ihnen zu, unentwegt grinsend. Hin und wieder schaute er sich nach den Toten um, die von hinten vorrückten. Er würde sie fairerweise noch ein bisschen näher kommen lassen.

Die lange Gabel war perfekt geeignet für den Zweck. Beide Zinken waren dick gepolstert. Little Bear schob sie behutsam vor und korrigierte die Höhe, als sie den GFK-Rumpf streiften. Als er nicht mehr weiterkam, brachte er den Gabelstapler zum Halten, und Xavier begann augenblicklich, die Gurte zu lösen.

Auf dem Werftgelände beobachtete Carney eine Gruppe von Toten in dreißig Metern Entfernung. »Wie viele sind das, was glauben Sie?« Er feuerte, worauf ein Mann mit Hemd und Krawatte zusammenbrach.

»Etwa hundert«, antwortete Angie. Das Galil hustete und pustete einer Frau den Kopf weg.

»Es werden immer mehr«, sagte Carney. »Wir haben nicht genug Munition.« Er schoss erneut und fluchte, als die Kugel dem Toten lediglich ein Ohr abriss. Mit dem nächsten Schuss schaltete er den Drifter aus.

»Wir müssen noch eine Bootsrampe finden«, sagte Angie. Das Galil ruckte an ihrer Schulter, worauf ein molliger Hispano mit schmieriger Schürze zusammenbrach.

Xavier hatte die Gurte inzwischen gelöst und bedeutete Little Bear, er solle die Gabel anheben. Sie hob sich um etwa dreißig Zentimeter. Der Gabelstapler ächzte unter dem Gewicht, und es hätte sie nicht gewundert, wenn er einfach nach vorn gekippt wäre. Dann aber neigte Little Bear die Gabel ein wenig, worauf die Belastung besser verteilt wurde, und setzte langsam zurück. Als Xavier ihm anzeigte, dass das Boot sich hinter dem Auflieger befand, senkte Little Bear die Gabel bis zehn Zentimeter über dem Boden ab. Xavier eilte zu den Schützen hinüber, während Little Bear langsam um den Sattelschlepper herumfuhr, weit zur Seite gelehnt, damit er an der großen Last vorbeisehen konnte.

Carney und Angie nahmen die gute Neuigkeit mit einem Kopfnicken zur Kenntnis und erhöhten die Schussgeschwindigkeit, um die Lücke zwischen ihnen und den Toten nach Möglichkeit zu vergrößern.

»Oh nein«, sagte Xavier und zeigte auf einen der Toten. Es war Darius.

Er tappte auf das Gelände, die Arme schlaff herabhängend, den Kopf gesenkt.

»Vielleicht ist er bloß …«, setzte Angie an.

»Er ist tot«, sagte Carney, doch Xavier hob die Hand und blickte durchs Fernglas. Jetzt sah er sein Gesicht ganz deutlich. Darius' Zöpfe schwangen vor und zurück, er sah zu Boden. Die kamelfarbene Jacke wies keine Blutflecken auf, und er hatte keine solch schweren Verletzungen, wie man sie von den wandelnden Toten gewöhnt war.

Dann hob Darius den Kopf. Seine Augen waren flach und weiß, seine Haut aschfahl. Der Mund stand ihm offen, die Gesichtsmuskeln waren erschlafft.

An seinem Hals bemerkte Xavier zwei Blutergüsse, wie er sie in den von Armut heimgesuchten Gegenden seiner Gemeinde schon häufig gesehen hatte. Blutergüsse in Daumenform, beiderseits der Luftröhre, das sichere Erkennungszeichen eines Todes durch Ersticken.

»Er ist tot«, sagte der Priester gepresst.

Carney schoss Darius ohne zu zögern in die Stirn.

Sie zogen sich zurück, während Little Bear mit dem großen Bayliner auf der Gabel seines Fahrzeugs sie erwartete. Carney holte die Plastiktüte mit den Schlüsseln hervor, und Xavier blickte TC an, der mit zufriedener, gelassener Miene am Rand der Zugangsstraße stand, das Gewehr in der Armbeuge. »Auf zum Wasser«, sagte Angie und zeigte zu einem fünfzig Meter entfernten Hof, gelegen zwischen einem Kühlhaus und einem verrosteten Metallschuppen. Dahinter schimmerte graues Wasser. »Fahr langsam, und lass das Boot nicht fallen.«

Little Bear reckte den Daumen.

»Carney und ich gehen vor und halten Ausschau nach einer Rampe. Xavier, bleiben Sie dicht beim Gabelstapler und sichern Sie die linke Seite.« Sie zeigte auf TC. »Sie bilden die Nachhut.« Sie hatte sich bereits abgewandt, als TC die Augen zu schmalen Schlitzen verengte. Er spuckte aus und sah ihr nach.

Mit brummendem Motor setzte sich der Gabelstapler in Bewegung. Xavier dirigierte den Fahrer, während der Mob von der Werft immer näher kam. Bald würde er seine Schrotflinte einsetzen und Little Bear sich selbst überlassen müssen. Angie und Carney trabten los und verschwanden zwischen den Gebäuden. Little Bear fuhr mit seiner Last langsam weiter und versuchte sich auf seine Aufgabe zu konzentrieren, musste aber immer wieder zu der Horde an der linken Seite hinübersehen, deren schlurfende Füße den Staub aufwirbelten. Das Werfgelände war jetzt voller Toter, und immer mehr drängten nach.

Xavier blickte sich zu TC um. Er hatte den Kampfhelm abgenommen und schüttelte seine Mähne, schlenderte mit geschultertem Gewehr hinter dem Gabelstapler her und rauchte eine Zigarette. Drei Tote näherten sich ihm von hinten, nur noch zehn Meter entfernt.

Mörder.

Hatte Carney sich im Hangar nicht als Mörder zu erkennen gegeben? Weshalb sollte sein »Partner« besser sein als er? Trotzdem konnte der Priester nicht recht glauben, dass sie aus dem gleichen Holz geschnitzt waren. Carney hatte getötet, das ja, doch Xavier kannte die Tatumstände nicht. Der Mann, den er jetzt dort vor sich sah, war jedoch unverkennbar ein Raubtier.

Einen Moment lang kroch der Zorn, der tief in seinem Innern lauerte, an die Oberfläche, und Xavier wäre am liebsten zu dem Mann hinübergegangen, hätte ihm lächelnd die Flinte an die Stirn gesetzt und abgedrückt.

Monstrum. Töte das Monstrum.

Xavier zitterte und unterdrückte den Impuls. Er würde es nicht tun, er konnte es nicht. Plötzlich bemerkte er, dass er stehen geblieben war und TC ihn eingeholt hatte.

»Hast du was gesehen, was dir gefällt, *Bro*?«

Xavier blinzelte. »Hinter Ihnen.«

TC nickte. »Hinter Ihnen auch.«

Der Priester wandte sich um und erblickte einen etwa fünfzehnjährigen Jungen mit grünlich-schwarzer Haut, der aus dem hohen Unkraut hervorgaloppiert kam, keine drei Meter mehr entfernt. Mit einem Aufschrei rammte er ihm den Gewehrkolben gegen den Kopf, und der Junge kippte zur Seite. Ehe er sich aufrichten konnte, schoss Xavier ihm aus nächster Nähe in den Kopf. TC schaltete rasch die Wesen aus, die sich von hinten genähert hatten.

Als die Schüsse knallten, trat Bear so heftig auf die Bremse, dass die Hinterreifen aufgrund des Schwungs der Bootslast zehn Zentimeter angehoben wurden. »Scheiße«, sagte Little Bar mit zusammengebissenen Zähnen.

Der Sattelschlepper setzte mit einem dumpfen Geräusch wieder auf, und das Boot schob sich um einige Grade zur Seite.

Little Bear keuchte auf und umklammerte das Steuer so fest, dass ihm die Hände schmerzten. »Alles in Ordnung?«, rief er Xavier zu.

Xavier stand neben dem toten Jungen, das Gewehr zitterte in seinen Händen. *Das war kein Mensch*, sagte er sich. *Das war ein Monster. Ich habe kein Kind umgebracht.* Die Phalanx der sich nähernden Toten scherte sich nicht um seine Schuldgefühle und Zweifel. Gurgelnd und fauchend wurden sie immer schneller, den Blick auf den Priester gerichtet.

TC klopfte mit den Knöcheln gegen den Überrollkäfig des Gabelstaplers. »Setz das Scheißding wieder in Bewegung, großer Mann.«

Little Bear gab Gas und hielt auf die Lücke zwischen den Gebäuden zu, und TC grinste den Priester an, ehe er ihm folgte. In diesem Moment stand für Xavier außer Frage, wer hier das wahre Monster war. Der Gabelstapler beschleunigte, und der Priester war gezwungen, stehen zu bleiben und zu feuern, bis das Magazin leer war. Fünf

Tote schaltete er aus, drei verfehlte er. Er trabte dem Fahrzeug hinterher und lud im Laufen nach.

Vorne fielen Schüsse.

Viele Schüsse.

Rosa fuhr langsam; hinter ihr lagen die Anlegestellen und Docks, vor ihr ein langer Betonkai. Gesäumt war er von Fischereigebäuden, an Tauen befestigte alte Reifen hatten den längst verschwundenen Fischerbooten als Prallschutz gedient. Zur Rechten lag der Hauptpier, der sich zu einem Restaurant mit vielen Fenstern und einer parkähnlichen Anlage erstreckte, die ihn von einer Reihe höherer Gebäude trennte.

Die wandelnden Toten wanderten am Pier entlang und stolperten zwischen den Bäumen her, alle unterwegs zum Ursprung des Lärms. Ein Windstoß trug ihren Gestank über das Wasser und verursachte Rosa Brechreiz. Vor dem Kühlhaus standen Carney und Angie Seite an Seite und feuerten auf die sich nähernde Horde.

Tote kippten um, einige fielen ins Wasser. Andere Tote nahmen ihre Stelle ein. Die beiden Schützen wechselten einander mit dem Nachladen ab und verständigten sich mit Zurufen.

Rosa wäre am liebsten zum Pier gebrettert und hätte ihnen mit einem der Sturmgewehre an Bord geholfen. Stattdessen hielt sie weiter Ausschau nach einer Bootsrampe, wie man es ihr aufgetragen hatte. Zur Rechten machte sie einen massiven Holzpier aus, auf dem ein vierrädriges Gerät mit Metallrahmen stand. Die einzelnen Querstangen waren mit schweren Gurten verbunden. Es dauerte einen Moment, bis sie den Zweck des Geräts durchschaute; es verfügte über einen eigenen Motor und war für größere Boote gedacht. Die Gurte wurden im Wasser oder an Land unter dem Boot durchgeführt, dann wurde es hochgehoben. Das Ganze wirkte kompliziert und zeitaufwändig, außerdem befand sich die Anlage hinter den Toten. Sie suchte weiter.

Da, links vom Ende des Piers, weit entfernt von den Schützen und der vorrückenden Horde. Sie nahm das Walkie-Talkie in die Hand. »Angie, die Rampe liegt hinter euch.«

Die Frau an Land reagierte nicht und feuerte weiter.

Rosa versuchte es noch zweimal, dann begriff sie, dass das Funkgerät von den Schüssen übertönt wurde. Sie schaltete das Funkgerät auf den Lautsprecher. Ihre Stimme dröhnte übers Wasser. »Die Bootsrampe liegt hinter euch, etwa fünfzig Meter entfernt am Ende des Piers.«

Beide Schützen ließen sich zurückfallen, unentwegt feuernd.

Zwischen zwei Gebäuden tauchte der Bug eines großen schwarz-weißen Bootes auf, dann gelangte der Gabelstapler in Sicht. Xavier stand daneben. Rosa schwenkte die Arme und zeigte nach links, wie ein Einweiser, der ein Flugzeug an seinen Platz dirigierte. Xavier sah sie, und im nächsten Moment schwenkte der Gabelstapler herum und rumpelte mit seiner schweren Last zur Rampe.

TC ließ sich zurückfallen, eine Mauer von Toten bewegte sich ihm entgegen. Xavier tauchte neben ihm auf und unterstützte ihn eine Weile beim Feuern, dann schlossen sie beide zu Carney und Angie auf.

»Los jetzt!«, rief Angie und lief dem Gabelstapler hinterher. Die anderen folgten ihr. Sekunden später vereinigten sich die beiden Gruppen der Toten, die vom Werftgelände und die vom Pier, zu einer fauchenden Masse, die ihrer Beute hinterherwogte.

Little Bear riskierte einen Blick über die Schulter und begriff, dass sie nur einen Versuch und keine Zeit für irgendwelche Finessen hatten. Er beugte sich aus dem Überrollkäfig hinaus, sah die Betonrampe, die im Wasser verschwand, richtete den Gabelstapler aus und gab Vollgas. Der kraftvolle Motor stieß eine schwarze Rußwolke aus und beschleunigte ruckartig. Der Bayliner schaukelte heftig auf den Zinken.

Rosa wendete das Patrouillenboot und folgte ihm, während ihre vier Gefährten über den Pier eilten.

Das ölverschmierte Tachometer zeigte 45 Stundenkilometer an, als er der Rampe entgegenschoss.

Er verfehlte sie.

Etwa drei Meter vor der Rampe geriet der Gabelstapler vom Pier ab und sackte ein Stück ab. Der Bayliner riss sich los, rutschte auf den Zinken vor, schwebte einen Moment lang in der Luft und krachte dann mit dem Bug voran in einer gewaltigen Fontäne aufs Wasser, tauchte wieder auf und trieb weg.

Der Gabelstapler kippte vom Rand des Piers, noch ehe das Boot aufgeschlagen war. Little Bear sprang vom Sitz, als das Fahrzeug absackte. Sein rechter Fuß war jedoch unter das Bremspedal gerutscht und hatte sich dort verkeilt. Ehe er ihn hervorziehen konnte, prallte er mit Brust und Gesicht aufs Wasser und wurde wieder in den Sitz gedrückt. Er schnappte nach Luft, dann tauchte er unter, und der tonnenschwere Gabelstapler zog ihn mit sich in die Tiefe. Er geriet in Panik, versuchte, gleichzeitig zu atmen und seinen Fuß zu befreien, während das graue Tageslicht über ihm verblasste.

Rosa hatte mitbekommen, was geschehen war. Sie riss das Steuerrad herum, dampfte los und schaltete in den Rückwärtsgang, als sie sich der Stelle näherte, an der das Fahrzeug gesunken war. Sie schaltete den Motor ab, zog die Stiefel aus, legte den Waffengürtel ab, schnappte sich die gelbe, wasserdichte Taschenlampe, die am Cockpit klemmte, und hechtete über die Reling.

Xavier hatte es ebenfalls gesehen und lief an den anderen vorbei, warf das Gewehr ab und sprang ebenfalls ins Wasser. Die anderen blickten von der Bootsrampe aus ins Wasser. Luftblasen stiegen an der Stelle, wo der Gabelstapler gesunken war, an die Oberfläche.

Angie riss das Walkie-Talkie vom Gürtel und wollte gerade Rosa anfunken, als sie bemerkte, dass das Patrouillenboot unbemannt war. Unter grauenhaftem Gestöhne setzte die Horde der Toten zum Galopp an. Angie, Carney und TC schulterten wortlos die Waffen und sprangen ins kalte Wasser. Sie schwammen zum davontreibenden Patrouillenboot und verdoppelten ihre Anstrengungen, als hinter ihnen Tote unter lautem Klatschen vom Pier stürzten.

Xavier war schon immer ein guter Schwimmer gewesen, denn mit Schwimmen hatte er in den Vierzigern, als er noch boxte, seine Fitness bewahrt. Mit kraftvollen Bewegungen tauchte er nach dem schwankenden, blassen Lichtstrahl der Taschenlampe in der Tiefe. Mit jedem Schwimmzug nahm der Wasserdruck zu. Der Gabelstapler lag in etwa zehn Metern Tiefe im Schlick, aufgewirbelter Schlamm wogte träge in der Strömung.

Rosa hatte das umgekippte Fahrzeug erreicht. Sie klammerte sich an ein Rohr des Überrollkäfigs, kämpfte mit kräftigen Beinausschlägen gegen den Auftrieb an und leuchtete umher. Little Bear schien im Wasser zu schweben, mit dem Kopf nach unten und ausgebreiteten Armen, die Parodie einer Kreuzigung. Sein Stiefel war noch immer unter dem Bremspedal verkeilt. Rosa packte ihn bei der Schulter und schüttelte ihn. Der erschlaffte Körper drehte sich wie in Zeitlupe. Sie umfasste sein bärtiges Kinn und hob seinen Kopf an.

Little Bear öffnete die Augen. Sie waren gelblich verfärbt, die Pupillen verengt.

Seine große Hand legte sich um Rosas Unterarm und zog sie seinen gebleckten Zähnen entgegen. Rosa versuchte sich loszureißen, konnte sich aber nirgendwo abstützen, deshalb zog sie die Beine an, um sich mit den Füßen vom Fahrzeug abzudrücken. Sie war zu langsam, und vor Panik entwich eine Luftblase aus ihrem Mund. Little Bear biss zu.

Seine Zähne schlossen sich einen Zentimeter vor ihrem Gesicht.

Xavier, die Füße auf die Rückseite des Gabelstaplers gepflanzt, hatte beide Hände ins Haar des Hippies gekrallt und riss ihm den Kopf zurück. Little Bear zerrte an Rosas Arm, biss wütend ins Wasser und rollte mit den gelben Augen. Rosa ließ die Taschenlampe fallen und kratzte an seinen Fingerm, während immer mehr Luft aus ihrem Mund kam und ihre Panik übermächtig wurde.

An allen Seiten tauchten Schattengestalten auf, schlurften langsam über den Grund des Hafenbeckens und wirbelten mit ihren Füßen Schlammwolken auf.

Der Priester drückte den Kopf des Hippies mit dem rechten Ellbogen gegen eine Strebe des Überrollkäfigs und löste mit beiden Händen die Finger des Toten vom Unterarm der Sanitäterin. Rosa versuchte zur Oberfläche zu schwimmen, ihre Arme bewegten sich aber zu langsam. Xavier drückte sich mit den Händen vom Kopf des Hippies und mit den Füßen vom Gabelstapler ab. Der eingeklemmte Little Bear blieb zurück und langte mit den Armen nach hinten über seine Schulter. Der Priester fasste Rosa unter dem Arm und schwamm mit ihr nach oben, während eine Gruppe Toter ihnen mit weißen Händen hinterherfuchtelte. Dann brachen sie beide durch die Oberfläche.

Minuten später befanden sich alle an Bord des Patrouillenboots und beobachteten durchnässt und zitternd, wie die Toten mit hilflos ausgestreckten Armen vom Pier stolperten. Alle bis auf Rosa, die sich an die Reling klammerte und aufs Wasser hinunterblickte, während ihr Keuchen in Schluchzen überging.

Xavier übernahm das Kommando und zeigte zum Bayliner, der in zwanzig Metern Abstand auf dem Wasser trieb. »Wir haben nicht genug Sprit in den Kanistern, um das Boot zurückzufahren, außerdem haben wir keine Zeit mehr, um es flott zu machen. Wir nehmen es ins Schlepptau.«

Die anderen nickten und machten die Leine klar, die sie mitgebracht hatten.

Der Priester ging zu Rosa, schloss sie in die Arme und wartete schweigend, bis sie zu zittern aufgehört hatte. »Wir brauchen Sie als Skipperin, Doc«, sagte er, als sie sich schließlich von ihm löste.

Rosa nickte, ging zum Steuerhaus und steuerte das Boot auf den Bayliner zu.

14

Der ursprüngliche Plan sah vor, dass das Angriffsteam mehrere Vorstöße zur relativ nahen *Nimitz* unternahm und sich zwischendurch in Alameda ausruhte und die Ausrüstung komplettierte. Wie so viele Pläne der Überlebenden hatte er nicht lange Bestand.

Kurz nachdem die beiden Gruppen zur Werft in San Francisco beziehungsweise zum Middle Harbor aufgebrochen waren, um die Fahrzeuge des Konvois leerzuräumen, rückten die Toten in so großer Zahl in den ehemaligen Marinestützpunkt ein, dass es zu gefährlich wurde, den Hangar halten zu wollen. Das Stöhnen hallte über die menschenleeren Boulevards und wurde von den Wänden der verlassenen Gebäude zurückgeworfen, während Tausende Tote über Straßen, Parkplätze und Grünanlagen schlurften. Die Menschen im Hangar beschlossen, so viele Vorräte wie möglich in die verbliebenen Fahrzeuge zu laden und ihre Basis zu den Marinekais zu verlagern. Die Werften wollten sie passieren und gleich zu den alten, abseits gelegenen Kriegsschiffen weiterfahren, wo sie sich vor den hungrigen Toten einstweilen sicher glaubten.

Sie wussten, dass ihre Flucht nicht unbemerkt bleiben und man ihnen folgen würde. Aufgrund ihrer Herdenmentalität würden die Toten irgendwann auf die Sackgassen-Kais strömen, an denen keine Boote warteten.

Ein Hippie namens Abel Younger, der sich mit Motorrädern auskannte und sich bei Evan Tucker auf dem Weg von Napa hierher einiges an Taktik abgeschaut hatte, erklärte sich bereit, sie abzulenken. Er fuhr mit Evans Harley King Road los, betätigte die Hupe und brauste mit knatterndem Motor aufs Flugfeld hinaus. Grinsend hatte er versichert, dies sei keine Selbstmordaktion, und sobald er die wandelnden Toten zur anderen Seite des Flugfelds gelockt habe, werde er umkehren und sich der Gruppe auf dem Kai anschließen.

Die Taktik funktionierte; er erregte die Aufmerksamkeit der Toten, die von Alameda hereinströmten, und derer, die ihnen nachfolgten, und lockte sie langsam, aber stetig weiter. Nach einer halben Stunde waren die Straßen rund um den Hangar leer. Die Flüchtenden eilten zu den Fahrzeugen und fuhren los in Richtung der grauen Schiffe, wobei sie Ausschau nach Nachzüglern hielten, die sie würden ausschalten müssen. Sie entdeckten jedoch keinen einzigen und erreichten unversehrt den Kai.

Weder Abel Younger noch Evans Harley sahen sie je wieder.

Als das Wartungsboot kurz vor dem Patrouillenboot und dem Bayliner eintraf, gaben ihnen die Leute am Kai Zeichen, wann sie in die Lagune der Wasserflugzeuge einfahren konnten, ohne die Aufmerksamkeit der Toten zu wecken. Alle drei Boote fuhren dicht an den gewaltigen Kriegsschiffen entlang. Als es dunkelte, ruderten mehrere Hippies den Bayliner in die Lagune hinaus, pumpten Diesel in die Tanks und ruderten wieder zurück.

Der Angriff sollte am Morgen beginnen. Der Rest des Tages war der Planung, den Vorbereitungen und der Trauer vorbehalten. Die meisten hatten Darius nicht besonders gut gekannt, doch sein Tod riss eine weitere Lücke in ihre

Reihen. Little Bear hingegen war beliebt gewesen bei Calvins Family, ein wichtiges Mitglied, das für Zusammenhalt gesorgt hatte, als die Welt aus den Fugen geraten war. Er hatte immer ein Lächeln übrig gehabt und sich stets als Erster für gefährliche Unternehmungen gemeldet, damit jemand anders in der Sicherheit der Gruppe bleiben konnte. Sein heutiger Tod hatte jemandem das Leben gerettet, und das würde die Family ihm nicht vergessen.

Die Pläne hatten sich geändert. Wenn die beiden stärkeren Boote starteten, sollte ihnen das Wartungsboot als Basis dienen, beladen mit Vorräten und am Pier festgemacht. Diejenigen, die nicht am Angriff teilnahmen, sollten in der Nähe bleiben, für den Fall, dass sie schnell flüchten mussten. Die Fahrzeuge hatten sie zusammengeschoben. Die Barrikade würde die Toten nicht auf Dauer aufhalten, aber einen möglichen Angriff wenigstens verlangsamen. Das war auch schon etwas.

Angie, Evan und Vladimir lehnten an einer Trosse, deren Dicke der ihrer Taille entsprach. Ausgespannt zwischen kurzen, breiten Pfählen, sollte sie Touristen daran hindern, ins Wasser zu fallen. Sie beobachteten, wie die Leute in den Taschen und Kartons mit den frisch eingetroffenen Vorräten wühlten, sich umkleideten, aßen, sich wuschen und eine Zeit lang so taten, als sei alles ganz normal. Evan und Vladimir teilten sich eine Zigarette aus ihrem schwindenden Vorrat.

»Bete für die Toten, aber kämpfe leidenschaftlich für die Lebenden«, sagte Evan.

Angie schaute ihn an. »Hast du das geschrieben?«

»Nein, das ist von Mother Jones. Aber sie hatte bestimmt nicht diese Welt vor Augen, als sie das geschrieben hat.«

»Sollten wir wissen, wer das war?«, fragte Angie.

»Nicht unbedingt«, erwiderte Evan. »Sie ist 1930 gestorben, angeblich im Alter von hundert Jahren. Sie war ihrer Zeit voraus und hat sich für Eisenbahn-, Kinder- und Grubenarbeiter eingesetzt. Sie war eine Aktivistin und Agitatorin. Manche bezeichneten sie als Terroristin.«

»Eine deiner Heldinnen?«

Evan schüttelte den Kopf. »Eigentlich nicht. Aber ich mag das Zitat. Und sie hat sich dafür eingesetzt, diejenigen zu beschützen, die sich nicht selbst schützen konnten. Das gefällt mir.« Sie betrachteten die vielen Kinder inmitten der Vorräte und der Ansammlungen von Erwachsenen, von denen einige noch sehr jung waren. Angie nickte wortlos. Evan bemerkte Maya und ging zu ihr hinüber, und Angie ließ den Blick über den breiten Pier schweifen.

Nach der Bergung der Vorräte von Calvins Karawane und mit den Waffen aus Carneys Bearcat und dem Arsenal aus ihrem eigenen Van verfügte ihre kleine Gruppe über eine beträchtliche Feuerkraft, vieles aus Armeebeständen und nichts davon sicher. Sie beobachtete, wie ein Kleinkind zu gehen versuchte, während seine Eltern lächelnd zuschauten. Der Junge hielt sich an einer Holzkiste mit Claymore-Antipersonenminen fest.

Angie war mit Feuerwaffen aufgewachsen und ganz selbstverständlich in das Familiengeschäft, die Waffenschmiede, eingetreten. Sie war mit ständigen Ermahnungen und Unterweisungen aufgewachsen und hatte einen tiefen Respekt vor dem zerstörerischen Potenzial der Waffen und den Sicherheitsvorkehrungen entwickelt, die im Umgang mit ihnen nötig waren. Sie war mit zahlreichen Waffen vertraut, arbeitete nebenbei als Waffenausbilderin und nahm regelmäßig an Schießwettbewerben teil, aus denen sie häufig als Siegerin hervorging. So viele Waffen in den Händen von Menschen zu sehen, die über keine ordentliche Ausbildung verfügten, machte sie nervös.

Vladimir deutete ihre umwölkte Miene anscheinend richtig. »Bürgersoldaten, wie?«

»Das ist ein Mob«, entgegnete sie. »Menschen werden sterben, und ich kann nichts dagegen tun. Wir haben keine Zeit für Ausbildung.«

»Weshalb sind Sie dann hier?«, fragte der Pilot.

Sie blickte wieder zu dem kleinen Jungen, der ein paar wacklige Schritte in Richtung seiner in die Hände klatschenden Mutter machte. Der Anblick weckte schmerzliche Gefühle, und sie schob eine Hand in die Hosentasche und schloss sie um den Beißring ihrer Tochter Leah.

»Evan hat es eben gesagt, nicht wahr? Als er davon sprach, diejenigen zu beschützen, die sich nicht selbst schützen können.« Sie zuckte mit den Achseln. »Ich schätze, das ist die beste Antwort, die ich habe.« Sie dachte über Evans Worte nach. Es gab auch anderswo schutzbedürftige Menschen. Dann sah sie den hässlichen Piloten an. »Weshalb sind Sie hier?«

Er grinste. »Weil ich nicht weiß, wo ich hinsollte und auch nicht hinkommen könnte.«

Angie lachte.

Vladimir musterte sie ernst. »Ich habe gehört, Ihre Familie ist irgendwo dort draußen.«

Ihr schnürte sich die Brust zusammen. »Meine Tochter und mein Mann. Sie sind am Leben.«

»Ganz bestimmt.«

»Das sind sie.« Ihre Stimme klang schärfer als beabsichtigt. Sie legte ihm die Hand auf den Arm, ihr Tonfall wurde sanfter. »Sie waren in Sacramento, während ich in Alameda gedreht habe. Es sollte ein Tagestrip werden; abends wollte ich wieder zu Hause sein. Aber dann« – sie schwenkte den Arm – »ist das passiert, und ich kam nicht mehr zurück und konnte sie auch nicht anrufen.« Ihr brach die Stimme, und sie wandte den Blick ab. »Dean, mein Mann, wird Leah unter Einsatz seines Lebens beschützen. Aber ich muss zu ihnen.« Als sie den Russen wieder ansah, hatte sie feuchte Augen. »Sie leben«, wiederholte sie.

»Ich glaube Ihnen.« Vladimir lächelte. »Und ich will Ihnen etwas sagen, Angie West.« Er zeigte auf das Gewimmel am Pier. »Ich glaube, das ist eine idiotische Unternehmung, und die Kosten werden am Ende höher sein, als wir ahnen. Trotzdem führt kein Weg daran vorbei, oder?«

Sie nickte. Alameda und dieses Pier waren Todesfallen, die die Toten irgendwann finden würden, und dann stünden sie alle mit dem Rücken zum Meer.

Er steckte sich eine neue Zigarette an und blies den Rauch himmelwärts. »Vermutlich wird keiner von uns überleben«, sagte er, dann sah er sie an. »Aber sollten wir zufällig erfolgreich sein, tanke ich den Helikopter auf und suche mit Ihnen nach Ihrer Familie. Das verspreche ich.«

Angie schaute ihn an, dann rollten ihr Tränen über die Wangen, und sie umarmte ihn fest. Vladimir schloss die kleine Frau lachend in die Arme. »Ich habe Ihnen doch gesagt, dass wir alle sterben werden!«, sagte er. »Fürs Bedanken ist es noch zu früh.«

Sie löste sich von ihm, stellte sich auf die Zehenspitzen und küsste ihn auf die Wange. »Danke.« Dann wandte sie sich ab und ging zu den anderen hinüber. Sie wollte die verbliebene Zeit dazu nutzen, ihnen wenigstens die Grundlagen des sicheren Umgangs mit Feuerwaffen beizubringen.

Vladimir sah ihr nach, dann schaute er zu den Wolken hoch und fragte im Stillen den Gott, an den er nicht recht glauben konnte, ob er vielleicht soeben ein Versprechen abgegeben hatte, das er unmöglich halten konnte.

Bruder Peter lehnte an einem Pfahl an der anderen Seite des Piers und beobachtete das Treiben. Gott lehnte an einer Trosse neben ihm, sah aber nicht mehr wie der Psychiater der Air Force aus. Er hatte die Gestalt Sherris angenommen, der Angestellten, die in ihren letzten Tagen versucht hatte, Sex als Überlebenstechnik einzusetzen, und deren Gesicht Peter verstümmelt hatte, bevor er sie den Toten opferte. Auch Gottes Antlitz war von einer blutigen, schrundigen Wunde verunstaltet, doch das schien Sie nicht zu stören. Als Sie zu ihm sprach, tat Sie es allerdings mit der Stimme des Psychiaters.

»Du solltest bei der Bootsparty dabei sein, Pete.«

Es wunderte Peter nicht besonders, dass er wieder halluzinierte. Er hatte schließlich eine Menge durchgemacht, da war es nicht erstaunlich, wenn man ein bisschen neben der Spur lief. Wenn er es recht bedachte, war es sogar ziemlich cool. Als hätte er einen unsichtbaren Freund.

»Vergiss es«, sagte er. »Das ist ein Selbstmordeinsatz. Sollen diese Idioten ruhig ins Verderben schippern.«

»Du bist respektlos, Pete. Zwing mich nicht dazu, dich vor all diesen netten Menschen zu ohrfeigen.«

Bruder Peter senkte den Kopf. »Verzeih mir, Herr.« Er konnte ebenso gut auf das Spiel eingehen.

»Vielleicht nehme ich beim nächsten Mal eine einnehmendere Gestalt an«, sagte Gott. »Zum Beispiel die deiner Mutter.«

Peter schüttelte den Kopf. »Bitte, das könnte ich nicht – es ist auch so schon schwer genug.«

»Dann hör auf, dich zu beklagen.« Gott legte ihm einen Arm um die Schulter, senkte die Stimme und neigte sich ihm entgegen. »Deine Zeit naht. Soll ich dir meinen Plan offenbaren?«

Der Fernsehprediger hatte Herzklopfen. Wenn Gott real war, und er war noch nicht bereit, dies als Wahrheit anzuerkennen, aber wenn Er real war, dann wollte Peter Teil Seines Plans sein. »Ja, Herr.« Er blickte übers Pier hinweg zu Angie West, folgte ihren Bewegungen mit den Augen und bemühte sich, einer düsteren Fantasie Herr zu werden.

»Konzentriere dich, Peter, oder ich entzünde deinen Pimmel mit Höllenfeuer.«

Bruder Peter riss die Augen auf. Gott war jetzt der Turnlehrer der Junior High, der ihn im Umkleideraum eingesperrt hatte, als die anderen Kinder schon gegangen waren, vorgeblich, damit er ihm beim Aufräumen half, aber vor allem, um seine perversen Gelüste an einem verwirrten, pubertierenden Jungen zu befriedigen.

»Diese Erscheinungsform gefällt mir nicht«, zischte Peter.

Der Turnlehrer bedachte ihn mit einem Lächeln, das der Prediger sehr gut kannte und von dem er noch immer gelegentlich träumte. Am jeweiligen Morgen danach hatte er sich häufig eingenässt. Auf einmal verwandelte Gott sich wieder in den Air-Force-Psychiater, und Peter entspannte sich ein wenig.

Gott senkte Seine Stimme zu einem verschwörischen Flüstern und zog Peter dicht an sich heran. *»Ich habe Folgendes vor.«* Während Er sprach, legte sich ein breites, triumphierendes Grinsen über das Gesicht des Fernsehpredigers.

Den ganzen Abend über bis weit in die Nacht hinein strömten Tote nach Alameda.

15

Es nieselte, und der Morgenhimmel war wieder einmal einheitlich grau. Ein frischer Wind wehte von der Mündung der Bucht her und warf schaumige Wellen auf. Rosa steuerte den Bayliner, und Evan, dessen kurze Erfahrung am Steuer des Lastkahns ihn zum Skipper qualifizierte, hatte das Ruder des Patrouillenboots übernommen. Beide Boote waren schwer beladen mit Menschen, Waffen und Ausrüstung, deshalb fuhren sie langsam und mit dreißig Metern Abstand.

Die Diskussionen und Entscheidungen, wer mitfahren und wer zurückbleiben sollte, hatten bis spät in die Nacht angedauert; die meisten Freiwilligen waren widerspruchslos akzeptiert worden, jedoch nicht alle. Einige von denen, die zurückbleiben wollten, wie der junge Mann mit der schwangeren Frau, den Rosa in San Francisco gerettet hatte, schämten sich und sahen sich genötigt, ihre Beweggründe zu erläutern. Andere wollten mitfahren und wurden von der Gruppe abgewiesen. Die meisten waren vierzehn- oder fünfzehnjährige Kids. Schließlich erklärte Calvin, *niemand* unter sechzehn solle an dem Angriff teilnehmen. Seine Entscheidung wurde nicht in Frage gestellt.

Maya wollte ebenfalls mit. Evan sagte Nein, und als sie entgegnete, das habe er nicht zu entscheiden, wurde er zornig und dann auch sie. Schließlich ergriff Calvin Partei für Evan und erklärte seiner Ältesten, sie müsse sich um ihre jüngeren Geschwister kümmern. Widerwillig gab sie nach, doch Evan spürte, dass sie wild entschlossen war und nicht klein beigeben wollte, bloß weil ihr Vater ihn unterstützte.

Zu denen, die zurückblieben, gehörten auch die meisten Leute aus der Feuerwache: Margaret, die Anführerin; Sophia, die sich um die Kinder kümmerte; Larraine und ihr älterer Ehemann Gene, denen bewusst war, dass sie nur hinderlich wären; Elson und Big Jerry als Beschützer. Auch mehrere Erwachsene aus Calvins Gruppe würden bleiben, um die Kinder zu beschützen. Das schwangere Paar blieb ebenfalls zurück.

Vladimir fand sich damit ab, dass er in der Nähe des Helikopters bleiben musste.

Das Enterteam bestand aus Calvin und achtzehn Erwachsenen und Halbwüchsigen seiner Gruppe, darunter Evan, Rosa, Xavier, Angie und Skye. Carney und TC waren ebenfalls dabei, außerdem eine Highschool-Schülerin namens Meagan. Bruder Peter hatte sich mit dem Argument, er kenne sich mit Elektronik aus und werde sich an Bord des Flugzeugträgers als nützlich erweisen, die Teilnahme gesichert.

Ihr Ziel, ein Navy-graues Monstrum, war noch achthundert Meter entfernt. Je näher sie kamen, desto gewaltiger erschien der Flugzeugträger, eine der zerstörerischsten Kriegswaffen Amerikas, und Xavier schüttelte den Kopf.

»Was habe ich uns da bloß eingebrockt«, flüsterte er.

Evan, der am Ruder stand, lächelte schwach. »Das entscheidet über unsere Zukunft, so oder so.«

CVN-68. Die USS *Nimitz*. Ihr Spitzname war seit vier Jahrzehnten *Old Salt* – Alter Seebär. Die Bauzeit hatte über vier Jahre betragen. Sie war der erste nuklear betriebene Flugzeugträger ihrer Klasse und sollte noch bis 2020 ihren Dienst verrichten. Sie war 332 Meter lang – was der Höhe eines Wolkenkratzers entsprach – und hatte eine Verdrängung von 100000 Tonnen; das Flugdeck war 18000 Quadratmeter groß und schwebte dreißig Meter über dem Wasser, die Aufbauten ragten acht Stockwerke darüber auf. Vom Kiel bis zum Mast umfasste sie achtzehn Etagen. Das Flaggschiff der Carrier Strike Group 11 verfügte über neunzig Flugzeuge, die alle zwanzig Sekunden starten konnten. Die beiden Reaktoren von General Electric mit der Bezeichnung A4W/A16 trieben acht Dampfturbinen mit einer Leistung von insgesamt 8 Megawatt an, genug Strom, um eine Kleinstadt zu versorgen. Die vier Antriebspropeller waren aus Bronze, hatten einen Durchmesser von sieben Metern und beschleunigten den Koloss auf bis zu zweiunddreißig Knoten. Die Entsalzungsanlage lieferte über 18 Hektoliter Frischwasser pro Tag, in den Messen wurden 20000 Mahlzeiten täglich verzehrt, und der Vorrat an Flugzeugsprit vom Typ JP5 betrug 150 Hektoliter.

An Bord der *Nimitz* gab es Hunderte Leitern und Luken, über viertausend Kabinen und so viele Rohre, Leitungen und Kabel, dass sie aneinandergelegt einmal quer durch Indiana und wieder zurück gereicht hätten. Das Durchschnittsalter der fast sechstausend Besatzungsmitglieder lag zwischen neunzehn und einundzwanzig.

Die meisten waren immer noch an Bord.

Die Enterteams sahen sie mit dem Fernglas sofort. Gestalten bewegten sich übers Flugdeck, wimmelten in den Öffnungen der Flugzeuglifts, wanderten über die Laufgänge. Beide Boote näherten sich dem riesigen Schiff in

Rufweite langsam von Steuerbord. Evan und Rosa nahmen das Gas weg und ließen die Boote auslaufen.

Der Angriffsplan war simpel, da sie keine Ahnung hatten, was sie erwartete, weil sie über keine militärische Ausbildung verfügten und die Zeit knapp war. Die Toten würden die Lebenden irgendwann aufspüren, vermutlich eher, als ihnen lieb war. Deshalb sah der Plan vor, das Schiff einmal zu umkreisen, um herauszufinden, ob sich die Drifter dazu bewegen ließen, ins Wasser zu springen. Anschließend wollten sie an der Schwimmplattform anlegen, die Rosa erwähnt hatte. Und dann? Entern und draufhauen. Elegant war das nicht, und trotz ihrer Entschlossenheit hatten die meisten starke Bedenken.

Angie ging in den Bug des Patrouillenboots, kniete mit ihrem Galil nieder und stützte den linken Ellbogen aufs Knie. In der mittleren Aufzugöffnung bemerkte sie einen verwesenden Seemann, der beobachtete, wie das Boot in der Dünung schaukelte. Sie atmete langsam aus und drückte ab.

Die Kugel traf den Mann an der Hüfte. Er taumelte.

Sie zielte erneut, versuchte die Bootsbewegung auszugleichen. Das Galil knallte, der Seemann aber rührte sich nicht. Ein Fehlschuss. Angie atmete abermals aus, zielte noch sorgfältiger und feuerte. Die Kugel riss einen grauen Fleischfetzen aus der Schulter. Sie schulterte das Gewehr und ging wieder nach hinten.

»Es ist so, wie ich erwartet habe«, sagte sie. »Wir haben keine stabile Plattform, von der aus wir präzise Schüsse anbringen können. Wir würden zu viel Munition verschwenden.«

»Wie wär's, wenn wir das Wartungsboot einsetzen würden?«, sagte jemand. »Wäre das besser geeignet?«

Sie schüttelte den Kopf. »Etwas besser wär's vielleicht schon, aber es würde den Aufwand trotzdem nicht lohnen. Außerdem wird das Boot in Alameda gebraucht.« Sie dachte daran, die Barrett Kaliber Fünfzig auszupacken, das mächtige Scharfschützengewehr, das in einem Plastikkoffer an Deck lag, verwarf den Gedanken aber gleich wieder. Aufgrund der Bootsbewegungen würde auch damit das Zielen erschwert sein, und außerdem gab es für die schwere Waffe noch weniger Munition.

Minuten später begannen beide Boote die Umkreisung. Die hohen, auskragenden Stahlwände des Flugzeugträgers warfen einen riesigen Schatten und ließen die beiden Boote winzig erscheinen. Es war ein einschüchternder Anblick, und als sie daran dachten, was in den Gängen des Schiffs sein Unwesen trieb, verwandelte sich das Gefühl in eisige Angst.

Evan, der am Ruder stand, stellte sich das Grauen vor, das dieses Schiff vor der Küste fremder Länder entfesseln konnte, die mit tosenden Triebwerken startenden Flugzeuge, die den Tod unter den Flügeln und in ihren Bäuchen trugen. Einen Despoten der Dritten Welt würde dies in Angst und Schrecken versetzen, denn er wüsste, es gäbe keinen Schutz vor dem tödlichen Regen, der auf sein korruptes kleines Reich herabregnen würde. Eine Todesmaschine, die jetzt tödlicher war, als man sich je hätte träumen lassen.

Und dorthin müssen wir, dachte er.

Als sie am Flugzeugträger entlangfuhren, sahen sie, dass die Radarkuppeln und Antennen beschädigt oder vollständig abgerissen waren. Kabelstränge und zerschmetterte Laufgänge hingen herab, und ein ehemals todbringendes Repetiergeschütz war zusammengestaucht wie Alufolie. Offenbar war die *Nimitz* mit etwas kollidiert, das fast ebenso unzerstörbar war wie sie selbst, oder sie war daran entlanggeschrammt. Den sichtbaren Zerstörungen nach zu schließen, war auch der Rumpf beschädigt worden.

Evans Vorstellungskraft, die ihm beim Schreiben so nützlich war, beschwor Bilder aufgeblähter grünlicher Leichen herauf, die in wassergefüllten Räumen wie in Zeitlupe gegen die geschlossenen Luken hämmerten. Immerzu hungrig und auf ewig gefangen, bis jemand von einem der Boote die Luke öffnete und sie befreite.

Er schauderte und versuchte sich auf seine Aufgabe zu konzentrieren.

Der Versuch, die Toten zu ködern, war ein Teilerfolg. Als sie die Boote bemerkten, sprangen mehrere von ihnen ins Wasser und versuchten, an sie heranzukommen. Einer trug einen blauen Pullover und Helm; ein anderer war grün gekleidet. Beide fielen etwa anderthalb Meter tief, dann landeten sie im Sicherheitsnetz, das verhindern sollte, dass achtlose Seeleute vom Triebwerksschwall der startenden Flugzeuge von Bord geweht wurden. Sie verhedderten sich mit Armen und Beinen und zappelten wie Fische. Einer, ein Mann in Gelb, schaffte es, sich zu befreien und zum Rand zu kriechen, dann stürzte er dreißig Meter in die Tiefe und verschwand im Wasser. Im nächsten Moment tauchte er wieder auf, leicht erkennbar am gelben Helm, denn wie alle, die an Deck arbeiteten, trug er eine Schwimmjacke.

Xavier schaute durchs Fernglas, sah ihn in den Wellen tanzen und mit den Zähnen knirschen. Er musterte die Wasseroberfläche. »Eigentlich hätten es mehr sein sollen.«

Evan beugte sich vor und spähte durch die Windschutzscheibe nach oben. »Das Ködern funktioniert nicht wie erhofft, wegen des Netzes.«

Xavier beobachtete noch immer das schwimmende, gelb gekleidete Wesen, als das Wasser in dessen Nähe auf einmal zu brodeln begann. Der Tote wurde unvermittelt nach unten gezogen. Sekunden später tauchten in ein paar Metern Abstand erst eine, dann mehrere Rückenflossen auf.

»Haben Sie das gesehen?«, fragte Xavier.

»Ich habe es gesehen«, antwortete Evan. »Deswegen gibt es hier im Wasser so wenige Drifter. Wahrscheinlich waren es mal mehr.«

Xaviers Fantasie kam auf Touren. Das hatte er nicht bedacht. Wie viele wandelnde Tote mochten von Kais und Stegen, von Brücken und Booten ins Wasser gefallen sein? Als Little Bear ertrunken war, hatte er gesehen, wie einige in der Nähe des Gabelstaplers durch den Schlick gestapft waren. Alles deutete darauf hin, dass Tiere immun gegen das OV waren, deshalb waren die schwerfälligen Drifter jetzt Teil der Nahrungskette.

»Da ist noch einer«, sagte Evan und zeigte nach Steuerbord. Ein großer Hai mit weißgrauer Rückenflosse schwamm in fünfzig Metern Abstand vom Flugzeugträger, dann tauchte er wie ein U-Boot. Wie viele mochten dort draußen sein? Unwillkürlich dachte er an einen berühmten Hai-Film, in dem die Tiere ein Boot verschlungen hatten, das etwa so groß gewesen war wie ihres. *Ich glaube, wir brauchen ein größeres Boot*, dachte der Schriftsteller und blickte zum Flugzeugträger.

Der Priester musterte Evan. »Bloß nicht rausfallen.«

Der Jüngere grinste. »Das wäre schon Pech, eine Zombie-Apokalypse zu überleben, nur um von einem prähistorischen Tier gefressen zu werden.«

Xavier informierte die anderen von den Haien und erklärte, das Ködern funktioniere nicht. Besorgte Blicke wurden gewechselt. Sie konnten die Toten nicht aus sicherer Entfernung ausschalten und sie nicht vom Schiff ins Wasser locken. Beides hätte ihre Chancen verbessert. Jetzt mussten sie es auf die harte Tour versuchen.

An der anderen Seite des Schiffes war die Situation ähnlich; ein paar Gestalten im Aufzug, mehrere auf dem Flugdeck und weitere im Netz. Jedoch nicht so viele, wie ihnen lieb gewesen wäre. Eine einzelne Gestalt in Khakiuniform schlurfte weit oben in den Aufbauten über einen Laufgang, stieß gegen eine Wand, machte kehrt und wankte in die andere Richtung weiter.

Beide Boote hatten die Umkreisung beendet und befanden sich nun am breiten Heck des Schiffes, das als flache Stahlwand aus dem Wasser ragte. Auf halber Höhe befand sich eine große, rechteckige Öffnung, wo die Triebwerke der Flugzeuge getestet wurden. Die Öffnung war fast so breit wie das Schiff, lag aber außer Reichweite. Ansonsten gab es hier eine Menge Radar- und Funkantennen, Abschussvorrichtungen für Boden-Luft-Raketen, vereinzelte Laufgänge und mehrere senkrechte Rohre.

Inmitten der Rohre an der Steuerbordseite befand sich unmittelbar über dem Wasser ein schmaler Laufgang aus Stahl. Dahinter war eine ovale Tür in den Rumpf eingelassen. Die Schwimmplattform. Sie machten die Boote an den Rohren fest, schulterten Rucksäcke und Waffen und gingen von Bord. Niemand würde bei den Booten bleiben; jeder Einzelne wurde gebraucht. Achtundzwanzig Personen sammelten sich auf der Plattform.

Angie hatte ihnen ausgeredet, Handgranaten oder LAW-Raketenwerfer mitzunehmen, denn in geschlossenen Räumen waren diese Waffen für Menschen gefährlicher als für Drifter. Sie konnte nur hoffen, dass niemand heimlich welche mitgenommen hatte. Als Skye ausnahmsweise den Mund aufmachte, hatte sie sich dafür ausgesprochen, auch die Claymore-Minen zurückzulassen, denn sie wusste aus Erfahrung, dass sie nutzlos waren.

Bruder Peter stimmte dem wie die anderen zu. Trotzdem hatte er sich ein paar Handgranaten in die Jackentaschen gesteckt.

Angie schleppte nicht nur ihre Waffen samt Munition, sondern auch das dreißig Pfund schwere Barrett M82A1. Die Schultertasche mit den Ersatzmagazinen für das ein Meter zwanzig lange Scharfschützengewehr – jede einzelne Kugel Kaliber Fünfzig wog über einhundert Gramm – brachte sie an die Grenze ihrer Belastbarkeit. Doch sie beklagte sich nicht. Ihre Last würde bald leichter werden, und dann wäre sie froh über jeden einzelnen Schuss Ersatzmunition.

Xavier näherte sich der Tür, während hinter ihm die Taschenlampen eingeschaltet, Magazine und Kammern überprüft und ermutigende Bemerkungen gewechselt wurden. Das hier war seine Idee gewesen, deshalb war es logisch, dass er die Führung übernahm. Mitten auf der Tür saß ein Metallrad, das er nach links drehte – linksrum auf, rechtsrum zu, dachte er und erwartete, dass die Luke versperrt wäre. Das war sie nicht, das Rad ließ sich leicht drehen. Er zog, doch die Luke rührte sich nicht. Rosa bedeutete ihm, er solle dagegendrücken. Jetzt schwang die schwere Tür mit leisem Knarren nach innen auf.

Dunkelheit und schwacher Verwesungsgestank erwarteten ihn.

Xavier holte tief Luft und richtete Taschenlampe und Gewehr nach vorn. Dann betrat er die USS *Nimitz*.

Im Bauch des Ungeheuers

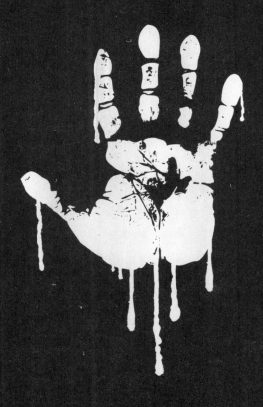

16

Wie Xavier befürchtet hatte, gab es nicht überall im Schiff Licht. Dies galt auch für den Bereich hinter der Schwimmplattform, einen Raum, der kaum mehr war als ein Metallkasten mit steilen Stahlrosttreppen, die zu den höheren Decks hinauf- und in den Bauch des Schiffes hinunterführten. Das durch die Luke einfallende Tageslicht fiel auf die Zahl 02, die in Gelb an die Wand gemalt war. Xavier schaltete die Taschenlampe ein.

Er rümpfte die Nase über den dumpfen Verwesungsgestank, der ihm entgegenschlug. Der Zentralrechner des Schiffs hatte viele Bordfunktionen heruntergefahren; eine Belüftung hielt er anscheinend nicht für erforderlich. Folglich hatte die *Nimitz* sich in ein Labyrinth des Todes verwandelt. Das hatte Xavier nicht bedacht, und er bedauerte, dass er kein Halstuch dabeihatte, das er sich vor Nase und Mund hätte binden können.

Er stand reglos da, alle Sinne angespannt. Durch die Schuhsohlen nahm er eine schwache Vibration wahr, und irgendwo klopfte etwas in unregelmäßigen Abständen gegen Metall, doch er konnte nicht erkennen, ob das Geräusch von oben oder von unten kam. Er schwenkte die Taschenlampe; die Hand, mit der er das Gewehr hielt, war bereits schweißnass. In der Mitte jeder Wand saß eine ovale Luke mit langem Griff. Drei Luken und zwei Treppen, das waren eine Menge Möglichkeiten, doch Gutes versprachen sie alle nicht.

»Wie sieht's aus?«, fragte Calvin beim Eintreten.

Xavier leuchtete die Wände ab. »Wir haben die Wahl.«

Vor dem Aufbruch von Alameda waren sie übereingekommen, dass ihre Gruppe zu groß war, um geschlossen vorzurücken und die Drifter effektiv zu bekämpfen. Sie würden sich in den Fluren und Türen drängeln, und bei einer Auseinandersetzung bestünde die Gefahr, dass sie aufeinander schossen. Deshalb hatten sie kleinere Kampfteams zusammengestellt, die sich so bald wie möglich verselbstständigen und jedes für sich mit der Säuberung des Schiffes beginnen sollten. Der Plan war nicht besonders ausgeklügelt, und ihnen war bewusst, dass sie beim Vorrücken Drifter hinter sich zurücklassen würden, doch wie Skye erklärt hatte, gab es nur eine begrenzte Anzahl wandelnder Toter an Bord, und jeder einzelne, den sie ausschalteten, verringerte diese. Sie konnten ihre Verluste nicht ersetzen.

Außer mit uns, dachte Xavier.

Die Kommunikation stellte ein Problem dar. Sie mussten davon ausgehen, dass die Stahlwände die Reichweite ihrer Funkgeräte stark beeinträchtigen würden. Die Kampfteams wären auf sich allein gestellt und würden sich alles, was sie brauchten, unterwegs zusammensuchen müssen, so wie sie es seit Wochen taten.

»Viel Glück«, sagte Angie und ging ohne weitere Umstände mit entschlossener Miene am Priester vorbei. Skye und Meagan folgten ihr. Seit sie zur Gruppe gestoßen war, hatte sich das Mädchen zu einer ordentlichen Schützin entwickelt und war mehr als bereit, sich den Toten zu stellen. Sie hatte ein Gewehr geschultert, trug Lederhandschuhe und hielt eine Rasenmäherklinge in der Hand. Das eine Ende hatte sie dick mit Klebeband umwickelt, das andere geschärft. Angie und Skye würden gezielte

Schüsse abfeuern, und Meagan sollte ihnen Deckung geben. Sie stiegen die Treppe hinauf und wollten im Decksaufbau so weit wie möglich nach oben vordringen. Von dort aus wollten sie die Zielobjekte auf dem Deck ausschalten.

»Seid vorsichtig!«, rief Xavier. Kaum hatte er es ausgesprochen, kam es ihm auch schon dumm vor, doch Angie verabschiedete sich mit einem Augenzwinkern und stieg die Metalltreppe hoch. Skye folgte ihr mit ausdrucksloser Miene, das M4 mit beiden Händen umklammernd.

Carney, TC und ein halbes Dutzend Mitglieder der Calvin-Family machten sich ein paar Minuten später auf den Weg nach oben. Der ältere Exhäftling übernahm die Führung, sein Zellengenosse bildete die Nachhut. Carney hatte sich vorgenommen, einen Zugang zum Hangardeck zu suchen, denn dann hätten sie freies Schussfeld, wie Rosa erklärt hatte. Sie brachen auf, ohne sich zu verabschieden, und marschierten einfach los.

»Dieses Deck ist so gut wie jedes andere«, sagte Evan und trat neben Calvin. Er näherte sich der Luke in der gegenüberliegenden Wand, lauschte einen Moment, dann hob er den Hebel an. Es rumste metallisch. Die Luke schwenkte auf, und dahinter lag ein langer, schmaler Gang mit Neonröhren an der Decke. Etwa jede dritte leuchtete. Offene Durchgänge und Türen säumten die Wände. Die leuchtenden Neonröhren bildeten trübe Lichtinseln im Gang. Es stank nach Tod.

In der Ferne stöhnte etwas.

Der junge Schriftsteller suchte nach passenden Abschiedsworten, doch dann schluckte er nur trocken und trat durch die Luke, darum bemüht, das Zittern seines

Gewehrs zu unterbinden. Fünf Männer und Frauen aus Calvins Family folgten ihm. Der alte Hippie bildete den Abschluss und nickte Xavier zu, bevor er die Luke hinter sich schloss.

Xavier, Rosa und eine Handvoll verängstigter Hippies blieben zurück und blickten die geschlossene Luke an. Bruder Peter stand im Rücken der Gruppe. Den .45er hatte man ihm wieder ausgehändigt, außerdem hatte er ein Gewehr Kaliber Zwölf dabei.

Hinter Calvins Luke knallten Pistolenschüsse, die sie zusammenzucken ließen. Rosa machte eine Bewegung zur Luke hin, doch Xavier hielt sie zurück. »Wir wussten, dass es dazu kommen würde«, sagte der Priester. »Wir müssen unser eigenes Ding durchziehen.«

Die Sanitäterin nickte und sprach lautlos ein Gebet für ihre neuen Freunde. Xavier setzte ein aufmunterndes Lächeln auf und stieg die Treppe hinunter, Taschenlampe und Gewehr nach vorn gerichtet. Die anderen folgten ihm widerstrebend.

Bruder Peter legte sich das Gewehr über die Schulter und vermochte ein Grinsen nicht zu unterdrücken. Er amüsierte sich prächtig.

17

Auf dem Zweiten Deck befand sich ein gleichartiger Raum mit drei Luken und weiteren Treppen, die in die Höhe führten. An der Wand waren die Schablonenbuchstaben *MHD* angebracht. Das unter ihnen aus der offenen Außenluke einfallende Tageslicht war verblasst. Sie schalteten die Taschenlampen ein.

»Das Hangardeck?«, flüsterte Angie.

Skye zuckte mit den Achseln, und Angie ging weiter, dicht gefolgt von Meagan. Skye bildete die Nachhut, was auch vernünftig war. Sie stieg seitlich die Treppe hoch, blickte immer wieder nach oben und nach unten und schwenkte jedes Mal Taschenlampe und Gewehrmündung mit. Als unten gedämpfte Schüsse zu hören waren, erstarrten sie. Nach kurzem Zögern ging Angie weiter.

Skye beobachtete die vor ihr gehende Meagan, die eine aus einer Rasenmäherklinge gefertigte Machete in der Hand hielt und mit Hartplastik-Unterarmschützern aus dem Gefängniswagen und einem hochklappbaren Plexiglasvisier, wie Waldarbeiter oder Schlosser sie trugen, ausgerüstet war. Meagan hatte die Highschool von Alameda besucht, doch davon abgesehen, hatte sie so gut wie nichts über ihr Leben vor der Seuche erzählt, auch nicht, weshalb sie allein unterwegs gewesen war. Das hatten sie und Skye gemeinsam. Meagans Hass auf die Untoten war ebenso groß wie Skyes, eine weitere Gemeinsamkeit, doch anstatt ein Gewehr zu benutzen, bevorzugte sie den Nahkampf.

»Das ist gefährlich«, hatte Skye am Morgen zu ihr gesagt, als sie von der Vorliebe der jungen Frau erfahren hatte. Dies war eine der wenigen Gelegenheiten gewesen, da sie miteinander gesprochen hatten. »Blutspritzer sind gefährlich. Selbst mit Visier.«

Meagan hatte genickt. »Wen juckt das?«

Seitdem hatten sie kein Wort mehr gewechselt, doch Skye wusste auch so, wie das Mädchen über Leben und Tod dachte. In diesen Zeiten war sowieso alles egal. Trotzdem bedauerte sie, dass sie ein solches Plexiglasvisier nicht schon in der Kirche von Oakland getragen hatte. Dann stünde sie jetzt nicht hier.

Im Stirnlappen flammte ein stechender Schmerz auf, und ihr erblindetes Auge begann zu tränen, als sollte sie an das erinnert werden, was geschehen war. Skye biss die Zähne zusammen und atmete scharf ein, blieb stehen und hielt sich am Geländer fest. Sekundenlang dröhnte ihr der Herzschlag in den Ohren, dann ließ der Schmerz nach. Sie atmete stockend ein und aus und wischte sich das Auge trocken.

»Kommst du?«, flüsterte Meagan von oben.

Skye antwortete nicht, sondern leuchtete hinter sich und schloss dann zu Meagan auf. Es erwartete sie ein gleichartiger Raum: drei Luken und eine weitere Treppe. Die Wand war mit den großen, gelben Ziffern 01 beschriftet. Hier allerdings standen die Luken offen, und auf dem Metallboden lagen mit dem Gesicht nach unten mehrere stark verweste Tote in blauer Tarnkleidung. Der Gestank war wie ein Schlag ins Gesicht und verursachte ihnen Brechreiz.

Angie untersuchte die Toten und stellte fest, dass man ihnen in den Kopf geschossen hatte, vermutlich schon vor einiger Zeit. Die grauen Wände waren von Schrotmunition vernarbt; ein halbes Dutzend leere rote Patronenhülsen Kaliber Zwölf lagen auf dem Boden.

Etwas schleifte oben über den Boden; schlurfende Füße, gefolgt von einem Schnaufen. Angie ließ das schwere Barrett fallen und riss die Mündung des Galil hoch. Aus einer offenen Luke an der linken Seite kamen ein hohles Stöhnen und das Poltern dicht gedrängter Leiber, die immer schneller wurden.

»Sie kommen von links«, knurrte Skye und zielte mit Gewehr und Taschenlampe. Sie beleuchtete einen engen Gang voller Toter, alle mit blauen Uniformen bekleidet, mit Ausnahme des kahlköpfigen Mannes an der Spitze, dessen Kleidung khakifarben war. Alle waren ausgemergelt, die Kleidung zerfetzt. Tote Augen leuchteten im Schein der Taschenlampe. Die Haut des Mannes in der Khakiuniform hing lose am Hals herab.

Fauchend rückten sie vor, und Skye begann zu feuern, *Pfft, Pffft, Pfft*. Der Gewehrkolben ruckte gegen ihre Schulter, als die Messinghülsen ausgeworfen wurden. Ein Schuss in den Bauch, einer in die Schulter, dann traf sie den Mann ins Gesicht, und er brach zusammen. Die anderen trampelten über ihn hinweg. *Pfft*, ein Kopftreffer, *Pfft*, ein Schuss in die Brust, *Pffft*, der Schädel eines Seemanns wurde in einer grünlichen Wolke abgesprengt, und er ging in die Knie. Die anderen rückten weiter vor.

»Noch sechs Meter!«, rief Skye.

Am Ende der Treppe tauchte ein junger Mann im dunkelblauen Overall auf, dessen eine Hand bis aufs Gelenk abgenagt war. Er stöhnte, und als Angie abdrückte, warf er sich mit ausgestreckten Armen die Treppe hinunter. Angies Gewehr, das keinen Schalldämpfer hatte, hörte sich auf dem engen Raum wie ein Artilleriegeschütz an. Ihr Schuss ging daneben und prallte sirrend ab. Der Tote überschlug sich, Arme, Beine und Kopf verdreht, und Angie sprang zurück, als er am Fuß der Treppe zusammenbrach.

Der verkrümmte Seemann gab ein gurgelndes Geräusch von sich und griff nach ihrem Knöchel, seine Zähne schrappten an ihrem Lederstiefel. Angie riss den Fuß zurück, setzte ihm die Mündung des Galil ans Ohr und verteilte seinen Kopf auf dem Boden.

Von oben waren Fauchen und Schlurfen zu hören. Angie setzte einen Fuß auf die unterste Stufe und feuerte in kurzer Folge. Im Schein der Mündungsblitze stolperte eine Gruppe Toter die Treppe herunter. Die Kugeln trafen in Brust und Beine, dann zielte sie weiter nach oben und brachte einen Kopfschuss an.

»Meagan, leuchte mal hierher!«, rief Angie.

Die ehemalige Highschoolschülerin drehte sich um und hob ihre Maglite, der offenen Luke den Rücken zugewandt. Als hätte er auf diesen Moment gewartet, stürmte ein Seemann in den Fünfzigern, bekleidet mit ehemals weißen Boxershorts, auf der Brust eine üppige, mit einem Anker verschlungene Meerjungfrau, durch die Öffnung. Die Bisswunden an seinem Oberkörper waren schwarz verfärbt und an den Rändern verwest.

Er packte Meagans Kopf von hinten mit beiden Händen und grub die Zähne in ihren Hals. Blut spritzte.

Sie schrie auf, als sich die toten Finger um ihr Gesicht legten und sie zu Boden zogen, während der Seemann in das rohe Fleisch ihres Halses stöhnte. Meagan schlug um sich und wälzte sich ab, löste sich von dem Untoten und kroch schreiend auf allen vieren weiter, während der halbnackte Mann sie verfolgte. Grunzend rammte sie ihm die Rasenmäherklinge seitlich gegen den Kopf. Knochen knackten, und der Mann brach zusammen.

Als Angie sie schreien hörte und sah, wie der Strahl der Taschenlampe sich jäh absenkte, wusste sie, dass sie von hinten angegriffen wurden. Sie bleckte die Zähne und schaltete das Galil auf Automatikmodus. Im nächsten Moment riss sie die Mündung hoch und leerte das Magazin unter kettensägenartigem Getöse, zerfetzte Fleisch und zerschmetterte Schädel. Selbst diejenigen Drifter, die sie nicht optimal getroffen hatte, wurden von dem Gewaltausbruch aus nächster Nähe zurückgeschleudert, sodass Angie Zeit hatte, das leere Magazin auszuwerfen und ein volles einzusetzen. Herrgott noch mal, sie brauchte mehr Licht! Sie warf einen Blick über die Schulter.

»Meagan, rede mit mir …«

Aus einer offenen Luke erklangen ein gedämpftes Schluchzen und das Geräusch sich entfernender Turnschuhe. Vor ihr auf dem Boden lag ein Wesen, dem Meagans Klinge im Kopf steckte. Dunkles Sekret sammelte sich in einer Lache. Angie fluchte und wich zurück, hob die Taschenlampe auf und drückte sie an den Lauf des Galil. Sie schaltete auf halbautomatisches Feuer um.

KRACK! KRACK! Angie stieg die Treppe hoch und nahm sich die Zeit, sorgfältig zu zielen und die Gegner auszuschalten. Drifter brachen auf der Treppe zusammen, und weitere Gestalten rückten von oben nach und kletterten unbeholfen über sie hinweg. Auch diese schaltete Angie aus.

»Skye, hörst du mich?«, rief Angie zwischen zwei Schüssen.

Skye hatte sich an der linken Luke auf ein Knie niedergelassen, um besser zielen zu können. *Treffer. Treffer. Daneben, verfluchter Mist. Noch ein Fehlschuss, ihr Dreckskerle. Wieder daneben, jetzt mach schon! Tief Luft holen und abdrücken. Treffer, nein, das war bloß der Hals. Okay, der hat gesessen. Treffer. Treffer.*

Der Kopfschmerz schabte an der Oberseite ihres Gehirns, tastete umher, suchte nach einer Stelle zum Zuschlagen. Skye versuchte ihn auszublenden und konzentrierte sich auf die Taschenlampe, mit der sie in den Gang leuchtete, und aufs Zielen. Sie registrierte kurz Meagans Schreie und wusste, dass etwas in dem hinter ihr liegenden Raum war, doch für solche Situationen hatten sie das Mädchen mitgenommen. Sie und Angie konnten nicht ständig feuern und gleichzeitig aufpassen. Wenn Meagan ihrer Verantwortung nicht gerecht wurde, wären die Schützen geliefert. Es hatte keinen Sinn, sich deswegen Gedanken zu machen.

Fehlschuss und Querschläger. Kopfschuss. Bauchschuss. Kopfschuss.

Skye warf ein leeres Magazin aus und setzte ein neues mit dreißig Schuss Munition ein. Sie hörte, wie Angie nach ihr rief, schaute sich aber nicht um. »Ich bin noch da!«, rief sie. »Ist Meagan tot?«

»Sie ist weg«, antwortete Angie.

»Das heißt, sie ist tot«, sagte Skye, und dann feuerten sie beide. Skyes Gang füllte sich rasch mit reglosen Toten, was es den Neuankömmlingen schwermachte, an sie heranzukommen. Sie wurden langsamer, wenn sie über ihre gefallenen Schiffskameraden kletterten, wodurch sie Skyes M14 ein leichteres Ziel boten. Sie nutzte ihren Vorteil und erlegte sie.

Ein weiteres Magazin. Als sich im Gang nichts mehr rührte, nahm Skye sich die Zeit, sich über die vielen Patronen zu ärgern, die sie mit Fehlschüssen vergeudet hatte. Auch Angie hatte das Feuer eingestellt und die anderen beiden Luken geschlossen, um einen weiteren Überfall zu verhindern.

Sie blickten die Rasenmäherklinge und den toten Seemann mit der anzüglichen Tätowierung an. Zwischen seinen Zähnen hing ein Fleischfetzen. Dann sahen sie einander an und verständigten sich wortlos, nicht länger hier zu verweilen und weiterzugehen. Meagan war gebissen worden und weggelaufen; daran ließ sich nichts ändern. Sie rechneten beide damit, dass sie das Mädchen wiedersehen würden, allerdings unter anderen Umständen.

Skye drückte die Luke zu, durch die sie gefeuert hatte, und schloss zu Angie auf, die am Fuß der mit Toten verstopften Treppe stand. Sie lauschten. Nichts regte sich, das einzige Geräusch kam von den Körpersäften, die durch das Stahlgitter der Treppenstufen tropften.

Angie schulterte das schwere Barrett, übernahm die Führung und machte sich an den Aufstieg. Skye folgte ihr.

18

Wie lange hatte es gedauert, eine knappe Minute? Evan hielt in der einen Hand die heiße Sig, mit der anderen leuchtete er auf die beiden Toten, die bäuchlings auf dem Boden lagen, beide Männer jünger als er, bekleidet mit stinkenden, gepixelten Tarnuniformen. Er hatte die Führung übernommen, und die beiden Drifter waren plötzlich in einer offenen Luke aufgetaucht, unmittelbar über ihm. Sie hätten ihn um ein Haar getötet, doch die Bauweise des Flugzeugträgers hatte ihm das Leben gerettet. Speziell die hohen Lukenschwellen.

Die meisten Durchgänge im Schiff waren aus Stabilitätsgründen nicht rechteckig, sondern oval. Beim Durchgehen musste man den Kopf einziehen und über den fünfzehn Zentimeter hohen unteren Rand steigen. Daran musste man sich erst einmal gewöhnen. Bei ihrem ersten Einsatz bekamen es Seeleute häufig mit den hohen Knierammen zu tun, und im jeweils ersten Monat waren die Sanitäter damit beschäftigt, Platzwunden an Stirn und Schienbein zu nähen.

In diesem Fall gerieten die unkoordinierten Drifter an der Schwelle ins Stolpern, sodass Evan ein paar kostbare Sekunden lang Zeit hatte, zurückzuspringen und beiden eine Kugel in den Kopf zu verpassen.

»Alles in Ordnung bei dir?«, rief Calvin von hinten.

»Alles gut«, antwortete Evan. »Hab mich bloß überraschen lassen.« Er atmete stockend aus und durchlebte noch einmal den leichtsinnigen Moment im Sportgeschäft, als der Drifter ihn beinahe erwischt hätte. Nach dem Vorfall hatte er sich fest vorgenommen, dass *Vorsicht* fortan seine Parole sein sollte.

Und dann war er an Bord eines verseuchten Flugzeugträgers gegangen.

Freiwillig.

Idiot, dachte er. Er nahm sich noch einmal vor, nicht leichtsinnig zu sein, zumal hier, wo es so viele unerwartete Öffnungen gab. Viele Gelegenheiten für einen Hinterhalt.

Sie befanden sich in einem scheinbar endlosen Gang: schmal, gerade mal anderthalb Meter breit, mit niedriger Decke und komplett mit Leitungen und Rohren ausgekleidet, viele davon farblich kodiert. Es war stickig, und er schwitzte unter der schwarzen Munitionsweste aus dem Gefängniswagen. In den Gestank nach verfaultem Fleisch mischten sich die Gerüche von Öl, Treibstoff und Schiffsmetall.

Zehn Meter weiter brannte eine Deckenleuchte, und er konnte erkennen, dass dieser Abschnitt von Driftern frei war. Rechts und links gingen weitere Luken ab, davor und dahinter herrschte Dunkelheit. Hinter sich hörte er nervöses Atmen und vorsichtige, schlurfende Schritte. Evan stand eine Weile reglos da und wartete darauf, dass das Trommeln seines Herzens sich so weit beruhigte, dass er lauschen konnte.

Ein fernes Klirren. Eine Luke wurde knarrend geöffnet. Er packte die Pistole fester, ging weiter und leuchtete mit der an den Lauf der Sig gedrückten Taschenlampe in die Öffnungen.

Er dachte an Maya und sah ihr wunderschönes Gesicht vor sich, dann verdrängte er sie aus seinen Gedanken.

Wenn er an sie dachte, würde er die Konzentration verlieren und getötet werden. In diesem Moment verstand er, weshalb Soldaten in Kampfgebieten bisweilen die Fotos ihrer Liebsten zerrissen oder verbrannten und keine Heimatpost entgegennahmen. Das alles lenkte sie ab und schwächte sie. Jetzt hatte es auch Evan kapiert.

Der Strahl der Taschenlampe wanderte über eine geschlossene Luke. Auf dem daneben angebrachten Hinweisschild stand MATERIALLAGER 2.10. Er drückte gegen den Hebel, stellte fest, dass er klemmte, und ging weiter. Die ihn verfolgende Horde – er stellte sich einen dicht gedrängten Haufen vor, der zu viel Lärm machte – war ihm zu nah auf die Pelle gerückt. *Weshalb sollten sie auch nicht?*, dachte er. *Wir sind verängstigte, unerfahrene Menschen, die durch ein Labyrinth voller wandelnder Toter wandern. Umringt von Raubtieren, dringen wir immer weiter in dieses Schlachthaus vor.* Verängstigt traf es nicht einmal annähernd.

Links befanden sich verschlossene Werkzeugschränke, rechts eine Luke mit der Beschriftung VENTILATOR-RAUM, dann folgte eine weitere Luke mit Ziffernbeschriftung. Er trat in etwas Klebriges – eine Blutlache mit einem Stück Schädelhaut samt Haaren. Evan kämpfte den Brechreiz nieder und ging weiter.

Sie gelangten zu einer Kreuzung, die von einer Neonröhre erhellt wurde. In alle Richtungen erstreckte sich Dunkelheit. Rechts führte ein kurzer Gang zu einer offenen Luke mit der Bezeichnung KOJENRING 2.19.40. Verwesungsgeruch schlug ihnen daraus entgegen, so stark, dass Evan einen grünen Dunst zu sehen meinte. Er vernahm das Schlurfen zahlreicher Füße.

»Achtung, rechts«, sagte Evan warnend, worauf zwei

Hippies vor ihm niederknieten und mit ihren Waffen auf die Öffnung zielten.

»Passt auf die anderen Gänge auf«, sagte Calvin, trat neben den Schriftsteller und zielte mit dem Sturmgewehr.

Evan richtete seine Taschenlampe auf die Luke, und die Toten strömten hervor.

Es waren Dutzende; sie kletterten über die Schwelle und kratzten sich gegenseitig in ihrer Gier, an die lebende Beute heranzukommen. Ihre Haut war grünlich-grau, manche hatten schwarzfaulige Bissverletzungen, und einigen fehlten sogar Gliedmaßen. Die meisten waren Männer, und die wenigen Frauen waren aufgrund ihrer starken Verwesung kaum von ihnen zu unterscheiden.

Die Waffen knallten, Mündungsblitze erhellten die Dunkelheit, Köpfe explodierten oder wurden abgerissen. Die ersten brachen zusammen, die anderen trampelten über sie hinweg, und die Gewehrsalven verwandelten die Gänge in Echokammern. Die Metallwände waren mit grünlichem und grauem Gewebe besudelt, und mehrere Tote kamen den Gewehren so nah, dass das Mündungs-feuer ihre Hemden in Brand setzte.

In Sekundenschnelle war es vorbei, und der kurze Gang und die Luke waren mit reglosen Körpern dermaßen verstopft, dass der einzelne verbliebene Drifter an der anderen Seite sich vergeblich hindurchzuwühlen bemühte. Es war ein etwa zwanzigjähriger Mann mit rotem Pullover; unterhalb der Nase schälte sich die Haut von seinem Gesicht, seine Zähne waren zu einem ewigen Grinsen gebleckt. Mit einem jaulenden Laut fuchtelte er mit den Armen. Calvin näherte sich ihm mit dem Sturm-gewehr, zielte und drückte ab. In der Stirn des jungen Mannes zeichnete sich ein Loch ab, dann verschwand er.

Es entstand eine kurze Pause, dann klickte es synchron, als neue Magazine eingesetzt wurden.

In den anderen Gängen war niemand zu sehen, deshalb wandte Evan sich nach links, zur Mittelachse des Schiffs. Sie kamen an einer offenen Luke mit der Bezeichnung *FLUGBEDARFSLAGER* vorbei. Die Taschenlampen beleuchteten zwei Computerkonsolen und ein Lager mit niedriger Decke und Metallregalen voller Kartons. Zombies waren keine zu sehen. Dann folgten mehrere kleine Büros, die meisten Türen waren geöffnet, niemand hielt sich darin auf. Eine von vier Neonröhren brannte. Sie passierten zwei Metalltreppen, die eine führte nach oben, die andere nach unten, dann kamen mehrere geschlossene, mit Ziffern markierte Luken, ein Wasserspender in einer Wandnische, und schließlich hatten sie die nächste Kreuzung erreicht.

Die Notbeleuchtung setzte sich nach vorn und nach links fort, der rechte Abschnitt lag jedoch im Dunkeln. Die Wände waren von Kugeln zerschrammt, unter ihren Füßen klirrten Patronenhülsen. Überall waren dunkle Flecken. An der einen Wand hatte jemand eine Metallspule an kurzem Arm ausgeschwenkt, darunter lag auf einem Haufen der Löschschlauch mit Messingdüse.

»Hier wurde gekämpft«, sagte Calvin mit kaum hörbarer Stimme.

Evan nickte. »Es gibt aber keine Toten.«

»Keine Sorge, die wandern hier irgendwo herum«, entgegnete der Hippie.

Evan leuchtete nach rechts in die Dunkelheit und sah ein paar reglose Leichen, die auf dem Rücken lagen. Der Gang verlor sich in der Dunkelheit jenseits des Lichtkegels. Leitungen, Kabel und Rohre bedeckten Decke und

Wänden, wo man auch hinsah. Ein Teil davon war von Fehlschüssen beschädigt, aus ein paar Rohren tropfte eine klare Flüssigkeit. Trink- oder Abwasser?, überlegte er. Am Geruch war es nicht zu erkennen, denn der Verwesungsgestank war hier nicht nur stärker als zuvor, sondern es roch auch noch nach verfaultem Gemüse. Der Schriftsteller versuchte sich einen Reim darauf zu machen, gab es aber bald auf. Es war verrückt, sich so banale Fragen zu stellen, wenn man Tag für Tag mit dem Undenkbaren konfrontiert war.

»Wir lassen eine Menge unerkundetes Gebiet hinter uns zurück«, sagte Calvin warnend. »Das könnte später zum Problem werden.«

»Ich weiß«, sagte Evan. »Sollen wir anhalten und jede einzelne Tür, jeden Schrank und jeden Lagerraum überprüfen?« Er meinte das nicht sarkastisch. Er war sich einfach nicht sicher. Einerseits hielt er es für das einzig Vernünftige, wenn sie sicherstellen wollten, dass sie nicht von hinten angegriffen wurden. Andererseits war es vielleicht besser, die Toten einfach kommen zu lassen.

Calvin blickte in die Gänge. »Ich weiß nicht. Vielleicht machen wir es ja richtig. Vielleicht sollten wir einfach alles auf uns zukommen lassen, sie dezimieren, wenn sich die Gelegenheit bietet, und später eine gründlichere Durchsuchung starten.« Er meinte dies als Frage, doch Calvin zuckte lediglich mit den Schultern. Nicht zum ersten Mal in den vergangenen Monaten bedauerte Evan, dass er nicht dem Rat seines Vaters gefolgt und zum Militär gegangen war, anstatt durchs Land zu ziehen. Dann hätte er jetzt wenigstens auf eine solide Kampfausbildung zurückgreifen können.

Ein Hippie namens Dakota sagte: »Machen wir es uns

nicht zu schwer. Wir sollten einfach alles umbringen, was sich bewegt.«

Evan nickte, und Calvin klopfte seinem Begleiter auf den Rücken. Ein Navy SEAL wäre mit ihrem Vorgehen nicht einverstanden gewesen, das war Evan klar, doch die Navy SEALS an Bord standen jetzt vermutlich alle auf der anderen Seite.

Sie wandten sich nach links, zum Heck des Schiffes, und spähten in mehrere leere Büros und Werkstätten. Sie kamen an weiteren steilen Treppen und einem zweiten entrollten Löschschlauch vorbei. Evan starrte ihn an, eine schlaffe Leinwandschlange, die sich auf dem Stahldeck ringelte. Bislang hatten sie keine Brand- oder Rußspuren angetroffen. Unmittelbar hinter dem Schlauch lag ein Feuerwehrhelm mit gesplittertem Visier, daneben ein gelber Sauerstofftank mit Schultergurten und Atemmaske. An der Seite des Tanks prangte ein rostroter Fleck.

»Was zum …«

Ein Schuss knallte, und er zuckte zusammen und duckte sich, dann fuhr er herum. Der Strahl einer Taschenlampe zuckte hektisch durch den Gang, aus dem sie gekommen waren. Aus der Dunkelheit kamen zwei gelb gekleidete Feuerwehrleute hervorgestolpert. Das Gewehr dröhnte erneut, Schrotkugeln zerfetzten den Schutzmantel des einen Zombies, konnten ihn aber nicht aufhalten.

»Auf den Kopf!«, schrie eine Frau.

»Ich weiß!«, rief jemand, dann fiel der dritte Schuss. Zwei weitere Gewehre feuerten, und das Gesicht des Wesens löste sich in einer roten Wolke auf. Der zweite Drifter nahm seine Stelle ein, noch ehe er zu Boden gegangen war.

Hinter ihm knurrte jemand, und als Evan sich wieder umdrehte, hatte Calvin sich auf ein Knie niedergelassen und zielte mit Gewehr und Taschenlampe auf die Kreuzung, der sie sich genähert hatten.

»Wir bekommen Gesellschaft«, sagte der Hippieanführer.

Eine Gruppe uniformierter Gestalten torkelte auf sie zu, dicht an dicht. Aus den rechts und links abgehenden Gängen tauchten immer mehr gebissene, zerfleischte, mehr oder minder verkrümmte Zombies auf und schlossen sich der Horde an. Keine drei Meter entfernt, stapften blutige Stiefel mit eingesteckter Hose unbeholfen eine Metalltreppe herunter.

Calvin eröffnete das Feuer, sein Sturmgewehr verursachte einen ohrenbetäubenden Lärm. Zwischendurch brüllte er: »Wie sieht es hinten aus?«

Evan drehte sich wieder um. Die Hippies – Dakota, eine Frau namens Mercy und der siebzehnjährige Stone – feuerten, was das Zeug hielt. Sie knieten oder standen dicht beieinander und schossen auf eine Horde von Untoten, die hinter den beiden Feuerwehrmännern aufgetaucht war und weiter anschwoll. Ihr Stöhnen wurde immer lauter. Evan hatte den Eindruck, dass etwa die Hälfte der Schüsse traf.

»Verdammter Mist!«, rief der Schriftsteller und schloss sich mit seiner Schrotflinte Calvin und dessen Sturmgewehr an.

Das Rudel drängte von der Kreuzung vor, und inzwischen fielen Tote die Treppe herunter und landeten auf einem Haufen. Sie entwirrten ihre Gliedmaßen und krochen fauchend und krächzend weiter. Ihre Augen wirkten im unsteten Licht der Taschenlampen flach und trübe.

»Diesmal können wir sie nicht stoppen!«, rief Calvin.

»Und wir können auch nicht umkehren!« Evan lud Patronen nach, eine schwierige Aufgabe, da er zusätzlich mit der schweren Taschenlampe jonglierte, doch er wollte sie nicht weglegen. Die Vorstellung, den Toten im Dunkeln ausgeliefert zu sein, kam ihm unerträglich vor.

Hinter ihm waren zwei Männer, die noch keinen einzigen Schuss abgefeuert hatten – Freeman und Juju. Beide standen einfach nur da und glotzten, und dann begann Freeman auch noch zu schreien. Er ließ das Gewehr fallen und zerrte hektisch am Griff der nächstgelegenen Luke. OFFIZIERSMESSE stand darauf. »Wir müssen hier weg!«, brüllte er.

»Nicht aufmachen!«, rief Calvin.

Freeman konnte oder wollte ihn nicht hören. Er drückte den Hebel hoch und zog daran. Evan machte sich auf einen weiteren Ansturm von Toten gefasst, die ihnen den Rest geben würden. Doch der blieb aus, und der Hippie verschwand schreiend in der Öffnung.

Falls er angefallen wurde, bekam Evan wegen des Gewehrfeuers nichts davon mit. Plötzlich sah er Father Xavier vor sich, der im Hangar mit zuversichtlichem Lächeln erklärt hatte, die Einnahme des Flugzeugträgers sei ihre einzige Überlebenschance.

»Dad hatte recht«, murmelte er. »Ich bin ein blöder Arsch.«

Calvin feuerte abwechselnd auf die Drifter auf der Treppe und das Rudel im Gang, doch trotz mehrerer Kopftreffer rückten sie immer weiter vor. Plötzlich klickte sein Gewehr – das Magazin war leer. Hinten wichen die Hippies zurück und rempelten sich gegenseitig an, bis sie dicht auf einem Haufen standen. Das Gewehrfeuer ließ nach.

Die Toten setzten stöhnend zum Galopp an.

»Scheiße«, sagte Evan und umklammerte Gewehr und Taschenlampe mit schweißnassen Händen. »Mir nach!«, rief er und stieg hinter Freeman durch die Luke in die dunkle Messe.

Gleich darauf wurde er gebissen.

19

Durch die hinter ihnen befindliche offene Luke hörten sie vereinzelte Schüsse, die von oben kamen. »Das sind Angie und Skye«, sagte Carney und blickte sich um. Sie hatten sich erst vor wenigen Minuten aufgeteilt.

TC grinste und schüttelte den Kopf. »Hoffentlich wird die Kleine nicht getötet, bevor ich Gelegenheit bekomme, sie zu ficken.«

Carnes wandte sich seinem Zellenkumpel zu. »Dann hast du es also schon versucht?« Er hatte lauter gesprochen als beabsichtigt, und seine Stimme schallte durch den Gang. Die sechs Hippies, die in der Nähe standen, wechselten nervöse Blicke, dann schauten sie wieder in die Dunkelheit. An beiden Seiten lagen breite Durchgänge, aus denen ein wenig Licht fiel – vermutlich irgendwelche Lagerräume.

TC feixte. »Nee, hab mir bloß einen runtergeholt. Wieso regst du dich so auf?«

Carney näherte sich ihm und senkte die Stimme. »Was ist zwischen dir und diesem Darius in der Werft gelaufen? Ich habe die Blutergüsse an seinem Hals gesehen, als ich ihn erschossen habe.«

TC lachte. »Also, den wollte ich wirklich ficken, aber er wollte nicht darauf eingehen.« Ein Achselzucken. »Die Dinge sind ein bisschen außer Kontrolle geraten.«

»Du bist derjenige, der außer Kontrolle ist«, sagte Carney. »Ich habe dir gesagt, du sollst nicht aus der Reihe tanzen, und ich habe dich wegen dem Mädchen gewarnt.«

Der jüngere Ex-Häftling wich nicht zurück und schlug auch nicht die Augen nieder wie vor einigen Tagen, sondern erwiderte mit herausforderndem Grinsen den Blick seines Zellenkumpans. Carney spürte die Veränderung und begriff, dass ihr Verhältnis eine gefährliche Wendung genommen hatte. Außerdem bemerkte er, dass der Lauf von TCs Automatik auf seinen Unterleib wies.

»Willst du mich jetzt wirklich deswegen anmachen?«, fragte TC mit leiser, beinahe schmeichelnder Stimme. »Was ist, wenn ich das hübsche kleine Ding tatsächlich ficken will? Willst du mich dran hindern, Carney? Du hast gesagt, du würdest.«

Kein *Bro,* kein *Mann,* nur noch *Carney.*

»Willst du mich blutig schlagen, wie du es mir im Wagen angedroht hast?«, fragte TC und grinste. »Willst du das wirklich?«

Carney rührte sich nicht, zeigte keine Reaktion. Er beobachtete die in den Augen seines Freundes funkelnde Gewalttätigkeit.

»Genau«, sagte TC, ohne die Stimme zu heben. »Das habe ich mir gedacht. Hey« – sein Tonfall wurde wieder umgänglicher – »keine Sorge, ich schimpfe dich nicht Arschloch oder so, denn da bist du empfindlich, und das respektiere ich.« Er kniff die Augen zusammen, sein Tonfall wurde scharf. »Aber *ich* bestimme jetzt über *mein* Leben. Die Zeiten, da du mich wie einen Hund behandelt hast, sind vorbei … *Bro.*«

Carneys Augen waren so dunkel wie Gewitterwolken. »Ist das so?«

»So ist das«, erwiderte TC ohne Zögern.

Sie hatten beide nicht mitbekommen, dass die sechs Männer und Frauen miteinander getuschelt, den beiden muskulösen, tätowierten Typen ängstliche Blicke zugeworfen und sich dann über den Gang entfernt hatten.

TC setzte unvermittelt ein einnehmendes Grinsen auf und schüttelte seine lange blonde Mähne. »Das Ende der Welt, Mann, neue Regeln. Hast du selbst gesagt. Wir werden eh alle hier drin sterben, also was soll's?« Er kehrte ihm den Rücken zu; anscheinend hatte er keine Sorge, Carney könne ihn hinterrücks töten. Er legte sich das Gewehr über die Schulter und marschierte in einen Raum mit der Bezeichnung *KATAPULTAUSRÜSTUNG* hinein.

Carney sah ihm nach. So aufgewühlt und verunsichert hatte er sich noch nie gefühlt. Nach einer Weile wurde ihm bewusst, dass die Gruppe weitergezogen war. Ihre Taschenlampen waren nicht mehr zu sehen.

Plötzlich tönte TCs Stimme aus dem dunklen, hallenden Raum hervor: »Lass uns ein paar Zombies killen!«

Carney verharrte noch einen Moment auf dem Gang, dann trat auch er durch die Öffnung.

Xaviers Gruppe stieg in die Tiefe, angeführt vom Priester. Ihm folgten Rosa und sechs Mitglieder von Calvins Family. Bruder Peter bildete den Abschluss. Der Treppenabsatz des Dritten Decks glich den anderen Absätzen und bot die Wahl zwischen Luken und Treppen. Allerdings gab es hier keine lebenden Toten. Der Boden vibrierte schwach, und der Geruch nach Öl und Metall war hier unten stärker.

Xavier führte sie zum Vierten Deck hinunter, wo sie sich abermals entscheiden mussten. Oben wurde geschossen, doch der Drang, den anderen zu Hilfe zu eilen, hatte nachgelassen. Dessen Stelle hatten Angst und das beunruhigende Gefühl eingenommen, das Schiff habe sie in seinen Bauch gelockt und werde sie nicht mehr freigeben.

So tief im Inneren des Schiffes zu sein, fühlte sich anders an. Die Luft war stickiger, wärmer, der Verwesungsgestank drückender. Die Decken schienen niedriger zu sein, die Abstände zwischen den Wänden ein paar Zentimeter geringer als weiter oben, und statt weißer Neonröhren spendeten Glühbirnen in Drahtkäfigen trübes Licht. Jeder Schritt donnerte wie eine Trommel, die meilenweit zu hören war, und in jedem Schatten schien sich etwas zu verbergen, das ihnen die Zähne in den Leib schlagen wollte.

Xavier hätte erwartet, das Tor zur Hölle bestehe aus uraltem Gemäuer und schwarzem Eisen, umlodert von Flammen. Stattdessen glich es einer ovalen Luke mit einem Hebel.

Ursprünglich hatten sie unten beginnen und sich dann nach oben vorarbeiten wollen. Er hatte sich vorgestellt, den Gegner den Waffen der anderen Teams entgegenzutreiben. Wie simpel und schwachsinnig der Plan doch gewesen war. Diesen Gegner konnte man nicht wie Vieh oder verängstigte Somali, die vor dem Gewehrfeuer flüchteten, vor sich hertreiben. Er übernahm selbst die Initiative.

Typisch Marine, dachte er, und auf einmal lastete die Verantwortung für die getroffene Entscheidung so schwer auf ihm wie das stählerne Grab, in dem sie sich befanden. Unerfahrene Zivilisten. Tausende hungrige Tote. Unbekanntes Gelände und dunkle Labyrinthe voller Gänge und Räume.

Lieber Gott, dachte er, *was habe ich getan?*

Er kannte die Antwort, das bittere Urteil blieb ihm im Halse stecken. Stolz. Wieder einmal hatte er die Rolle des

Anführers, des Hirten übernommen, hatte andere ermutigt, ihm zu vertrauen und sich auf ihn zu verlassen. Und abermals hatte er versagt, ein Ungläubiger, der hoffnungsvolle Seelen ins Verderben führte. Ach, Gott musste ihn mit seiner niemals endenden Anmaßung verabscheuen. Satan klatschte sich vermutlich in die Hände.

Rosa bemerkte, dass er vor der geschlossenen Luke verharrte und ins Leere sah. Sie trat vor ihn hin. »Pater, was ist los?«

Als er keine Antwort gab, blickte sie sich zu den anderen um, die unruhig warteten. Abgesehen von Peter, der ihren Blick mit unergründlicher Miene erwiderte. »Pater«, sagte sie leise, ist alles in Ordnung mit Ihnen? Sie machen mir ein bisschen Angst.«

Xavier blickte die junge Sanitäterin an, die wie alle anderen voller Ängste und Zweifel war und von ihren eigenen grauenhaften Erfahrungen geplagt wurde. Doch da stand sie vor ihm an diesem Ort des Todes, brach nicht zusammen, sondern stellte sich ihrer Angst aus der Überzeugung heraus, dass sie einen Beitrag dazu leistete, nicht nur ihr eigenes Leben, sondern auch das anderer Menschen zu retten und zu bewahren. Das galt für sie alle, und auf einmal empfand Xavier heftigen Abscheu über sein Verhalten, über die Art, wie er sich verhalten *hatte*. Was würde Alden von ihm denken, der Lehrer, der in der Lobby eines Wohnhauses in San Francisco praktisch in seinen Armen gestorben war und nicht einmal in diesem Moment an sich selbst gedacht hatte? Und Evan, der junge Schriftsteller, der ihm in jenem stillen Moment am Hangarfenster gesagt hatte, er müsse stark sein und seine Stärke an andere weitergeben?

Xavier Church war ein US Marine gewesen. Man hatte

auf ihn geschossen, und er hatte anderen das Leben genommen, hatte sich gefährlichen Gegnern im Boxring gestellt und sich bemüht, das Leben der verlorenen Kinder der Vorstadt zu verbessern. Er hatte nie den leichten Weg beschritten, und niemand, auch Gott nicht, hatte ihm je versprochen, dass seine Reise schmerzlos und ohne Verluste verlaufen würde.

Habe ich noch genug Glauben?, dachte er. Kam es darauf überhaupt an? Priester hin oder her, er durfte nicht mehr darüber jammern, dass er ein schlechter Anführer war. Und was war mit seinen Zweifeln, seinen Versagensängsten? Die musste er einfach überspielen und weitermachen. Seinen Mann stehen.

Xavier straffte sich und lächelte, ergriff mit seiner narbenzerfurchten Pranke Rosas kleine Hände und drückte sie sanft. *Ich danke dir*, dachte er, dann schaute er die anderen an. »Tut mir leid, Leute. Ich war nur einen Moment lang etwas benommen.«

Eine junge Frau nickte. »Das kommt vom Gestank«, meinte sie in der Hoffnung, er werde dazu nicken, und alles wäre wieder gut.

»Das muss es wohl gewesen sein«, sagte Xavier. »Okay, fangen wir mit diesem Deck an. Wir sind weit genug von den anderen entfernt, um irgendwelche Unfälle ausschließen zu können.«

Zustimmendes Gemurmel war die Antwort. Sie alle fürchteten sich davor, versehentlich einen der ihren zu erschießen.

»Versucht im Gänsemarsch vorzurücken, mit möglichst wenig Abstand zueinander«, sagte der Priester. »Wenn ihr einen Zombie seht, ruft ihr, und wir schalten ihn aus. Wenn sie sich auf uns stürzen, schießt ihr so lange, bis sie alle am Boden sind; ihr müsst euch behaupten. Das wäre so ziemlich alles.« Er blickte den hintersten der Gruppe an. »Sie sind Peter, nicht wahr?«

Der andere Prediger nickte lächelnd.

Xavier musterte ihn, einen ziemlich gut aussehenden Mann in den Dreißigern, von durchschnittlicher Statur, ausgerüstet mit Gewehr und Rucksack. Er sah kaum anders aus als die anderen, doch irgendetwas an ihm ließ Xavier stutzen. Waren sie sich vielleicht vor Ausbruch der Seuche begegnet? Wo hatte er den Mann schon einmal gesehen? Bestimmt nicht im Tenderloin. Jedenfalls war das nicht der Moment, um Fragen nach der Vergangenheit zu stellen.

»Peter, ist es für Sie okay, die Nachhut zu übernehmen?«, fragte der Priester.

»Kein Problem«, erwiderte der Prediger im Vertrauen darauf, dass der Priester seine einnehmende Maske nicht durchschauen und nicht erkennen konnte, wie sehr Bruder Peter ihn hasste. *Täuscher. Falscher Prophet*, dachte der Fernsehprediger, unentwegt lächelnd. Er wusste nicht genau, weshalb er den Priester nicht ausstehen konnte. Doch in letzter Zeit war einiges passiert, das er nicht verstand. Immerhin hatte er eine Menge über sich gelernt.

Die Welt hatte sich verändert und mit ihr die Menschen. Die, welche überlebt hatten, waren keine Verwirrten, die nach einer Leitfigur Ausschau hielten, die sie aus dem Dunkel hinausführen sollte. Ja, einige waren immer noch Schafe, doch es waren stärkere Persönlichkeiten aufgetaucht, die sie anführten, nicht um ihres eigenen Vorteils willen, sondern aus einem Beschützerinstinkt heraus, den Peter nicht begriff. Er hatte stets darauf Wert gelegt, die stärkste Persönlichkeit im Raum zu sein. Dieses Privileg hatte er verloren. Diese Leute – der Priester, der Biker, die Sanitäterin und selbst der Hippie – würden sich weder durch kluge Worte noch durch Reichtum oder Macht beeinflussen lassen. Die Seuche hatte eine merkwürdige Selbstgenügsamkeit ans Licht gebracht. Peter war sich darüber im Klaren, dass er sie niemals würde lenken können.

Er war ein Mann ohne Freunde. Wieso also nicht sich fügen und akzeptieren, dass Gott *tatsächlich* zu ihm sprach, dass er *tatsächlich* einen Plan hatte?

Nein, er würde diese Leute niemals kontrollieren. Doch er konnte ihnen wehtun, und das war ebenso gut. Bevor Gottes Plan enthüllt wurde, würde er Father Xavier Church eigenhändig töten.

»Prima«, sagte Xavier und reckte den Daumen. »Ich glaube, da wir nicht hierher zurückkehren und den Bereich säubern wollen, können wir die Luke hinter uns schließen. So haben wir das Gefühl, vorwärtszukommen, und wir verhindern, dass sich jemand hinter uns anschleicht. Klingt doch gut, oder?«

Zustimmendes Gemurmel.

Xavier nickte und öffnete die Luke. Das Summen ferner Generatoren, stickiger Schmiermittelgeruch und der süßliche Gestank des Todes drangen heraus. Dahinter lag ein schmaler, von vereinzelten Glühbirnen erhellter Gang, an der Decke führten Kabelbäume und Rohre entlang. Xavier schaltete die Taschenlampe aus, um Batterien zu sparen, schob sie in die Hosentasche und packte beidhändig sein Gewehr. Die anderen folgten ihm, und Bruder Peter schloss hinter ihnen die Luke.

Im Gang gab es keine Toten, weder bewegliche noch reglose. Zunächst wunderte sich Xavier darüber, denn er hatte geglaubt, die sechstausend Seeleute an Bord der *Nimitz* würden sämtliche Räume bevölkern, doch das Schiff war riesig, und sechstausend Menschen brauchten Platz, um sich zu bewegen und zu arbeiten. Hinzu kam, dass die Toten häufig in Rudeln umherwanderten und sich vom Herdentrieb leiten ließen. Jetzt fürchtete er, dass es keine goldene Mitte gab; entweder, sie würden durch leere Räume streifen oder einer Horde von Toten begegnen, die sie nicht besiegen konnten.

Als er sich einem offenen Durchgang an der rechten Seiten näherte, dachte der Priester an eine Bemerkung Skyes. Jeder einzelne Zombie, den sie ausschalteten, *verringerte ihre Anzahl.* Darauf konzentrierte sich Xavier. Jeder Treffer reduzierte die Zahl der Gegner und brachte sie der Sicherheit näher, vorausgesetzt, dass ihre Munition so lange reichte. Der Priester versuchte sich einzureden, er sei pragmatisch und nicht pessimistisch, und blickte durch die Öffnung.

Dahinter lag ein Maschinenraum, angefüllt mit Rohren und Pumpen, elektrischen Schaltern und Ventilen. Auf dem Boden lagen ein Pappbecher und ein Clipboard, der Rest des Raums war sauber. Wundern tat ihn das nicht. Hier hatte irgendjemand Dienst gehabt, der in seinem Maschinenraum keinen Schmutz geduldet hatte. Vor allem aber gab es hier keine toten Seeleute.

»Sauber!«, meldete Xavier, trat aus der Öffnung und führte die Gruppe weiter. Am Durchgang gab es keine Luke, die sie hätten schließen können.

Sie inspizierten zwei weitere Räume, die mit dem ersten nahezu identisch waren, allerdings eher mit dem Antrieb in Verbindung standen, dann erkundeten sie eine Abteilung für Erwärmung und Kühlung, Räume mit hydraulischen Pumpen und Filtrieranlagen für die Gewinnung von Trinkwasser. Stundenlang bewegten sie sich langsam weiter, lauschten und öffneten Türen, rechneten an jeder Abzweigung mit einem Angriff, doch es gab keine Toten in dem Bereich.

Abgesehen von der jungen Frau.

Sie befand sich in einer Werkstatt, die anscheinend auf das Schneiden von Rohren und das Fräsen von Kupplungen spezialisiert war, erhellt von zwei Glühbirnen in Drahtkäfigen, die in den Ecken angebracht waren. Das hintere Drittel des Raums wurde von Werkzeug und Materialschränken in Anspruch genommen und war durch Maschendraht abgetrennt, der vom Boden bis zur Decke reichte. In der Mitte befand sich eine Tür. Jemand hatte sie mit einem Vorhängeschloss gesichert, damit die Frau nicht herauskonnte.

Xavier näherte sich mit den anderen dem Maschendraht. Die Frau war jung, um die achtzehn, bekleidet mit einem blauen Overall, das Haar zu einem Knoten gebunden. Auf dem Namensschild auf ihrer Brust stand SIPOWITCZ. Ihre Haut war schiefergrau, mit dunklen Flecken übersät, und ihre trüben Augen waren kastanienbraun. An der Schulter zeichnete sich eine schwärzliche Bisswunde ab.

Als sie die Eindringlinge bemerkte, gab sie einen klagenden Laut von sich.

Zwischen dem Stützposten und dem Maschendraht war eine kleine Lücke, und sie streckte den rechten Arm bis zur Schulter hindurch. Die Ränder des Maschendrahts wirkten wie Käsehobel und zerfetzten Arbeitsmontur und Unterarm, bis nur noch graue und schwarze Fleischfetzen am Knochen hingen. Die junge Frau drückte gegen den Zaun, presste das Gesicht an den Maschendraht und malte langsam mit dem Kiefer.

»Jemand hat sie dort eingesperrt, anstatt sie zu töten«, sagte Xavier.

»Jemand, dem sie nahestand«, meinte Rosa. Sie sah keine Gier oder Bosheit im Gesicht der Frau, nur bemitleidenswerte Traurigkeit. »Das war mal jemandes Tochter.«

Eve, eine der Hippies, legte Rosa die Hand auf die Schulter. »Du kennst das doch, Liebes. Sie hatten alle jemanden, dem sie etwas bedeuteten. Aber jetzt sind sie bloß …«

»Monster«, sagte ein Hippie namens Tommy. »Das ist bloß das erste, das wir an Bord gefunden haben. Wenn sie sich auf uns stürzen, werden sie dir nicht mehr leidtun.«

Eve blickte Tommy vorwurfsvoll an, dann musterten sie das Wesen auf der anderen Seite des Zauns, das noch immer winselnd nach ihnen zu greifen versuchte. »Wir dürfen sie uns nicht mehr als Menschen vorstellen«, sagte sie leise. »Sie reagieren nicht auf Zuwendung, und die hier würde dich auf der Stelle töten, wenn sie Gelegenheit dazu hätte.«

»Sie hat recht«, sagte Xavier.

Tommy nahm eine lange Feile von einer Werkbank und trat vor den Zaun. »Ich mache es.«

»Sie kann nicht raus«, sagte Rosa. »Sie kann niemandem wehtun.«

»Sie hierzulassen ist grausam«, sagte der Priester und nickte Tommy zu. Rosa floh auf den Gang, während der Hippie die Feile durchs Auge der jungen Frau bis ins Gehirn trieb. Sie versteifte sich und sackte zusammen, fiel aber nicht auf den Boden, da ihr Arm in der Zaunlücke eingeklemmt blieb. Xavier sprach lautlos ein *Gegrüßet seist du Maria*, dann wandte er sich ab.

Sie gingen weiter und inspizierten vorsichtig jede Öffnung und jede Tür, mit Xavier an der Spitze. Als sie die GENERATORSTEUERUNG erreichten, einen langen, schmalen Raum voller Schalttafeln, Messgeräten und Computern, schätzte der Priester, dass sie inzwischen zur Backbordseite des Schiffes gelangt waren. Weitere Gänge führten Richtung Bug, noch schlechter beleuchtet als die anderen, und jetzt kamen zu den zahlreichen Luken und Türen auch noch die Unheil kündenden Öffnungen der Treppenhäuser hinzu.

Sie schauten in eine Reihe von Büros und in einen Raum voller Spinde, dann bemerkten sie einen neuen, chemischen Geruch, der immer stärker wurde. Nach einer Weile überlagerte der Geruch alles andere, den Gestank des Maschinenöls und den Verwesungsgeruch. Ihre Augen begannen zu tränen, einige husteten. Xavier wollte bereits umkehren, als Rosa ihn beim Oberarm fasste.

»Was ist das?«, flüsterte sie und zeigte an ihm vorbei. »Da drüben. Ist das ein Bein?«

Der Priester leuchtete mit der Taschenlampe. Aus einer Luke an der rechten Seite schaute tatsächlich ein Bein hervor, bekleidet mit Gummistiefel und einer Hose aus dickem, gelbem Material. Die Beleuchtung war an der Stelle ausgefallen, der Gang ein stockfinsterer Tunnel, der Boden bedeckt mit einer schwarzen Flüssigkeit, die sich langsam in ihre Richtung ausbreitete. Der chemische Geruch war hier so stark, dass sie die Hand vor den Mund schlugen.

»Mein Gott, was *ist* das?«, fragte Eve.

Mit vorgehaltenem Gewehr näherte Xavier sich dem

Bein, dicht gefolgt von Rosa. Mit den Schuhen tappte er durch die Flüssigkeit.

In der Öffnung lag ein Seemann in Feuerwehrkleidung, ausgerüstet mit Lufttank und Gasmaske. Eine Kugel hatte sein Visier durchbohrt, das Plexiglas war mit Körpersäften verschmiert. Der Mann war offenbar geschrumpft, als die Körperflüssigkeiten durch die Öffnungen des Schutzanzugs ausgetreten waren. Der Verwesungsgestank wetteiferte mit dem chemischen Geruch. Zwei weitere Tote in Schutzanzügen lagen hinter dem Mann. Jemand hatte hier Zombies erschossen, und zwar schon vor geraumer Zeit.

Alle husteten inzwischen und versuchten, Mund und Nase zu schützen. Ihnen tränten die Augen, und sie wedelten mit den Händen, als könnten sie den Gestank damit vertreiben. Xavier schwenkte den Strahl der Taschenlampe über den Boden. In der sich ausbreitenden Lache lagen Patronenhülsen. Mit brennenden Augen musterte er die strohfarbene Flüssigkeit, die an der linken Wand in einem dünnen Rinnsal herunterrann. An der Stelle, wo die Wand sich mit der Decke traf, verliefen rote, weiße und blaue Rohre, alle von Einschüssen beschädigt. Die gelbe Flüssigkeit trat aus einem roten Rohr aus.

Rosa krallte die Hand in Xaviers Arm. »Auf Flugzeugträgern ist alles, was mit JP-5 zu tun hat, rot«, sagte sie gepresst.

»Was?« Der Priester rieb sich die brennenden Augen.

Sie senkte den Blick. »Wir stehen hier in Flugzeugtreibstoff.«

In diesem Moment galoppierten die Toten aus dem dunklen Gang heran.

20

Evan sah an sich hinunter, als die anderen hinter ihm durch die Luke kletterten. Er war lediglich in den dicken Absatz seines Motorradstiefels gebissen worden, und zwar von einem verwesenden abgetrennten Kopf mit Bürstenschnitt. Er wäre fast darauf getreten.

»Bäh!«, rief er und kickte den Kopf wie einen schaurigen Fußball quer durch die Messe.

Calvin schlug die Luke hinter ihnen zu und drückte den Hebel nach unten, während Dutzende Fäuste von der anderen Seite gegen den Stahl hämmerten. Lichtkegel schwenkten durch den Raum, beleuchteten einen Schatten an der anderen Seite, huschten zwischen Tischen und Stühlen umher. Der Junge namens Stone schoss auf den Drifter und verfehlte ihn, der Querschläger schlug an einer Luke Funken.

Freeman, der Hippie, der in die Messe gerannt war, riss an der anderen Seite des Raums die Arme hoch und rief: »Nicht schießen! Bitte nicht!«

Evan drückte Stones Waffenlauf nach unten, bevor er erneut feuern konnte, und Freeman weinte wie ein Kind. Die Fäuste trommelten gegen die Luke, und auf einmal ruckte der Hebel nach oben. Calvin packte zu und drückte ihn wieder nach unten. »Sie wissen, wie man Luken öffnet!«

Mehrere Personen kamen ihm zu Hilfe, die anderen durchsuchten den Raum, und einer schleppte einen Klappstuhl an, den sie zwischen Griff und Tür rammten.

Er schien zu halten. Evan verschaffte sich einen Überblick. An der anderen Seite gab es eine weitere Tür, und daneben hatte Freeman sich schluchzend auf dem Boden zusammengerollt. Calvin tauchte auf, ging in die Hocke und sprach leise auf ihn ein.

»Alle nachladen«, befahl Evan und schob Patronen in das Magazin seines Gewehrs. Die anderen folgten seinem Beispiel. Als er fertig war, hielt er Ausschau nach dem Kopf, schob ihn mit der Stiefelspitze unter einem Tisch hervor und zerschmetterte ihn mit einem Klappstuhl. Er wandte sich der Luke zu und lauschte, hörte jedoch nichts.

Calvin trat neben ihn. »Freeman geht es nicht gut«, sagte er. »Er hat einen Schock und er hört mich nicht.«

Evan blickte den auf dem Boden sitzenden Mann an. Eine Frau kniete neben ihm und streichelte ihm das Haar. »Was sollen wir …?«, setzte Evan an.

»Nichts«, entgegnete Calvin. »Wir lassen ihn hier.«

Evan riss bestürzt die Augen auf. Das war einer von Calvins Leuten.

»Ja, er gehört zur Family, und er liegt mir ebenso am Herzen wie alle anderen«, sagte Calvin. »Aber wir können ihm nicht helfen, wenn wir bleiben, und wenn wir ihn mitnehmen, würden wir alle in Gefahr bringen.« Er blickte sich zu dem Mann um, mit dem er so lange sein Leben geteilt hatte. »Das ist mir zuwider, und falls ihm etwas zustoßen sollte, weiß ich nicht, wie ich damit leben kann, aber es geht nicht anders. Wir müssen ihn hier irgendwo einschließen und später wiederkommen.«

Evan nickte, und Calvin versammelte seine Leute um sich, um sie zu informieren. Obwohl die anderen häufig Evan als Anführer bezeichneten, war Calvin ihre wahre Leitfigur. Er hatte das Wohlergehen der ganzen Gruppe im Auge und war imstande, harte Entscheidungen zu treffen, auch wenn die Folgen schwer verkraftbar waren. Und wenn er andere in Gefahr brachte, zögerte er nicht, sich an ihre Seite zu stellen.

Der Schriftsteller lauschte noch einmal an der Tür, denn sie mussten weiterziehen. Wie lange würde es dauern, bis der draußen umherstolpernde Mob in diesen Raum vordringen würde? In diesem Stahllabyrinth gab es bestimmt noch andere Zugänge. Andernfalls wäre ihre kleine Gruppe gezwungen, an der Stelle nach draußen zu gehen, wo die Toten sie bereits erwarteten.

Calvins Leute schleppten Freeman zu einem Sofa und deckten ihn zu, dann versammelten sie sich an der Tür. Einer hatte einen Klappstuhl dabei, um den Zugang von draußen zu verrammeln. Das würde reichen müssen.

Dann ging es los. Mit Evan an der Spitze gelangten sie auf einen kurzen Gang, von dem leere Büros abgingen. Er mündete auf einen langen Flur, der anscheinend vom Bug Richtung Heck führte. Türen, Luken, Treppen nach oben und nach unten und Schränke mit Ausrüstung erwarteten sie. Einige Neonröhren spendeten trübes Licht.

An der rechten Seite, in dreißig Metern Entfernung, wimmelten Drifter an einer Abzweigung herum.

An der linken Seite, in sieben Metern Entfernung, waren ebenfalls Tote.

Einige starrten die Wand an und saßen am Boden, keiner machte ein Geräusch, und Evan war wieder einmal, selbst nach so vielen Begegnungen, fasziniert von ihrem Verhalten. Solange sie nicht in Aufregung gerieten, wirkten sie beinahe zahm. Er wusste, dass es nicht so bleiben würde. Die Sichtung wurde nach hinten weitergemeldet, und alle wappneten sich.

Sie griffen zunächst die Gruppe an der linken Seite an. Schüsse dröhnten, und Querschläger prallten von Luken ab oder ließen Neonröhren bersten. Die Toten reagierten sofort und schlurften ins Gewehrfeuer hinein. In Sekundenschnelle lagen ein Dutzend Drifter am Boden.

»Achtung, hinten!«, rief Calvin, worauf die kleine Gruppe sich wie ein Mann umdrehte. Die hintersten waren jetzt ganz vorn. Sie nahmen die Wesen unter Feuer, die ihnen von der Kreuzung aus entgegenschlurften. Ununterbrochen dröhnten Schüsse, das Mündungsfeuer erhellte den Flur, Pulverrauch wogte.

Die Toten brachen zusammen und standen nicht wieder auf.

»Nachladen!«, rief Evan, worauf neue Patronen in die Kammern gedrückt, Magazine eingesetzt und Granaten in Rohre geschoben wurden.

Sie rückten wieder vor, erreichte die Kreuzung und schwenkten die Waffen in die abzweigenden Gänge. »Rechts!«, brüllte Stone, ließ sich auf ein Knie nieder und feuerte. Auch seine Kameraden eröffneten das Feuer, während Tote in blauen Overalls, Tarnkleidung und Khakiuniformen herantaumelten. Die Kugeln zerfetzten kaltes Gewebe und Organe, dunkle Körperflüssigkeit spritzte auf die Wände und in die Gesichter der Drifter. Schädeldecken wurden abgerissen, Hinterköpfe flogen weg. Ein Wesen in Khakiuniform, das von Gasen dermaßen aufgebläht war, dass es einem Ballon ähnelte, explodierte in einer grünlich weißen Wolke, die Evan für einen Moment an Spinatsoße denken ließ.

»Ich habe einen Grünen erwischt!«, rief Stone.

Evan lachte auf, doch dann traf ihn der Gestank, und er begann zu würgen.

Drifter kollabierten, andere kletterten über sie hinweg. Das Feuer brach ab, als die Schützen nachladen mussten, was den Toten Gelegenheit zum Vorrücken gab. Als das Feuer wieder einsetzte, hatten sie eine Menge Boden gutgemacht.

»Hinter uns!«, rief Mercy, die zwei kleine Töchter am Pier von Alameda zurückgelassen hatte. Bewaffnet mit einem M4, das von der außerhalb von Oakland überrannten Militärkolonne stammte, trat sie auf die Kreuzung und in einen anderen Gang, wo sie einen Haufen wandelnder Toter unter Feuer nahm, die aus einer Luke hervorkamen. Calvin stellte sich neben sie und unterstützte sie.

Evan hatte sich wieder erholt. Mit dem bitteren Geschmack von Erbrochenem im Mund nahm er an Stones Seite das Feuer wieder auf. Auf einmal meinte er eine Frau in schmutziger Khakiuniform wiederzuerkennen, deren Kopf so schief saß, dass ihr Hals gebrochen sein musste. Dann fiel ihm ein, woher er sie kannte; sie war an der Spitze der angreifenden Horde galoppiert, als Freeman durch die Messeluke entwischt war.

Evan schoss ihr in den Kopf.

Das Feuer schwächte sich erneut ab, als mehrere Leute nachluden. Neue Drifter stolperten über die Gefallenen hinweg und schlossen weiter die Lücke zwischen den Lebenden und den Toten.

Calvin und Mercy hatten ihr Kontingent ausgeschaltet und nahmen mitten auf der Kreuzung Aufstellung, damit sie alle Gänge überblicken konnten. An der linken Seite war lautes Stöhnen zu hören, dann schepperte es. Dem alten Hippie lief ein Schauder über den Rücken.

Das war der Klappstuhl gewesen.

Ehe er reagieren konnte, meldete Mercy weitere Drifter, diesmal von rechts kommend, und beide wandten sich herum und feuerten. Schattengestalten in Uniform stapften aus dem dunklen Flur heran, die Kugeln schlugen in Brust, Bauch und Beine ein, bevor sie ins Ziel fanden. Drifter taumelten und brachen zusammen.

Von hinten war ein gedehnter Schrei zu hören, der jäh abbrach.

Calvin biss die Zähne zusammen und musste sich beherrschen, um sich nicht umzudrehen und loszurennen. Stattdessen leuchtete er mit der Taschenlampe in den Gang hinein. Einer der am Boden liegenden Drifter versuchte stöhnend, unter seinen reglosen Kameraden hervorzukriechen. Mercy bemerkte es und verpasste ihm eine Kugel in die Stirn. Da im Moment keine weiteren Ziele in Sicht waren, setzte Mercy ein neues Magazin ein und forderte Calvin auf, es ihr nachzutun.

Am Hauptbrennpunkt begannen die nachgeladenen Waffen erneut zu feuern, und im Gang häuften sich die zweifach Toten. Kugeln schlugen in Leitungen und Belüftungsrohre ein, Querschläger prallten von Türrahmen ab, und eine beschädigte einen Feuerlöscher in seiner Wandhalterung. Es knallte dumpf, dann füllte eine weiße Wolke den Gang.

»Ich sehe sie nicht mehr!«, rief Stone.

Evan packte ihn bei der Schulter. »Wir ziehen uns zur Kreuzung zurück.«

Sie schlossen sich Calvin und Mercy an. Jetzt waren sie zu sechst.

»Sie werden kommen«, sagte Evan und zielte in die weiße Wolke hinein, hielt Ausschau nach einer Bewegung. Es konnte jeden Moment so weit sein …

»Mir nach«, sagte Mercy und führte sie in einen Gang, der anscheinend bis zum Bug führte. Sie kletterte über die Toten hinweg, die anderen folgten ihr.

Calvin verharrte auf der Kreuzung, mit angelegtem Gewehr, das Gesicht dem Gang zugewandt, aus dem sie gekommen waren. Er hatte Tränen in den Augen. »Kommt schon«, flüsterte er.

»Calvin, wir müssen weiter!«, herrschte Evan ihn an.

Calvin rührte sich nicht vom Fleck. »Kommt schon«, wiederholte er.

Zu seiner Linken kamen die ersten Toten aus dem Feuerlöschernebel hervorgetorkelt, Haar und Haut mit weißem Pulver bedeckt. Als sie den Mann auf der Kreuzung bemerkten, setzten sie zu ihrem tödlichen Galopp an.

Ein Stöhnen war zu hören, dann sah Calvin über das Visier seines Gewehrs hinweg Freeman herantaumeln. Sein Hals war aufgerissen, eines seiner Augen hing heraus, und mehrere Finger der vorgestreckten Hand waren abgebissen.

»Tut mir leid«, sagte Calvin gepresst und streckte den Mann mit einem einzigen Schuss nieder. Dann drehte er sich nach links und verfeuerte den Inhalt des Magazins auf die heranwogenden weiß bestäubten Toten. Die Treffer schleuderten sie zurück, das schwere Kaliber richtete auf die kurze Entfernung schreckliche Verletzungen an. Als der Auslöser aufs leere Magazin klickte, wandte Calvin sich ab und folgte der Gruppe.

21

Angie und Skye eilten durch den Raum mit der Bezeichnung *Gelb 02* und passierten mehrere verschlossene Luken sowie die Seeleute, die sie von unten getötet hatten, dann stiegen sie weiter in die Höhe. Die Treppe mündete in einen Raum mit der Bezeichnung *03 Galerie*. Drei offene ovale Luken ließen ihnen die Qual der Wahl. Beide Frauen hatten gehofft, die Treppe werde bis aufs Flugdeck führen, doch das war offenbar zu viel verlangt.

»Gehen wir hier rein«, meinte Angie und deutete auf die rechte Luke.

Skye trat an ihr vorbei und nahm Angie die Taschenlampe ab. »Du kannst nicht gleichzeitig die Barrett und das Galil und noch dazu die Lampe halten.« Ihre Stimme knarzte, als reibe eine Feile über einen Schlackenbetonblock.

Angie nickte und wünschte, sie hätte das Barrett nicht mitgenommen. Es besaß eine unglaubliche Feuerkraft und traf auf extreme Entfernungen ins Ziel, doch es war nicht nur schwer, sondern feuerte auch ausgesprochen langsam und war eigentlich nur im Freien zu gebrauchen. Wie zum Beispiel auf dem Flugdeck, an das sie nicht herankamen. Sie brachte es jedoch nicht über sich, es zurückzulassen, fand sich mit dem schweren Gewicht ab und überließ der jungen Frau die Führung.

In dem Gang hinter der Luke war die Deckenbeleuchtung ausgefallen, doch Skyes Taschenlampe spendete genügend Licht. Der Gang war schmal, Rohre und Kabelbäume führten an Decken und Wänden entlang, an beiden Seiten gingen Luken ab. Auf den Schildern neben den ovalen Lukenöffnungen stand *CAT-1 ZUGANG, ELEKTRIK, HYDRAULIK, CAT-2 ZUGANG*. Alle waren geschlossen, und sie verzichteten darauf, nachzuschauen, was sich dahinter befand.

Skye hielt an und reckte die Faust, was sie von Taylor und Postman gelernt hatte, den beiden Nationalgardisten, die sie gerettet und ausgebildet und schließlich ihr Leben für sie geopfert hatten. Sie hatte das Gefühl, das sei schon eine Ewigkeit her. »Ich spüre einen Luftzug«, sagte sie.

»Riechst du das denn nicht?«, flüsterte Angie. »Das ist die frische Luft.«

Die junge Frau sog die Luft durch die Nase ein. Nichts. Das bestätigte, was sie bereits vermutet hatte; zusätzlich zu dem Zittern ihrer Hände, den Kopfschmerzen und dem Sehverlust des linken Auges verlor sie jetzt auch noch den Geruchs- und Geschmackssinn. Na großartig. Was würde als Nächstes kommen?

»Ich spüre den Luftzug auch«, sagte Angie.

Skye ging weiter, mit vorgehaltenem Gewehr, und gelangte zu einer Biegung. Sie lauschte mit angehaltenem Atem, dann bog sie um die Ecke, bereit, alles niederzuschießen, was sie erwarten mochte. Doch da war nur ein drei Meter langer Gang, der vor einer angelehnten schweren Luke endete. Ein Streifen Tageslicht fiel durch die Öffnung, und der Luftzug erzeugte am Lukenspalt ein leises Pfeifen. Skye drückte die Luke mit der Schulter langsam auf.

Sie blinzelte im Sonnenschein und wich zurück, als sich der Kopfschmerz wie ein weiß glühendes Messer in ihr Gehirn bohrte. Sie zog die Pilotenbrille aus einer Tasche der Munitionsweste hervor und trat ins Freie, dicht gefolgt von Angie.

Von der Bucht her wehte ein schwacher, salzbeladener Wind. Die beiden Frauen befanden sich auf einem Metallgitter mit anderthalb Meter hohem Stahlrohrgeländer. Das Deck lag fast dreißig Meter unter ihnen. Es reflektierte den Himmel, während die Sonne hin und wieder aus der grauen Wolkendecke hervorlugte. Beide Frauen atmeten tief durch.

Der Laufgang begann an der Luke, durch die sie gekommen waren, ganz in der Nähe des Hecks, und führte an der Steuerbordseite entlang. Unmittelbar über ihnen ragte das Flugdeck drei Meter über den Laufgang hinaus, ein Schatten spendender Überhang, und sie beide stellten sich den Lärm der in so großer Nähe startenden Jets vor. Alameda war etwa achthundert Meter entfernt, dahinter breitete sich Oakland aus. Nichts bewegte sich auf den Straßen, am Himmel oder im ruhigen Gewässer der Bucht. Eine ausgestorbene Welt.

Die Bewegung war viel näher, und Angie zeigte darauf. Am Rand des auskragenden Flugdecks war ein knapp zwei Meter breites Sicherheitsnetz befestigt. Das hatten sie vom Wasser aus gesehen, als sie das gewaltige Schiff umfahren hatten. Mehrere Tote zappelten im Netz. Als ein Mann mit gelbem Pullover und gelbem Helm, Stiefeln mit Stahlkappen und Schwimmjacke abstürzte, sackte das Netz ab. Stöhnend verhedderten sich seine Arme und Beine in den Schlingen.

»Tango«, sagte Skye und traf das Wesen unter dem Kinn. Das Gehirn spritzte aus einem Loch, das sich an der Oberseite des Helms gebildet hatte.

»Tango«, wiederholte Angie, tippte der jungen Frau auf

die Schulter und zeigte den Laufgang entlang. Ein junger Seemann im roten, langärmligen Pullover schlurfte ihnen entgegen. Die eine Schulter war von einem Schuss zerfetzt, in der Mitte des Rumpfs klaffte ein Loch. Schwärzliche Organe sickerten aus der Wunde und klatschten dem jungen Mann im Gehen auf die Stiefel.

Skye zielte und feuerte. *Tschak*. Die Kugel riss ein Ohr ab. Skye, gequält vom Kopfschmerz, bleckte die Zähne und feuerte erneut. *Tschak*. Die Kugel drang über dem rechten Auge des Seemanns ein, und er brach zusammen. Skye blickte stirnrunzelnd auf ihr M4 nieder; das metallische Geräusch, das es machte, gefiel ihr nicht.

»Der Schalldämpfer geht kaputt«, sagte Angie. »Die halten nicht ewig.«

Skye fluchte.

»Wenn wir wieder beim Van sind, fertigen wir dir einen neuen an«, meinte Angie. »Ich habe die nötigen Werkzeuge dazu.«

Skye hob grinsend eine Braue. »Glaubst du wirklich, wir kommen lebend von dem Schiff runter?«

Das Gesicht ihrer Tochter Leah blitzte vor Angies innerem Auge auf. »Ja«, sagte sie gepresst. »Das glaube ich.«

Skye zuckte mit den Achseln und ging weiter.

Zehn Meter hinter dem Seemann im roten Pullover stießen sie auf zwei niedrige Stahlschränke, die am Laufgang festgeschraubt waren. Beide standen offen und waren leer. Ihnen gegenüber war eine schwere Drehvorrichtung mit zwei Maschinengewehren Kaliber .50 montiert. An der Seite war jeweils eine große Munitionskiste angebracht. Beide MGs waren geladen, die Munitionsgurte mit den langen Kupferpatronen schlängelten sich in die Kisten.

»Scheint mir logisch, dass die hier montiert sind«, sagte Angie. »Hast du eine Ahnung, was die mit einem Boot anrichten können, das in Schussweite gelangt?«

»Ich schätze, die werden wie mit einem Büchsenöffner aufgeschlitzt«, krächzte Skye.

»Das kannst du mir glauben.«

Skye tätschelte im Vorbeigehen eine der schweren Waffen. »Schade, dass sie einen Dreck wert sind, wenn es um die wandelnden Toten geht«, sagte sie. »Ein Kopftreffer wäre purer Zufall.«

Angie nickte. Skye hatte recht; die beiden Fünfziger waren imstande, kleine Boote zu zerreißen und Flugzeuge vom Himmel zu holen. Gegen menschliche Ziele erzielten sie eine eher katastrophale Wirkung. In einer Folge ihrer Doku-Serie hatte sie ein Maschinengewehr Kaliber 50 vorgeführt, zusammen mit einem Master Sergeant im Ruhestand, der den Kommentar dazu gab. Der Mann hatte mit dem Mythos Schluss gemacht, der Einsatz dieser Waffe sei gegen menschliche Ziele verboten, und erläutert, das JAG, die Oberste Militärstaatsanwaltschaft, habe sie für legal erklärt.

Von einem Menschen, der von einem MG Kaliber 50 getroffen wurde, blieb nicht mehr genug übrig, um ihn zu identifizieren. Die wandelnden Toten aber würde es bestenfalls in kleine, ansteckende Fetzen zerreißen, und wenn dabei nicht auch das Gehirn zerstört wurde, bliebe ein gefährlicher Gegner zurück.

Sie wandten sich zu einer steilen Treppe, die zum Flugdeck hochführte. Skye kletterte als Erste zu der rechteckigen Öffnung hoch. Sie streckte den Kopf hindurch und orientierte sich.

Skye wusste, wie riesig der Flugzeugträger war, denn

sie hatte ihn aus der Ferne und aus der Nähe gesehen, bevor sie an der Schwimmplattform angelegt hatten. Der Aufstieg aus der Tiefe hatte ihr den Eindruck vermittelt, sich in einem großen Gebäude zu befinden. Doch erst jetzt bekam sie einen Überblick über die gewaltigen Ausmaße der *Nimitz*, und der Anblick verschlug ihr den Atem.

Das flache Deck mit seiner rutschhemmenden Gummierung glich dem Parkplatz eines Footballstadiums. Es erstreckte sich so weit in die Ferne, dass sie von ihrer Position aus kaum erkennen konnte, wo es endete. Es gab nur wenige Aufbauten, und das war ja auch logisch, denn sie stellten für Flugzeuge ein potenzielles Hindernis dar. Zwei verglaste Sichtluken ragten mittschiffs und weiter hinten ein paar Zentimeter über den Boden. Dahinter arbeitete die Bedienmannschaft der Startkatapulte, das hatte sie im Film *Top Gun* gesehen, doch die andere Ausrüstung – Aufzugplattformen, Beleuchtung, Bremsdrähte – war anscheinend ebenerdig montiert und nicht zu sehen.

Der Decksaufbau war eine andere Sache.

Am Ende des ersten Decksdrittels ragte an der Steuerbordseite – ihrer Seite – ein graues Gebilde acht Stockwerke hoch empor. Die obersten Ebenen waren von schräg angeordneten bläulichen Glasfenstern gesäumt, davor waren Laufgänge angebracht. Darüber ragte ein hoher Mast mit zahlreichen Stab- und Radarantennen auf. Eine große amerikanische Flagge flatterte im Wind.

Zwischen Skye und dem Decksaufbau befand sich ein hoher Drehkran, offenbar dafür gedacht, Gegenstände vom Deck oder aus dem Wasser zu heben. Zwischen dem Kran und dem Aufbau befanden sich Schuppen oder Garagen.

Aufgrund der Bilder aus dem Film, der im Kino gelaufen war, bevor sie das Licht der Welt erblickt hatte, hatte Skye erwartet, dass auf dem Deck gefährlich aussehende Kampfflugzeuge herumstehen würden, und es wunderte sie, dass es so leer war. Aber hatte die Sanitäterin Rosa nicht gemeint, die Flugzeuge wären alle weggeflogen? Als die Seeleute an Bord sich verwandelt und begonnen hatten, sich gegenseitig zu fressen, waren vermutlich alle, die fliegen konnten, Hals über Kopf gestartet.

»Wie sieht es aus?«, fragte Angie von unten.

Skye rückte zur Seite und winkte. Angie streckte den Kopf heraus und schaute sich um. Trotz des imposanten Flugdecks interessierten sie vor allem die Toten.

Seeleute in unterschiedlich gefärbten Pullovern, einige mit Helm, andere ohne, manche mit Tarnuniform oder Overall bekleidet, wanderten steifbeinig, mit schlenkernden Armen, auf dem Deck umher. Einige standen am Rand des Decks, als blickten sie zu den heimgesuchten Städten in der Ferne hinüber. Sie gaben keinerlei Geräusch von sich. Zwei der Wesen torkelten gerade an der anderen Seite des Decks von einem Laufgang herunter, andere tauchten in einer Öffnung des Decksaufbaus auf, stolperten über die Lukenschwelle, rappelten sich langsam hoch und schlurften davon. Auf den weiter oben gelegenen Gängen stießen ein halbes Dutzend Gestalten immer wieder ans Geländer oder rempelten sich gegenseitig an.

»Sobald wir anfangen«, sagte Angie, »werden sie wild werden und sich auf uns konzentrieren.«

»Yep«, erwiderte Skye und biss die Zähne zusammen. Ihr Kopfschmerz war kein blendendes Messer mehr, sondern nur noch ein schmerzhaftes Pochen, das hin und wieder aufflammte und sie daran erinnerte, dass der Schmerz noch immer im Hintergrund lauerte.

»Ich hatte gehofft, auf einem dieser Laufgänge herauszukommen«, meinte Angie und schaute nach oben. »Ein hoher Standpunkt wäre von Vorteil.«

Skye zuckte mit den Achseln. »Dann laufen wir eben zum Turm oder wie man das nennt.« Ihr blindes Auge hatte wieder zu tränen begonnen. »Da sind Drifter rausgekommen, also kommen wir da auch rein. Es muss irgendwo eine Treppe nach oben geben.«

Angie überlegte kurz. »Wir sollten sie erst ein bisschen dezimieren, bevor wir reingehen.« Als Skye nickte, trabte Angie los in Richtung Heck. Einmal hielt Skye an und schaltete einen Drifter in einem grünen Pullover aus, der ihnen zu nahe gekommen war. Erst mit der dritten Kugel erzielte sie einen Kopftreffer.

Die beiden Frauen warfen sich flach aufs gummierte Deck, mit anderthalb Metern Abstand zueinander. Angie klappte das Stativ ihres Galil aus und stellte es vor sich auf, daneben legte sie einen vollen Patronengurt. Skye legte ein paar volle Magazine neben ihren linken Ellbogen und nahm eine bequeme Lage ein.

Auf dem Bauch liegend, rutschte Angie ein Stück nach links, entfaltete das Stativ ihres Barrett und reihte daneben die gedrungenen Magazine mit den Patronen Kaliber .50 auf. Sie legte die Hand um den Lauf, zog die Waffe näher heran und spähte durchs große Zielfernrohr, nahm ein paar Einstellungen vor. Mit der Rechten tastete sie nach dem Pistolengriff und legte den Zeigefinger an den Abzug. Für Angie West war das Barrett ein alter Freund, und sie war an der legendären Waffe eine ausgezeichnete Schützin. Dieses Gewehr war auch von den Navy SEALs verwendet worden. Im Wettkampf hatte sie nicht schlechter abgeschnitten als die Profis.

»Ich nehme mir die weiter entfernten vor«, sagte Angie. »Du knöpfst dir die nahen Ziele vor.«

Skye wischte sich mit zitternder Hand das tränende Auge aus und drückte den Kolben des M4 an ihre Schulter. Sie zielte auf ein Wesen mit brauner Weste und weißem Helm. Es war stark verwest. Eine Schulter hing herab. Es gehörte einer verhassten Spezies an, die alles zerstört hatte, was sie je geliebt hatte. Sie brachte die grünen Zielmarkierungen mit dem schwankenden Kopf zur Deckung.

»An die Arbeit«, sagte Skye, ihre Stimme wie Kiesel am Grund eines Grabes.

Sie feuerten gleichzeitig.

22

Rosa hatte kaum das Wort *Treibstoff* ausgesprochen, als drei der Hippies mit Sturmgewehren und Schrotflinten das Feuer auf die Horde eröffneten. Die Schüsse dröhnten laut in dem engen Gang, das Mündungsfeuer spiegelte sich in der Treibstofflache und zerriss die gasgeschwängerte Luft.

»Nicht schießen!«, rief Xavier und duckte sich unwillkürlich, denn er erwartete, dass die hellen Blitze den Treibstoff in Brand setzen würden.

Dazu kam es nicht.

JP-5, auch AVCAT genannt, die Abkürzung für Aviation Carrier Turbine Fuel oder Flugzeugträger-Turbinentreibstoff, war eine komplexe Mischung aus Alkanen, Naphthenen und aromatischen Kohlenwasserstoffen. Es war leicht entflammbar, die Dämpfe waren explosiv; wer ohne Schutzausrüstung damit hantierte, riskierte bleibende Schäden. Rosa und Bruder Peter wurde bereits schwindlig, und sie mussten sich an der Wand abstützen, sonst wären sie gestürzt.

Aufgrund der gefährlichen Nähe zu den Jets auf dem Flugdeck hatte AVCAT einen Flammpunkt von 65 Grad und musste leicht erwärmt werden, bevor es sich entzündete. Es galt als stabiler Treibstoff auch im Kampfeinsatz und war normalerweise unempfindlich gegenüber dem Mündungsfeuer kleiner Handfeuerwaffen.

Dass sie nicht in die Luft flogen, änderte jedoch nichts daran, dass sie alle langsam vergiftet wurden.

Die hinten postierten Hippies feuerten auf die heranwogenden Toten und versuchten gleichzeitig, sich ein Tuch vors Gesicht zu binden. Xavier packte Rosa und Bruder Peter bei den Armen und keuchte: »Kommt mit!« Dann stolperte er den Weg zurück, den sie gekommen waren. Tommy, Eve und Lilly, die anderen drei Mitglieder von Calvins Family in ihrer Gruppe, liefen bereits in die entsprechende Richtung; die Lichtkegel ihrer Taschenlampen schwankten heftig. Die Nachhut lieferte ein Rückzugsgefecht und kämpfte gegen die Dämpfe an, während sie feuerte.

Eine Frau rutschte in der Treibstofflache aus, stürzte und schlug mit dem Kopf auf. Eine zweite Frau erlag den Benzindämpfen und sackte bewusstlos zusammen. Ein bärtiger Mann namens Tuck, der behauptete, unter dem Einfluss von Peyote mit den Totems der amerikanischen Ureinwohner kommunizieren zu können, stand neben seinen gestürzten Freunden, feuerte auf die herangaloppierenden Toten und schrie: »Ach Gott, ach Gott, ach Gott!«

Die Toten erreichten ihn und warfen ihn zu Boden. Sie brachen die Verfolgung ab, fielen inmitten der Gefallenen auf die Knie und machten sich gierig über sie her.

Xavier hatte weder die Zeit noch die Kraft, auf die Nachhut zu achten. Rosa und Peter bewegten sich nur schwerfällig, und als er sie packte, bemerkte er kaum, dass er sein Gewehr fallen ließ. Ihm war schwindlig und übel, und sein Gesichtsfeld schrumpfte allmählich zu einem Tunnel mit grauem Rand.

Wenn er stolperte, würden sie alle sterben.

Xavier hielt sich auf den Beinen, zerrte seine Begleiter mit sich und konzentrierte sich auf die vor ihm schwankenden Lichter. Er musste sie erreichen, unbedingt …

Die Taschenlampen verschwanden, zurück blieb ein langer Gang mit ein paar Neonröhren in der Ferne. In deren Schein näherte sich ihnen eine Horde ehemaliger Besatzungsmitglieder. Xavier hielt an und schöpfte Atem, jeder Atemzug brannte in der Brust, sein Schlund war wund, die Nasenschleimhäute verätzt und gerötet. Er kämpfte vergeblich gegen den Brechreiz an und übergab sich. Er konnte nicht erkennen, ob der Auswurf blutig war, doch es hätte ihn nicht gewundert. Er übergab sich erneut.

Das Fauchen und die Fressgeräusche der Drifter erfüllten den Gang, die sich nähernden Gestalten gaben ein gedehntes leises Stöhnen von sich. Er blickte seine Gefährten an. Beide knieten am Boden und waren kaum mehr bei Bewusstsein. Peters Gewehr baumelte am Riemen, den er um den Hals trug, Rosas Neun-Millimeter steckte noch im Holster. Er bezweifelte, dass er noch die Kraft hatte, die Waffen an sich zu nehmen, geschweige denn sie einzusetzen, und als er nach dem Gewehr langte, krümmte er sich erneut zusammen und würgte. Das Erbrochene brannte in seinem Schlund.

Das ist also das Ende, dachte er, den einen Arm nach dem Gewehr ausgestreckt, als sich mehrere Hände auf ihn legten und an ihm zerrten. Er konnte sich nicht einmal mehr wehren, konnte nur Rosa und Peter festhalten und hoffen, dass sie nicht mehr spürten, wie sich die Zähne in ihr Fleisch gruben. Tommy, Lilly und Eve schafften es nur gemeinsam, Xavier in die Luke zu ziehen. Dahinter lag ein scheunenartiger Raum mit den Notstromaggregaten des Flugzeugträgers. Sie holten Peter und Rosa nach, schlossen die Luke und sicherten den Griff mit einem ein Meter langen Schraubenschlüssel.

Xavier stolperte über einen toten Seemann mit einge-schlagenem Kopf – das waren Tommy und der erwähnte Schraubenschlüssel gewesen – und stürzte. Rosa und Peter lagen neben ihm, beide inzwischen bewusstlos. Es stank nach Diesel, doch verglichen mit den Gaskammer-dämpfen des JP-5 duftete er wie frische Bergluft. Xavier konzentrierte sich aufs Atmen, und bevor er ohnmächtig wurde, wunderte er sich noch, wie kühl sich der gum-mierte Boden an seinem Gesicht anfühlte.

Während Eve ihre bewusstlosen Begleiter bewachte und sich fragte, ob sie je wieder zu sich kommen würden, erkundeten Tommy und Lilly den Generatorraum. Nach einer Viertelstunde kehrten sie zurück und bestätigten, dass sie hier allein waren. An den Raum schloss sich eine kleine Werkstatt an, und es gab mehrere Luken und eine frei zugängliche Treppe, die nach oben und unten führte. Tommy entdeckte an den Treppenzugängen zwei kleine Pyramiden aus Schmieröldosen. Sollten die Drifter kom-men, würden sie zumindest vorgewarnt werden.

Xavier und Rosa kamen erst nach einer Stunde zu sich, und dann saßen sie kraftlos an der Wand, ohne zu spre-chen. Bruder Peter regte sich eine halbe Stunde später, entfernte sich von den anderen, lehnte sich mit geschlos-senen Augen an einen Generator und hielt sich den Kopf, da ein pulsierender Schmerz ihm den Schädel zu spalten drohte.

»Ich dachte schon, es hätte uns erwischt«, sagte Xavier schließlich mit schwacher Stimme.

Tommy saß im Schneidersitz vor ihm und reichte ihm und Rosa Wasserflaschen an. »Wir auch. Aber wir hatten Glück; die anderen nicht. Ich schätze, sie haben uns ei-nen Vorsprung verschafft.« In seinem Tonfall lag kein

Vorwurf, nur Resignation. »Ich denke, wir sind hier sicher.«

Rosa nahm zwei Flaschen mit Kochsalzlösung aus ihrer Sanitätertasche, reichte sie herum und forderte alle auf, sich die Augen damit auszuwaschen. Lilly brachte Bruder Peter eine Flasche und musste ihn mehrfach anstoßen, bevor er sie ihr folgsam abnahm.

Nach einer Weile versammelten sie sich und versuchten sich über ihren Aufenthaltsort klar zu werden. Sie gelangten zu dem Schluss, dass sie sich nicht auf Deck 4 in der Nähe des Hecks befanden, sondern an der anderen Seite des Schiffes. Als jemand von außen gegen eine Stahlluke schlug, brach die Unterhaltung ab, und alle Blicke richteten sich auf den Schraubenschlüssel.

»Vielleicht sind das die anderen«, flüsterte Lilly.

Ein weiterer Schlag, gefolgt von einem gedämpften Stöhnen.

»Vielleicht«, sagte Xavier. »Aber nicht in der Form, wie wir sie kennen.«

Sie entfernten sich von der Tür und zogen sich zwischen die hoch aufragenden Generatoren zurück. Der Priester musterte die Gruppe, deren Entsetzen die Erschöpfung anscheinend überwog. Er sah auf die Uhr, stellte aber fest, dass sie irgendwann kaputtgegangen war.

»Wir müssen uns ausruhen«, sagte Xavier. »Wir müssen einen sicheren Ort finden, wo wir uns eine Weile verstecken können. Wir müssen essen, ein wenig schlafen. Im Moment sind wir ziemlich erledigt.«

Die anderen nickten zustimmend.

Xavier fuhr sich mit der Hand übers Gesicht und rieb sich die müden Augen. »Die Frage ist, wo sollen wir hin?«

Der Air-Force-Psychiater, der Gott war, stand mit verschränkten Armen neben Bruder Peter und runzelte die Stirn. *»Ich habe dir wieder einmal das Leben gerettet«*, sagte Er. *»Ich hätte dich von den Löwen fressen lassen können, aber ich habe dir das Leben gerettet. Glaubst du noch immer nicht?«*

Der Prediger blickte sich rasch zu den anderen um. Bislang hatte er nur dann mit dem Herrn gesprochen, wenn er allein oder fern der Gruppe gewesen war. Jetzt befand er sich mitten unter ihnen. Was würden sie denken? Dann fiel ihm auf, dass die anderen ihren Herrn und Erlöser anscheinend weder sahen noch hörten. Bedeutete dies, dass sie auch Peter nicht hören konnten?

»Ich glaube«, sagte der Prediger leise und schaute umher. Niemand hatte etwas gehört. Er hob die Stimme. »Ich bin kein Waschlappen!« Abermals keine Reaktion, auch nicht vom Priester, der bestimmt glaubte, er könne mit dem Herrn sprechen.

»Das sind Heiden«, sagte Gott. *»Sie nehmen nicht einmal meine Anwesenheit wahr. Du, Peter, bist der Auserwählte und verfügst über besondere Gaben.«*

Der Prediger lächelte.

»Aber du bist noch schwach.«

Bruder Peter errötete. »Das stimmt nicht! Sag das nicht!«

»Hm, das klingt so, als hättest du doch noch ein bisschen Mumm in den Knochen«, sagte Gott, der so dicht bei Peter stand, dass er die Gläser Seiner Sonnenbrille mit dessen Hemd säubern konnte.

»Ich bin nicht schwach«, wiederholte der Prediger leise.

»Okay, komm wieder runter, harter Bursche. Vergiss nicht, mit wem du sprichst.« Der Psychiater verwandelte sich in den verhassten, reizbaren Turnlehrer, und der Prediger

schreckte zurück. »*Unartige Jungs werden bestraft, oh ja*«, sagte Gott.

»Ich habe Dir schon mal gesagt, dass mir diese Gestalt nicht gefällt«, sagte Bruder Peter in jammerndem Ton.

Gott zuckte mit den Schultern und verwandelte sich in Anderson, Peters zuverlässigen Helfer, den der Prediger an die Untoten verfüttert hatte. Er war nackt und mit Bisswunden bedeckt, an Seinen Hand- und Fußgelenken hingen Kabelbinder. Er hob die Hände, an denen blutende Male zu sehen waren. »*WER … BIN … ICH?*« Gottes dröhnende Stimme ließ die Decke erbeben.

Bruder Peter legte die Hände um den Kopf. »Hör auf! Bitte bring mich nicht durcheinander!«

Anderson verwandelte sich wieder in den Psychiater, der Seine Sonnenbrille zurechtrückte und lachte. »*Kopf hoch, Pete*«, sagte Gott. »*Ich mach doch nur Spaß.*«

Bruder Peter bemühte sich, gute Miene zum bösen Spiel zu machen. Er versuchte zu verstehen, weshalb sein Erlöser sich so (beschissen) seltsam verhielt und ihn quälte. Und weshalb war Gott ständig so (beschissen) sarkastisch und unzufrieden mit ihm? War er nicht Gottes (beschissener, mordender) Jünger?

Gott schaute ihn einfach nur an und runzelte die Stirn.

Bruder Peter straffte sich und rieb sich die Augen mit den Fäusten wie ein müder kleiner Junge, dann sah er seinem Erlöser ins Gesicht. »Was soll ich tun?«

Gott setzte ein geduldiges Lächeln auf, als habe er ein begriffsstutziges Kind vor sich, und schüttelte den Kopf. »*Wenn du mir dienst, darfst du keine Marionette sein. Denk mal darüber nach.*«

»Du wolltest, dass ich mit aufs Schiff gehe, und hier bin ich«, sagte Peter. »Du wolltest, dass ich Dein rächendes

Schwert bin, das Gefäß, aus dem Du Dein reinigendes Feuer ausgießt.« Er war sich nicht sicher, ob Gott das wirklich zu ihm gesagt hatte oder er es sich bloß vorgestellt hatte. Darauf kam es auch nicht an. Er wusste, was Gott von ihm wollte. Es war genau was, was auch Peter wollte.

»*Ausgezeichnet!*«, sagte Gott und verwandelte sich in Sherri. Sie war allerdings nicht zerschnitten und zerbissen, sondern wirkte, wie Peter fand, ausgesprochen sexy. Er dachte an die Sachen, die sie getan hatte, um länger am Leben zu bleiben. Gott trat näher und schlang dem Prediger Ihre Arme um den Hals, legte Ihren Kopf in den Nacken und teilte die Lippen. Sie seufzte, und Bruder Peter verspürte Erregung. Er schämte sich, dass *Gott* solche Gefühle bei ihm weckte, vermochte sich aber nicht zu beherrschen. Er errötete.

»*Oder gefällt dir das besser?*«, fragte Gott und verwandelte sich in Angie West, mit Highheels und durchsichtigem schwarzen Nyloncatsuit, wie seine Geliebte in Cincinnati ihn getragen hatte.

»Oh ja«, sagte Bruder Peter mit schwerer Zunge und streckte die Hände nach Ihr aus.

Gott ohrfeigte ihn. »*Nicht anfassen!*«

Der Prediger senkte den Kopf, ihm brannten die Wangen. Das war typisch für die Schlampe, oder etwa nicht? Stolzierte herum mit ihrem strammen kleinen Body, präsentierte ihn vor aller Augen und drohte ihm, wenn er ihr genau das geben wollte, was sie verdiente.

Gott hob sein Kinn an und sah ihm in die Augen. »*Ich lenke dich ab. Bitte sprich weiter.*«

Peter dachte an seine Ausbildungsgruppe in Omaha. Der Lehrer hatte voller Stolz über angepasste Sicherheitsmaßnahmen gesprochen. Über Flugzeugträger. Das Thema war streng geheim gewesen. Nur die Besten durften teilnehmen.

»Die Navy hat richtig geprahlt«, sagte Bruder Peter, den Blick in die Vergangenheit gerichtet. »Die redeten darüber, wie einfach wir es hätten, wie leicht es wäre, tief unter der Erde die Sicherheit zu gewährleisten, während es auf See viel schwieriger sei. Deshalb wären sie auch pfiffiger als wir.«

Gott massierte Bruder Peter die Schulter, langsam geduldig.

»Sie meinten, man hätte sie 1997 von den Flugzeugträgern abgezogen«, sagte der Prediger, »deshalb wären keine Marines mehr an Bord, weil es nichts mehr zu beschützen gäbe.«

»*Aber du hast gewusst, dass das gelogen war, oder?*« Gott umkreiste ihn langsam, fuhr mit Ihren Fingerspitzen über seinen Hals.

»Klar haben sie gelogen!«, fauchte Peter. »Das stand dem Commander ins Gesicht geschrieben, wie er da in seiner hübschen weißen Uniform vor uns stand. Er hat falsches Zeugnis abgelegt. Egal, was sie erzählten, einen solchen Vorteil würden sie niemals aus der Hand geben.«

»*Natürlich nicht*«, meinte Gott.

»Installiert und einsatzbereit«, sagte Peter. »Das fanden sie richtig clever. Installiert und einsatzbereit. Sie zeigten uns sogar, wie sie aussahen. Diese Arroganz! Zeigten uns Fotos und behaupteten dann, sie hätten keine mehr. Die wollten uns für dumm verkaufen.«

»*Die Sünde des Stolzes*«, flüsterte Gott.

Bruder Peters Blick stellte sich wieder scharf. »MARS, nach Jupiters Sohn, dem Kriegsgott. Eine am Flügel montierte Waffe, die von der *Hornet* abgefeuert wird. Anstatt mit einer Splitterbombe ist sie mit einem atomaren Neun-Kilotonnen-Sprengkopf ausgerüstet.«

»*Gelobt sei Jesus Christus*«, flüsterte Gott, trat vor den Prediger hin und legte ihm seine kräftigen Hände auf die Schultern. »*Und du weißt, wo sie zu finden sind.*«

»Im Munitionsbunker, im Bauch des Schiffes.« Peter grinste. »Installiert und einsatzbereit.«

Gott musterte den Prediger scharf. »*Kennst du dich damit noch immer aus? Hast du den nötigen Glauben?*«

»Ja«, antwortete Bruder Peter und straffte sich. »Zweimal ja.«

»*Dann bist du mein Werkzeug, Peter*«, sagte Gott und erschien ihm zum ersten Mal als großer alter Mann mit weißem Haar und unendlicher Weisheit in den Augen.

»Dein Wille geschehe«, sagte Bruder Peter triumphierend.

Xavier schaute gedankenverloren hoch und bemerkte, dass Peter ihn ungewöhnlich neugierig musterte. Das Gefühl, ihn schon einmal gesehen zu haben, war stärker denn je. Vielleicht aber war er auch einfach nur erschöpft. »Alles in Ordnung?«, fragte er.

»Ich bin mitgenommen von den Dämpfen, aber sonst ist alles klar. Und Sie hatten recht, wir sollten uns ausruhen.« Bruder Peter kam zu ihnen herüber.

»Irgendwelche Vorschläge?«, fragte Xavier.

Der Prediger nickte. »Bei allem Respekt, aber Ihr Plan …« Peter streckte beschwichtigend die Hände vor.

Xavier lachte und schüttelte den Kopf. »Sie werden meine Gefühle schon nicht verletzen.«

»Also, ich glaube, es ist falsch, so tief ins Schiff vorzudringen. Hier ist es eng, die Beleuchtung ist nicht die beste, und man kann nicht gut kämpfen.« Peter beschwor das Charisma herauf, das ihn in den Himmel der Fernsehprediger befördert hatte. »Das Treibstofffleck schließt sich auch nicht von allein; vermutlich wird mit der Zeit das ganze Deck vergiftet. Vielleicht schadet es den Driftern nicht, aber für uns macht es den Aufenthalt unmöglich.«

Xavier nickte. Er konnte anscheinend nicht klar denken. Die Argumente des Mannes hatten Gewicht.

Bruder Peter setzte nach. »Es muss hier Nahrung und Kasernen geben ...«

»Unterkünfte«, verbesserte ihn Rosa. »Auf einem Schiff nennt man das Unterkünfte.«

»Ja, danke.« Peter lächelte und stellte sich vor, wie er die Frau mit einem Zigarrenstummel verbrannte. »Wir suchen uns einen sicheren Ort, wo wir ausruhen und uns erholen können. Vielleicht finden wir auch Munition oder stoßen irgendwo auf eine andere Gruppe.«

Xavier ertappte sich dabei, dass er nickte, dann sah er die anderen an, die ebenfalls nickten. »Das klingt gut, Peter.«

Der Prediger lächelte. »Ich gehe voran«, sagte er.

Neben ihm lächelte Gott und klopfte ihm auf den Rücken. »*Braver Junge.*«

23

Das war dumm, dachte Carney. *Was hat uns nur geritten zu glauben, wir könnten das schaffen?* Die Nimitz war ein Labyrinth des Grauens von der Größe einer Stadt, unbekanntes und feindliches Gebiet, und sie hatten geglaubt, die Zombies würden, säuberlich in Reihen geordnet, auf ihre Hinrichtung warten? Ein professionelles SWAT- oder SEAL-Team würde vor einem solchen Einsatz monatelang trainieren, und zuvor hätte es sich umfassend informiert und für logistische Unterstützung gesorgt. Das war keine Aufgabe für einen Haufen verängstigter Amateure.

TC musterte ihn mit hochgezogener Augenbraue und der Andeutung eines Lächelns. Sie befanden sich in einem lang gestreckten Raum, dessen Wände mit blauen, weißen und dunkelroten Kabeln, Ventilen und anscheinend kilometerlangen Aluminiumrohren bedeckt waren. Vereinzelte Leuchtstoffröhren beleuchteten mechanische Ausrüstung, riesige Trommeln mit aufgewickeltem Draht, der die landenden Flugzeuge abbremste, und einem Katapultkolben, der so lang war wie ein Stadtbus.

»Was meinst du?«, fragte TC. Er hatte sein Gewehr geschultert, das aussah wie ein Sechsschüsser, aber einen viel größeren Zylinder hatte, der mehr Patronen fasste, und hielt jetzt einen ein Meter zwanzig langen Schraubenschlüssel in der Hand. Das Werkzeug war so schwer, dass ein durchschnittlicher Mann es mit beiden Händen hätte halten müssen, doch der kräftige Exhäftling trug es einhändig, als handele es sich um eine Messlatte. »Du brütest irgendwas aus.«

Carney blickte seinen Kumpel verärgert an. TC ging ihm auf die Nerven. Hin und wieder war er gefährlich, dann wieder freundlich und umgänglich. Er durfte nicht vergessen, dass dieser Mann von seiner gefährlichen Seite beherrscht wurde. »Hab bloß nachgedacht«, meinte Carney.

»Vielleicht über Mexiko?«, sagte TC und nickte langsam. »Wir könnten es schaffen, Mann. Ich habe mir Gedanken über die Boote gemacht, über das von der Werft. Das ist seetüchtig, auf jeden Fall könnten wir damit an der Küste entlangschippern.«

Carney stellte sich den großen Bayliner vor, mit gefülltem Tank und vollgepackt mit Vorräten. Das Angriffsteam hatte ihn und das Patrouillenboot mit Proviant, Trinkwasser und Munition beladen, damit sie sich auf die Boote zurückziehen konnten, falls es auf dem Flugzeugträger zu haarig wurde. Der 32-Fuß-Bayliner war in der Tat seetüchtig. Der Treibstoff würde irgendwann zum Problem werden, aber auf dem Weg entlang der kalifornischen Küste gab es zahlreiche Yachthäfen.

»Wir könnten uns einfach aus dem Staub machen«, sagte TC und kam näher, jetzt wieder ganz der alte Zellenkumpel. »Niemand würde es merken. Wir schulden diesen Leuten einen Scheiß, Mann.«

Mexiko, dachte Carney. Sonne und Sand. Eigentlich hatte er damit bloß TCs Vorstellung beschäftigen wollen, damit er in der neu gewonnenen Freiheit nicht durchdrehte. Carney hatte Mexiko nie als reale Möglichkeit betrachtet. Oder doch?

In der Ferne wurde geschossen. Carney spannte sich

an, doch TC legte ihm die Hand auf den Arm. »Das sind die Idioten, die sich von uns getrennt haben. Jetzt sitzen sie in der Scheiße. Sollen sie ruhig. Solange die Zombies beschäftigt sind, haben wir wenigstens Ruhe.«

Carney blickte durch eine der breiten Luken auf den dunklen Gang hinaus. Das hohle Dröhnen der Schüsse hörte sich gespenstisch an, und dann hörte es auf. Als er einen Schritt in die Richtung machte, wurde TCs Griff fester.

»Scheiß drauf, Bro«, sagte TC. Seine Stimme hatte einen unangenehmen Klang angenommen. »Die haben sich abgeseilt, die geben einen Scheißdreck auf uns. Das tut niemand, egal, wie oft sie lächeln und was sie sagen. Es gibt nur dich und mich, Bro, so wie immer. Komm schon, lass uns nach Mexiko fahren.«

Carney musterte den Mann, der so viele Jahre lang sein Freund und Verbündeter gewesen war. TC war nie besonders schlau gewesen, er handelte impulsiv und erlag häufig seiner Aggressivität. Dann handelte er sich Ärger ein, den Carney wieder beilegen musste, manchmal unter großem Risiko. Während der Haft in San Quentin hatte er sich häufig wie TCs Aufpasser gefühlt. Aber wie oft war TC für ihn da gewesen und hatte ihm den Arsch gerettet? Zum Beispiel als der junge Latin King auf dem Hof versucht hatte, Carney niederzustechen, weil er der Gruppe beweisen wollte, wie wertvoll er war. TC hatte es kommen sehen und Carney rechtzeitig gewarnt. Drei Tage später hatte man den jungen Schläger mit gebrochenem Hals und verdrehtem Kopf aufgefunden. Jeder wusste, wer das getan hatte, doch TC setzte lediglich sein charmantes Grinsen auf, eine Herausforderung an alle, es ihm doch nachzuweisen. Und als die Arische Bruderschaft fand, Carneys Weigerung, ihr beizutreten, sei eine Beleidigung, die bestraft werden müsse, hatte TC ihn nicht im letzten Moment beiseitegestoßen und die Klinge selbst zwischen die Rippen bekommen?

Jahrelang hatte er TC vertraut und wollte ihm auch jetzt vertrauen. War Carney den anderen wirklich etwas schuldig? Angie etwa, die unerschütterlich an seiner Seite gestanden und auf die Toten gefeuert hatte? Oder Xavier, der ihm eine zweite Chance gegeben hatte? Und was war mit Skye? Er war sich noch immer nicht darüber im Klaren, was sie ihm bedeutete – wenn sie ihm überhaupt etwas bedeutete. Konnte er sie alle im Stich lassen und sich fortstehlen wie der unzuverlässige Sträfling, den sie möglicherweise in ihm sahen? Und würde es einer von ihnen bedauern, wenn er fort war?

TC beobachtete seinen Zellengenossen aufmerksam. Sein Grinsen wurde breiter, und er bleckte die Zähne. In diesem Moment sah Carney, was hinter diesen lächelnden Augen lag, etwas, von dessen Existenz er bereits wusste, ohne es bislang wahrhaben zu wollen. Es war die Schlange, giftig und räuberisch, allein auf ihr eigenes Wohlergehen bedacht. Den Rest der Welt betrachtete sie als Beute.

Auch ihren alten Freund.

»Nein«, sagte Carney und löste sich von TC. »Geh, wenn du willst.« Er wandte sich zu der Öffnung um und spannte die Muskeln an, da er damit rechnete, dass TC ihm den schweren Schraubenschlüssel gegen den Kopf schmettern würde.

Der Schlag blieb aus.

»Wie du willst«, sagte TC. Er schulterte den Schraubenschlüssel und schloss sich mit wiegendem Gefängnisgang seinem Zellenkumpel an. »Dann bleiben wir eben hier und lassen uns in die Pfanne hauen.«

Jekyll und Hyde, dachte Carney, doch Jekyll war nur eine Maske. Am klügsten wäre es, TC bei der ersten sich bietenden Gelegenheit eine Kugel in den Hinterkopf zu verpassen. Er sollte es jetzt gleich erledigen, brachte es aber nicht fertig. Er redete sich ein, das liege daran, dass er auf TCs Gewalttätigkeit angewiesen sei, wenn er das hier durchstehen wollte, und nicht daran, dass er sich immer noch für ihn verantwortlich fühlte und ihn trotz allem als seinen Freund betrachtete.

Sie gingen die Gänge entlang, einige erleuchtet, andere so dunkel, dass sie die Taschenlampe einschalten mussten. Sie kamen durch Bereiche mit Unterkünften und passierten Türen, die mit *AVIONIK* und *SUPPORT* beschriftet waren. Auf die gedämpften Schüsse folgte eine hohle Stille, die vom Geräusch ihrer Schritte und ihres Atems durchbrochen wurde. Sie kamen an einer steilen Treppe vorbei und schauten sich sorgfältig um – weder von oben noch von unten drohte Gefahr –, dann folgten verschlossene Luken, hinter denen sich Lagerräume verbargen. Falls die Hippies hier entlanggekommen waren, hatten sie keine Zombies vorgefunden, denn es waren weder Leichen noch Patronenhülsen zu sehen. Vielleicht hatten sie die Toten aus diesem Bereich fortgelockt und hielten sie beschäftigt, so wie sein Zellenkumpel es vermutet hatte.

Sie gelangten zu einer T-Kreuzung. Links und rechts gingen lange Gänge ab, an der Decke führten Kabel entlang. Im Schein der wenigen brennenden Leuchtstoffröhren sahen sie links jemanden am Boden liegen, der aber nicht aufstand, um sich auf sie zu stürzen. Vor ihnen befand sich eine ovale Luke mit der Aufschrift *HANGAR* in weißen Schablonenbuchstaben. Die Luke stand einen Spalt weit offen.

TC zog sie ohne Zögern auf und trat geduckt hindurch. Carney folgte ihm mit vorgehaltenem M14.

Nach dem stundenlangen Aufenthalt in engen Räumen und Fluren war die plötzliche Weite überwältigend. Der Haupthangar der USS *Nimitz* war zweihundertzehn Meter lang, dreißig Meter breit und über siebeneinhalb Meter hoch. Er erstreckte sich über zwei Drittel des Schiffs, ein riesiger, weiter Raum. In gleichmäßigen Abständen wurde er durch drei große, elektrisch betriebene deckenhohe Stahltore unterteilt, jeweils mehrere Zentimeter dick und dazu gedacht, die Ausbreitung eines Feuers zu verhindern. Im Moment standen sie offen. Durch vier große Öffnungen, in denen sich die Flugzeugaufzüge befanden, strömte Tageslicht herein, die eine lag an der Backbordseite hinten, die anderen drei an Steuerbord. Der grauschwarze rutschfeste Bodenbelag federte leicht. Wie überall gab es auch hier an den Wänden zahlreiche Rohre und Ventile, an der Decke war ein kompliziertes Feuerlöschsystem montiert.

Wo normalerweise Super Hornets, Prowler EA-6Bs, Radardrohnen vom Typ Hawkeye und U-Boot-Jäger abgestellt waren, herrschte abgesehen von einem halben Dutzend Seahawk-Helikoptern vom Typ SH-60 und einem Kampfflugzeug, dessen Verkleidung teilweise entfernt war und das unmittelbar an der hohen Stahlwand stand, gähnende Leere. Obwohl der Raum gut einsehbar war, gab es dennoch ein paar dunkle Ecken mit leeren Treibstofftanks, Werkzeugspinden und Gabelstaplern, Bomben- und Raketenschlitten und einer scheinbar endlosen Abfolge von Luken, Öffnungen und Leitern. An der anderen Seite, ungefähr in der Mitte des Hangars, war etwas zwischen zwei sich abwechselnd schließenden und öffnenden Fahrzeugtüren eingeklemmt.

Und dann waren da noch die Toten.

»Volltreffer«, meinte TC grinsend.

Es waren hunderte. Einige waren nur sechs, sieben Meter entfernt, hatten die Neuankömmlinge jedoch noch nicht bemerkt. Die Toten der *Nimitz* trugen blaue Overalls, Uniformen in Tarnfarbe oder Khaki und verschiedenfarbige Pullover. Beinahe die Hälfte trug den gelben Schutzanzug der Brandbekämpfung. Alle waren mehr oder minder schwer verletzt, einige humpelten, andere hatten Gliedmaßen verloren oder gebrochene Knochen, ihr Kopf saß schief, oder ihre Brust oder ihr Bauch war aufgerissen, und dunkle Körperflüssigkeit sickerte hervor. Es gab aufgeblähte Seeleute mit grünlicher Haut, einige waren mumienhaft ausgedörrt, anderen fiel das schwärzliche Fleisch von den Knochen, als häuteten sie sich, und darunter kamen Knochen und Sehnen zum Vorschein. Sie bewegten sich, stöhnten und stanken trotz der frischen Luft aus den Fahrstuhlschächten nach Tod.

Hier war der federnde Decksboden mit Patronenhülsen übersät. Einige stammten vermutlich vom ursprünglichen Kampf um den Flugzeugträger, andere waren neueren Datums. Mehrere Gruppen knieender Toter zerrten an Frischfleisch, was die Stille erklärte und Aufschluss gab über das Schicksal der Hippies, die sich von den Ex-Häftlingen getrennt hatten.

TC wollte weitergehen, doch Carney hielt ihn zurück. »Damit kommen wir nicht klar«, flüsterte er mit rauer Stimme.

»Scheiß drauf«, sagte TC und machte sich los. Er verzichtete darauf, die Stimme zu senken. »Deshalb sind wir hier. Wenn wir nicht nach Mexiko fahren, schnappe ich mir ein paar.«

Carney packte ihn erneut, als er sah, dass die Toten aufmerksam wurden. »Wir haben nicht genug Munition«, sagte er.

TC riss sich erneut los und musterte seinen Zellenkumpel aggressiv. »Dann such dir ein Versteck, alter Mann«, sagte er und schob den Schraubenschlüssel wie ein Samuraischwert hinter den Gürtel. Er näherte sich einer Frau im Overall, die ihm entgegenschlurfte und ihn mit trüben Augen und erschlafften Gesichtszügen fixierte. »Was geht, Schlampe?«, sagte TC, hob sein Gewehr und schoss ihr den Kopf weg.

Der dröhnende Schuss veranlasste 347 Köpfe, sich in seine Richtung zu wenden.

TC trabte zu einem Seemann in Tarnuniform, ausgerüstet mit einem Körperschutz mit vielen Taschen und Helm. Ein M4 baumelte ihm an einem Nylonriemen vor der Brust. Als der Seemann sich fauchend auf ihn stürzen wollte, schoss TC ihm ins Gesicht, dann kniete er neben dem Toten nieder und nahm ihm Waffen und Munition ab.

Carney dachte kurz daran, einfach die Luke zu schließen und TC seinem Schicksal zu überlassen. Dann aber trat er vor, legte das M14 an und zielte auf einen massigen Mann mit Bürstenhaarschnitt und Khakiuniform. Schon die erste Kugel sprengte ihm den Hinterkopf weg.

»Ja! Genau so, Mann!«, rief TC, schulterte seine neue Waffe und den Munitionsgurt und richtete sein Automatikgewehr auf eine Gruppe herantorkelnder Leichen.

BÄMM, BÄMM, BÄMM. Köpfe explodierten, Brustkörbe rissen auf. TC zerstampfte den stöhnenden Kopf eines angeschossenen Toten. Dann wandte er sich einer anderen stöhnenden Gruppe zu. »Ich zeig's euch, ihr Pisser, ich zeig's euch!«

Carney zielte und feuerte ein ums andere Mal. Die schweren Patronen Kaliber 7,62-Millimeter zerfetzten Fleisch und zerschmetterten Knochen. Tote brachen zusammen, andere rückten nach, und der Hangar war erfüllt vom Lärm der nachhallenden Schüsse und dem anschwellenden Gestöhn der Toten.

»Habe ein paar erwischt«, knurrte Carney.

24

Das Barrett M82A1 hatte eine Reichweite von zweitausend Metern und stieß die Patronen Kaliber .50 mit einer Mündungsgeschwindigkeit von rund 800 Metern pro Sekunde aus. Es durchdrang Motorblöcke und leicht gepanzerte Fahrzeuge und erreichte sogar Ziele, die sich hinter Ziegelmauern und Betonschalsteinen versteckten.

Was es mit dem Kopf eines wandelnden Toten anrichtete, war nicht unbedingt sauber, aber äußerst effektiv. Es blieb einfach nichts davon übrig. Die Fehlschüsse – oder die Körpertreffer – waren fast ebenso wirkungsvoll. Jeder Tote, der nicht weiter als anderthalb Meter vom Rand des Flugdecks entfernt war, wurde hinuntergeschleudert. Manchmal flog er sogar übers Sicherheitsnetz hinaus und landete im Meer.

Das Barrett feuerte mit lautem Donner, der übers Deck hinwegrollte, und versetzte Angie einen heftigen Schlag gegen die Schulter. Als sie die letzte Patrone im zehn Schuss fassenden Magazin verschossen hatte, ließ sie es fallen und setzte mit geübter Hand ein volles ein. Sie drückte das Auge an die Tag-und-Nacht-Optik vom Typ PVS-10 und nahm ein Ziel am anderen Ende des Flugdecks ins Visier, einen Mann im gelben Schutzanzug, dessen Gesichtshaut weitgehend abgerissen war und dessen trübe Augen in den Höhlen rollten.

Das Barrett sprach mit der Stimme der Canyons.

Die Kugel traf den Seemann in die Oberlippe und riss

alles ab, was sich darüber befand. Der Unterkiefer fiel herab, als der Mann zusammenbrach. Angie blickte über die Zieloptik hinweg und hielt Ausschau nach neuen Zielen, doch es lagen nur reglose Gestalten auf dem Deck, abgesehen von der rechten Seite, wo Skye aktiv war.

Skye schwenkte das Gewehr einen Tick nach rechts, drückte ab, traf, schwenkte weiter nach rechts, drückte ab und traf. Dann schwenkte sie nach links auf einen verwesten Typen im Pullover, den die Kugel ins Auge traf. Sie wechselte rasch das Magazin aus, machte die Waffe scharf und feuerte erneut. Treffer. Treffer. Schultertreffer. Treffer. Treffer.

Ihre Ziele kamen vor allem aus einer breiten Luke am Decksaufbau hervor und stolperten nacheinander ins Freie. Sie hätte sie gleich in der Luköffnung abschießen können, wo sie anhielten, um über die Schwelle zu klettern, doch dann hätten sie die Öffnung verstopft, und die anderen wären nicht mehr herausgekommen. Deshalb ließ sie sie aufs Deck taumeln, wartete, bis sie drei, vier Meter weit gekommen waren, und streckte sie erst dann nieder. Schon bald musste sie das Magazin erneut wechseln.

Neben ihr sagte Angie: »Ich habe fast keine Fünfziger mehr. Ich brauche sie auf und lasse das Prachtstück dann hier zurück.«

Skye reckte kurz den Daumen.

Das Barrett spuckte sechs weitere Patronen aus, die Wesen auf den Laufgängen des Aufbaus galten. Fünf gingen zu Boden, das sechste wurde in zwei Hälften zerteilt. Angie warf die Waffe weg, griff zum israelischen Sturmgewehr und nahm das Feuer wieder auf. Allerdings ließ sie die Toten nicht aus der Luke hervorkommen, und ehe Skye sie warnen konnte, war die Öffnung verstopft. Ein paar bleiche Arme reckten sich aus dem Gewirr der Leiber hervor und griffen in die Luft.

Skye schnaubte genervt, richtete sich auf die Knie auf und schüttelte den Kopf. Ehe sie einen scharfen Kommentar ablassen konnte, schlug der im Hintergrund lauernde Kopfschmerz wieder zu. Diesmal bohrte er sich durch ihr trübes, blindes Auge. Skye schrie auf vor Schmerz, ließ das Gewehr fallen, schlug die Hände vors Gesicht, kippte zur Seite und krümmte sich zusammen.

Angie befürchtete, sie habe einen Anfall. »Skye! Skye, was hast du?«

Das Mädchen wälzte sich von ihr weg, ihre Hand zitterte, als leide sie an Schüttellähmung.

Angie hätte sie gern gestreichelt und getröstet, hatte aber Angst, sie könnte umso lauter schreien. Skye bebte und heulte, hielt sich den Kopf und schaukelte vor und zurück. Angie schaute hilflos zu, und auf einmal, vielleicht, weil hier die Beleuchtung besser war, fiel ihr auf, dass Skyes Haut grau geworden war, als bauten sich die Pigmente ab.

Sie tat das einzig Sinnvolle, das ihr einfiel, hockte sich neben die junge Frau, hielt Wache, das Gewehr im Anschlag, und hoffte, dass der Anfall bald vorbeigehen würde. Er dauerte etwa fünfundvierzig Minuten, und Skyes Schreie gingen nach und nach in ein Wimmern über, während das Schaukeln und das Zittern unvermindert anhielten. Angie feuerte viermal auf Seeleute, denen es gelungen war, von den Laufgängen unterhalb des Decks hochzuklettern, vielleicht angelockt vom Wimmern der potenziellen Beute. Außerdem feuerte sie auf einen Offizier auf dem höchstgelegenen Laufgang des Decksaufbaus, traf jedoch nur das Geländer. Der Tote verschwand durch eine Luke, ehe sie erneut abdrücken konnte, nicht um dem Beschuss zu entgehen, sondern aus purem Zufall. Er tauchte nicht wieder auf.

Als Skye schließlich im Schneidersitz dasaß, mit gesenktem Kopf und ohne zu sprechen, reichte Angie ihr eine Wasserflasche, ließ sie ansonsten in Ruhe und hielt weiter Wache. Es dauerte weitere zehn Minuten, bis die junge Frau etwas sagte.

»Tut mir leid«, krächzte sie.

»Schon gut«, meinte Angie. »Ich konnte die Pause gut gebrauchen.« Sie lächelte ihre junge Partnerin an, doch Skye reagierte nicht. Sie wühlte in der Brusttasche und holte eine Handvoll Exedrin hervor, die sie trocken schluckte.

»Das ist nicht gut für den Magen«, sagte Angie, die auf einmal das Gefühl hatte, sie klinge wie ihre Mutter.

Skye hob die zitternde Hand, dann stützte sie sie mit der anderen Hand. »Ich habe schlimmere Probleme.«

»Möchtest du aufhören?«

»Klar«, meinte Skye. »Würde mich gern an den Strand legen und ein Buch lesen.«

Angie schüttelte den Kopf und grinste. »Das Virus verwandelt dich allmählich in einen Klugscheißer. Als ernsthafter, stiller Typ gefällst du mir besser.«

Skyes Mundwinkel zuckten, die Andeutung eines Lächelns. »Weiter geht's.« Sie erhob sich unbeholfen, setzte ein neues Magazin ein und spannte die Schultern an, um den Kopfschmerz abzuwehren, der noch immer nicht ganz verschwunden war. Angie übernahm die Führung und näherte sich dem Decksaufbau.

Es war tatsächlich ein achtstöckiges Gebäude aus Stahl, eine nebelgraue Masse, die vom Flugdeck aufragte, mit abgeschrägten Fenstern in der Höhe, unterteilt von glatten Stahlflächen. In weißen Riesenbuchstaben stand die Schiffsbezeichnung an der Wand: *CVN-68*. Darunter waren Geschwaderlogos und Kampagnensymbole aufgemalt, eine Erinnerung an die vielen Militäraktionen, an denen die *Nimitz* teilgenommen hatte.

Unmittelbar vor dem Aufbau befand sich eine Art Garage, auf deren geschlossenem Tor ein Tasmanischer Teufel mit Feuerwehrhelm dargestellt war. In den Pfoten hielt er eine Axt. Darüber stand *Fighting 68th* und darunter *Hier ist der weltweit kleinste Feuerwehrwagen zu Hause.*

Die beiden Frauen gingen achtsam zwischen den Toten hindurch, den Gewehrlauf vorsichtshalber auf den Boden gerichtet. Sie näherten sich dem brusthohen Haufen toter Zombies, die den anscheinend einzigen Eingang zum Aufbau blockierten. Hinter der Barrikade waren fauchende, bleiche Gesichter zu erkennen, und Skye hob das Gewehr. Ehe sie den Kolben an die Schulter anlegte, keuchte sie auf, ließ das Gewehr wieder sinken und fasste sich an die Schläfe.

»Ich mache das«, sagte Angie und legte das Galil an. Es knallte mehrmals, dann waren die Gesichter und fuchtelnden Arme verschwunden. Weiter hinten wurde allerdings immer noch gefaucht. Angie nahm eine Bewegung am linken Rand ihres Gesichtsfelds wahr, in Skyes totem Winkel. Sie wandte den Kopf und sah einen Schwarzen in schmutzigem Arztkittel um die Ecke des Decksaufbaus biegen. Seine Hautpigmente hatten sich fast vollständig abgebaut, er sah aus wie ein Albino. Die Hände hatte er zu Klauen gekrümmt, und als er die beiden Frauen sah, setzte er zu einem hoppelnden Galopp an.

Angie schaltete ihn mit dem Galil aus und zupfte Skye am Ärmel. »Komm, wir gehen weiter.« Ein Mann im Arztkittel hatte auf dem Flugdeck eigentlich nichts zu suchen, woraus sie schloss, dass er entweder von unten oder aus dem Aufbau gekommen war. Als sie um die Ecke bogen, Angie mit vorgehaltenem Gewehr voran und Skye, die sich noch immer den Kopf massierte, hinterdrein, befand sich an der linken Seite der offene Schacht eines Flugzeugaufzugs. Etwa zehn Meter weiter endete das Deck. Alameda schien so nah, als bräuchte man nur den Arm danach auszustrecken. Vor ihnen lag der Niedergang zum steuerbordseitigen Laufgang. Von dort musste der Kittelzombie gekommen sein.

Und dann war da noch die Leiter.

Die Vorderseite des Aufbaus ragte als flache graue Wand fünf oder sechs Stockwerke hoch bis zum untersten der oberen Laufgänge auf. Mitten an der Wand führte eine schmale Metallleiter nach oben. Angie beäugte sie misstrauisch, dann lachte sie auf. »Scheiße, was soll's.«

Skye blinzelte ihre Partnerin an, dann spähte sie mit dem unversehrten Auge in die Höhe. »Klar«, meinte sie, »warum nicht?«

Angie blickte ihre zitternde Hand an; eine junge Frau, die stark zu sein versuchte. »Glaubst du wirklich, du schaffst es, Liebes?« Sie zwinkerte dem Mädchen zu.

Skye schnaubte, schulterte das Gewehr und trat vor die Leiter hin. »Du kannst dir ja eine Fahrstuhlrampe suchen.«

»Du spuckst ganz schön große Töne«, meinte Angie und kletterte hinter ihr die Leiter hoch. »Hey, vielleicht sollten wir dir eine Augenklappe besorgen. Das Schiff hast du ja schon, du bist eine richtige Piratin.«

Skye lachte rau. »Potz Blitz!«

Angie lachte. »Du musst noch ein bisschen üben.«

Sie kletterten in die Höhe, zwei kichernde Killer.

25

Der Himmel war lavendelfarben, die Sonne hinter dem Horizont versunken, und Wolken von der Farbe eines Blutergusses kündigten Regen an. Von der Bucht her wehte ein kühler Wind, der die Wimpel an dem Draht, der von der Brücke zum Radarmast führte, munter flattern ließ. Davon abgesehen herrschte tiefe Stille.

Maya stand auf einem hohen Laufgang in der Nähe der Brücke eines Zerstörers aus dem Zweiten Weltkrieg, der am NAS-Pier von Alameda lag, unmittelbar gegenüber der *Hornet*. Rechts von ihr lag die Lagune für die Wasserflugzeuge mit dem Stützpunkt dahinter, und im Norden ragte in etwa achthundert Metern Entfernung die langgestreckte Silhouette der *Nimitz* auf.

Die junge Frau hatte ein Jagdgewehr mit Kammerverschluss geschultert und spähte durch ein Fernglas zum Flugzeugträger hinüber. Sie glaubte, dort drüben Mündungsfeuer gesehen zu haben, doch jetzt war alles ruhig. Maya fragte sich, ob Schüsse auf diese Entfernung zu hören waren, und bedauerte nicht zum ersten Mal, dass sie in einer Welt ohne Geräusche lebte. Die flatternden Wimpel waren für sie nicht mehr als eine lautlose Bewegung.

Sie hielt hier oben keine Wache, denn sie hätte keinen Alarm geben können, doch sie hatte es bei den anderen Flüchtlingen auf dem Pier, die inmitten der Vorräte hockten und überlegten, was auf dem Flugzeugträger wohl vor sich gehen mochte, nicht länger ausgehalten. Zu warten und nicht Bescheid zu wissen war schlimmer als gegen Tote zu kämpfen. Außerdem war ein weiterer Ausguck am Heck der hinter diesem Schiff liegenden Fregatte postiert, nahe dem landseitigen Ende des Piers und der Zugangsstraße. Diese Frau verfügte über ein Funkgerät und eine Stimme, eine nützliche Person.

Maya wollte sich wegen ihres Handicaps nicht selbst bedauern, und meistens gelang ihr das auch. Heute aber war ihre Stimmung pechschwarz, und das begünstigte ihr Selbstmitleid. Und das musste sie noch dazu mit sich allein ausmachen.

Wo war Evan in diesem Moment? War er überhaupt noch am Leben? Er war mit dem Enterteam losgezogen, obwohl er wusste, dass sie wütend auf ihn war. Sie hatte es ihn merken lassen, ihm sogar eine Umarmung zum Abschied verweigert. Und warum? Weil er etwas für ihre Brüder und Schwestern und die anderen tun wollte. Weil er sie beschützen wollte. Dass ihr Vater das ebenso sah, war ihr egal gewesen. Maya hatte alles auf Evan abgeladen, hatte ihm vorgeworfen, er sei ein typischer Macho, der die schwache Frau aus allem raushalten wolle und damit erkennen lasse, dass er sie für unfähig hielt. Sie hatte unterwegs überlebt, bevor er aufgetaucht war – weshalb schubste er sie dann herum? Sie wollte nicht wahrhaben, dass er es aus Liebe getan hatte, und deshalb hatte sie sich aufgeführt wie ein bockiges Kind, hatte ihn verletzt, bevor er sich einer Gefahr gestellt hatte, die ihm den Tod bringen konnte.

Maya hasste sich für das, was sie getan hatte, und brach wieder in Tränen aus. Anscheinend konnte sie nur noch weinen: um ihre Mutter, ihren Onkel, ihren Vater, auf dem so viel Kummer und eine so große Verantwortung lasteten. Und um sich selbst und den Mann, den sie liebte.

Komm zurück zu mir, flehte sie und schwenkte das Fernglas langsam über den Flugzeugträger. Sie hielt Ausschau nach einer Bewegung, einem Lebenszeichen, das ihr Hoffnung geben könnte. Doch da war nichts, und deshalb setzte sie das Fernglas ab und wischte sich die Augen trocken.

Am Pier richteten sich alle für die Nacht ein, säuberten das Essgeschirr und steckten die Kinder in Schlafsäcke, erzählten ihnen, sie seien hier sicher und alles werde gut. Sie erzählten die Lügen, die alle Eltern mit zuversichtlicher Miene und mildem Lächeln parat hatten.

Am Rand der Gruppe saßen Sophia und Vladimir im Schneidersitz neben dem kleinen Waisen Ben, der in einen Schlafsack gewickelt war, als wäre er ein Vöglein in einem Nest. Der russische Pilot hatte irgendwo einen Spielzeughelikopter aufgetrieben und ihn dem Jungen geschenkt, der ihn mit seiner noch pummeligen Hand fliegen ließ, fasziniert von den sich drehenden Plastikrotoren. Durchs Fernglas konnte Maya erkennen, wie sich Vladimirs Gesicht zu einem monstermäßigen Lächeln spaltete, und ihr entging nicht, dass Sophia dem Piloten immer wieder verstohlene Blicke zuwarf und ihm so nahe wie möglich gerückt war.

Ihr wurde wieder schwer ums Herz, und ihre Gedanken wandten sich Evan zu.

Wo war er, wie dachte er über sie? Oder war sie so kaltherzig gewesen, dass er nichts mehr für sie empfand? Ihre Mutter hatte ihr gesagt, Männer wären manchmal so. Ein Mann könne unendlich großen Schmerz ertragen und nahezu alles verzeihen, doch er könne auch an den Punkt geraten, da mit alledem plötzlich Schluss sei. Ihr Herz wandele sich ganz plötzlich, hatte Faith sie gewarnt, und das könne das Ende sein.

»Sei vorsichtig, Maya«, hatte ihre Mutter vor Jahren nach einem heftigen Wortwechsel mit Calvin gesagt. »Männer finden sich ab mit unseren Stimmungsschwankungen, unseren kleinen Grausamkeiten, aber glaube ja nicht, dass sie auch nur ein einziges hartes Wort jemals vergessen. Sie lieben uns, sie würden für uns sterben, aber sie vergessen nicht.«

Der Streit zwischen Faith und Calvin war nur ein Ehegewitter gewesen, das plötzlich und heftig einsetzte und rasch wieder abzog. Danach hatte wieder die Sonne geschienen. Die Worte ihrer Mutter aber hatte Maya sich gemerkt.

Habe ich Evan das angetan?, fragte sie sich. Nein, das wollte sie nicht glauben, obwohl es durchaus zutreffen mochte. Das war die Art sinnloser Gedanken, welche die Leute quälten, bevor sie von einem hohen Gebäude sprangen. Evan war bei ihrem Vater, und sie bemühten sich, am Leben zu bleiben und den Menschen von Alameda ein Zuhause zu schaffen. Er war dort sicher, aber zu beschäftigt, um sich wegen eines Streits zu grämen. Sie beschloss, dass dies fortan ihre Antwort auf Zweifel und Ängste sein sollte. Es würde ihr helfen, über die Runden zu kommen.

Maya schwenkte das Fernglas über den alten Marinestützpunkt hinter der Lagune. Vom Kriegsschiff aus hatte sie freie Sicht auf die Straßen und Landebahnen, die leeren Gebäude, den unkrautüberwucherten Exerzierplatz und die Sportanlagen. Sie schluckte trocken und bekam Herzklopfen. Es gab jetzt *so viele* von denen, die Straßen und Grasflächen wimmelten von langsam umherwandernden Gestalten. Es hatte den Anschein, als bewegten sie sich auf dem Stützpunktgelände ziellos umher, doch immer mehr strömten nach wie in einer Zeitlupenstampede begriffenes Vieh, fixiert auf eine einzige Richtung, die sie erst dann aufgaben, wenn sie eingetroffen waren. Sie alle hatten Eile, kamen aber niemals an.

Sie musterte die Straße, die an der Lagune entlang zum Pier führte. Abgesehen von ein paar Streunern war sie leer. Die Einzelgänger konnte man leicht aus der Nähe ausschalten, ohne die Horde anzulocken. Doch inzwischen hielten sich tausende auf dem Gelände auf, vielleicht sogar zehntausende, und wenn sie herausfanden, dass die Menschen hier auf dem Pier gefangen waren …

Beeil dich, Evan, dachte sie. *Komm zurück.*

Dann begann das Kriegsschiff unter ihr zu beben.

Das Erdbeben hatte eine Stärke von 5,5 auf der Richterskala und dauerte acht Sekunden. Im historischen Maßstab handelte es sich um ein mittelstarkes Beben – das vernichtende Erdbeben von San Francisco im Jahr 1989 hatte eine Stärke von 6,9 gehabt –, doch die seismische Kraftentfaltung in Oklahoma entsprach gleichwohl der Sprengwirkung von 2,7 Kilotonnen TNT.

Die Toten spürten das Beben drei Sekunden vor Ausbruch. Im Umkreis von 350 Kilometern um Oakland stellten sie jegliche Aktivität ein, egal, was sie gerade taten, und wandten sich dem Epizentrum zu. Diese Haltung behielten sie während des Acht-Sekunden-Bebens bei.

Als sich noch Wissenschaftler mit dem Thema beschäftigten, war die Erdbebensensitivität kontrovers diskutiert worden, und das umso mehr, als einige behaupteten, nicht nur Tiere, sondern auch Menschen zeigten vor Ausbruch ein untypisches emotionales und körperliches Verhalten. Die Öffentlichkeit betrachtete es schon lange als Tatsache, dass Tiere sich vor einem Erdbeben merkwürdig verhielten: Hühner drängten sich zusammen und wurden unruhig, Mäuse bekamen Krämpfe, Schweine bissen sich gegenseitig in den Schwanz, Fische sprangen aus dem Wasser. Es gab auch einige wissenschaftliche Untersuchungen, welche die Phänomene auf den piezoelektrischen Effekt – elektrische Entladungen in festem Material aufgrund von mechanischer Spannung – oder chemische Veränderungen des Grundwassers zurückführten. Statt Belegen gab es jedoch nur Anhaltspunkte, die keiner gründlichen Untersuchung unterzogen wurden. Man rechnete sie eher der Pseudowissenschaft zu.

Einige Menschen hatte ihre Erdbebenempfindlichkeit öffentlich gemacht. In den Tagen und Stunden vor einem Beben litten sie an Benommenheit, Tinnitus, Kopfschmerzen und Angstzuständen. Diese Symptome wurden meistens als Zufall oder Falschbehauptungen abgetan, erwiesen sich aber (unerklärlicherweise) so häufig als zutreffend, dass einige Leute daran glaubten. In der wissenschaftlichen Gemeinde jedoch hätte sich ein Wissenschaftler, der die Erdbebensensitivität von Menschen als Tatsache ansah, dem Spott seiner Kollegen preisgegeben und schlimmstenfalls die Forschungsgelder gestrichen bekommen.

Die Toten aber spürten es. Und zwar alle.

Sie spürten nicht nur das bevorstehende Erdbeben, sondern konnten auch die ungefähre Lage des Epizentrums bestimmen. Sie wurden davon angezogen. Jetzt bewegten sich die Toten im Umkreis von hundertfünfzig

Kilometern langsam zu der Stelle, wo sich vor dem verlassenen Marineflugplatz zwei Straßen mit geborstenem Asphalt schnitten.

Wie zuvor war es die Spannung der Hayward-Verwerfung, die kreisförmige Schockwellen aussandte.

In San Francisco hatte das Erdbeben unterschiedliche Auswirkungen. In den meisten Stadtteilen barsten nur ein paar Fensterscheiben, und es wurde verschiedentlich Alarm ausgelöst, während es in anderen Gebieten größere Schäden gab. Im überwiegenden Teil der Fälle wurden die Ereignisse von toten Augen angeglotzt, während die Körper der Beobachter alle in die gleiche Richtung wiesen.

Am Alamo Square, hinter dem die Wolkenkratzer von Downtown aufragten, wurden zwei der viktorianischen Häuser, die als Bunte Ladies bezeichnet wurden – oft fotografiert und in zahlreichen Filmen und Fernsehsendungen gezeigt –, zerstört. Die Ladies neigten sich, lehnten in einem bizarren Winkel einen Moment lang aneinander und stürzten dann in einer Wolke aus Holzsplittern, Glasscherben und Dachziegeln ein. Auf dem Gehweg wurden zwei Zombies von den Trümmern begraben.

Am Palace of Fine Arts standen ein Dutzend Tote in Joggingkleidung mit dem Gesicht nach Osten am Grund des Sees in der Mitte der wunderschönen Rotunde. Als die Erde bebte, stürzten in Ufernähe Kolonaden im griechischen Stil ein. Der Marmor detonierte beim Aufprall wie Bomben. Auf einem Brückenweg standen die verbliebenen Teilnehmer eines Grundschulausflugs, ein Dutzend Drittklässler in hellgrünen T-Shirts, um den

Hals ein laminiertes Namensschild, die kleinen Rucksäcke mit Comicfiguren geschmückt. Sie wurden von Marmorsplittern getroffen und wären vor gar nicht so langer Zeit schreiend zum Sanitätsraum gerannt. Jetzt bemerkten sie es nicht einmal.

Das Castro war bereits niedergebrannt. Das Zentrum der Gay-Community von San Francisco war eine Gegend mit hügeligen Straßen und viktorianischen Gebäuden, viele davon ausgebrannt. Die Toten warteten das Beben schwankend im Stehen ab, in den Straßen voller Fahrräder und weggeworfener Rucksäcke, aufgegebener Autos und Reklametafeln für kleine Läden und Cafés. Ein Zombie, eine fünfzigjährige Dragqueen mit verrutschter blonder Perücke, zerrissenem Sommerkleid und Riemensandalen, stand bei einer Ziegelmauer, bedeckt mit Plakaten, die für Clubs und politische Anliegen warben. Ein Bein war gebrochen, der Fuß zeigte fast nach hinten. Mit ihrem dicken, teilweise abgefallenen Make-up sah sie besonders abscheulich aus. Da sie sich wegen des gebrochenen Beins nur schwer aufrecht halten konnte, stürzte sie auf den Gehweg, als das Beben einsetzte. Stöhnend versuchte die Dragqueen sich aufzurichten, als sich ein Zweihundert-Kilo-Brocken vom Mauerwerk löste und sie zerschmetterte.

Haight-Ashbury wurde stärker in Mitleidenschaft gezogen als andere Gegenden, einerseits wegen der instabilen Bauten, andererseits wegen des hohen Grades an Vernachlässigung. Die Gegend, die bekannt war wegen des 67er-Sommers der Liebe, der Hippies, der Psychedelic-Rocker und neuerdings der Straßenfeste, Cafés und Esoterikläden, hatte ganze Straßenblocks verloren. Bunt bemalte Wohnungen, die über Buchläden und Boutiquen thronten, waren reihenweise auf die Straße gestürzt und hatten Autos und wandelnde Tote gleichermaßen unter sich begraben. Die meisten Drifter überstanden den Aufprall des herabfallenden Mauerwerks, waren aber zu unkoordiniert, um sich aus den Trümmern befreien zu können, und ihre Kollegen wanderten mit schlackernden Armen und Beinen vorbei, ohne ihnen zu helfen.

Downtown wüteten gewaltige Brände. Die heißen Flammen schwächten das Stahlgerippe mehrerer Hochhäuser, die umkippten wie morsche Bäume. Das Acht-Sekunden-Beben ließ die Fensterscheiben bersten, die als mehrere Hundert Pfund schwere Guillotinen zu Boden krachten und vernichtende Splitterwolken freisetzten oder Drifter in zwei Hälften spalteten. Die meisten schiefen Wolkenkratzer erlagen dem Beben, und die Straßen waren verstopft von Trümmerbergen und erfüllt vom Knacken verbogenen Stahls.

In der Nähe von Fisherman's Wharf stauten sich die Zombies vor einem Maschendrahtzaun, fauchten die bellenden Seelöwen auf den alten Piers an, standen nach Osten gewendet in Gruppen beisammen und erzitterten wie ein Mann. Als das Beben endete, drängten sie weiter. Die Verankerung des Zauns hatte sich inzwischen gelockert. Der Maschendraht gab nach, und mehrere Hundert Tote stürzten ins kalte Wasser und streckten die Arme nach den fernen Tieren aus. In Minutenschnelle wurde das Wasser von Dutzenden Rückenflossen durchteilt, und die Haie, die, vom Pazifik hergelockt, die alten Docks umkreist hatten, fielen über die versinkenden Toten her. Die Seelöwen schauten zu, rückten näher zusammen und blieben dem Wasser fern.

Am Pier 39 verloren die, welche einmal für Fischsuppe

in der Brotschale und Tickets nach Alcatraz angestanden hatten, das Gleichgewicht und wälzten sich eine Weile am Boden. Einige wenige verhedderten sich mit eingestürzten Baldachinen oder wurden von Glasscherben geschnitten, doch keiner wurde schwerwiegend verletzt. Unter der Erde sah es anders aus. Am dreißig Meter langen Aquarium standen tote Touristen, Fremdenführer und Servicearbeiter in der schwankenden Dunkelheit. Ihre Ost-Orientierung wurde auch nicht durch das laute Knacken der Glasscheibe gestört, durch die man das Unterwasserleben der Bucht sah. Mehrere Haie schwammen vorbei, und in der trüben Ferne stolperte eine Gruppe Toter langsam über die schleimbedeckten Felsen.

Als das Beobachtungsfenster mit dem Geräusch von Baritongranaten barst, schmetterte das eindringende Wasser die Toten gegen die Betonwand. Sie erschreckten sich nicht einmal.

In der Mitte der Golden Gate Bridge blickten die Toten inmitten einer Schlange ausgebrannter Autos stumpfsinnig auf die Bucht hinaus. Zwischen ihnen stand reglos ein M1-Kampfpanzer. Die Brücke hatte im Laufe der Jahrzehnte schon zahlreiche Beben überstanden, doch diesmal gaben die Stahlstützen unter einem fünfzehn Meter langen Stahlbetonteil nach, und der Straßenabschnitt stürzte ins Wasser. Mehrere Autos, zwei Dutzend Zombies und der Panzer fielen lautlos in die Tiefe.

An der Seite von Oakland waren die Schäden größer. Verlassene Lagerhäuser und schlecht gebaute Wohnblöcke stürzten ein, und im Zentrum, wo wie in San Francisco Brände gewütet hatten, zerfielen Bürogebäude, als wären sie aus Streichhölzern erbaut. Im Norden brach ein Treibstoffrohr, und eine erstaunliche Menge Öl strömte in die Bucht. Im Westen von Oakland, in der Gegend von Peralta, brach das Pflaster auf, und es bildete sich ein meterbreiter Riss im Boden, dessen einer Rand einen halben Meter höher lag als der andere. Autos, Trucks und zwei Stadtbusse rutschten in die Spalte und kamen mit den Rädern nach oben zur Ruhe. Auch mehr als zweihundert Zombies verschwanden in dem Spalt.

Ihre Abwesenheit machte sich in der Horde der Toten, die durch Oakland wanderten, nicht bemerkbar.

Maya war Kalifornierin. Sie hatte schon mehrere Erdbeben erlebt und wusste, wie es sich anfühlte, und obwohl dies das stärkste war, an das sie sich erinnerte – sie war nach dem Beben von 1989 geboren worden –, und acht Sekunden ganz schön lang waren, beunruhigte es sie nicht. Teilweise lag es daran, dass es für sie ein lautloses Ereignis war. Und hätte das Kriegsschiff nicht am Pier gelegen, hätte sie vermutlich gar nichts davon mitbekommen.

Sie richtete das Fernglas sogleich auf die Menschen, die sich am Ende des Piers versammelt hatten. Sie hörte zwar die Schreckensrufe nicht, sah aber die verwirrten Gesichter derer, die sich ängstlich zusammendrängten, bis das Beben aufhörte. Anscheinend hatten es alle unbeschadet überstanden. Es gab keine Verletzten, der Pier stand so fest und verlässlich da wie zuvor. Als sie das Fernglas zum Marinestützpunkt schwenkte, stürzte gerade am Rand des Flugfelds inmitten einer weißen Staubwolke ein Hangar ein. Ihr stockte der Atem, und sie fragte sich, ob dies der Hangar war, in dem sie alle Zuflucht gesucht hatten. Wenn ja, waren jetzt darunter ihre Mutter und ihr Onkel begraben, in Plastikfolie gehüllt und im Schatten einer Mauer abgelegt.

Sie hatte nicht bemerkt, dass die Toten während des Bebens innegehalten hatten.

Ihre Gedanken wandten sich wieder Evan, ihrem Vater und den anderen zu, und sie hielt mit dem Fernglas auf dem Flugzeugträger nach ihnen Ausschau. Jetzt, da es dämmerte, war er kaum mehr als ein lang gestreckter Schatten auf dem Wasser.

Komm zurück zu mir, Evan. Die Worte hatten sich in ein lautloses Gebet verwandelt.

26

Auf dem Flugzeugträger wurde das Beben kaum wahrgenommen. Nur der Bug war auf Grund gelaufen, und die schiere Größe des Schiffes machte es schwer, die Vibrationen zu verorten. Carney, der sich im Hangar befand, hatte größere Probleme als das merkwürdige Zittern. Die Toten waren einfach zu zahlreich, und als ihm das klar wurde, wollte er ein neues Magazin einsetzen, doch er hatte keins mehr.

Die beiden Exhäftlinge hatten es geschafft, fast bis zur Mitte des Hangars vorzudringen. Jetzt befanden sie sich gleichauf mit den zwei großen Flugzeuglifts an der einen und dem ersten von mehreren Helikoptern an der anderen Seite. Die Rotoren waren eingeklappt, um Platz zu sparen. TC hatte das leer geschossene Automatikgewehr weggeworfen und feuerte jetzt mit dem M14, einer Waffe, die größere Genauigkeit erforderte. Im Kampfrausch hatte er auf Automatikmodus geschaltet und seine Munition rasch aufgebraucht.

Die Toten brachen zusammen, andere nahmen ihre Stelle ein.

»Keine Munition mehr!«, rief Carney, drehte sein M14 um und benutzte den schweren Holzschaft als Knüppel.

»Ich auch nicht!«, brüllte TC, der zehn Meter vor ihm stand. Er ließ das Gewehr fallen und zog den langen Schraubenschlüssel hinter dem Gürtel hervor, schlug einem Toten den Kopf ein, griff den nächsten an, streckte ihn nieder, hielt Ausschau nach weiteren Gegnern.

Sie würden umzingelt und überwältigt werden. Carney schaute sich verzweifelt um, machte an der Wand eine offene Luke aus und hielt darauf zu. »TC, hierher!« Er rammte den Gewehrschaft in ein graues Gesicht und schleuderte den Toten beiseite, ohne ihn auszuschalten. »Komm endlich, TC!«

TC schwang den Schraubenschlüssel wie einen Baseballschläger und zerschmetterte einem Seemann die Schläfe, während zwei andere ihn von hinten ansprangen und nach vorne taumeln ließen. Der eine biss in die Schutzweste aus Kevlar, der andere in eine leere Schultertasche, in der normalerweise ein Funkgerät verstaut war. TC wirbelte herum, schüttelte sie ab und schlug sie mit dem Schraubenschlüssel nieder.

Carney hatte die offene Luke erreicht. Dahinter lag ein Gang, und eine Treppe führte nach oben und nach unten. Ein Zombie taumelte ihm hinterher, stolperte aber über die Schwelle und fiel auf den Bauch. Carney gab ihm mit dem Gewehrkolben den Rest.

»Nun mach endlich!«, rief er durch die Luke.

TC schwenkte herum, zerschmetterte ein Schlüsselbein und traf seitlich einen Kopf, dann rannte er zur Luke. Ein Dutzend Zombies schlurften ihm hinterher, Hunderte weitere näherten sich aus den weiter entfernten Bereichen des Hangars. TC setzte über den Toten in der Öffnung hinweg und rutschte im Schleim aus. »Rauf oder runter?«

Carney stieg die Treppe hoch, gefolgt von seinem Zellenkumpel. Es dauerte nicht lange, bis die Toten aus dem Hangar stöhnend und sich gegenseitig anrempelnd durch die Luke strömten und sich zur Treppe wandten. Die beiden Exhäftlinge erreichten das nächste Deck und hatten die Wahl zwischen drei Gängen und weiteren Treppen. Von oben polterten Tote die Metallstufen herab.

Carney trabte den Mittelgang entlang, ein weiterer trüb erhellter Flur, der aussah wie alle anderen auf diesem gottverfluchten Schiff, die Türen beschriftet mit ÖFFENTLICHE ANGELEGENHEITEN und JAG, einige auch mit den Namen von Offizieren. Am Ende des Flurs lag eine Tür mit der Beschriftung STUDIO.

»Sie kommen«, sagte TC und blickte sich um. Eine Gruppe schattenhafter Gestalten drängte heran, ihr Stöhnen wurde vom Stahl zurückgeworfen.

Carney öffnete die Luke und trat in den dunklen Raum. TC folgte ihm ohne zu zögern und rammte die Tür hinter sich zu. Dann standen sie regungslos und schwer atmend im Dunkeln, warteten darauf, dass ihre Augen sich an die Lichtverhältnisse gewöhnten, und lauschten angestrengt.

Ein leises Krächzen irgendwo vor ihnen zeigte an, dass sie nicht allein waren.

Carney ließ das Gewehr fallen, streifte den Rucksack ab und wühlte darin. Er zog ein paar geladene Pistolenmagazine, eine Neun-Millimeter-Beretta und eine schwere Maglite hervor. Er schaltete die Taschenlampe ein und richtete sie auf die nur noch drei Meter entfernte verweste Frau, die auf sie zuhoppelte.

Carney schoss ihr ins Gesicht, dann atmete er stockend aus.

TC wühlte ebenfalls in seinem Rucksack. Eine Pistole hatte er nicht eingepackt, dafür eine Taschenlampe. Sie leuchteten umher. An der gegenüberliegenden Wand war eine blaue Fahne mit aufgenähtem Nimitz-Schriftzug befestigt, davor standen ein Rednerpult und zwei auf Rollwagen montierte große Fernsehkameras, von denen sich

Kabel zu den Wänden schlängelten. An der einen Seite befand sich ein verglaster Regieraum, an der anderen waren mehrere Türen.

Ein Toter drückte sein Gesicht ans Fenster des Regieraums, beschmierte es mit Körpersäften und versuchte, ins Glas zu beißen. Hinter ihnen warfen sich Tote gegen die Luke, und TC musste den Hebel mit Gewalt unten halten.

»Pass auf«, sagte Carney und trat in den Raum.

TC lachte. »Ja, schon klar.«

Carney kam mit einer Kabelrolle zurück, und gemeinsam banden sie den Türgriff fest. Als TC ihn losließ, ruckte er leicht, hob sich aber höchstens zwei Zentimeter an.

TC wies mit dem Kinn auf die Pistole in der Hand seines Zellenkumpels. »Ich wünschte, ich hätte auch eine mitgebracht. Eine zweite hast du wohl nicht zufällig eingepackt?«

»Nein«, sagte Carney, »und wenn du nicht deine ganze Munition verschwendet hättest, als wärst du Bruce Scheiß-Willis, bräuchtest du auch keine.« Carney ging zur Tür des Regieraums.

»Ja, aber es hat mächtig Spaß gemacht«, meinte TC lachend. Ein einzelner Pistolenschuss beförderte das Gehirn des Zombies im Regieraum auf die Scheibe. »Reizend«, bemerkte TC, der grinsend beobachtete, wie das graue Zeug am Fenster nach unten rutschte.

Carney überprüfte die anderen Türen. Die eine führte in einen lang gestreckten Raum mit elektrischen Installationen, hinter den anderen beiden verbargen sich ein Büro und ein kleiner Konferenzraum. Weitere Türen gab es keine.

»Wir sind in einer Sackgasse gelandet«, meinte Carney und ging zurück ins Studio.

TC ließ sich auf einen Bürostuhl fallen und steckte zwei Zigaretten an, von denen er eine Carney reichte. Er legte den Kopf in den Nacken und paffte Rauch an die schallgedämpfte Decke. »Mir soll's recht sein«, sagte er und machte die Beine lang. »Ich brauche sowieso eine Pause.«

Carney setzte sich ebenfalls.

»Wir hätten uns nach Mexiko absetzen sollen, wie ich es vorgeschlagen habe«, sagte TC und stieß Rauch durch die Nase aus. »Jetzt können wir das vergessen.«

»Ich habe dir gesagt, du kannst gehen, wenn du willst«, entgegnete Carney.

TC kippelte mit dem Stuhl zurück und fuhr sich mit den Fingern durch seine lange Mähne. »Nee, hier macht's mehr Spaß.«

»Ja«, sagte Carney, blickte zur Tür, die sie mit dem Kabel gesichert hatten, und lauschte, während zahlreiche Fäuste von außen gegen den Stahl hämmerten.

»Spaß.«

TC gähnte und nahm eine Dose mit warmer Pepsi und eine Tüte Bretzeln aus dem Rucksack. »Ich esse jetzt was, hole mir einen runter und mache dann ein Nickerchen«, sagte er, öffnete die Dose und schüttelte den Schaum von der Hand ab.

Carney nickte, nahm eine Packung Dörrfleisch aus seinem Rucksack und blickte seinen Zellengenossen an. *Schlaf du nur, TC.* Eingesperrt mit diesem wild gewordenen Arschloch, würde er jedenfalls kein Auge zumachen.

Nachdem er TC zwanzig Minuten lang beim Schnarchen zugehört hatte, tat Carney genau dasselbe.

Trotz ihrer Beeinträchtigungen kletterte Skye aufgrund des wochenlangen körperlichen Trainings so flink wie eine Turnerin die Leiter an der Außenwand des Decksaufbaus hinauf. Als sie die Öffnung zum untersten Laufgang erreichte, hatte ihre linke Hand zu zittern aufgehört, und der Kopfschmerz hatte sich auf ein erträgliches Maß abgeschwächt.

Langsam rückten die beiden Frauen zur Meeresseite des Aufbaus vor. Mit den Ellbogen stießen sie an der einen Seite fast ans Geländer und an der anderen an die schräg montierten blauen Glasfenster.

Die Aussicht von hier oben war überwältigend. Die Abenddämmerung färbte den Himmel und das Meer dunkelrosa. Der auffrischende Wind zerrte an ihrer Kleidung und drohte Angie die Baseballkappe vom Kopf zu reißen. Die Luft roch salzig und sauber, und einen Moment lang fiel die Vorstellung leicht, die Welt sei kein unbegreifliches Rätsel, sondern neu und unschuldig.

Die Glasfenster waren dick und polarisierend, sodass sie nicht hindurchsehen konnten. Sie umrundeten den Turm und entdeckten an beiden Seiten des Aufbaus je eine Luke, die nach innen führte, und eine weitere Treppe, die zum nächsten Laufgang hochführte. Die Luken waren mit *BRÜCKE* beschriftet. Die einzigen Zombies, auf die sie stießen, waren die, die Angie von unten erschossen hatte, und sie konnten ihnen nichts mehr anhaben.

Angie blickte ihre Begleiterin an. »Dir geht's jetzt besser, oder?«

Skye nickte. »Der Schmerz ist fast verschwunden. Alles okay.«

»Dann entscheidest du: weiter nach oben oder reingehen?«

Die junge Frau musterte den Gitterrost des nächsthöheren Laufgangs. »Wenn wir nach ganz oben gehen, gibt es nur noch eine Richtung, aus der sie uns angreifen können.«

»Du denkst wie eine Scharfschützin«, meinte Angie.

Skye schüttelte den Kopf. »Sergeant Postman würde mir den Arsch versohlen, weil ich uns in eine Lage ohne Fluchtweg gebracht habe.«

Angie wusste nicht, wer Sergeant Postman war, doch sicherlich handelte es sich um eines der vielen Gespenster, die das Mädchen verfolgten. Aber hatten sie die nicht alle? »Ich finde den Plan gut. Wir haben von dort oben ein ausgezeichnetes Schussfeld, und eine von uns kann jederzeit aufpassen, dass sie sich nicht von hinten an uns anschleichen.«

»Sie werden kommen«, sagte Skye.

Angie nickte wortlos.

Skye kletterte als Erste zum nächsten Laufgang hoch. Hier sah es genauso aus wie weiter unten, allerdings stand die Luke an der Seite des Flugdecks offen. Hier hatte sich der tote Offizier befunden, auf den Angie geschossen hatte, und er hatte sich dadurch in Sicherheit gebracht, dass er zufällig durch die Luke nach drinnen gestolpert war. Skye hob die Braue über ihrem inzwischen völlig weißen Auge. Es war ein beunruhigender Anblick. Angie zuckte mit den Achseln und lehnte sich mit vorgehaltenem Gewehr in die Luke.

Auch bei Tageslicht blieb auf der Brücke der *Nimitz* die rote Kampfbeleuchtung eingeschaltet, und sie brannte, seit der Flugzeugträger westlich von Oakland auf Grund gelaufen war. Angie sah auf den ersten Blick, dass hier ein Gemetzel stattgefunden hatte. Boden und Kontrollstationen waren mit Blut bespritzt, das in der roten Beleuchtung schwarz wirkte. Eine einzige Person hielt sich hier auf, eine kleine Quartiermeisterin, die neben dem bequem wirkenden, erhöht angebrachten Stuhl mit der Aufschrift CAPTAIN stand. Ihre Arme hingen schlaff herab, und sie schien durch das blaue Glas nach draußen zu schauen.

Skye stellte sich neben Angie und schoss der Frau ohne zu zögern in den Hinterkopf. Die Kugel trat an der Stirn aus und durchschlug das Fenster. Von der Einschussstelle breiteten sich spinnennetzförmige Risse aus.

»Sie war allein«, sagte Angie.

Lieutenant Doug Mosey (2. Rang) erinnerte sich nicht mehr daran, wie das Schiff unter seinem Kommando in die San Francisco Bay eingelaufen war. Er erinnerte sich nicht mehr, dass er die Aufforderung der inzwischen zum zweiten Mal gestorbenen Quartiermeisterin, mit dem Begaffen der brennenden Stadt aufzuhören und seiner Verantwortung gerecht zu werden, ignoriert hatte. Er war bereits tot und bekam nicht mehr mit, wie das Schiff die Felsen von Alcatraz streifte und kurz darauf an der Bay Bridge entlangschrammte.

Mosey wusste nicht mehr, dass er seinen Abschluss in Annapolis gemacht hatte, und er erinnerte sich nicht mehr an die Gesichter seiner Eltern, seine Schulfreunde, die Filme, die er gesehen hatte, die Weihnachtsfeste seiner Kindheit und das Dreirad, mit dem er in der Einfahrt herumgefahren war. Das Verstreichen der Zeit hatte keine Bedeutung mehr für ihn, und die erfrischende Brise, die vom Wasser her wehte, nahm er nicht wahr.

Im kleinen Navigationsraum hinter der Brücke stehend, bemerkte er jedoch, dass sich an der anderen Seite der Tür Nahrung befand. Ein Trieb, den er weder verstand noch zu kontrollieren wusste, zwang ihn zu fressen. Fauchend warf Doug Mosey sich durch die Öffnung, packte den Arm, der ein Gewehr hielt, und schlug die Zähne tief ins Fleisch. Blut spritzte auf das, was von seinem Gesicht noch übrig war.

Mit einem Aufschrei zuckte Skye zurück, doch der Zombie klammerte sich mit den Zähnen an ihr fest und erzeugte tief in seiner Kehle ein Knurren, während ihm Blut übers Kinn rann.

»Dreckskerl!«, rief Angie, drückte dem Offizier die Mündung des Galil an die Schläfe und verteilte sein Gehirn auf der Brücke. Mosey brach zusammen, noch immer in Skyes linken Unterarm verbissen.

Skye drückte den Mund des Wesens auf, das Gewehr baumelte am Halsriemen und stieß gegen ihre Brust, die rechte Hand umschloss die blutende Wunde. »Nein, nein, nein …« Ihre raue Stimme schwang sich ein paar Oktaven in die Höhe, was sich anhörte, als riebe Metall an Metall. »Nein, nein, nein …«

»Mein Gott, Skye!«, rief Angie und wollte sich ihr nähern.

Skyes unversehrtes Auge huschte umher, dann richtete es sich auf Angie. »Nicht!«, sagte sie und zeigte auf ihre Freundin.

Angie erstarrte.

Skyes Zeigefinger zitterte, vom ausgestreckten Arm tropfte Blut auf den Boden. »Bleib, wo du bist«, sagte sie. »Komm mir nicht zu nah.«

Angie hob die Hände. »Schätzchen, nicht, wir …«

»Nein!«, kreischte Skye. »Wir können gar nichts tun.«

Angie schlug die Hand vor den Mund. Sie wollte weinen, den Kopf schütteln und sich weigern, die Tatsachen zu akzeptieren, doch sie hatte so viel erlebt und so oft getötet, hatte so viele Menschen verloren, die sie gekannt hatte. Es kamen keine Tränen. Sie schaute Skye einfach nur an.

»Gar nichts«, wiederholte Skye mit rauem Flüstern. Sie blickte das rote, zerfetzte Fleisch an, das zwischen ihren Fingern hervorlugte. Dann rannte sie los und verschwand in einer Luke.

Angie lief ihr nach und erhaschte einen Blick auf Skyes Stiefel, als die junge Frau eine Innentreppe hochrannte. »Skye, warte!«

Skyes Stimme hallte durch den Aufgang. »Komm mir nicht zu nah, Angie. Ist mein voller Ernst.«

Angie verharrte am Fuß der Treppe. Sie trauerte um die junge Frau, die in so kurzer Zeit ihre Freundin geworden war, und ihr graute vor dem, was getan werden müsste, wenn Skye wiederkehrte.

27

Mit Bruder Peter an der Spitze stiegen sie langsam aus den Tiefen des Schiffs nach oben. Die Munition war knapp geworden; sie hatten nur noch eine Handvoll Patronen und ein einziges Magazin übrig. Xavier hatte sich mit einer Feueraxt aus einer Wandhalterung bewaffnet. Sie töteten die Zombies, denen sie begegneten – zum Glück traten sie nur einzeln oder zu zweit auf, denn eine Horde wäre ihr Ende gewesen –, und zogen weiter. Jede erfolgreiche Aktion kostete sie jedoch Munition und brachte sie der totalen Wehrlosigkeit ein Stück näher.

Sie stiegen an der Backbordseite in die Höhe und nahmen jede Treppe, die sie finden konnten. Schließlich erreichten sie das Galeriedeck 03, das unmittelbar unter dem Flugdeck lag. Da hier keine Treppe weiter nach oben führte, setzten sie ihren Weg fort.

Die Schiffsebene unterschied sich von den anderen, wenngleich sie nicht unbedingt sauberer war – auch hier gab es Kampfschäden und getrocknetes Blut, allerdings weiträumiger verteilt. Xavier kam das irgendwie bekannt vor, doch er konnte sich zunächst keinen Reim darauf machen.

Er musterte die Luken, an denen sie vorbeikamen. Auf jeder prangte ein Logo, das an mittelalterliche Wappen erinnerte: *Schwarze Ritter, Todesklappern, Blaue Diamanten, Argonauten*. Da gab es *Graue Wölfe*, die *Indianer auf Kriegspfad* und die *Wandficker*. Daneben hingen Schilder, auf denen Flugzeugtypen und unverständliche Begriffe und

Abkürzungen wie *Teceleron* oder *Heltraron* aufgelistet waren. Er betrachtete die farbenfrohen Logos, die so gar nicht zur militärisch nüchternen Umgebung passen wollten. Er fühlte sich an Stammesgebräuche erinnert, und dann wurde ihm klar, worum es hier ging. Das waren Geschwaderabzeichen. Hier waren die Offiziere und speziell die Piloten untergebracht gewesen, für die das Schiff erbaut worden war. Die Elite, der besondere Privilegien zugestanden wurden.

Doch es wankten keine Leichen in Flugmonturen durch die Gänge. Rosa zufolge waren die Piloten in Hawaii alle von Bord gegangen, und das war gut so. Andernfalls hätten eine Handvoll Patronen und eine Feueraxt nicht ausgereicht, um sie auszuschalten.

Obwohl dies Offiziersunterkünfte waren, war die Beleuchtung hier ebenso schlecht wie unten, und der Verwesungsgestank war nicht minder drückend. Auch hier musste es Tote geben, deshalb rückte die Gruppe nur langsam vor, und immer dann, wenn sie sich einer Luke oder Kreuzung näherten, waren ihre Nerven zum Zerreißen gespannt. Rosa zog daraus ihre Schlüsse.

»Wir müssen uns ausruhen«, flüsterte sie Xavier zu. »Wenn wir so weitermachen, werden wir leichtsinnig.« Ihr brannten noch immer die Augen von den Treibstoffdämpfen.

Xavier nickte und tippte Peter auf die Schulter. Der zuckte zusammen, als habe man ihm einen elektrischen Schlag versetzt, und fuhr mit dem Gewehr herum. Xavier drückte den Lauf beiseite. Peter feuerte nicht.

»Ganz ruhig«, sagte der Priester.

Peter musterte ihn, als versuchte er sich zu erinnern, wen er vor sich hatte, dann senkte er die Waffe.

»Wir müssen einen sicheren Ort finden, an dem wir uns eine Weile ausruhen können«, sagte Xavier. »Jetzt gleich.«

Ärger zeichnete sich in Peters Miene ab, was Xavier nicht entging. Abermals hatte er das Gefühl, den Mann irgendwo schon mal gesehen zu haben. Aber wo?

Peter trat beiseite und überließ Xavier die Führung. Die Axt beidhändig haltend, zwängte er sich an dem großen Mann vorbei und versuchte, die Erschöpfung abzuschütteln, die auch ihm zu schaffen machte. Er führte die Gruppe weiter den Gang entlang und hielt einmal inne, stieß einen am Boden liegenden Toten an – einen Offizier in mittleren Jahren mit einem Einschussloch im Kopf – und vergewisserte sich, dass er harmlos war. Kurz darauf erstarrte er, als ein toter Seemann in einer Lichtinsel den Gang querte und gleich wieder verschwand, ohne sie zu bemerken.

Zehn Minuten später gelangten sie zu einer breiten Kreuzung, deren abgeflachte Ecken ein Oktagon bildeten. In jedem abgeflachten Bereich gab es ein Ladenfenster mit Theke, die Sicherheitsgitter waren herabgelassen. Aus den Beschriftungen ging hervor, dass dies die Geschwadershops waren. Hinter den Gittern zeichneten sich im Halbdunkel die Waren ab: Becher, T-Shirts, Aufnäher, jeweils mit dem Logo eines Luftgeschwaders versehen.

»Braucht jemand ein Andenken?«, flüsterte Lilly.

Die anderen waren der Ansicht, die Gänge des Flugzeugträgers böten schon genug Stoff für Erinnerungen.

Unmittelbar hinter den Läden begann ein Bereich mit blauen Bodenfliesen. Rosa zeigte darauf. »Das bedeutet, wir befinden uns jetzt im Offiziers- und Kampfbereich.«

Zwanzig Schritte weiter stießen sie auf einen Raum mit einer Leiter an der linken und einer Mahagonitür an der rechten Seite. Xavier betrachtete staunend das Edelholz, das zwischen all dem grauen Stahl so deplatziert wirkte. Man hätte meinen können, dahinter verberge sich eine Bibliothek oder das Arbeitszimmer eines Bankers. Auf dem Namensschild neben der Tür stand *Jacob Beane, Konteradmiral.*

Xavier drückte die Tür mit der Axtklinge auf.

Es gehörte zu den Besonderheiten des Lebens auf dem Meer, dass, je höher der Rang des Betreffenden, seine Räumlichkeiten umso größer und üppiger ausgestattet waren, dass der Betreffende aufgrund seiner hohen Verantwortung aber auch weniger Zeit darin verbrachte. Admiral Beanes Unterkunft war erste Sahne.

In der Mitte lagen ein Besprechungsraum und eine private Messe mit Konferenztisch, Ledersesseln und Sofas. Die kleine Kombüse lag an der linken Seite, Koje und Toilette an der rechten. Besprechungs- und Schlafraum waren mit Teppich und Holztäfelung ausgestattet, die qualitativ hochwertige Möblierung passte perfekt zu den gerahmten Ölbildern, die Kriegsschiffe darstellten. Auch Messing hatte großzügige Verwendung gefunden.

Jemand war hier gestorben.

Eine Lampe war zerbrochen, die Holztäfelung wies Einschusslöcher auf, auf dem Konferenztisch lagen Splitter. Der dicke graue Teppich hatte einen großen rostroten Fleck.

»Das passt«, meinte Xavier, während Tommy die Tür verriegelte und die anderen Hippies die Kombüse des Admirals plünderten. Sie schleppten Wasserflaschen, Cracker und ein großes Stück Käse an, von dem sie den grünen Schimmel abkratzten.

»Der Admiral hatte jede Menge frisches Obst und verderbliche Sachen«, meinte Lilly und verzog das Gesicht. »Den Kühlschrank lässt man besser zu.«

Sie aßen schweigend. Anschließend schoben sie eine große Anrichte vor die Tür, dann suchte sich jeder einen Schlafplatz. Die Hippies zogen sich ins Schlafzimmer zurück, Bruder Peter legte sich auf ein kurzes Ledersofa in der Nähe der Tür, und Rosa und Xavier machten es sich auf einer dick gepolsterten Couch bequem.

Der Priester konnte sich nicht erinnern, jemals so müde gewesen zu sein, nicht einmal nach einem Boxkampf und all den Schlägen, die man dabei austeilte und einsteckte. Jetzt wusste er, was der Ausdruck »hundemüde« bedeutete, doch so sehr er sich nach Schlaf sehnte, er entzog sich ihm. Stattdessen haderte er mit der Größe des Vorhabens, das Schiff von den Toten zu säubern. Sie waren erst seit einem Tag hier, und ihre Zahl war bereits um ein Drittel geschrumpft und die Munition so gut wie aufgebraucht. Er fragte sich, ob es den anderen Gruppen vielleicht besser ergangen war. Hatten sie in diesem schwimmenden Labyrinth wenigstens ein bisschen was gegen die Tausende Tote ausrichten können?

»Sie wissen, wer er ist, oder?«, flüsterte Rosa und schreckte Xavier aus seinen Gedanken.

»Wer?«

Sie nickte zu dem Mann auf dem Sofa hinüber, der bereits schnarchte. »Sie haben ihn angestarrt.«

»Tatsächlich?« Xavier schüttelte den Kopf. »War mir nicht bewusst.«

Sie nickte und antwortete in gedämpftem Ton. »Ich habe eine Weile gebraucht, bis ich draufgekommen bin, denn jetzt sieht er aus wie ein ganz gewöhnlicher Typ, der eine Rasur gebrauchen könnte. Ohne den Glamour wirkt er anders, aber er ist es. Ich weiß es.«

Xavier konnte ihr nicht folgen. »Wen meinen Sie? Was reden Sie da?«

Rosa zeigte auf den Schlafenden. »Das ist Reverend Peter Dunleavy. Von seinen Anhängern Bruder Peter genannt.« Als sie seinen Namen aussprach, schob sie die Unterlippe vor, als hätte sie einen üblen Geschmack im Mund.

Xavier musterte den Mann, der ihnen den Rücken zuwandte. »*Das* ist Bruder Peter?« Er musste sich beherrschen, um nicht die Stimme zu heben. »Ich dachte, der wäre im Gefängnis.«

»Da gehört er auch hin«, meinte Rosa. »Ein ebenso großer Schwindler und Betrüger wie Bernie Madoff. Das Gefängnis ist noch zu gut für ihn.«

Xavier nickte langsam. Jetzt erinnerte er sich, dass er den Mann im Fernsehen gesehen hatte, einen gepflegten Heiliggeistbeschwörer mit internationaler Gefolgschaft, der es zu großem Reichtum gebracht hatte. Bruder Peter war ein cleverer, charismatischer Fernsehmensch, der Erlösung zu einem annehmbaren Preis verkaufte. Dann aber war plötzlich Schluss gewesen: Anklage wegen Steuerhinterziehung und illegaler Immobiliendeals, Zeugenmanipulation und Geldwäsche. Außerdem gab es Hinweise auf sexuelle Belästigung und sogar Vergewaltigung. Xavier hatte die Einzelheiten vergessen, trotz der endlosen Berichterstattung in den Medien. Für ihn war Peter Dunleavy bloß irgendeine Berühmtheit gewesen, einer dieser Menschen, die von ihrer Korruptheit und Lasterhaftigkeit eingeholt wurden, nachdem sie im verzweifelten Versuch, ihre eigene Unsicherheit durch ständige Aufmerksamkeit zu kompensieren, ihr Leben öffentlich zur Schau gestellt hatten. Sie waren wie Hintergrundrauschen. Nicht dass Xavier ihnen Böswilligkeit unterstellt oder sie wegen ihres Geldes und Ruhms beneidet hätte. Es fiel ihm einfach nur schwer, Anteilnahme für die Dramen der Reichen und Berühmten aufzubringen, wenn er mit Menschen zu tun hatte, die nicht wussten, wie sie die nächste Mahlzeit auftreiben sollten, oder die sich fürchteten, neben ihrem gewalttätigen Ehepartner einzuschlafen.

»Ich bin ihm einmal begegnet«, wisperte Rosa mit Blick auf den Schlafenden. »Vor etwa anderthalb Jahren, in dem Club, in dem ich getanzt habe. Er trug eine Sonnenbrille und hatte sich einen Schnurrbart angeklebt, weil er nicht erkannt werden wollte. Er hatte zwei große Schläger dabei.«

»Wenn er sich verkleidet hatte, wieso haben Sie ihn dann erkannt?«

»Weil ich ihm die Verkleidung abgenommen habe.« Sie lächelte freudlos.

»Was ist passiert?«

»Er schaute uns eine Weile beim Tanzen zu«, sagte Rosa, »mir und ein paar anderen Mädchen, dann ließ er uns durch einen seiner Schläger ausrichten, wer er sei und dass ihm gefalle, was er da sah. Der Reverend hatte seine Favoritinnen ausgewählt und wollte, dass wir mit ihm zu seinem Hotel fuhren. Mehrere Mädchen erklärten sich einverstanden.«

Xavier schaute sie fragend an.

Rosa schüttelte energisch den Kopf. »Ich habe viele Seiten, Father, aber ich bin keine Hure. Ich habe diesem Kerl gesagt, er soll sich ver..., er soll verschwinden.«

Xavier lächelte. »Das weiß ich doch, Doc. Und ich habe auch schon mal das Wort verpissen gehört.«

Sie errötete. »Na ja, aber ich rede nicht so mit einem Priester.«

»Fahren Sie fort.«

»Der gute Reverend ärgert sich, dass ich ihn abgewiesen habe, und kommt zu mir. ›Es wird sich für dich lohnen‹, sagt er und kneift mich in die Brust. Ich habe ihm die Sonnenbrille runtergeschlagen und ihm den dämlichen Raupenschnurrbart unter der Nase weggerissen. Ich glaube, es ging auch ein Stück Haut ab. Er hat gequiekt wie ein kleines Mädchen.«

Xavier verkniff sich ein Grinsen, ausgelöst weniger durch das Bild, das sie heraufbeschworen hatte, als vielmehr durch das Vergnügen, das sich in ihren Augen widerspiegelte. Kichernd fragte er: »Und wie hat der Reverend reagiert?«

Rosa verschränkte die Arme. »Er ist zu seinem Wagen geeilt. Ich bin hinten raus, und der Schläger wollte mir folgen, doch unser Türsteher, ein großer Bursche namens Shy, hat ihn eines Besseren belehrt.«

Xavier blickte den Fernsehprediger an. »Anscheinend hat er Sie nicht wiedererkannt. Das wundert mich, denn das war doch ein einprägsames Erlebnis.«

Rosas Miene verdüsterte sich. »Mich wundert es nicht. Er hatte getrunken, und wenn Männer das tun, werden die meisten zu Arschlöchern, die glauben, sie könnten sich bei den Mädchen auf der Bühne alles herausnehmen. Außerdem wette ich, dass er schon so viele Stripclubs besucht hat, dass die Gesichter miteinander verschmelzen.« Sie wandte den Blick ab.

Der Priester schwieg einen Moment, dann tätschelte er

ihr das Bein. »Das war in einem anderen Leben, Doc. Sie haben keinen Grund, sich zu schämen, und Sie haben das alles hinter sich gelassen.«

Rosa schaute ihn an und schüttelte langsam den Kopf. »Keinen Grund, wie? Pater, Sie sind der seltsamste Katholik, dem ich je begegnet bin.«

»Amen.«

Sie hob wieder den Zeigefinger und sprach so leise, dass Xavier die Ohren spitzen musste. »Sie sollten ein Auge auf ihn haben. Das ist kein guter Mensch.«

»Ich werde es mir merken«, sagte der Priester. »Versuchen Sie jetzt zu schlafen.«

Kurz darauf war Rosa eingeschlafen, doch Xavier brauchte lange, bis er sich in den Traum flüchten konnte. Als es so weit war, kamen darin endlose Gänge und schattenhafte Gestalten vor.

28

Die Zeit hatte sich im Dunkeln in ein substanzloses Etwas verwandelt. Sie hätten sich ebenso gut unter der Erde befinden können. Die Digitaluhr an der Wand des Schlafraums zeigte 03:15 an, doch die Ziffern bedeuteten Evan Tucker nur wenig. Er hatte unruhig geschlafen und war immer wieder aufgeschreckt, und jetzt lag er einfach nur in der Koje und schaute zur Luke, wo der siebzehnjährige Stone Wache hielt. Ringsumher wurde tief geatmet, und Evan neidete den anderen ihre Fähigkeit, Ruhe zu finden.

Calvin hatte nicht viel gesagt, nachdem er Freeman niedergestreckt hatte, und den leisen Unterhaltungen der anderen Hippies hatte er entnommen, dass die beiden Männer zwanzig Jahre lang beste Freunde gewesen waren. Evan versuchte gar nicht erst, sich die neue Bürde vorzustellen, die sich auf Calvins Schultern gelegt hatte. Stattdessen hatte er die Führung übernommen und die Gruppe durchs Zweite Deck geführt.

Zu Anfang waren sie alle unter dem Gewicht der Munition getaumelt, doch die Hälfte davon hatten sie bereits aufgebraucht. Sie waren zwar auf keine weitere Horde wie die auf der tödlichen Kreuzung gestoßen, doch es gab auf dieser Ebene viele Zombies, und sie hatten beim Vorrücken eine Spur von Toten hinterlassen.

Den Blick auf die Unterseite der über ihm befindlichen Koje gerichtet, dachte Evan über ihre Wanderung durchs Schiff nach. Sie hatten vor der Poststelle drei Seeleute erschossen und zwei weitere in der Nähe einer langen

Reihe von Satellitentelefonen. Ein halbes Dutzend Zombies hatten sie inmitten der Waschmaschinen und Trockner der Großwäscherei zur Strecke gebracht, ein furchterregendes Katz-und-Maus-Spiel, das mit durchsiebten und mit dunklem Blut und Körpersäften verschmierten Maschinen endete. Zum Glück waren die Opfer alle schon tot gewesen.

Als sie vorrückten, staunte Evan nicht nur über die Größe des Flugzeugträgers, sondern auch über die vielen kleinen Details und die Sorgfalt, mit der man aus dem Schiff ein Gemeinwesen gemacht hatte. Es gab einen Supermarkt, eine Turnhalle, einen großen Gemeinschaftsraum mit Büchern, Tischtennisplatten, Fernsehern und Spielkonsolen, einen Friseur und eine Bibliothek. Der Bibliothekar war ein verwester Seemann in den Dreißigern, der noch seine Nickelbrille trug. Stone hatte ihm den Kopf weggepustet. Es gab Toiletten und Wasserspender und größere Schlafräume für die Mannschaft. Einen davon hatten sie als Schlafquartier ausgewählt.

Der Schlafsaal bot sechzig Seeleuten Platz. Die Kojen waren dreifach gestapelt und mit Vorhang, Leselampe und einem abschließbaren Fach ausgestattet, wie er es von der Highschool her kannte. Daran grenzten ein großer Raum mit Duschen und Toiletten sowie ein kleiner Gemeinschaftsraum mit Tisch, Stühlen und einem Fernseher an der Wand. Nach allem, was Evan bislang von der *Nimitz* gesehen hatte, glichen sich die Schlafsäle aufs Haar.

Da er nicht einschlafen konnte, setzte er sich auf den Rand der Koje. Er überlegte, was die anderen Gruppen wohl gerade taten, wer umgekommen und ob überhaupt noch jemand am Leben war. War es das wert? Er glaubte es immer noch. Das Konzept einer unerreichbaren Inselfestung klang überzeugend, und wegen der vielen Annehmlichkeiten und des vorhandenen Stroms lohnte es sich, um den Flugzeugträger zu kämpfen. Sie waren keine Soldaten, wie jemand richtig bemerkt hatte, und wie lange würden sie wohl überleben, wenn sie ständig auf der Flucht wären und Vorräte sammeln müssten? Es gab Kinder in der Gruppe, Menschen mit Beeinträchtigungen, und selbst die Starken würden irgendwann müde werden. Sie waren bereits müde und verloren nicht nur ihre Kräfte, sondern auch die Hoffnung.

Evan schaute sich im Schlafsaal um. Von etwas so Simplem wie einem Bett in einem sicheren Raum konnten die meisten von ihnen nur träumen. Das Schiff würde ihnen Sicherheit bieten, Nahrung und Schutz vor den Elementen und der neuen Raubtierspezies, die hinter jeder Biegung lauerte. Für Evan stellte das Schiff mehr dar als eine Festung und die Möglichkeit, ihre Grundbedürfnisse zu befriedigen. Für ihn bot es die Chance auf ein Leben.

Er dachte an die Mitglieder von Calvins Family und die Menschen, denen sie begegnet waren und die sich ihnen angeschlossen hatten. Er dachte an Maya. Leben. Die Chance, die Augen zu schließen und ohne Angst zu schlafen, zu lachen, ohne von Monstern abgelenkt zu werden, und Pläne zu schmieden. Die Chance, abseits des Grauens Kinder großzuziehen und wieder zu lieben.

Die *Nimitz* musste gesäubert werden, dachte er. Eine andere Option gab es nicht, kein Preis war zu hoch. Auf einmal war er nicht mehr bloß hoffnungsvoll – das war ein zu schwaches Wort. Er war entschlossen.

Evan stand auf und ging zu Stone hinüber. Die Luke

war der einzige Zugang zum Schlafsaal. Ein paar Leucht-stoffröhren hüllten den Raum in ein düsteres Licht, und hinter der Luke befand sich ein langer, dunkler Gang, der zu einer beleuchteten Kreuzung führte. Ein Wachposten würde die Gefahr rechtzeitig kommen sehen.

»Kannst du nicht schlafen?«, fragte Stone.

»Ich bin müde, aber ich komme einfach nicht zur Ruhe«, sagte Evan. »Bringt nichts, einfach nur rumzulie-gen.« Er blickte den jungen Mann an. »Wie geht es dir? Möchtest du schlafen? Ich übernehme die Wache.«

Stone schob den Riemen des Sturmgewehrs auf der Schulter hoch. »Ich komme schon klar. Ich töte sie, seit das anfing, also keine große Sache.«

Evan hatte gehört, Stone sei einer der besten Schützen der Family und behalte auch unter Druck die Übersicht. Vermutlich hätte er einen ausgezeichneten Soldaten ab-gegeben, außerdem war er im passenden Alter.

»Wie war dein erstes Mal?«, fragte Stone. »Als du den ersten Drifter erledigt hast, meine ich.«

Evan sah auf seine abgewetzten Motorradstiefel nieder. »Ein kleines Mädchen in Napa Valley. Anschließend habe ich mich übergeben.«

Stone lachte leise. »Meiner war ein Ranger. Er sah aus, als hätte ihn ein Bär angefallen, seine Haut war ganz grau. Zunächst dachte ich, es würde sich gut anfühlen, weil die Ranger uns immer wegen wildem Zelten schikaniert haben und wollten, dass wir weiterziehen. Aber das hat es nicht.« Er blickte aus der Luke. »Dann habe ich erwar-tet, ich würde mich mies fühlen, weil ich ihn erschossen habe, aber das passierte auch nicht.« Er zuckte mit den Achseln. »Das sind Monster. Das juckt mich nicht.«

Evan wünschte, er könnte es ebenso pragmatisch

sehen wie der Junge, und gleichzeitig bedauerte er, dass Stones Kindheit so schnell geendet hatte.

»Was ist mit deinen Eltern?«, fragte Evan. Die Family war groß, und obwohl er schon lange dabei war, kannte er immer noch nicht alle.

»Sie starben, als ich dreizehn war«, sagte Stone, ohne den Flur aus den Augen zu lassen. »Ein betrunkener Fahrer hat sie getötet. Ich hatte Glück, dass ich nicht mit im Wagen saß.«

»Tut mir leid«, sagte Evan. Ach Gott, wie unaufrichtig das klang. Und doch rutschte es einem automatisch über die Lippen, wenn jemand so etwas sagte.

Stone ging nicht darauf ein. »Cal und Faith haben mich gut aufgenommen. Eigentlich alle, aber sie besonders.« Er schwieg eine Weile. »Faith war eine nette Lady. Das ist schlimm für Calvin; er hat so viel verloren.«

Evan sagte nichts.

Stones Stimmung hellte sich plötzlich auf. »Du kannst wirklich von Glück sagen, weißt du das? Wegen Maya, meine ich. Sie ist ein prima Typ und sieht auch noch toll aus.«

Evan merkte, dass Stone für sie schwärmte, was ihn zum Lächeln brachte.

»Ihr habt euch darum gestritten, wer mit aufs Schiff mitkommt, stimmt's?«

»Woher weißt du das?«, fragte Evan stirnrunzelnd.

Stone lachte leise. »Mann, in der Family gibt's keine Geheimnisse. Aber es ist richtig, dass sie bei den anderen geblieben ist und sich um ihre Geschwister kümmert.«

»Da bin ich mir nicht so sicher«, meinte Evan. »Ich mache mir Sorgen um sie. Ich wünschte, sie wäre bei uns.«

»Nein, das willst du bestimmt nicht.« Das war keine Frage. »Sie wird schon klarkommen. Sie ist zäher, als sie wirkt.«

»Das weiß ich«, sagte Evan.

Der junge Mann sah ihn an. »Weshalb bist du mitgekommen? Du hättest dort bleiben sollen. Mann, du und Maya, ihr könntet euch doch jederzeit absetzen.«

Der Schriftsteller seufzte. »Das ist schwer zu erklären. Früher habe ich gedacht, alleine komme ich am besten zurecht, aber jetzt empfinde ich anders. Es ist, als gehörte ich jetzt zu etwas Größerem, als ob ich zählen würde.«

»Das tust du«, sagte Stone. »Alle mögen dich und vertrauen dir. Außerdem kann jeder sehen, dass ihr beide zusammengehört.«

»Falls sie je wieder aufhört, auf mich wütend zu sein«, meinte Evan.

»Das Temperament hat sie von Faith«, sagte Stone, »aber sie wird sich beruhigen. Es wird alles wieder gut.«

Sie blickten eine Weile schweigend auf den Gang hinaus.

»Vor allem bin ich wohl wegen Calvin hier«, sagte Evan schließlich. »Wie du gesagt hast, hat er so viel verloren und setzt sein Leben aufs Spiel, um für die Menschen, die ihn lieben, eine Zuflucht zu schaffen. Wie sollte man einem solchen Menschen nicht folgen?«

Stone blickte Evan an und nickte. »Deshalb bin ich dabei.«

»Calvin ist ein guter Anführer.«

»Ich bin nicht ihm gefolgt, Evan«, sagte der Siebzehnjährige. »Sondern dir.«

Evan schüttelte langsam den Kopf.

»Du gehörst zur Family«, sagte Stone, »und bist ein

ebenso guter Anführer wie Calvin. Sollte ihm etwas zustoßen, würdest du seine Stelle einnehmen.«

»Wie kannst du so etwas sagen? Ihr seid schon so lange zusammen, und ich bin erst kürzlich zu euch gestoßen. Wie du gesagt hast, ich könnte mich jederzeit von euch trennen. So einer kann kein Anführer sein.«

»Aber du bist nicht abgehauen«, sagte Stone. »Viele andere an deiner Stelle hätten sich abgesetzt. Du hast deinen Kopf mehrfach aus der Deckung gestreckt, immer an vorderster Front, ohne dich zu schonen. Du analysierst die Dinge, triffst gute Entscheidungen. Für mich klingt das nach einem Anführer.«

Evan schüttelte den Kopf. »Calvin ist ein Anführer. Er liebt die Menschen so sehr, dass er bereit ist, sein Leben für ihre Sicherheit zu riskieren.«

Stones Mundwinkel hoben sich zu einem Lächeln. »Du etwa nicht? Warum bist du dann hier?«

Evan antwortete nicht.

Stone lehnte sich ans Schott und schaute in den Gang hinaus. »Calvin ist für alle wie ein Vater, auch für mich. Aber es kommt vor, dass Väter sterben. Manchmal werden sie zu alt oder zu müde, um weiterzumachen. Mir ist das klar, aber ich habe den Eindruck, viele Leute glauben, er würde ewig da sein.« Er verschränkte die Arme. »Bei der Family gab es nie eine richtige Nummer Zwei. Dane war in Ordnung, aber zu exzentrisch. Faith hätte in seine Fußstapfen treten können, auch Little Bear, aber sie hätten die Verantwortung nicht übernehmen wollen.« Er zuckte mit den Achseln. »Ich glaube, niemandem von uns war klar, dass es keinen Nachfolger gab. Das hat sich erst geändert, als du aufgetaucht bist.«

Evan wollte protestieren, doch Stone schüttelte den

Kopf. »Die Leute vertrauen dir, Mann. Sie hören auf dich. Frag sie«, sagte er. »Frag Calvin.«

Sie hielten Wache, die Unterhaltung war beendet. Evan dachte an das, was der junge Mann gesagt hatte. Die Vorstellung, Verantwortung zu übernehmen, machte ihm weniger Angst als erwartet. Er hatte Stone die Wahrheit gesagt; er hatte endlich das Gefühl, irgendwo dazuzugehören, und das fand er merkwürdigerweise beruhigend.

Der Rest der Gruppe regte sich gegen fünf. Die Leute gingen auf die Toilette, nahmen ein leichtes Frühstück zu sich und zählten die verbliebene Munition. Als sie sich einen Überblick verschafft hatten, wurden nervöse Blicke gewechselt.

Zehn Minuten später führte Calvin sie wieder ins Schiff hinaus.

29

Angie lehnte sich an das Schott neben der Steuerbordluke. Auf der Brücke des Flugzeugträgers war es still. Sie hatte sämtliche Türen geschlossen und ihre Position nur einmal verlassen, als sie den Gestank der Quartiermeisterin und die Anwesenheit des Offiziers, der Skye gebissen hatte, nicht mehr ausgehalten hatte. Sie zerrte die Toten auf den Laufgang hinaus und warf sie über das Geländer, sodass sie aufs Deck hinunterklatschten.

Jetzt war das gedämpfte Sternenlicht ihre einzige Gesellschaft. Das Galil zwischen die Knie geklemmt und den Kopf auf den Vorderschaft gestützt, versuchte sie, ihre Gedanken zu sammeln, doch es half nichts. Jetzt, da das Adrenalin sich abgebaut hatte, fühlte sie sich ausgelaugt, und alles stürzte auf sie ein. Endlich konnte sie weinen: um Skye, die sich auf dem Deck über ihr versteckte, allein mit ihrer Bisswunde und auf die unvermeidbare Verwandlung wartend; um ihren Onkel Bud, dessen Tod durch die Tötung Maxies nicht aufgewogen wurde; und um ihren Mann Dean und ihre Tochter Leah.

Ihr Mann und ihre Tochter waren ihr stets gegenwärtig. Sie waren wie Wasser in einem Pool, das zum Beispiel dann, wenn sie schoss, von einem großen Objekt verdrängt wurde. Verschwand dieses Objekt, strömte das Wasser zurück. Wie lange war es her, dass sie sie zum letzten Mal gesehen hatte? Über einen Monat. Oder waren es schon zwei? Die Tage und Daten gerieten ihr durcheinander, verschwammen miteinander.

Wie immer sagte sie sich auch diesmal, dass Dean aus Sacramento geflohen war und sich mit ihrer Tochter auf der Ranch bei Chico in Sicherheit gebracht hatte, dass ihre Mutter sich um Leah kümmerte, wie nur eine Frau es vermochte, dass sie alle am Leben waren. Das musste sie sich einreden, sonst wäre sie verrückt geworden. Doch es kam ihr immer mehr wie eine Lüge vor.

Glauben sie auch so fest daran, dass du am Leben bist? Oder hat Dean sich damit abgefunden, dass er ein Witwer ist?

Sie biss die Zähne zusammen; die Vorstellung war ihr verhasst. Dean würde sie niemals aufgeben. Müsste er sich nicht um Leah kümmern, würde er bereits nach ihr suchen, doch Angie wollte, dass sie dort blieben, wo sie waren. Sie würde eine Möglichkeit finden, nach Hause zu gelangen.

Aber wenn das ihr vorrangiges Ziel war, weshalb machte sie dann bei diesem Selbstmordeinsatz mit? Sie kannte diese Leute kaum, die meisten gar nicht. Lag es daran, dass der Russe ihr versprochen hatte, sie in den Norden zu fliegen, wenn alles vorbei war? Nein, sie hatte sich schon vor seinem Angebot um die Teilnahme gedrängt. Aber warum?

Bud Franks war der Grund, und verflucht sollte er sein dafür, dass er ihr Leben so stark beeinflusste. Bud hatte an den Unterschied von Richtig und Falsch geglaubt, an einfache Überzeugungen, und eine davon war, dass man Menschen, die von einem abhängig waren, nicht im Stich ließ, wenn man erst einmal Verantwortung für sie übernommen hatte. Er war ein guter und aufrichtiger Mann gewesen.

Und wie passte Skye da hinein? Auch sie kannte Angie kaum, wusste so gut wie nichts über ihr Vorleben. Und es ließ sich auch nicht abstreiten, dass Skye distanziert war und bisweilen richtig unangenehm sein konnte. Eigentlich war sie das meistens. Trotzdem fühlte Angie sich ihr verbunden. Sie bedauerte, was das Mädchen durchgemacht hatte, die Attacken, die ihren Körper verändert hatten. Und jetzt der Biss, das Todesurteil.

Irgendwie bedauerte sie auch sich selbst und ihre Familie, die auf sich gestellt und so fern von ihr war. Angie weinte sich in den Schlaf.

Skye hatte die Bisswunde mit dem Verbandszeug aus ihrer kleinen Erste-Hilfe-Box verbunden. Der Biss war tief, doch die Verletzung war weniger schwer, als sie gedacht hatte. Doch darauf kam es nicht an. Die Zähne hatten sich durch die Haut gebohrt. Zunächst desinfizierte sie die Wunde mit Alkohol – der beinahe ebenso heftig brannte wie die Bissverletzung –, dann trug sie eine schmerzstillende antiseptische Salbe auf, welche die Blutgerinnung förderte. Schließlich deckte sie die Wunde mit Gaze ab und wickelte einen Verband darum.

Es half, die Blutung hörte auf, und der Schmerz ließ nach. Zumindest würde sie nicht leiden, wenn das Fieber einsetzte.

Skye befand sich auf dem obersten Deck der Nimitz, in einem Bereich, der als PRIMÄRE FLUGKONTROLLE bezeichnet wurde. Es war ein kleiner Raum über der Brücke, gesäumt mit Fenstern, überragt allein vom Antennenwald, den Radaranlagen und Satellitenschüsseln. Wie die darunterliegenden Decks war auch dieses von einem Laufgang umgeben. Ein Seemann hatte *Krähennest* auf das Metallrohr des Geländers geschrieben, und Skye stellte sich vor, wie die Vögel von ihrem Ausguck in die Tiefe spähten. Für sie ergab die Bezeichnung Sinn. Der Laufgang bot freien Blick aufs Flugdeck.

Als Skye die Treppe hochgerannt war, waren keine Zombies zu sehen gewesen. Jetzt, da sie im offenen Krähennest saß und die Beine baumeln ließ, gab es einen Zombie, der im Werden begriffen war. Fieber, Schweißausbrüche, Delirium. Das waren die Symptome. Die Zeit, die es brauchte, war bei jedem anders – ihre Symptome hatten sich sehr schnell eingestellt, nachdem sie vor der Kirche in Oakland mit Blut in Kontakt gekommen war –, und irgendwann gewann das Virus dann die Oberhand und setzte die Verwandlung in Gang.

Sie betrachtete ihre linke Hand im Sternenlicht und zitterte leicht. Die glatte Haut war aschgrau. Dieser Farbton erfasste nach und nach ihren ganzen Körper. Zum Glück hatten die Kopfschmerzen aufgehört, jedenfalls vorübergehend. Es war auch so schon schlimm genug, auf das eigene Ende zu warten.

Skye hatte keine Erinnerung mehr an ihr erstes Duell mit dem Virus. Der große Mann, der sich TC nannte, hatte sie beschimpft, und irgendwie war sie in den blauen Truck gelangt. Sie hatte sich vor TC gefürchtet, vor seinen begehrlichen, verschlagenen Blicken. Und dann hatte sie sich in Träumen und Albträumen verloren. Crystal war bei ihr gewesen, lebendig und unversehrt. Ihre tote Mom hatte sich ihr genähert, die Eingeweide hingen ihr auf die Schuhe, und sie trat darauf. Dann waren da Lehrer und Freunde gewesen, inzwischen alle tot. So viele Tote. Sie erinnerte sich, dass etwas sie berührt hatte, nicht so, wie man einen Kranken berührt, dem man übers Haar streichelt und ein feuchtes Tuch auf die Stirn legt. Es war eine spezielle Berührung gewesen, die einer

Einwilligung bedurfte. Jemand hatte gemeint, sie würden Spaß haben.

Und dann folgte ein Moment der Klarheit. Sie sah sich gefesselt und geknebelt auf dem Rücken liegen, teilweise entkleidet. TC hockte über ihr, sein breites Gesicht glänzte von Schweiß, er rieb sich stöhnend mit einer Hand und führte seinen Schwanz an ihre …

»Du Scheißkerl«, flüsterte sie.

Er hatte sie nicht vergewaltigt, das wusste sie, doch er hatte masturbiert. Hatte er mehr gewollt? Sie glaubte es, doch die Erinnerung war verschwommen. Außerdem erinnerte sie sich undeutlich, dass noch jemand anders dabei gewesen war, der TC vielleicht sogar gestört und ihn daran gehindert hatte, noch weiter zu gehen. War das Carney gewesen? Ihre Unsicherheit ärgerte sie.

Klar hingegen war, dass man sie missbraucht hatte, als sie im Fieber um ihr Leben gekämpft hatte, und das hatte sie bis jetzt nicht gewusst. Ach, wäre es ihr doch nur eher eingefallen! Sie hätte TC die Mündung des M4 in den Mund geschoben und gesagt: »Wie gefällt dir das?« Dann hätte sie ihm sein krankes Hirn aus dem Hinterkopf gejagt.

Sie seufzte. Die Gelegenheit war verstrichen. TC befand sich irgendwo im Bauch des Schiffes, vermutlich war er schon tot, und Skye würde niemals Rache nehmen können. Selbst wenn sie jetzt anfinge, ihn zu suchen, würde das Fieber sie schon bald bewegungsunfähig machen. Und wenn er bereits ein Zombie war, wäre sein Tod bedeutungslos. Sie seufzte schwer und ließ los.

Skye schaute zu den Sternen auf und atmete die salzige Nachtluft ein, genoss die Stille und die Ruhe in ihrem Körper. Obwohl sie wusste, was ihr bevorstand, war sie mit sich im Reinen. Nicht mit der Welt oder dem, was daraus geworden war; darüber würde sie im tiefsten Innern trauern, solange sie bei Bewusstsein war. Aber sie hatte Frieden mit sich selbst geschlossen. Die bittere Ironie dabei war, dass sie sich ausgerechnet in dem Moment mit Skye Dennison abfand, da der Tod bei ihr anklopfte.

Sie nahm die Neun-Millimeter aus dem Schulterhalfter und legte sie neben sich. Sie würde nicht zulassen, dass sie sich in das verwandelte, was sie verabscheute, und es wäre auch falsch gewesen, Angie in Gefahr zu bringen, bevor sie ihr den Todesschuss verpasste. Angie war ihre Freundin, und eine Freundin hatte Skye schon lange nicht mehr gehabt.

Skye beschloss, so lange zu warten, bis die Symptome einsetzten. Dann würde sie es tun. Aber jetzt noch nicht. Sie würde noch ein bisschen länger die Sterne betrachten.

30

»Ich glaube, ich bin zu weit aufgestiegen«, sagte Bruder Peter, der sich inzwischen darauf eingestellt hatte, dass die Heiden ihn nicht hören konnten. Er saß auf einem kleinen Ledersofa und beobachtete den Priester und die Sanitäterin, die an der anderen Seite des Raums schliefen. Wie Rosa vermutet hatte, wusste er nicht, dass sie sich schon einmal begegnet waren. »Erst hoch, dann runter, so lautete die Regel. Man kann nur runtergehen, wenn man oben anfängt, aber ich bin zu hoch hinauf gekommen. Ich muss wieder runter aufs Hangardeck. Ich glaube, dort werden die Flugzeuge mit Waffen bestückt. Da muss man anfangen.«

Gott, der aussah wie der Seelenklempner von der Air Force, saß mit übereinandergeschlagenen Beinen am Ende des Konferenztischs, die Augen hinter Seiner Brille geschlossen, die Hände auf Seine Knie gelegt. »Psst«, machte er. »Ich bin in der Zone.«

»Wir müssen wieder nach unten gehen«, sagte der Prediger.

Gott öffnete ein Auge. »Du bist ein solcher Versager. Die wollen bestimmt nicht schon wieder nach unten gehen.«

»Ich gehe allein.«

Ein Lächeln, und das Auge schloss sich. »Glaubst du etwa, du brauchst bloß ein bisschen herumzuspazieren, und schon hast du sie gefunden? Niemand lässt Atomwaffen einfach so herumliegen, nicht mal die beschissenen arabischen Terroristen.«

Bruder Peter überlegte. »Sie sind bestimmt gut gesichert. Ich muss mir irgendwie Zugang verschaffen.« Er kaute am Daumennagel, den Blick in die Ferne gerichtet. »Wie soll ich das anstellen?« Er dachte daran, wie er sich damals im Raketensilo umherbewegt hatte. Mit einem elektronischen Ausweis natürlich. Weshalb war ihm das nicht gleich eingefallen?

»Weil du völlig bescheuert bist«, sagte der Herr.

»Ausweis«, wiederholte Peter, ohne auf die Beleidigung einzugehen. »So wird das gemacht.« Wer hat alles Zugang gehabt?, fragte er sich. Die betreffenden Personen hatten die Ausweiskarte bestimmt noch bei sich.

Bruder Peter überlegte. Der Umgang mit Atomwaffen war wie in jeder Dienstleistungsbranche Spezialisten vorbehalten, und er war einer gewesen. Da man nicht ständig mit Atomwaffen zu tun hatte, hatten sie bestimmt noch andere Aufgaben wahrgenommen. Sprengköpfe waren Waffen. Wer hatte auf einem Flugzeugträger mit Waffen zu tun? Die Rothemden. Sie hatten Zugang zu den Magazinen, und einige von ihnen, die Spezialisten, würden auch Zugang zu dem Raum gehabt haben, in dem die Atomsprengköpfe gelagert wurden. Er musste ein Rothemd mit passender Ausweiskarte finden. Wenn er sie vor sich sah, würde er sie auch erkennen.

»Das war doch gar nicht so schwer, oder?«, sagte Gott, richtete sich auf und zerzauste Bruder Peter das Haar. *»Siehst du, was du leisten kannst, wenn dir der Kopf nicht von unzüchtigen Gedanken vernebelt wird?«*

Bei der Erwähnung unzüchtiger Gedanken musste Peter augenblicklich an Angie West denken.

»Typisch Peter«, meinte Gott, lachte glucksend und sah auf die Uhr. *»Dann bringen wir Armageddon mal auf den Weg, wie? Ich habe noch andere Termine.«*

Father Xavier tat so, als schliefe er, und beobachtete Peter Dunleavy unter gesenkten Lidern hervor. Der Mann saß steif auf dem Sofa und blickte ins Leere. Seine Lippen bewegten sich.

»Führt er Selbstgespräche?«, fragte Rosa neben ihm leise.

Xavier hatte nicht gemerkt, dass sie ebenfalls wach war. »Sieht so aus.«

»Ist er verrückt? Er verhält sich jedenfalls so.«

»Vielleicht ist das eine Stressreaktion«, meinte der Priester, richtete sich auf und gähnte laut, um Bruder Peter auf sich aufmerksam zu machen.

Peters Lippen hörten sogleich auf, sich zu bewegen, und sein Blick stellte sich scharf. »Wir sollten aufbrechen«, sagte er.

Xavier nickte. »Wie wär's, wenn wir warten, bis alle aufgewacht sind, und dann gemeinsam einen Plan entwerfen?«

Der Prediger lehnte sich zurück und verschränkte die Arme. Dakota, Eve und Lilly gesellten sich kurz darauf zu ihnen, und sie versammelten sich um den Konferenztisch. Alle schauten den Priester an, mit Ausnahme von Peter.

»Das ist nicht so gelaufen wie erhofft«, räumte Xavier ein. »Das Schiff ist komplizierter aufgebaut, als ich dachte, und die Toten sind zahlreicher. Es gibt so viele Türen und Gänge, Orte, an denen man uns überraschen kann.« Er fuhr sich mit der Hand über den Kopf und stellte fest, dass er einen Haarschnitt brauchte. Bald hätte er eine Afrofrisur, was im Falle eines Marines dann gegeben war, wenn das Haar länger als zweieinhalb Zentimeter wuchs. »Ich habe das Gefühl, wir sind weit umhergewandert, ohne viel zu erreichen.«

Lilly legte ihm die Hand auf den Arm. »Wir töten sie, wie wir es uns vorgenommen haben. Jeder Einzelne, den wir ausschalten, bringt uns der Übernahme des Schiffs einen Schritt näher, oder?«

Die anderen nickten. Peter sah auf den Tisch nieder.

»Danke«, sagte Xavier, »aber ich glaube, wir können es besser machen. Auf dieser Ebene scheint es weniger zu geben, weshalb auch immer. Das könnte sich schnell ändern, aber im Moment ist es für uns von Vorteil.«

»Glauben Sie, die haben nur deshalb eine Pause eingelegt, weil wir ein Nickerchen gemacht haben?«, sagte Bruder Peter. »Das wäre wohl ein bisschen naiv, oder?«

Xavier lächelte ihn an. »Wahrscheinlich. Jedenfalls deutet einiges darauf hin, dass sie hier weniger zahlreich sind, deshalb sollten wir von dieser Voraussetzung ausgehen. Weil sie hier besser beherrschbar sind, sollten wir auf dieser Ebene bleiben.«

Peter setzte zu einer Bemerkung an, dann klappte er den Mund wieder zu.

Rosa hat recht, dachte Xavier, *dieser Kerl ist ein Arschloch*.

Er fuhr fort. »Wir sollten damit weitermachen, in den einzelnen Räumen nachzusehen und sie zu säubern. Anschließend kennzeichnen wir die Tür.«

Dakota nahm eine Handvoll Marker aus der Ablage der Magnettafel an der Wand. »Die werden es so lange tun, bis wir irgendwo Sprühdosen finden.«

Xavier nickte zustimmend. »Außerdem sollten wir nach Waffen Ausschau halten, besonders nach Munition. Sonst leben wir nicht mehr lange. Also, wenn jemand da draußen einen bewaffneten Seemann sieht, hat der Vorrang, und wir erledigen ihn gemeinsam.«

Das war's. Mehr ließ sich nicht im Voraus planen. Niemand schlug einen Rückzug vor, doch Xavier erklärte, wenn sie es schafften, sich zum Heck des Schiffes vorzuarbeiten und die Treppe wiederzufinden, über die sie an Bord gekommen waren, würden sie die wartenden Boote durchsuchen und sich neu bewaffnen.

Wie Rosa vermutet hatte, markierten die blauen Fliesen nicht nur den Offiziersbereich, sondern auch die Abteilung, in der die Kriegshandlungen abgewickelt wurden. Sie inspizierten einen mittelgroßen Raum mit der Bezeichnung SCHIFFSSIGNALE, der mit Computerarbeitsplätzen und hohen Rechnern vollgestopft war. Nur eine verwesende Frau mit einem Einschussloch an der Schläfe hielt sich darin auf.

Hinter der Bezeichnung AUFKLÄRUNG verbargen sich mehrere miteinander verbundene Räume mit weiteren Computern, Projektionsschirmen, Regalen voller Akten mit farblicher Markierung wie in einer Arztpraxis sowie endlosen Reihen von Landkarten und Satellitenfotos in Pappröhren, die den Regalen das Aussehen von Bienenwaben gaben.

Als die Gruppe ausschwärmte, um hinter den Arbeitsplätzen nachzusehen und die Regale zu inspizieren, dachte Xavier an die Sicherheitsmaßnahmen, mit denen dieser Raum vermutlich geschützt gewesen war. Der Aufklärungsbereich einer militärischen Einrichtung war stets streng geheim, und der durchschnittliche Seemann der Nimitz hatte diesen Ort wohl nie zu sehen bekommen. Vermutlich war er der erste Marine, der seinen Fuß hierher setzte.

Der Zombie kam von rechts, als er gerade nach links sah.

Er war ein großer, dunkelhaariger Mann, aufgedunsen

und grünlich; aus seinen Körperöffnungen tropfte es auf den Boden. Fauchend warf er sich vor, und Xavier konnte sich gerade noch umdrehen und dem Wesen seinen Rucksack zuwenden, als es seine Zähne auch schon in das Nylongewebe schlug. Den schmutzigen, schartigen Fingernägeln, die nach seinem Gesicht tasteten, konnte er jedoch nicht ausweichen, und im nächsten Moment zogen sich vier lange, rote Kratzer über seine Wange. Der Priester schrie auf und wollte sich wegdrehen, rutschte aber auf dem glitschigen Boden aus und stürzte.

Das Wesen warf sich auf ihn, beißend und kratzend, und Xavier drückte ihm den Axtgriff gegen den Hals, um die Zähne auf Abstand zu halten. Flüssigkeit ergoss sich aus seinem Mund auf den Holzgriff, und die mit einem Rülpser entweichende Luft ließ Xavier würgen.

Rosa kam in Schussentfernung schlitternd zum Stehen und zielte beidhändig mit ihrer Neun-Millimeter-Pistole.

»Nicht!«, rief Lilly. Sie stieß Rosa beiseite, der Schuss der Sanitäterin ging an die Decke. Lilly fixierte das Wesen und zeigte darauf. »Es ist grün. Wir haben gesehen, was mit den grünen passiert, wenn man auf sie schießt, oder?«

Rosa erinnerte sich. Sie platzten, und ihre stinkenden Körperflüssigkeiten spritzten in alle Richtungen. Xavier wäre darin gebadet worden.

Lilly stieß mit der Gewehrmündung gegen den Kopf. »Na los, mein Hübscher, sieh mich an, sieh mich an.«

Xavier war kräftig, doch das Wesen war feucht und schwer, und die Sehnen traten an seinen Armen hervor, als er sich ächzend gegen den Zombie stemmte. Er wandte das Gesicht vom geifernden Maul ab.

Tock, tock. »Gib Mama ein Küsschen, Süßer!«, rief Lilly,

während die anderen hinzukamen und entsetzt zuschauten. Niemand wagte es, den Zombie wegzuziehen, aus Angst, seine Haut könnte aufgrund des inneren Drucks platzen. Das Wesen hatte es auf Xavier abgesehen, biss in den Axtgriff und versuchte ihn mit den Händen zu packen. Lilly hatte sich bis jetzt zurückgehalten, doch schließlich rief sie: »He, du Depp!« und schlug ihm fest auf den Kopf.

Das Wesen schaute mit trüben grauen Augen zu ihr auf, fauchte und kroch von Xavier herunter. Rosa sprang beiseite, und Lilly tänzelte zurück, redete aber weiter auf den Zombie ein, der ihr auf allen vieren folgte. Xavier wälzte sich auf die Seite und würgte. Dakota zog ihn auf die Beine.

»Du bist ein richtig Hübscher«, sagte Lilly, knapp außer Reichweite und an einem Aktenregal entlang zurückweichend. »Hübsches kleines Ding, du siehst aus, als kämst du direkt aus einem Horrortrip. Na los, Süßer, komm, komm …«

Der aufgeblähte Seemann richtete sich schwerfällig auf und schwankte, als seine Körperflüssigkeiten umherschwappten. Er bewegte sich nun schneller, dann setzte er zum Galopp an. Die angespannte Haut drückte gegen seine Uniform.

»Er wird gleich hochgehen!«, rief Rosa. »Du bist zu dicht dran!«

»Noch nicht!«, rief Lilly und wich weiter zurück. »Noch einen Moment … okay, jetzt!« Sie hatte eine Öffnung im Regal erreicht und verschwand darin. Rosa feuerte in rascher Folge drei Neun-Millimeter-Kugeln ab. Eine Kugel traf ein paar Akten, eine den Hinterkopf und die letzte die Stelle, wo sich die Nieren hätten befinden sollen.

Das Wesen war grün.

Es explodierte.

Das Geräusch, das es dabei machte, war ebenso grauenhaft wie der umherspritzende Unrat, doch das war nichts im Vergleich zu dem Gestank. Die Gruppe flüchtete sich würgend in die Aufklärungsräume und auf den Gang. Niemand hatte bemerkt, dass Bruder Peter sich die ganze Zeit über abseits gehalten und tatenlos zugeschaut hatte.

Rosa übernahm die Führung und geleitete sie durch eine andere Luke in eine kleine, blau gefliste Messe mit Küche, die offenbar Offizieren vorbehalten gewesen war. Die Luke war mit *D(R)ECKSMESSE* beschriftet. Dakota erschoss zwei Wesen in weißen Kitteln, und Eve entdeckte einen siebzehn- oder achtzehnjährigen Jungen, der schwankend vor einem Geschirrspüler aus rostfreiem Stahl stand. Sie schaltete ihn mit der Schrotflinte aus.

Als der Raum gesichert war, packte Rosa ihre Erste-Hilfe-Box aus und versorgte die Kratzer an Xaviers Wange. Ihr Gesicht war eine Maske der Professionalität. Xavier hatte Straßenkämpfe, die Messerverletzung durch ein Bandenmitglied und jetzt das Ende der Welt überstanden, und sein Gesicht hatte sich dabei in eine Landkarte der Gewalt verwandelt.

Rosa gab ihm eine Spritze in den Arm.

»Was ist das?«

»Ein Antibiotikum, das hoffentlich die eingedrungenen Erreger abtöten wird. Es sei denn, das Virus ist durch die Kratzer in die Blutbahn gelangt. In diesem Fall wären Sie total am … säßen Sie in der Patsche.« Als er zu einer Bemerkung ansetzte, schüttelte sie den Kopf. »Ich weiß, Sie haben das Wort selbst gebraucht. Halten Sie einfach den Mund. Auch wenn das Virus nicht übertragen wurde, die Finger waren schmutzig, und auch eine ganz normale Infektion kann gefährlich werden.«

»Danke, Doc.«

»Das war eine große Dosis«, sagte sie. »Es könnte sein, dass Ihnen übel wird.«

»Von dem Zeug oder vom Gestank?« Xavier lachte. »Wie soll ich den Unterschied merken?«

Als sie ein rechteckiges Stück Verbandsmull auf die Schrammen drückte, blinzelte Xavier. Er hatte nicht gewusst, dass man sich auch durch einen Kratzer anstecken konnte. Das sah die Sanitäterin in seinen Augen. »Versuchen Sie, nicht daran zu denken«, sagte sie und drückte ein Pflaster auf den Mull. »Es gibt keinen Beweis dafür, dass man sich auf diese Weise infizieren kann. In all den Wochen im Fährterminal ist mir kein einziger solcher Fall untergekommen.«

Das heißt aber nicht, dass es nicht möglich wäre, dachte er. »Behalten Sie mich im Auge, Doc. Und jetzt wieder an die Arbeit, Soldat.«

Mit Dakota an der Spitze gingen sie weiter. Xavier hielt sich in der Mitte der kleinen Gruppe, Rosa wich ihm nicht von der Seite. Bruder Peter bildete die Nachhut. Sie durchsuchten die Offiziersunterkünfte, fanden aber nichts Verwertbares. Im Flugkontrollzentrum, einem großen Raum mit Reihen von Radarschirmen, hielten sich drei Zombies in Brandschutzkleidung auf. Hinter ihren Atemmasken aus Plexiglas schnaufend, taumelten sie der Gruppe entgegen und wurden mit Kopfschüssen ausgeschaltet.

Das CIC, das Einsatzinformationszentrum, war ein Raum mit niedriger Decke und bis auf die bunten Kontrolllampen der Computerterminals und die blau leuchtenden Bildschirme in Schwarz gehalten. Zwei vertikale blaue Anzeigetafeln teilten den Raum, übersät mit handschriftlichen Markierungen. Die Belüftung funktionierte noch, und mit der spärlichen Beleuchtung wirkte der Raum wie die Brücke eines Raumschiffs in einem Science-Fiction-Film.

Die Toten warfen sich sogleich auf die Eindringlinge.

Über zwanzig Offiziere und einfache Soldaten in unterschiedlichen Stadien der Verwesung galoppierten zwischen den Terminals hervor. Rosa, die drei Hippies und Bruder Peter eröffneten das Feuer, Schulter an Schulter aufgereiht wie ein Erschießungskommando. Das Dröhnen der Schüsse war in dem beengten Raum ohrenbetäubend. Köpfe zerplatzten, Körper wurden zurückgeschleudert, Computerbildschirme explodierten in einem Regen von Glassplittern, funkelnd wie das Feuerwerk am Unabhängigkeitstag, und die vertikalen Plexiglasscheiben barsten.

Rechts von den Schützen näherte Xavier sich zwei Toten und schlug ihnen mit der Axt die Köpfe ein, riss die Klinge heraus und hielt nach weiteren Zielen Ausschau.

In weniger als dreißig Sekunden war alles vorbei, der Gestank von altem Blut und fauligen Körperflüssigkeiten mischte sich mit Pulverdampf. Die Klimaanlage kam nicht dagegen an. Sie luden nach und rückten in den Raum vor, kletterten durch eine Luke und gelangten in einen weiteren Gang. Nach einer Weile traten graue Fliesen an die Stelle der blauen.

An der linken Seite führte eine Luke in eine zahnärztliche Station, in der ein Dutzend Patienten gleichzeitig behandelt werden konnten. Rosa wollte gerade ihre Vorräte auffrischen, als sie eine weiße Schwingtür bemerkte, die in schwarzen Lettern mit *MEDIZINISCHE VER-SORGUNG* beschriftet war.

Beide Türflügel waren von Kugeln durchsiebt, der Boden von Patronenhülsen bedeckt, und auf dem linken Flügel fanden sich blutige Handabdrücke, die inzwischen beinahe schwarz wirkten. Angesichts der Kampfspuren und der Abwesenheit von Toten hielten sie inne. Nach einer Weile führte Rosa die Gruppe vorsichtig durch die Flügeltür.

Sie waren dermaßen fixiert auf das, was vor ihnen lag, dass sie nicht bemerkten, dass Pater Xavier nicht mehr bei ihnen war.

Und Bruder Peter auch nicht.

31

Als Carney erwachte, schnupperte er Zigarettenrauch. Er lag in unbequemer Haltung auf einem Drehsessel, straffte sich stöhnend und schlug die Augen auf. Dicht vor ihm hockte TC, die Ellbogen auf die Knie gestützt, und beobachtete ihn. Eine Zigarette baumelte von seinen Lippen, der sich kräuselnde Rauch stieg an die Decke. Er lächelte schwach.

»Was guckst du mich so an?«, fragte Carney.

TC nahm einen letzten Zug, dann drückte er den Stummel mit dem Stiefel aus. »Nur so.«

»Dann guck woanders hin.«

Sein Zellenkumpel lachte glucksend.

Ein eingetopfter Kunstbaum in der Ecke des Fernsehstudios diente ihnen als Urinal, und als Carney sich erleichterte, vergewisserte er sich, dass seine Neun-Millimeter noch hinter dem Hosenbund steckte. »Wir müssen überlegen, wie wir weiter vorgehen«, sagte er über die Schulter hinweg. »Wir befinden uns immer noch in einer Sackgasse.« Und es wurde immer noch gegen die Tür gehämmert.

»Ich habe mir schon was überlegt«, meinte TC an der anderen Seite des Raums.

Carney wartete auf irgendeinen kindischen Vorschlag wie den, die Luke zu öffnen und einen schnellen Vorstoß zu wagen, doch als er sich umdrehte, war TC nicht mehr da.

»Hier drin.« Seine Stimme tönte hinter der offenen Tür gegenüber dem Regieraum hervor.

Carney trat in den schmalen Raum mit der Elektrik. TC hatte sich vor einer quadratischen Öffnung auf alle viere niedergelassen, an der Wand lehnte das Metallgitter, das er entfernt hatte.

»Das ist ein Wartungsschacht«, sagte TC.

Carney hockte sich neben seinen Kumpel und leuchtete mit der Maglite in den Schacht. Er war gefliest und eng, vollgepackt mit Rohren, Verteilerkästen und Bündeln bunter Kabel, die an der Decke entlangliefen.

»Wie hast du das gefunden?«, fragte Carney.

»Ich bin eben vor dir aufgewacht«, antwortete TC und schaute sich grinsend um. »Habe rumgeschnüffelt.« Er kroch in den Tunnel, in der einen Hand den großen Schraubenschlüssel.

Carney schauderte bei dem Gedanken, dass TC auf den Beinen gewesen war, während er noch geschlafen hatte, wehrlos und ohne etwas zu merken. Das durfte nicht noch einmal passieren.

TC hatte vor dem Einschlafen vergessen, seine Taschenlampe auszuschalten, deshalb waren die Batterien leer. Er borgte sich Carneys Taschenlampe aus, dann kroch er weiter, und sein Zellenkumpel folgte ihm. Es war extrem eng, zumal für jemanden, der so kräftig gebaut war wie sie, und manchmal mussten sie sich flach auf den Rücken legen und sich unter einem Verteilerkasten oder einem dicken Kabelbündel hindurchzwängen. Die Seeleute, die diesen Bereich gewartet hatten, waren wirklich nicht zu beneiden, doch vermutlich waren sie jung, beweglich und klein gewesen.

Nach etwa zehn Metern gelangten sie zu einer weiteren grauen Verkleidung. Sie war mit zwei Schrauben befestigt, die von der anderen Seite eingedreht waren, und musste deshalb eingedrückt werden. Sich in der Enge zu drehen und mit den Füßen dagegenzustemmen, war ausgeschlossen, und sie wollten auch nicht umkehren und mit den Füßen voran in den Schacht kriechen. TC wälzte sich wieder auf den Rücken und schlug mit dem Schraubenschlüssel auf die Metallplatte ein.

Bei jedem Schlag zuckte Carney zusammen. Wenn im Nebenraum Zombies waren, würden sie sie damit anlocken. Er wartete im Dunkeln, presste die Hand um den schachbrettartig geriffelten Griff seiner Pistole und roch ihren gemeinsamen Schweißdunst.

Die Platte löste sich mit einem Knall, und TC kroch durch die Öffnung. Carney rechnete mit Fauchen und tastenden Händen, doch es blieb ruhig. Er kroch TC hinterher und gelangte in einen weiteren quadratischen Elektrikraum. TC hatte die Hand bereits auf den Türgriff gelegt. Er drückte sie auf und stürmte mit erhobenem Schraubenschlüssel nach draußen. Carney folgte ihm auf den Fersen.

Die Tür war gegen einen toten Seemann in braunem Pullover geprallt. Er taumelte stöhnend zurück. Zwei weitere braungekleidete Gestalten griffen von rechts an. Carney schoss der einen aus so großer Nähe ins Gesicht, dass sie vom Schwung weitergetragen wurde und ihn gegen die Wand drückte. Der zweite Zombie kam hinzu und verstärkte den Druck. Fuchtelnd und schnappend versuchte er, an seinem toten Kameraden vorbei an die Beute heranzukommen.

TC schwang den Schraubenschlüssel in hohem Bogen, doch die Decke war so niedrig, dass die Waffe von einem Stahlrohr blockiert wurde. Der Seemann im braunen Pullover warf sich auf TC, der ihn mit dem linken Arm von sich abhielt. Der Zombie biss TC in die Finger, doch seine Zähne vermochten den zähen Handschuh nicht zu durchdringen. Mit einer Kopfdrehung riss er den Handschuh von der Hand. TC knurrte und rammte dem Wesen den Schraubenschlüssel seitlich gegen den Kopf. Er ruckte zur Seite, dann versuchte er erneut zuzubeißen.

Carney stemmte sich gegen den an ihn gedrückten Toten und versuchte, sich rechts an ihm vorbeizuzwängen. Der Kopf des doppelt toten Seemanns wackelte haltlos hin und her. Mit seinen glasigen Augen schien er Carney zu fixieren, aus seinem erschlafften Mund tropfte schwarze Flüssigkeit. Carney drückte erneut, verschaffte sich ein paar Zentimeter Luft und konnte sich endlich befreien. Der zweite Zombie schob den schlaffen Körper seines Kollegen beiseite und streckte die Arme aus, als die Neun-Millimeter zwei Zentimeter vor seiner Stirn feuerte. Er brach über dem anderen Zombie zusammen.

TC sprang von seinem Gegner weg und schwang erneut den Schraubenschlüssel, traf den Zombie am Ohr und brach ihm den Hals, sodass der Kopf auf die Schulter sackte. Das Wesen stöhnte und griff erneut an, und TC holte noch einmal aus, traf wieder die gleiche Stelle und trieb den Schraubenschlüssel in den Kopf. Als der Zombie am Boden lag, schlug er keuchend so lange auf ihn ein, bis der Kopf nur noch Mus war.

Carney schwenkte die Pistole durch den lang gestreckten Raum voller Regale mit Westen, Stiefeln mit Stahlkappen und Helmen mit Schutzbrillen. Nichts regte sich darin.

»TC, alles klar?«

TC bückte sich und zog den Schutzhandschuh aus dem Mund des Wesens hervor. Zwischen Daumen und

Zeigefinger war die Haut gerissen und blutete, auf dem eintätowierten Kreuz und dem Hakenkreuz zeichneten sich gerötete Zahnabdrücke ab.

»Alles in Ordnung«, sagte er, wandte sich rasch ab und streifte den Handschuh über.

Sie gönnten sich eine Atempause, dann betraten sie einen weiteren schmalen, spärlich beleuchteten Gang. Es stank bestialisch, doch inzwischen hatten sie sich an den Verwesungsgeruch gewöhnt. Der Gang führte zu einem Müllentsorgungsbereich, dessen Luke offen stand. Ein modriger Mief schlug ihnen entgegen. Falls sich ein Zombie in dem Raum aufhielt, überdeckte der Geruch vermutlich seinen Gestank. Carney zog im Vorbeigehen die Luke zu.

Eine steile Leiter führte zu einem großen Belüftungsraum hinauf, in dem sich die beiden großen Ventilatoren noch immer drehten und den Boden zum Vibrieren brachten. Ein blau gekleideter Toter, der beim Fall des Schiffs erschossen worden war, saß am Boden und lehnte an einem der Ventilatoren; die Metallverkleidung war von Einschüssen durchsiebt. Die Luftschaufeln verteilten den Verwesungsgestank im ganzen Raum.

»Weshalb gibt es hier eigentlich keine Ratten?«, fragte TC, als sie sich umsahen. »Ich dachte, auf allen Schiffen gäbe es Ratten. Das Schiff ist doch ein einziges riesiges Thanksgiving-Party-Büfett für die, Mann.«

Carney zuckte mit den Achseln. »Das ist ein Navy-Schiff. Wenn's da Ratten gäbe, würde man den Verantwortlichen die Ohren langziehen.«

»Ich kann die Viecher nicht ausstehen«, meinte TC. »Erinnerst du dich an die Ratten in Q? So groß, dass man sie hätte satteln können.«

Carney erinnerte sich. Das waren große graubraune Wanderratten gewesen, aggressiv und schlau wie alle anderen Tiere in diesem Paradies am Rand der Bucht. Solange sie nicht im Verwaltungsflügel auftauchten, scherte sich niemand darum. Carney hatte keine guten Erinnerungen an den Ort, doch es wunderte ihn nicht, dass TC voller Wehmut daran dachte. Schließlich hatte er den größten Teil seines Lebens dort verbracht. Das war die Welt, die er kannte.

Der Belüftungsraum führte zu einer Reinigungsanlage für Luftfilter, von wo sie auf einen weiteren Gang gelangten. An der linken Seite befand sich eine schwere Stahlluke mit einem kleinen runden Fenster, das rot leuchtete. *RIB* stand darauf. Ein kurzer Gang führte zu einer weiteren Luke mit der Aufschrift *FALLSCHIRMSPRINGER-BEREICH*.

TC hob den Schraubenschlüssel und trat durch die mit *RIB* beschriftete Luke, aus der frische Luft hervorströmte. Hier gab es keinen Verwesungsgestank. Durch eine große rechteckige Öffnung im gegenüberliegenden Schott blickten sie aufs steuerbordseitige Wasser hinaus. Der dunkle Himmel war voller Sterne. Der Raum wurde von roten Gefechtsleuchten erhellt.

RIB stand für *Rigid Inflatable Boat* – Schlauchboot mit Festrumpf. Die Boote hingen in Ständern an beiden Seiten, auf dem schwarzen Gummi fand sich die Bezeichnung *CVN-68* zusammen mit der Nummer. Daneben standen Behälter mit Rettungswesten, an der linken Seite gab es außerdem noch ein Regal mit Außenbordmotoren. An der rechteckigen Öffnung waren zwei schwenkbare Bootskräne mit Winschen montiert. Eins der Boote stand in der Nähe der Öffnung, der Bug war mit einer

Winsch verbunden. Auf dem Boden lagen Patronenhül-sen, und ein anderes Boot war mit Blut beschmiert, doch es gab keine Toten.

»Sieht so aus, als hätte sich hier jemand aus dem Staub machen wollen«, sagte Carney.

TC trat gegen das Boot und spuckte aus. »Schade, dass du unbedingt hierbleiben willst. Das ist eine Gelegenheit, um uns abzusetzen.«

»Wieso haust du nicht ab? Ich helfe dir auch, das Boot runterzulassen.«

TC lächelte unangenehm. »Ich habe gerade irre viel Spaß. Hier bin ich genau richtig.«

Sie ließen die Boote hinter sich und öffneten die Luke zum Fallschirmspringerbereich. Dahinter befand sich ein langgestreckter Raum voller wallendem weißem Stoff. Die Fallschirme hingen wie Vorhänge von der Decke, unter ihnen ringelten sich Nylonstrippen.

Carney musste an einen Film denken, der vor über zehn Jahren in Q gezeigt worden war, eine große Bruck-heimer-Produktion über den Zweiten Weltkrieg, in dem zu triumphaler Musik Fähnchen geschwenkt wurden. Eigentlich war es eher ein Liebes- als ein Kriegsfilm gewe-sen. Darin kam eine romantische Liebesszene in einem Fallschirmspringerhangar vor, und die wallende weiße Seide hatte den perfekten Hintergrund abgegeben.

Hier gab es keine Romantik. Zischen den Fallschirmen bewegten sich Zombies.

Ihre Silhouetten wanderten an den Seidenschichten vorbei, gebeugt und schlurfend. Sie kratzten am Stoff und stöhnten laut, als sie die Beute hörten, witterten oder spür-ten. TC schlug mit dem Schraubenschlüssel nach einem, doch er verschätzte sich und bauschte nur die Seide.

»An der Seite entlang«, sagte Carney. Sie kamen an Nähmaschinen und Materialschränken vorbei. Die Silhouetten folgten ihnen. Stiefel schlurften über den Stahlboden, Seide strich raschelnd über verwesende Leiber.

Eine Frau in Uniform, deren Kopfhaut bis auf ein paar Haarbüschel abgerissen war, stolperte aus einer Lücke zwischen den Fallschirmen hervor und griff nach TC. Carney schoss sie nieder. Die anderen Zombies heulten auf und wurden schneller.

Sie gelangten zur Ecke des Raums und folgten der linken Wand. Vor ihnen tauchte eine geschlossene Luke auf, und sie hatten sie fast erreicht, als die ersten Toten zwischen den Stoffbahnen hervortaumelten, verwesende Seeleute mit trüben Augen und schnappenden Zähnen. TC stürmte ihnen brüllend entgegen, schwang den Schraubenschlüssel und bespritzte die Seide mit rotem und grünem Körpersaft. Carney feuerte, bis sein Magazin leer war, dann setzte er ein neues ein und feuerte weiter, wobei er darauf achtete, nicht seinen Zellengenossen zu treffen. In weniger als einer Minute war der Boden von reglosen Toten übersät.

TC wischte sich mit dem Ärmel das Gesicht ab, verschmierte das Blut auf seiner Stirn und grinste keuchend. »Ich liebe diesen Scheiß«, stöhnte er wohlig.

Carney musterte ihn wortlos und schob sein letztes volles Magazin in die Beretta, dann trat er durch die Luke. Zwei schmale Gänge und eine dunkle Treppe boten sich an. Er schaltete die Maglite ein und stieg nach oben.

32

»Allmächtiger«, flüsterte Calvin und spähte am Rand der Luke vorbei in den dahinterliegenden großen Raum. Evan schob sich neben ihn.

Die Messen der Offiziere und der einfachen Soldaten befanden sich mittschiffs auf dem Zweiten Deck, etwa dreißig Meter voneinander entfernt. Sie verfügten über jeweils eine eigene Küche, wurden aber aus den gleichen Lagerräumen voller summender Kühlschränke, Gefriertruhen und großer Kammern mit Trockennahrung versorgt. Unter normalen Umständen hatte die *Nimitz* ausreichend Tiefkühlwaren und Trockennahrung an Bord, um sechstausend Mann Besatzung neunzig Tage lang komplett zu versorgen. Aufgrund der politisch instabilen Situation in Übersee waren die Vorräte für sechsmonatige Versorgung aufgestockt worden, um kurzfristig auch längere Einsätze zu ermöglichen. Die Navy legte Wert darauf, dass ihre Schiffe möglichst unabhängig operieren konnten.

Die Küchen der *Nimitz* konnten gleichzeitig fünfhundert Seeleute verköstigen. Die Messen waren höhlenartige Räume mit langen Tischen und Bänken, Selbstbedienungstheken, Getränkespendern, zahlreichen Ablagegestellen für Tabletts und Abfallbehältern. An den Wänden hingen Motivationsposter, Ankündigungen und Verlautbarungen, Anschlagbretter mit Fotos der letzten Einsatzorte sowie zahlreiche Infotafeln zu den Navy-Richtlinien bezüglich sexueller Belästigung, Fraternisierung und anderen Themen, die für Schiffe mit gemischter Besatzung relevant waren.

Hinter der Essensausgabe lagen die großen Küchen mit ihren Gerätschaften aus rostfreiem Stahl. Die Backöfen und Grills, Kühlschränke und Spülen, Geschirrspüler und Fritteusen waren militärisch nüchtern und akkurat angeordnet. Mehrere Räume waren allein den Reinigungsmaterialien vorbehalten, mit denen Böden und Oberflächen sauber gehalten wurden.

Napoleon hatte einst gesagt, eine Armee reise mit dem Magen, und das sah man bei der Navy anscheinend nicht anders. Die gemeinsamen Mahlzeiten dienten nicht nur der Befriedigung biologischer Bedürfnisse; sie förderten das Gemeinschaftsgefühl und hoben die Motivation. Für Evan wäre die Messe wichtiger gewesen als Navigations- und Waffensysteme. Vielleicht erklärte das, weshalb es hier von Zombies nur so wimmelte.

Es waren Hunderte, und alle möglichen Uniformen waren vertreten: die weißen Kittel der Köche, Tarnanzüge, Ärztekittel und Khakiuniformen, Overalls, Feuerwehrkleidung und Pullover in verschiedenen Farben. Alle hatten Bisswunden davongetragen und waren in Verwesung begriffen – einige trocken und welk, andere grün und saftig –, und sie waren sämtlich tot. Milchig trübe Augen starrten aus dunklen Höhlen, zwischen rissigen und geplatzten Lippen drangen leises Stöhnen und Schnaufen hervor. Die meisten standen dicht beieinander und blickten wie die Zuschauer bei einem Konzert alle in die gleiche Richtung, sachte auf der Stelle schwankend wie im Rhythmus einer unsichtbaren Band.

Irgendwo vorn jedoch wurde rhythmisch gestöhnt, und Fäuste hämmerten gegen Metall.

Sie sind nicht hier, weil dieser Ort einmal wichtig für sie war, wurde Evan klar. *Sie haben etwas entdeckt, deshalb gehen sie nicht weg.*

Calvin und Evan wandten sich zu ihrer kleinen Sechsergruppe um und berichteten, was sie gesehen hatten.

»Wir könnten die Luke schließen und weiterziehen«, schlug Calvin vor.

Die anderen schüttelten die Köpfe. Stone sagte: »Deswegen sind wir doch hier. Wenn wir das schaffen, bringt uns das ein großes Stück weiter, oder?«

Der alte Hippie sah dem Jungen in die Augen und entdeckte darin keine Angst, nur Entschlossenheit. »Ja«, sagte Calvin, »wir können das schaffen. Aber es sind viele. Wir müssten alle reingehen.«

Kopfnicken in der Runde. Sie waren dabei.

Sie besprachen die Vorgehensweise, bereiteten die Magazine und die Ersatzmunition vor. Dann reihten sie sich auf und traten im Gänsemarsch in die Messe. Dakota und Juju hatten den Auftrag, den Flur zu bewachen und ihnen den Rücken freizuhalten.

Ihre Vorbereitungen blieben unbemerkt, die Horde schwankte auf der Stelle, ohne auf sie aufmerksam zu werden.

Dann eröffneten sie das Feuer.

Stone fühlte sich an eine Schießbude auf der Kirmes erinnert. Für Evan war es so, als werfe er in der Hoffnung, das Wasser zu treffen, einen Stein in einen See. Die Toten standen dicht gedrängt, die Köpfe befanden sich plus/minus fünfzehn Zentimeter auf einer Höhe. Auch als sie die Gesichter den Schützen entgegenwandten, konnten sie sich in der Menge kaum bewegen.

Sturmgewehr und Schrotflinten knallten, Kugeln und

Querschläger fanden ihr Ziel und bespritzten tote Gesichter mit Körperflüssigkeit. Stone nahm sich bewusst die Grünen vor und brachte sie aus der Ferne zum Platzen. Die Kugeln durchbohrten Brustkörbe und Hälse und zerschmetterten Brustbeine, doch die meisten trafen ins Ziel. In diesem Moment waren die Besatzungsmitglieder der *Nimitz* einander wahrhaft gleich. Offiziere starben neben einfachen Soldaten und Soldatinnen; Techniker und einfache Seeleute fielen auf einen Haufen; Radartechniker und Katapultoffiziere brachen neben denen zusammen, die den ganzen Tag über mit Feudeln und grauer Farbe zu tun gehabt hatten. Der befehlshabende Offizier, den man beim Einlaufen in die San Francisco Bay auf die Brücke gerufen hatte, hatte sich bereits verwandelt und war hungrig. Als er stöhnend den Mund öffnete, drang eine Kugel ein und trat am Hinterkopf wieder aus. Er fiel auf einen Achtzehnjährigen, der die Toiletten und Urinale geschrubbt hatte.

Wie zuvor drängten die Toten vor, als die Symphonie der Schüsse vom Klicken des Nachladens unterbrochen wurde. Wie in der Vergangenheit behinderten sie sich gegenseitig, außerdem befand sich ein Meer von Tischen zwischen ihnen und der neu aufgetauchten Beute. Während sie über die Hindernisse zu klettern versuchten, wurden sie rasch abgeschossen.

Das Feuer steigerte sich alsbald wieder zu einem Crescendo, vom Pulverdampf wurden die Feuermelder ausgelöst, die ein durchdringendes Geheul von sich gaben. Messing- und Plastikpatronen sammelten sich auf dem Boden, während die Schützen ihre Munition dezimierten.

Calvin bemerkte, wie eine Gruppe von Zombies hinter

die Theke kletterte und von der Seite an sie heranzukommen versuchte. Er zielte sorgfältig, denn es kam auf jede einzelne Patrone an. Mercy ließ sich auf ein Knie nieder und schaltete mit ihrem M4 eine ganze Reihe Zombies aus, von links nach rechts.

Die Toten stöhnten und starben.

Die Kugeln trafen Getränkespender und graue Tablettstapel, ließen Gewürzhalter bersten, bohrten sich in Wände und Decke und schlugen Funken an rostfreiem Stahl. Mehrere Neonröhren platzten, die Halterungen fielen auf die Köpfe des Mobs herab. Ein Feuerlöscher explodierte wie eine mit Babypulver geladene Bombe, und die stinkenden Körperflüssigkeiten der Toten spritzten umher.

»Weiter!«, brüllte Calvin, während sie erneut nachluden.

Evan, Mercy und Stone rückten an der rechten Seite vor und luden im Gehen nach, Calvin setzte an der linken ein neues Magazin ein. Vom Eingang aus beobachteten Juju und Dakota nervös den Gang. Sie hätten sich dem Kampf gern angeschlossen, wussten aber, dass sie hier gebraucht wurden. Evan und Stone gaben den noch aktiven Zombies, die sich stöhnend unter den Haufen toter Seeleute wanden, mit ihren Pistolen den Rest. Calvin und Mercy feuerten weiter mit ihren Gewehren.

Sie verloren jegliches Zeitgefühl. Die Welt schrumpfte für die kleine Gruppe zur Messe an Bord der USS *Nimitz* mitsamt deren widerlichen Gästen. Schon bald wandelten sie unter Toten, bahnten sich einen Weg durch sie hindurch und kletterten über sie hinweg, stiegen auf die Tische und feuerten weiter. Mercy erschoss eine Achtzehnjährige aus Oklahoma, die zur Navy gegangen war, weil sie den Drogen, einer vorzeitigen Schwangerschaft und der Hoffnungslosigkeit ihrer Heimatstadt entkommen wollte. Stone schoss einem Helikopterpiloten in den Kopf, der sich verwandelt hatte, ohne je zu erfahren, dass seine schwangere Frau sich in einem Flüchtlingszentrum in Texas in Sicherheit gebracht hatte. Evan pustete einem dreißigjährigen Oberbootsmann den Kopf weg, der sich vor der Pensionierung gefürchtet hatte, weil er sich ein Leben ohne Aufgabe nicht vorstellen konnte. Calvin schoss einen Neunzehnjährigen nieder, der es gar nicht hatte erwarten können, von der Navy wegzukommen, weil er schwul war und deswegen gemobbt wurde.

Die Pausen zwischen den Schüssen wurden immer länger, denn die Ziele wurden immer weniger. Stone lief zu einer Wand und sicherte zwei Luken, um zu verhindern, dass sie von nachdrängenden Toten umgangen wurden. Calvin rief Juju und Dakota zu, sie sollten die Eingangsluke sichern und sich ihnen anschließen.

Mercy, Evan und Calvin rückten in die große Küche vor und jagten die Toten zwischen Kühlschränken und Mikrowellen, Backregalen und Arbeitstischen. Wenn einer auftauchte, streckten sie ihn ohne zu zögern nieder und gingen weiter. Calvin entdeckte einen kurzen Gang, der zur nahegelegenen Offiziersmesse führte. Mit einem Blick vergewisserte er sich, dass sich keine Zombies darin aufhielten, dann sicherte er die Tür.

Schließlich versammelten sie sich an der Stelle, vor der die Horde gewartet hatte: vor der großen Metalltür eines begehbaren Kühlraums, die von den Faustschlägen der Toten dermaßen eingedellt war, dass sie an zerknautschtes Stanniolpapier erinnerte. Der Sicherungsstift am

Griff war eingesetzt, hatte sich vom ständigen Zerren und Hämmern aber verbogen.

Jemand schlug von innen gegen die Tür, und es war gedämpftes Rufen zu vernehmen.

Mercy schlug mit der Taschenlampe den verbogenen Sicherungsstift aus der Führung, und als er herausfiel, betätigte sie den Griff und sprang sogleich zurück, während Calvin und Evan in den Kühlraum hineinzielten, den Finger am Abzug. Fauliger Gestank schlug ihnen entgegen.

Vor ihnen standen die fünf schmutzigsten, übel riechendsten Männer, die sie je gesehen hatten, alle bärtig und noch in denselben Klamotten, die sie an dem Tag getragen hatten, als das Schiff an die Zombies gefallen war. Hinter ihnen lag ein Stauraum für Trockenwaren mit Regalen voller Kartons, der Boden war übersät mit Verpackungsmüll und Plastikflaschen. Die Männer waren blass und mager und hoben langsam die Hände, als wollten sie sich ergeben.

Der vorderste, bekleidet mit blauer Tarnuniform, musterte die Unbekannten und deren Waffen; seine in die Höhlen eingesunkenen Augen huschten umher. »Chief Gunner's Mate Liebs, United States Navy«, krächzte er. Langsam zog er einen großen Messingschlüssel unter seinem Hemd hervor, den er zusammen mit seiner Hundemarke an einer Kette um den Hals trug. »Ich muss dringend die Waffenkammer aufsuchen.«

»Wir waren im Rückzug begriffen«, sagte Chief Liebs, der auf einem Tisch saß und aus einer Flasche Wasser trank, während die anderen um ihn herumstanden. Die vier Männer, die im Lagerraum eingesperrt gewesen waren, wuschen sich an den Küchenspülen. Dakota hielt in der Nähe Wache.

»Bei mir waren Sanders und Lieutenant Sharpe, mein Vorgesetzter. Wir begleiteten einige unserer Kameraden« – er deutete auf die Männer, die sich in der Küche wuschen – »und kamen durch die Messe. Wir konnten die Toten einfach nicht aufhalten, und alle kamen um. Sie stürzten sich von allen Seiten auf uns. Wir brauchten unsere Munition auf, dann benutzte ich meine Waffe als Keule, aber sie wurde mir aus der Hand geschlagen. Sanders ging schreiend zu Boden.« Er schüttelte den Kopf. »Der Lieutenant schob uns alle in den Kühlraum. Vermutlich war er es, der den Sicherungsstift eingesetzt hat.« Er hielt inne. »Der Mann hat uns das Leben gerettet.«

»Sie waren seit Ausbruch der Seuche da drin?«, fragte Calvin.

Chief Liebs nickte. Er war Anfang dreißig, sein Haar wurde bereits grau. Er war nicht besonders groß, hatte aber ein offenes, freundliches Gesicht. Seine Kameraden nannten ihn respektvoll »Guns«.

»Seit dem dreizehnten August, glaube ich«, sagte er. »Welchen Tag haben wir heute? Ich habe versucht, mitzuzählen, es aber nicht lange durchgehalten.«

Mercy meinte, sie sei sich auch nicht ganz sicher, doch es sei wohl Mitte September oder noch später im Jahr. Die Erkenntnis, dass er und seine Kameraden einen Monat lang im Lagerraum ausgeharrt hatten, war ein Schock für den Chief.

»Sie haben die ganze Zeit gegen die Tür gehämmert«, sagte Liebs, blickte auf die übereinanderliegenden Toten und fragte sich, ob auch der Offizier, der sie gerettet hatte, dazugehörte. »Sie kamen nicht rein, und wir kamen nicht raus.«

Chief Liebs sagte, der Lagerraum sei belüftet gewesen, deshalb hätten sie keine Angst davor gehabt, zu ersticken. Außerdem habe es jede Menge zu essen und zu trinken gegeben. Da sie die Exkremente und den Müll nicht entsorgen konnten, hätten sie eine Ecke des Raums zur Toilette erklärt, die entsprechend gestunken habe. Um sich die Zeit zu vertreiben, hätten sie ein Kartenspiel aus Pappe angefertigt. Liebs senkte die Stimme und erklärte, es sei sehr belastend gewesen, dass es keinen Unterschied zwischen Tag und Nacht gegeben habe. Das unablässige Stöhnen und Hämmern habe sie beinahe um den Verstand gebracht. Seine größte Angst sei gewesen, einer seiner Männer könne sich umbringen, weshalb er seine ganzen Führungsqualitäten aufgeboten habe, um das zu verhindern. Während Evan ihm zuhörte, kam er zu dem Schluss, dass Liebs' Persönlichkeit und sein Engagement seine Kameraden am Leben erhalten hatten, nicht das, was er bei der Navy gelernt hatte.

»In welchem Zustand befindet sich das Schiff?«, fragte Liebs.

»Anscheinend ist es aufgelaufen«, antwortete Evan. »Unmittelbar vor Oakland. »An Bord wimmelt es von wandelnden Toten, und Sie sind bislang die einzigen Überlebenden, die wir entdeckt haben.«

Liebs schwieg eine Weile, um den Verlust des Schiffes und so vieler Freunde zu verarbeiten. Schließlich schaute er hoch. »Ich habe eine Verlobte in New Jersey. Wissen Sie, wie die Lage im Osten ist?«

Das wussten sie nicht, doch sie schilderten ihm, wie es in Kalifornien und den Gegenden aussah, von denen sie gehört hatten. Mercy streichelte ihm über den Rücken. »Vielleicht ist sie ja in Sicherheit«, sagte sie. »Daran müssen Sie glauben.«

Der Chief nickte kommentarlos. Er erkundigte sich, ob die Navy oder andere Schiffe und Flugzeuge in der Bucht aufgetaucht seien. Als sie verneinten, runzelte er die Stirn. Sie berichteten von der USNS *Comfort*, dem Sanitätsschiff, das von den Toten im Hafen von Oakland überrannt worden war.

Als die anderen Seeleute sich zu ihnen gesellten, stellte Liebs sie ihren Rettern vor. Alle waren jung und männlich. Der eine war ein einfacher Bootsmann, der andere Elektrotechniker, der dritte Unteroffizier zweiter Klasse und Einsatzspezialist, ein Alleskönner zur See. Der letzte der Gruppe war ein junger Mann aus Colorado, ein Maschinenmaat und Unteroffizier dritter Klasse, den Liebs als »Nuc« bezeichnete, was er wie *Nuke* aussprach.

»Man erkennt ihn daran, dass er im Dunkeln leuchtet«, sagte Liebs, was den jungen Mann zum Lächeln brachte. »Er überwacht die Reaktoren.«

»Wie ist ihr Zustand?«, fragte der Nuc. »Mindestens einer läuft mit reduzierter Leistung. Waren Sie schon unten?«

Calvin lächelte den Jungen an. »Mein Sohn, wir würden einen Reaktor nicht mal dann erkennen, wenn wir unmittelbar davor stünden. Nein, wir waren nicht unten.«

»Haben Sie Angst, sie könnten Schaden genommen haben?«, fragte Mercy mit besorgter Miene. Evan verkniff sich ein Grinsen. An jeder Gangbiegung rechneten sie mit wandelnden Toten, die sie fressen wollten, und Mercy trat ihnen entgegen, als gehörte sie den Spezialeinsatzkräften an, fürchtete sich aber immer noch vor Strahlung.

Der Nuc schüttelte den Kopf. »Ich bin sicher, die sind in Ordnung. Ich habe mir nur Gedanken über die Wartung gemacht. Wenn es ein größeres Problem gäbe, wären Sie bereits tot.«

Seine offenen Worte hatten merkwürdigerweise eine beruhigende Wirkung auf Mercy.

Stone fragte: »Was hat es mit den toten Feuerwehrleuten auf sich?« Als der Chief ihn verständnislos musterte, sagte Stone: »Wohin wir auch kommen, egal, in welchem Bereich des Schiffes, überall liegen Löschschläuche herum, und es gibt Zombies in Schutzkleidung.« Er zeigte auf ein paar Feuerwehrleute in den Bergen von Toten. »Aber nirgendwo gibt es Brandspuren.«

Liebs hatte verstanden. »Das ist eine Folge der Gefechtsbereitschaft. Alle Seeleute an Bord sind in Schadensbekämpfung ausgebildet, und das heißt meistens Feuerbekämpfung. Im Gefecht ist mit Bränden zu rechnen, deshalb bereiten sich in einem solchen Fall viele Leute, die mit den Kampfhandlungen nicht unmittelbar zu tun haben, auf den Löscheinsatz vor.« Er schüttelte den Kopf. »Feuer an Bord eines Schiffes ist kein Vergnügen. Ich bin froh, dass es nicht gebrannt hat.«

Chief Liebs musterte die Gesichter seiner Befreier. »Ich kann gar nicht glauben, dass sich eine Gruppe von Zivilisten in den Kopf gesetzt hat, an Bord dieses Monsters zu gehen und es gewaltsam einzunehmen.« Er schüttelte staunend und anerkennend den Kopf. »Ich bin froh, dass Sie das getan haben. Ich wundere mich bloß, dass Sie noch am Leben sind.«

»Das muss nicht so bleiben«, sagte Calvin. »Wir haben bei der Säuberung der Messe fast unsere ganze Munition aufgebraucht.«

Der Chief nickte. »Ich bin Waffenmaat. Wir sind zuständig für die Sicherheitsausbildung und das taktische Training, bedienen die der Besatzung vorbehaltenen Waffen und verwalten die Magazine.« Er holte wieder den Schlüssel hervor. »Außerdem sind wir für die Waffenkammern zuständig.« Er schaute in die Runde. »Wenn wir überleben wollen, müssen wir dorthin gehen.«

»Kennen Sie den Weg?«, fragte Mercy und errötete wegen der dummen Frage.

»Ja, Ma'am«, antwortete der Chief lächelnd. »Die Waffenkammer befindet sich etwa dreißig Meter von hier entfernt. Wir müssen sie nur erreichen.«

33

Angie erwachte von einem gedämpften Pistolenschuss.

Sie rappelte sich hoch, riss die Haupteingangsluke der Brücke auf und stapfte die Metalltreppe hoch. »Skye?«, rief sie. Das Herz schlug ihr bis zum Hals, Tränen traten ihr in die Augen. Sie stieg über die Schwelle in die Primäre Flugkontrolle und schaute sich in dem kleinen Raum an der obersten Spitze des Flugzeugträgers um.

Er war leer.

Sie näherte sich der offenen Luke, die auf den Laufgang oberhalb des Flugdecks hinausging. Es war noch dunkel, doch der Himmel ergraute bereits. Skye saß auf dem Metallrost, mit baumelnden Beinen, die Arme ums Geländer gelegt. Ihr Kopf hing schlaff nach unten.

»Ach, Skye«, flüsterte sie und ging hinüber. »Es tut mir so leid.«

»Wieso?«, entgegnete Skye und hob den Kopf. »Ich habe ihn erwischt.« Sie zeigte mit der Pistole auf einen Offizier, der mit einem frischen Einschussloch in der Stirn ganz in der Nähe lag. Schluchzend und lachend zugleich fiel Angie auf die Knie und umarmte die junge Frau von hinten. »Ich dachte ... ach, ich dachte ...«

Skye streichelte Angies Arme. »Der Schuss – habe mir deswegen keine Gedanken gemacht.« Sie wandte sich um und schaute Angie an. Ihre Haut hatte die Farbe von Blei, ihr linkes Auge war milchig trüb, doch ansonsten war mit ihr alles in Ordnung.

Angie musterte sie von oben bis unten. »Bist du okay? Was ist mit dem Fieber?«

Skye schüttelte den Kopf. »Ich habe die ganze Nacht lang drauf gewartet. Aber kein Fieber, keine Symptome.« Sie hob den verbundenen Arm. »Das tut ganz schön weh; der Scheißkerl hat mich übel gebissen. Ich hoffe, die Wunde entzündet sich nicht. Menschenmünder sind schmutzig.«

Angie lachte und umarmte sie weinend. »Damit kommen wir klar.«

Skye überließ sich der Umarmung und verspürte ein Ziehen in der Brust, das sie lange nicht mehr empfunden hatte – ein gutes Ziehen. Langsam löste sie sich. »Der Kopfschmerz ist weg«, sagte sie und hob die linke Hand. Sie zitterte nicht mehr. »Das ist auch besser geworden. Angie, so gut habe ich mich nicht mehr gefühlt, seit … ach, ich weiß auch nicht.«

Angie blickte erst die Hand, dann das Mädchen an. Plötzlich wurde ihr bewusst, dass das Schnarren verschwunden war. Skye hatte eine angenehme Stimme. »Bist du sicher?«

Skye nickte. »Ich kenne meinen Körper. Es geht mir gut. Wenn es mich erwischen sollte, dann wäre es heute Nacht passiert, oder?«

»Ich möchte uns … keine falschen Hoffnungen machen«, sagte Angie, »aber …«

»Ich glaube, ich bin immun. Der Kontakt mit dem Blut hat …« Skye schwenkte ungeduldig die Hand. »Vielleicht war das eine Art Impfung? Vielleicht ist das beim schwelenden Verlauf so. Ich weiß nicht, aber vielleicht ist das wie bei einer Kinderkrankheit; wenn man sie einmal hatte, bekommt man sie nie wieder.«

»Vielleicht weiß Rosa mehr darüber«, sagte Angie.

Skye nickte. »Vielleicht verwandele ich mich, wenn ich getötet werde, keine Ahnung, aber der Bursche hat mir bestimmt eine volle Dosis verpasst.« Sie lächelte. »Nichts.«

Angie gefiel das Lächeln. Es war anders als das sarkastische Kräuseln der Lippen, das sie von Skye kannte – ein echtes Lächeln.

Sie richteten sich auf, und Skye schob die Pistole ins Holster. Unter ihnen bevölkerten die Toten der *Nimitz* das Flugdeck, denn von unten strömten immer mehr nach.

»Einsatzbereit?«, fragte Skye.

Angie schob ein volles Magazin in das Galil. »Darauf kannst du einen lassen.«

Skye lächelte wieder, und Angie wurde ganz warm ums Herz. Sie umarmte ihre Freundin erneut. Skye tippte Angie auf den Arm. »Jetzt, wo ich weiß, dass sie mich nicht infizieren können, will ich unbedingt eine Machete haben.« Ihr Blick verhärtete sich. »Die steht ganz oben auf meiner Liste.«

Die Sterne leuchteten, und dank der hervorragenden Zieloptik ihrer Waffen und der hohen Schussposition hatten sie leichtes Spiel. Nichts, was sich auf dem Deck regte, konnte ihnen entkommen, und da der Aufbau dicht hinter der Mittschiffsposition lag, konnten sie jede Stelle erreichen. Messingpatronen fielen klirrend durch den Gitterrost des Laufgangs und wirbelten durch die Luft, während auf dem Deck Zombies zusammenbrachen. An den Stellen, wo Treppen aufs Deck mündeten, stolperten die Toten einer nach dem anderen ins Feuer, brachen entweder an Ort und Stelle zusammen oder wurden über den Rand geschleudert, worauf sie ins Sicherheitsnetz fielen.

Als die Sonne über den Hügeln von Oakland aufging, waren ihre Gewehre und Patronengurte leer, und sie hatten nur noch Pistolenmunition übrig. Auf dem Deck lagen über zweihundert niedergestreckte Zombies.

Die beiden Frauen schulterten ihre Gewehre und überprüften die Seitenwaffen. Als nächsten Schritt wollten sie die einzelnen Räume des Decksaufbaus durchkämmen. Einige bewaffnete Seeleute hatten versucht, den Fall des Schiffes zu verhindern, und wenngleich sie gescheitert waren, mussten sie irgendwo sein, zusammen mit ihren Waffen und der Munition. Angie und Skye würden sie finden.

Als sie wieder ins Schiffsinnere traten, blickten sie nicht nach Alameda hinüber, und so bekamen sie nicht mit, wie es von den Toten überrannt wurde.

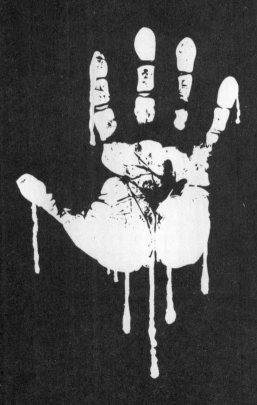

Zorn

34

Als die Sonne aufging, zeigte der Himmel ein kühles Pink, und über zehntausend wandelnde Tote strömten in dem blassen Licht lautlos über die Zugangsstraße neben dem Landebecken für Wasserflugzeuge auf den Hauptpier. Kurz vor dem Ende der Nachtwache hatte eine junge Frau namens America, die als Ausguck am Heck einer Fregatte aus dem 2. Weltkrieg postiert war, sich zum Schutz vor der Kälte in eine Decke gewickelt und war eingenickt. Sie schlief, als die Horde sich in Bewegung setzte, und bekam nicht mit, wie sie um die Ecke bog und über den Pier vorrückte, und sie wachte gerade auf, als ein Dutzend Drifter über die Gangway schlurften und sie am Heck entdeckten.

Sie hatte nicht einmal Gelegenheit zu schreien.

Unter den Toten befanden sich Einwohner von Alameda, Drifter aus Oakland und Sacramento, einige derer, welche die Bay Bridge überquert hatten, sowie die ersten von vielen, welche die Umzäunung des Navystützpunkts Lemoore überrannt hatten. Dazu zählte auch ein Kampfpilot namens Rocker. Seine Flugmontur war schwarz von geronnenem Blut und nach der kilometerweiten Wanderung zerrissen, und sein Kopf wackelte hin und her.

Vladimir Yurish war wie üblich schon wach, stand an Deck des alten Zerstörers, wo tags zuvor Maya Ausschau gehalten hatte, und blickte wie sie zur *Nimitz* hinüber. Vlad befand sich am Bug, der in die Bucht hinauswies, und rauchte in Ruhe eine Zigarette, als die ersten Lichtstrahlen aufs Wasser fielen. Die *Nimitz* war eine dunkle Silhouette. Ein leichter, kühler Wind zerrte an seinem Fluganzug und zerzauste das Haar des neben ihm stehenden Jungen.

Der dreijährige Ben hielt mit seinen kleinen Händen die Reling umklammert, ein Schössling neben dieser Eiche von einem Mann. Auch er schaute aufs Wasser hinaus.

Vlad hatte den friedlichen Morgen genießen wollen, bevor die anderen aufwachten. Als er aus dem Schlafsack gekrochen war, machte er Streckübungen und schwenkte die Arme, um die von der Nacht auf dem harten Boden herrührende Steifheit zu vertreiben. Wie sich herausstellte, war er nicht als Erster auf den Beinen. Der kleine Ben saß zehn Meter von den anderen entfernt allein auf dem Pier, spielte mit einem kleinen blau-gelben Plastiktruck und machte die entsprechenden Geräusche dazu. Vlad blickte sich zu Sophia um, denn wenn sie merkte, dass der Junge nicht bei ihr war, würde sie in Panik geraten. Sie lag reglos in ihrem Schlafsack. *Lass sie schlafen*, dachte er und kniete sich neben das Kind.

»Was für einen Truck hast du denn da?«, fragte Vlad, ohne mit einer Antwort zu rechnen. Sophia hatte ihm erzählt, wie Angie den Jungen vor der Feuerwache in Alameda gerettet hatte. Sie war einfach losgerannt und hatte ihn verteidigt wie eine Bärenmutter ihr Junges. Sophia wusste wenig über ihn, denn er sprach nur selten. Ben hatte zu Vladimir auf der Stelle Vertrauen gefasst, setzte sich umstandslos auf den Schoß des großen Russen und reichte ihm ein Buch zum Vorlesen oder stellte sich auf Vlads Beine, zog ihn mit seinen kleinen Händen an den abstehenden Ohren und lachte, als wäre dies das lustigste Spielzeug auf der Welt. Vlad ließ das Spiel anscheinend unerschütterlich über sich ergehen, doch der Junge landete wie zufällig immer wieder in seiner Nähe und schlang wie selbstverständlich seinen kleinen Arm um Vlads Bein. Vlad machte manchmal extra große Schritte, während der Junge sich wie ein Äffchen an sein Bein klammerte und lachte.

»Das ist ein blauer Truck«, sagte Ben. »Und gelb ist er auch.«

»Ja, aber weißt du, wozu der gut ist?«

Ben nickte. »Das ist ein Fickbasta.«

Der Russe machte große Augen. »*Was* soll das sein?«

»Fickbasta.« Ben hob die Kippbrücke an, als schütte er die Ladung aus.

Vladimir lachte laut auf. »Ein *Kipplaster.*«

Ben schaute lächelnd hoch und nickte, als wäre Vlad nicht ganz so schlau, wie er aussah. Dann fuhr er mit dem Truck am Bein des Piloten hoch. »Rrrrrrr …«

Vlad ließ ihn eine Weile spielen, dann fragte er Ben, ob er mit ihm spazieren gehen wolle. Das tat er. Sie stiegen zum Deck des Zerstörers hoch. Vlad achtete darauf, langsam zu gehen und kleine Schritte zu machen.

Jetzt standen sie an der Reling im frischen Meereswind, und Vlad bedauerte, dass er nicht die Jacke des Jungen mitgenommen hatte. Ben schaute zu ihm auf und sagte: »*J* ist ein Buchstabe.«

Vlad nickte ernst. »Ja, das stimmt.«

»*B* auch. Ich kenne ein paar Worte mit *B*.« Er wippte auf den Fersen. »*Banane. Bart* ist auch ein B-Wort. Und *blau.*«

Der Russe stützte sich auf die Reling und schaute grinsend auf seinen kleinen Begleiter hinunter.

»*Kerze* fängt mit K an. Und *Krach*. Und *gucken*.«

»Das ist ein G-Wort«, sagte der Pilot. Der Junge hielt inne und schaute ihn an.

»Ist *gut* ein G-Wort?« Als Vladimir bejahte, lächelte Ben. »*Gucken*. Das hatte ich schon. *Gehen*. *Google*. Das ist ein Computer.«

Vlad sah auf Ben hinunter, deshalb bemerkte er nicht die Horde, die sich am Pier entlangbewegte. Wegen des Winds hörte er auch nicht das Schlurfen der Füße und das leise Schnaufen.

»*Decke* ist ein D-Wort«, sagte Ben. »Und *Danny*. Der ist in meiner Klasse …«

Die Toten strömten über die Gangway des Zerstörers, bewegten sich stetig auf die abgestellten Fahrzeuge, die gestapelten Plastikbeutel und die Gestalten in den Schlafsäcken zu.

»… *Dreck*. *Daddy* …«

Vladimir schloss einen Moment lang die Augen und dachte an seine Tochter Lita, wie sie von der Vorschule nach Hause kam, voller Stolz auf ein neu gelerntes Wort oder Lied. Dann tanzte sie in der Küche ihrer kleinen Wohnung, drehte sich singend im Kreis. Die Kehle schnürte sich ihm zu, und er fragte sich, wann die Erinnerungen wohl aufhören würden, so wehzutun. Vielleicht niemals. Dann wurde ihm bewusst, dass Ben verstummt war, und er öffnete die Augen.

Ben zeigte an ihm vorbei. »Monster.«

Vlad fuhr herum und sah die tausendköpfige Horde, welche die Fahrzeuge beinahe erreicht hatte. Knapp zwanzig Meter dahinter schliefen die Menschen. Da keine Zeit mehr war, sie zu warnen, riss er die Browning aus dem Schulterholster – inzwischen war er zu einem größeren Kaliber gewechselt – und schoss in die Luft. Ben klammerte sich an sein Bein.

Die Menschen erwachten jäh und richteten sich in den Schlafsäcken auf. Als sie die sich nähernden Toten sahen, setzte das Geschrei ein.

Die Wesen an der Spitze der Horde reagierten auf den Lärm und die plötzliche Bewegung und setzten zum Galopp an. Die Menschen griffen zu den Waffen, Mütter rissen ihre Kinder aus dem Schlafsack, und ein paar, die der Wand der Drifter am nächsten waren, gerieten in Panik und robbten zurück, gefangen in ihren Schlafsäcken.

Über diese Unglücklichen fielen die Toten als Erstes her und zerfleischten sie.

Vladimir nahm Ben auf den linken Arm, in der Rechten hielt er die Pistole. »Wir müssen jetzt schnell und leise sein, mein kleiner Freund«, sagte er mit gesenkter Stimme. »Kannst du leise sein?«

Ben nickte und vergrub sein Gesicht an Vladimirs Schulter, klammerte sich mit den Ärmchen an seinen Hals. Vlad eilte nicht zur Gangway, denn er wusste, dass er mit dem Schuss die Aufmerksamkeit der Zombies geweckt hatte. Stattdessen trabte er zur anderen Seite des Decks, die dem Hafenbecken zugewandt war. Der langgestreckte Decksaufbau verdeckte die Sicht auf die Horde. In weniger als drei Minuten hatte er das Heck erreicht, wo eine Batterie von Kanonen zu der Fregatte mit dem Ausguck wies. Er kroch unter die langen Läufe und blickte zur Gangway.

Ein Dutzend Drifter stolperten über die Rampe aufs Deck und hielten mit ihren toten Augen Ausschau. Sieben entfernten sich von ihm und hielten auf die Stelle am Bug zu, an der er sich eben noch befunden hatte. Fünf kamen in seine Richtung. Er hörte ihr Fauchen und Jaulen, im Hintergrund mischten sich Schüsse in die Schreie.

Scheiße. Er hielt Ausschau nach einem Ort, an dem sie sich so lange verstecken könnten, bis die Toten vorbei wären, doch man hatte alles entfernt, worüber Touristen hätten stolpern können. Vlad ging zur Steuerbordseite hinüber und suchte nach einem Eingang in den Decksaufbau. Ben klammerte sich an ihn und gab keinen Mucks von sich.

Er entdeckte eine Luke. Sie war verschlossen.

Von hinten näherten sich schlurfende Schritte.

Vlad ging weiter. Die nächste Luke. Sie war zugeschweißt. Das Geschrei schwoll an wie außer Kontrolle geratener Chorgesang, es fielen nur noch vereinzelte Schüsse. Der Pilot lief zur nächsten Luke, die sich mittschiffs befand. Er zog daran. Auch sie war verschweißt.

Die Toten, die zum Bug gegangen waren, bogen um die Kanonen herum. Sie machten ihre Beute aus, fauchten und eilten an der Steuerbordseite entlang. Hinten gelangten die anderen fünf Drifter in Sicht und schlurften auf den Mann und den kleinen Jungen zu.

Vlad blickte zwischen den beiden Gruppen hin und her und wog die Browning in der Hand. Das war eine Kurzdistanzwaffe, und er war kein guter Schütze. Sie müssten schon sehr nahe herankommen, und selbst wenn er mit jeder seiner verbliebenen fünf Patronen einen Kopftreffer erzielte, würde er doch nicht alle ausschalten können. Eine Gelegenheit zum Nachladen würde er nicht bekommen.

Er stellte sich das Wasser in der Tiefe vor. Wenn er Ben beim Aufprall losließ, würde der Junge ertrinken.

Er dachte daran, Ben und sich selbst zu erschießen.

Niemals.

Und auf einmal bleckte er die Zähne. *Gott*, dachte er, *ich schon wieder. Wir werden nicht noch einmal miteinander sprechen, du Hurensohn. Aber ich möchte, dass du weißt, dass du mir nicht noch ein Kind rauben wirst. Du kannst mich mal, Groundhog-Seven Ende.*«

Vladimir presste Ben an sich, ging der Fünfergruppe entgegen und hob die Browning. *Bämm. Bämm-Bämm-Bämm-Bämm.*

KLICK.

Mit leerem Magazin trat er über die fünf zusammengebrochenen Drifter hinweg, jeder mit einem runden, schwarz umrandeten Einschussloch in der Stirn. Er ging zum Heck, warf das leere Magazin aus und setzte ein volles ein.

»Du hast die Monster umgebracht«, flüsterte Ben und spähte über die Schulter des Mannes hinweg.

Die Miene des Russen war verhärtet, doch er hatte Tränen in den Augen, und seine Stimme war ein Knurren mit zusammengebissenen Zähnen. »Papa wird *alle* Monster umbringen, mein Kleiner.«

Er bog um die Batterie herum und näherte sich der Backbordseite und der Gangway, den rechten Arm vorgestreckt. Ein Drifter in Hausmeisteruniform schlurfte soeben steifbeinig an Deck.

BÄMM. Das Wesen brach zusammen.

Vlad erreichte die Rampe, wo ihm eine junge Frau entgegenkam, deren Gesicht längst auseinandergefallen wäre, wenn die vielen Piercings es nicht zusammengehalten hätten.

BÄMM. Der Kopftreffer schleuderte sie nach rechts über das Geländer ins ölige Wasser.

Ben verbarg sein Gesicht an Vladimirs Hals und begann zu wimmern. »Schhhh, mein Kleiner«, sagte Vlad und ging die Gangway hinunter. »In meinen Armen bist du sicher.« Unter ihnen strömte eine Herde wandelnder Toter von links nach rechts, eine unpassierbare Barriere aus tödlichen Zähnen.

»Die Stellung halten!«, rief Margaret, die von Elson und Big Jerry flankiert wurde. Maya und ein paar andere hatten sich neben ihnen aufgereiht. Pistolen, Schrotflinten und Gewehre feuerten auf die Wand der Toten, die sich der Beute näherten und mit offenen Mündern stöhnend ins Leere griffen. Drifter brachen zusammen, jedoch bei Weitem nicht genug.

Vor ihnen gab der weiße Van aus dem Seniorenzentrum dem Druck der Leiber nach und kippte ächzend auf die Seite. Fenster barsten. Der schwarze Van mit der Aufschrift *Angies Waffenschmiede* geriet ebenfalls in Bewegung, rutschte über den Rand des Piers, neigte sich und landete mit dem Dach voran zwischen dem Pier und der *Hornet* im Wasser; dann sank er rasch, während ringsherum Luftblasen aufstiegen.

»Es sind zu viele!«, rief Elson, der seine Flinte nachlud. Mehrere Patronen rutschten ihm durch die Finger.

»Nicht zurückweichen!«, schrie die kleine Asiatin und feuerte unablässig auf die herangaloppierenden Wesen. Einige wurden von Körpertreffern zurückgeschleudert, nur um sich gleich wieder zu erheben, während andere Double-Aught-Schrotmunition ins Gesicht abbekamen und ausgelöscht wurden.

Hinter ihnen flüchteten sich die anderen an Bord des Wartungskahns, der vor ein paar Tagen schon so viele aus dem Oakland Middle Harbor gerettet hatte. Jugendliche sprangen aufs Deck, während Erwachsene kleine Kinder anreichten und ihnen hinterhersprangen. Zwei Hippies halfen Larraine mit ihrer Sauerstoffflasche aufs splitterige Deck, zwei andere halfen ihrem Mann Gene, der aufgrund seiner MS-Erkrankung nahezu bewegungsunfähig war. Einige Erwachsene und ältere Jugendliche feuerten hinter dem Rand des Piers hervor auf die endlose Masse heranschlurfender Toter.

Margaret sah einen weiblichen Zombie, der noch halb im Schlafsack steckte, sich mit den Händen vorwärts zog und mit den Zähnen schnappte. Sie und die Tote hatten noch am Abend zuvor Kaffee miteinander getrunken und sich über ihr Leben vor dem Ausbruch der Seuche ausgetauscht. Die Kehle schnürte sich ihr zu, als sie mit der Schrotflinte zielte, doch Maya kam ihr mit der Neun-Millimeter-Pistole zuvor und schoss der Frau ins Auge.

Auch Maya hatte sie gekannt, denn sie war mit ihr zusammen in der umherreisenden Family ihres Vaters aufgewachsen.

An der linken Seite durchbrach eine Gruppe Toter die Abwehrlinie. Elson wandte sich um, schoss und schleuderte einen von den Beinen, dann umzingelten ihn die anderen und warfen ihn zu Boden. Fauchend fielen sie über ihn her, während er brüllend um sich schlug.

Margaret schrie auf und feuerte auf die dicht gedrängten Toten, die ihren Freund verschlangen.

Big Jerry fasste sie beim Arm. »Es ist vorbei! Komm mit aufs Boot!« Er zerrte sie zum Ende des Piers und versetzte ihr einen Stoß, sodass sie springen musste. Ein verwesender Toter, von der Hüfte abwärts nackt, galoppierte von hinten mit gebleckten Zähnen heran. Maya schoss ihm in die Schläfe, worauf er, vom eigenen Schwung getragen, ins Wasser stürzte.

»Abstand halten!«, rief Jerry, dann sprang er mit seinen dreihundert Pfund vom Pier ab und landete mit einem gewaltigen Dröhnen sowie einem lauten Knacken, worauf er sich stöhnend zusammenkrümmte und ans Knie fasste. Maya sprang ihm nach und schoss dem ersten Drifter, der sich am Rand blicken ließ, ins Gesicht.

Der Dieselmotor sprang an, die anderen hatten die Leinen bereits eingeholt. Einige drückten das Boot von der bemoosten Kaimauer ab, die Übrigen eröffneten das Feuer auf die Horde, als sie das Ende des Piers erreichte.

Zombies brachen zusammen. Dutzende stolperten ins Wasser, gingen unter, dann rückten die nächsten nach. Ein paar Drifter fielen auch aufs Deck, ehe das Boot genug Abstand gewonnen hatte. Schreiend versuchten die Menschen zu verhindern, dass sie auf die Beine kamen.

Maya riss einen gelben Eispickel aus einer offenen Plastikkiste, das Gesicht verzerrt von einem lautlosen Kriegsschrei. Sie vergrub das Eisen in einem Kopf, trat gegen den Toten und nahm sich den nächsten Gegner vor. Ein Drifter kam ihr so nahe, dass er sie hätte beißen können, doch der junge Mann mit der schwangeren Frau rammte ihm den Gewehrschaft unters Kinn, sodass der Kopf platzte.

Menschen spritzten auseinander, als Maya den Eispickel in tödlichem Bogen schwang. Sie traf ein Ohr, ein Auge, spaltete einen verwesten Kopf. Es war schnell vorbei, und dann stand die taubstumme Frau mit wogender Brust inmitten des Gemetzels und wischte sich mit dem Ärmel Blut aus dem Gesicht. Angehörige der Family eilten herbei und säuberten sie mit desinfizierenden Tüchern, während andere die Toten über die Reling wälzten. Maya ließ keinen Moment lang den Eispickel los.

Das Boot entfernte sich vom Pier, und viele an Bord fühlten sich an ein noch nicht lange zurückliegendes Erlebnis erinnert: Hunderte fuchtelnder Toter stolperten über den Rand des Piers und stürzten ins Wasser, als sie der flüchtenden Beute nachsetzten.

Als das Boot sich außer Reichweite der Horde befand, knieten Margaret und Maya neben Big Jerry nieder, die anderen versammelten sich um sie. Der Teilzeitkomiker machte einen Scherz über dicke Läufer-Asse, doch sein Grinsen geriet angesichts der Schmerzen in seinem Knie etwas angestrengt. Sie betteten ihn so bequem wie möglich.

Sie kamen zu dem Schluss, dass es unmöglich war, nach Alameda zurückzukehren. Stattdessen beschlossen sie, zur *Nimitz* zu fahren. Sophia zählte an Deck die Flüchtlinge durch. Sie hatten vier Erwachsene verloren, darunter auch Elson, zum Glück aber keine Kinder.

Eine andere Frau half ihr bei der Bestandsaufnahme. »Nein«, sagte sie, »du hast dich verzählt. Es fehlt jemand.«

Sophia zählte erneut. *Okay, die Frau hat recht, zwei fehlen, aber Ben war doch bei Vlad, und Vlad …*

Sophia brach in Tränen aus.

Vladimir hockte auf der Gangway des Zerstörers und blickte zur Horde hinüber. Die Drifter auf dem Schiff näherten sich von hinten, und es würde nur Sekunden dauern, bis er und sein kleiner Begleiter entdeckt werden würden. Er stellte fest, dass die Zombies am Pier gar nicht Schulter an Schulter und Rücken an Bauch gepackt waren, wie es von oben ausgesehen hatte. Es gab Lücken, und wenn sie sich beeilten, könnten sie es gerade so eben schaffen.

Vladimir drückte Ben an sich und lief los, mitten in die Horde hinein, Haken schlagend wie ein Ballträger bei einem dieser Footballspiele, die er in Amerika lieben gelernt hatte. Fauchend warfen sich die Drifter herum und zerrten an seiner Fliegermontur.

Die Gruppe hatte den Wagen auf dem Pier stehen lassen. Er wusste, was er für die anderen darstellte, denn jedes Mal, wenn Angies Blick darauf fiel, verzog sie angewidert den Mund. Wegen ihres Abscheus hatte sie sich bewusst oder unbewusst davon ferngehalten. Jetzt aber war Maxies Cadillac aus den Achtzigern eine Insel aus weißem Lack und Chrom am Rand des Stroms der Toten.

Vladimir schüttelte einen Drifter ab, wich nach links und dann nach rechts aus und drückte einen anderen Zombie mit der Schulter weg, dann hatte er den Wagen erreicht. Er riss die Beifahrertür auf, schob Ben hindurch und kletterte ihm hinterher.

Er wurde bei den Beinen gepackt.

Ein Arm schlang sich um seine Hüfte.

Halb auf dem Sitz liegend, drehte Vladimir sich um, drückte die Mündung der Browning in einen schnappenden Mund und verteilte das Gehirn des Drifters auf ein halbes Dutzend seiner Kollegen. Der Arm löste sich. Zwei weitere Kugeln, und seine Beine waren frei. Er zog am Türgriff.

Ein Drifter versuchte ihm die Tür zu entreißen. Ben hatte sich schreiend auf dem Boden zusammengekrümmt. Vlad versetzte dem Zombie einen Tritt gegen die Brust und schleuderte ihn zurück. Zähne gruben sich in seine Stiefelsohle; auch diesen Zombie wehrte er mit einem Fußtritt ab. Weitere Drifter drängten heran, doch Vladimir schlug ihnen mit einem russischen Fluch die Tür vor der Nase zu und verriegelte sie.

Hinter ihm sprang die Fahrertür auf.

Vlad wälzte sich herum und feuerte, bis das Gedränge vor der Tür beseitigt war, dann zog er die Tür zu, verriegelte sie und vergewisserte sich, dass auch die hinteren Türen von außen nicht zu öffnen waren.

Fäuste hämmerten auf die Karosserie und beulten sie ein, grauenhafte Fratzen pressten sich ans Glas, beißend und kratzend. Vlad hatte das Gefühl, sich im Innern einer Orchestertrommel zu befinden.

Das Rückfenster barst. Ein Seitenfenster zersplitterte, ohne sich aus dem Rahmen zu lösen.

Der Cadillac wankte und rutschte ein Stück weit dem Rand des Piers entgegen.

Vlad zog sich auf den Fahrersitz, tastete nach dem Zündschloss und hielt sein Versprechen: Er verzichtete darauf, zu einem Sadisten zu beten, der ihn sowieso nicht hörte. Tatsächlich steckte der Zündschlüssel, und der Motor sprang auch sofort an.

Der Wagen rutschte weiter, die Reifen erreichten den Rand des Piers.

Vlad hatte Maxie nie kennengelernt, doch offenbar hatte er den Wagen gut gepflegt. Jetzt würde sich erweisen, was dieses klassische Beispiel amerikanischer Ingenieurskunst alles einstecken konnte. Er riss den Lenker herum und beschleunigte mit durchdrehenden Reifen. Drifter wurden beiseite geschleudert, prallten vom Kühlergrill ab, rutschten über die Kühlerhaube und beschmierten das Fenster mit Körpersäften. Die rechten Räder überrollten etwas, das sich anfühlte wie eine Reihe von Baumstämmen, was die Federung an ihre Grenzen brachte. Vlad fuhr langsamer, denn wenn sie aufsetzten, wäre alles vorbei. Dann senkten sich die Räder an der rechten Seite ruckartig wieder ab. Der Caddy wies zur Zugangsstraße des Flugstützpunkts, und vor ihm befand sich eine Wand von Toten.

Ben kroch auf den Beifahrersitz und rollte sich neben dem russischen Piloten zusammen. Vlad packte das Steuer mit beiden Händen und sagte: »Sing noch mal das Lied, mein Kleiner.«

Er trat das Gaspedal durch.

35

Rosa ging als Erste hinein, die Pistole beidhändig umklammernd. Ihr erster Eindruck war der, eine Geisterbahn oder ein Horrorfilmset betreten zu haben: blutbespritzte weiße Wände und Trennvorhänge, der weiße Fliesenboden übersät mit Toten und blutverschmiert, an der Decke eine flackernde Neonröhre. Obwohl der Reaktor der *Nimitz* mit reduzierter Leistung lief, wurde die Krankenstation weiterhin mit Strom versorgt, und ohne die Kampfschäden wäre sie hell erleuchtet gewesen. Jetzt waren die meisten Neonröhren geplatzt, die Metallgehäuse hingen am Kabel von der Decke, und mehrere Lampen gingen ständig an und aus. Die wenigen, die noch Licht spendeten, vertieften lediglich die Dunkelheit.

Bei jedem Schritt klirrten Patronenhülsen. Rosa ging vorsichtig weiter und hielt auf dem Boden Ausschau nach einer Bewegung. Tommy, Lilly und Eve hielten sich dicht hinter ihr und leuchteten mit den Taschenlampen.

Die medizinische Abteilung des Flugzeugträgers glich einem Krankenhaustrakt mit Warteräumen und Verwaltungsbüros, Röntgengeräten und OP-Sälen, einer Apotheke und Krankenschwesterzimmern. An der rechten Seite befanden sich mehrere Schockräume, vor ihnen lag eine Krankenstation mit achtzig Betten. Auf See wurden sechs Ärzte und ein Chirurg von einer Armee von Sanitätern und Pflegern unterstützt, die alles Mögliche behandelten, angefangen von Feld-Wald-und-Wiesen-Verletzungen und Fieber bis zu Blinddarmentzündungen,

Knochenbrüchen und Arbeitsunfällen. In Kriegszeiten kümmerten sie sich um die Verwundeten.

Vor allem wegen der Krankenstation, wo es alles gab, was sie für die Versorgung der Kranken und Verletzten brauchen würde – sterile Instrumente, Verbandsmaterial und Schienen, Medikamente und ein Labor –, hatte Rosa sich für die Einnahme des von Toten wimmelnden Kriegsschiffs ausgesprochen. Diese Einrichtung und ihre medizinischen Kenntnisse könnten für die Überlebenden den Unterschied zwischen Leben und Tod bedeuten, nicht nur heute, sondern auch in Zukunft. Jetzt, da sie die Station erreicht hatte, war sie entschlossen, sie einzunehmen und zu halten.

Auch hier hatte es Kämpfe gegeben. Theken und Wände waren von Kugeln durchsiebt, Blutdruck- und EKG-Geräte waren umgeworfen worden und beschädigt, Betten waren umgekippt, Vorhänge abgerissen.

Die meisten Toten waren mit Krankenhauskitteln bekleidet, einige wenige mit Nachthemden und einer mit einem weißen Laborkittel. Neben mehreren von Kugeln durchsiebten Toten saß eine Frau in blauer Tarnuniform an der Wand, ein Sturmgewehr in den Händen. Sie trug eine Schutzweste, hatte einen Patronengurt geschultert und war über und über mit Bissen überzogen. Ein Ohr hing an den Sehnen herab, ihre toten Augen hatten die Farbe von Zinn. In der Stirn hatte sie ein Einschussloch.

Rosa zeigte auf die bewaffnete Tote, worauf Lilly ihr Waffen und Munition abnahm.

Es war ein Massaker, dachte Rosa, als sie tiefer in die Krankenstation vordrang. Aber wer hatte hier geschossen? Wie hatte es angefangen? Als links von ihr jemand gegen hohles Metall schlug, schwenkte Rosa die Pistole herum. Eve leuchtete mit der Taschenlampe. Offene Durchgänge in einem dunklen Flur, blutverschmierte Fliesen und Stille. Hinter ihr teilte Tommy mit dem Lauf seiner Schrotflinte die blutigen Vorhänge und spähte in die Behandlungsräume.

»Wir sind nicht allein«, flüsterte Eve.

»Das wäre auch mal ganz was Neues«, entgegnete Rosa.

Die beiden Frauen bewegten sich langsam den Flur entlang, und als das Klopfen erneut ertönte, erstarrten sie und hielten den Atem an. Dann gingen sie weiter. Als an der rechten Seite eine offene Tür auftauchte, leuchtete Eve hinein.

»Heilige Scheiße«, flüsterte sie.

Rosa blickte durch die Tür. Dahinter lag ein kleiner Lagerraum, in den Regalen säuberlich gestapelte Vorräte: gefaltete Laken und Decken, Nachthemden und plastikverpackte Kittel, Bettpfannen, Toilettenartikel, Pantoffeln und Handtücher. Mehrere zusammengelegte Rollstühle lehnten neben Stapeln roter Plastikeimer an der Wand. Mitten im Raum lag entgegen allen hygienischen Vorschriften ein Haufen Waffen, Stiefel und Schutzwesten, alles blutverschmiert. Es gab Munitionswesten und Patronengurte, Stiefelklingen, Granaten, ein Rucksackfunkgerät, Sturmgewehre, Pistole und Maschinenpistolen. Das Blut war getrocknet, und alles war mit rostrotem Glibber bedeckt. Es schien, als wären die Sachen wahllos auf einen Haufen geworfen worden.

Das sah nicht nach Navy aus; das war Infanterieausrüstung, und dass die Waffen so bunt zusammengewürfelt waren, deutete darauf hin, dass sie von keiner regulären Einheit stammten. Die Schutzwesten und die Rucksäcke waren schwarzgrau gemustert. Rosa betrachtete die Waffen und die Munition und seufzte. Ihre Munitionsvorräte waren fast aufgebraucht.

Als sie das Geräusch nackter, hoppelnder Füße vernahm, blickte sie nach links. Ein Zombie mit nacktem Oberkörper stürmte aus dem Halbdunkel heran, so muskulös wie ein Gewichtheber, bekleidet mit schwarzgrauer Tarnhose und schwarzem Halstuch. Auf die linke Brustseite war ein Totenschädel mit gekreuzten Dolchen tätowiert, darunter standen die Buchstaben S. O. G., das Kürzel der Spezialeinsatzkräfte.

Ein Navy SEAL.

Rosa feuerte, zweimal, dreimal, viermal. Zwei Schüsse gingen daneben, der eine streifte den rechten Armknochen, von dem Fleisch und Muskeln bereits abgefallen waren, der vierte traf die Leistenbeuge. Der Mann wurde nicht langsamer und stöhnte gedehnt.

Eve kam aus dem Lagerraum hervor, schaltete ihre Taschenlampe ein und schrie auf.

Tommy feuerte im Behandlungsraum drei Schüsse in rascher Folge ab.

Der tote Navy SEAL war noch sieben Meter entfernt, dann nur noch drei …

Rosa drückte ab, und die Neun-Millimeter-Kugel durchschlug den Wangenknochen des SEALs, konnte ihn aber nicht stoppen. Sie feuerte erneut, die Kugel streifte den Kopf, und dann hatte er sie erreicht, und sie feuerte aus nächster Nähe. Der Zombie prallte gegen sie und warf sie zu Boden. Dunkler Körpersaft spritzte aus seinem Mund und sickerte aus dem Einschussloch am Nasenrücken.

Eve zerrte den toten SEAL von der Sanitäterin herunter, als über den dunklen Gang eine Tote in blutigem Kittel heranstolperte. Eve ließ den schweren, schlaffen Zombie los, klemmte sich die Taschenlampe unter den Arm, lud das Gewehr durch – wobei sie eine wertvolle Patrone auswarf – und drückte ab. Sie musste dreimal feuern, ehe die Schrotmunition das Wesen niederstreckte. Rosa hatte sich inzwischen aus eigener Kraft von dem schweren SEAL befreit.

Die Sanitäterin ging in den Lagerraum und kehrte kurz darauf mit einer zweiten Neun-Millimeter-Pistole, die sie sich um die Hüfte geschnallt hatte, einem Beutel voller Magazine, zwei Patronengurten mit Gewehrmagazinen und einem M4 zurück, dem gleichen Typ, mit dem sie sich schon in Übersee vertraut gemacht hatte. Zusammen mit Eve ging sie wieder in die Mitte der Krankenstation.

Lilly saß auf einem Plastikstuhl. Zusätzlich zu ihrer eigenen schweren Ausrüstung hatte sie die Schutzweste einer Toten angelegt. Sie wirkte blass und lächelte Rosa entgegen, dann kippte sie vom Stuhl und übergab sich. Eve ging zu ihr.

In der Nähe stand Tommy mit seinem Gewehr. »Ich habe da hinten noch zwei ausgeschaltet«, sagte er und zeigte zur Krankenabteilung. »Die sahen wie Patienten aus. Eigentlich habe ich hier mit mehr Driftern gerechnet, denn schließlich ist das ein Krankenhaus.«

»Das ist eine Weile her«, meinte Rosa. »In der Zwischenzeit haben sie sich im ganzen Schiff verteilt. Vermutlich ist die Seuche hier ausgebrochen. Ein Krankenhaus bietet beste Voraussetzungen für Virenübertragung. Anschließend ist die Lage außer Kontrolle geraten.«

Rosa berichtete Tommy vom Waffenversteck, worauf er sich neu bewaffnen ging. Eve beruhigte erst Lilly, dann erklärte sie, sie sei zufrieden mit ihrer Schrotflinte und werde Tommys restliche Munition übernehmen, wenn er sich für ein Sturmgewehr entscheide. Lilly sagte gar nichts, sondern zeigte lediglich mit einem Kopfnicken an, dass sie sich wieder besser fühlte.

Rosa drehte sich um die eigene Achse und nahm die Umgebung in sich auf, überzeugter denn je, dass die Seuche hier ihren Anfang genommen hatte, zumindest auf der *Nimitz*. Weshalb hätte es in diesem Krankenhaus anders laufen sollen? Verletztes Personal war an Bord gekommen, allem Anschein nach SEALs. Das war bei einem Flugzeugträger nichts Besonders, doch diese Leute waren infiziert gewesen. Die Sanitäter hatten ihnen die Ausrüstung abgenommen, um sie behandeln zu können, und sie an einem Ort abgelegt, damit sich später ein Waffenmaat oder ein Waffenmeister darum kümmern konnte. Die SEALs hatten sich verwandelt und die anderen Patienten gebissen. Ihre Opfer hatten sich verwandelt. Die herbeigerufenen Sicherheitskräfte stellten fest, dass die Station überrannt worden war, die Toten drangen bereits in den Rest des Schiffes vor. Dann setzte der Dominoeffekt ein.

»Wir müssen diesen Bereich säubern«, sagte Rosa. »Wir müssen ihn abriegeln und sicherstellen, dass wir hier unter uns sind.«

Auf einmal wurde ihr bewusst, dass Xavier und Bruder Peter nicht mehr bei ihnen waren.

Die Tür mit der Aufschrift *KAPELLE* schloss sich lautlos hinter ihm. Xavier schritt in den nüchternen Raum hinein, dessen in Reihen angeordnete Stühle etwa zwanzig Personen Platz boten. Eine Wand war von Schränken gesäumt; in einer Ecke standen zwei Stehpulte, das eine mit einem schlichten Kreuz an der Vorderseite, das andere mit Davidstern. Die Wände waren weiß, und als der Priester nach vorne ging, wurde ihm bewusst, dass dies abgesehen von der Admiralskabine der bislang einzige Ort mit Teppichboden war. Eine Neonröhre bildete die einzige Lichtquelle im Raum.

Er lehnte die Feueraxt an einen Stuhl und setzte sich in die vorderste Reihe, beugte sich vor und stützte die Arme auf die Knie. Die vor ihm befindliche Wand war vollkommen leer. Wegen der Multikonfessionalität der Besatzung bewahrten die Gläubigen ihre Utensilien in verschiedenen Schränken auf und holten sie nur zum Gottesdienst hervor.

Xavier faltete seine zerschrammten Hände, senkte den Kopf und schloss die Augen. Dutzende Gebete und Litaneien kamen ihm in den Sinn, sorgfältig auswendig gelernte Passagen aus der Heiligen Schrift, doch er verwarf sie alle. Seine Schultern sackten herab, und er seufzte laut.

»Ich weiß nicht einmal, ob ich das Recht habe, mit dir zu sprechen, Herr«, begann er mit leiser Stimme, »aber wenn es dir nichts ausmacht, rede ich Klartext. Wenn du mir nicht zuhörst, nehme ich es dir nicht krumm. Es würde mich wundern, wenn du mir zuhören würdest, aber …«

Er schwieg einen Moment, dann fuhr er fort. »Ich würde ihnen gerne Kraft und Hoffnung geben, aber ich bin so müde. Ich brauche dich, Herr. Ich habe kein Recht, dich um etwas zu bitten, aber ich tue es trotzdem.« Xavier blickte mit feuchten Augen die leere Wand an. »Ich bin ein Sünder und Mörder, und ich habe dir die Treue gebrochen, als ich mein Schicksal in deine Hände hätte legen sollen. Das tut mir sehr leid.«

Er schwieg wieder und überlegte, was es eigentlich bedeutete, ein Priester zu sein. In der langen Geschichte seines Glaubens hatten Kleriker häufig aus der Ferne Kriege sanktioniert und geplant, hatten daran teilgenommen und sogar an der Seite der gläubigen Krieger getötet. Alles in Gottes Namen. Das war ein Teil der Geschichte seiner Kirche, auf die nur wenige stolz waren, doch es war nun einmal ihre Geschichte. Hatten diese Priester denen, die Blut vergossen hatten, vergeben? Das war eine andere Zeit gewesen, eine andere Welt. Und war dies hier nicht auch wieder eine neue Welt, die nach einer anderen Art von Priester verlangte? Vielleicht kam es jetzt, da die Welt vor die Hunde gegangen war, mehr denn je darauf an, als Symbol des Friedens in Erscheinung zu treten, als Vorbild an Mäßigung und liebevoller Zuwendung. Aber wie lange würde ein solcher Priester in der neuen Welt überleben? Und stand es ihm überhaupt zu, eine solche Entscheidung zu treffen?

Xavier schaute wieder auf die leere Wand. Sie hatte ihm nichts zu sagen.

»Ich habe anderen Menschen das Leben genommen, und das lässt sich durch nichts rechtfertigen. Aber ich weiß, dass ich andere mit deiner Kraft noch immer aufrichten kann. Ich will immer noch Priester sein, Herr, und wenn du es mir gestattest, kann ich es schaffen.« Er senkte den Kopf. »Ich werde nicht so tun, als verstünde ich, weshalb du zugelassen hast, dass deine Welt und deine Kinder vernichtet werden, aber ich war zornig auf dich und habe den Glauben verloren. Lass mich ein Hirte in dieser neuen Welt sein. Schenk mir die Kraft zu vergeben, hilf mir, kluge Entscheidungen zu treffen. Ich bitte dich, wegen meiner Schwäche nicht meine Nächsten zu bestrafen. Hilf mir, der Priester zu sein, den du brauchst, Herr, sei es als Lamm oder als Löwe. Lass mich meinen Glauben erneuern.«

Xavier presste den Kopf gegen die Hände und weinte.

»Hör dir diesen Scheiß an«, sagte Gott. Er saß mit übereinandergeschlagenen Beinen auf einem Stuhl ganz hinten im Raum und klaubte einen Fussel von Seiner Uniformhose. *»Feilschen und Anbiederei. Davon wird mir übel.«*

Bruder Peter zog die Tür mit den Fingerspitzen zu und stellte sich im Mittelgang neben seinen Herrn. Inzwischen machte er sich keine Gedanken mehr über Halluzinationen. Gott war bei ihm, so real wie ein leibhaftiger Mensch. »Hörst Du, was er sagt?«, fragte der Prediger.

»Natürlich. Er sitzt doch gleich da drüben.« Gott imitierte Xavier mit Falsettstimme. *»Bestraf mich nicht für mein Versagen, lass mich dein Lamm sein.«* Er schüttelte den Kopf. *»Ich könnte kotzen. Hey, Pete, du hast wenigstens Rückgrat, Mann.«*

Bruder Peter schaute sich in dem schlichten Raum um. Er vermisste die Pracht und Symbole, die viele andere Orte der Verehrung auszeichneten. Militärische Nüchternheit, die aber auch eine beeindruckende Einfachheit mit sich brachte. »Wohnst du hier?«, fragte Bruder Peter.

Der Air-Force-Seelenklempner sah zu ihm auf. *»Was zum Teufel faselst du da?«*

»Es ist hier so … schlicht«, sagte der Prediger. »Es braucht gar kein Gold, keine Statuen und Engelschöre. Hörst du uns besser an so einem Ort?«

Gott seufzte. *»Okay, jetzt mal ganz ruhig, Pete. Vergiss die Sache von wegen ›erfüllt von Deiner Gnade‹. Das hier ist ein beschissener Konferenzraum, der von Angehörigen eines halben Dutzends Religionen benutzt wird, die aufeinander herabsehen* und nichts als Hass füreinander übrig haben.« Gott hob die Hand und schnippte vor Bruder Peters Gesicht mit den Fingern. »*Konzentriere dich.*«

»Ich habe mich von den anderen entfernt«, sagte Peter, starr geradeaus schauend. »Der Priester stellt eine Bedrohung dar, und ich muss ihn töten.«

Gott nickte.

Peters Augen waren glasig. »Ich gehe runter ins Magazin. Ich suche die Sprengköpfe, verbinde sie miteinander und entfessele Deinen heiligen Zorn. Gelobt sei Gott.« Ein Speicheltropfen löste sich von seinem Mundwinkel.

Der Air-Force-Psychiater erhob sich und klopfte Bruder Peter auf die Schulter. »*Gut, dann an die Arbeit. Und übrigens*« – Gott blickte zur Vorderseite des Raums – »*er kann dich hören.*«

Bruder Peter blinzelte, als erwache er aus dem Halbschlaf. Gott war verschwunden, und der große schwarze Priester war aufgestanden und starrte ihn mit offenem Mund an. Peter begriff, dass er zumindest den letzten Teil der Unterhaltung laut geführt hatte.

»Äh …«, machte Peter und erwiderte Xaviers Blick. Dann zog er den Sicherungsstift heraus und betätigte die Klinke. Er ließ die Handgranate auf den Teppichboden fallen und lief nach draußen.

Xavier machte einen Hechtsprung, als die Detonation und die Splitter die Kapelle verwüsteten.

36

Mercy gab Chief Liebs ihr M4 und die wenige Munition, die sie noch übrig hatte, denn er war ein ausgebildeter Schütze. Die anderen legten ihre Waffen ab und ergänzten ihre Ausrüstung aus den Regalen mit großen Küchenmessern. Der Chief übernahm die Spitze, Evan mit seiner Sig Sauer kam als Zweiter und leuchtete mit der Taschenlampe.

Liebs legte das Gewehr an und schwenkte den Lauf stets in Blickrichtung. Unmittelbar hinter der Messe stolperten zwei Seeleute aus einer Luke hervor. Der Chief schaltete sie quasi im Vorbeigehen mit zwei Schüssen aus und eilte weiter. Die anderen spähten durch Türöffnungen und schlossen die offenen Luken, an denen sie vorbeikamen. Der Navy-Mann war voll konzentriert und rückte zielstrebig weiter vor.

Calvin feuerte viermal nach hinten und schaltete einen Koch und einen Triebwerksmechaniker aus. Liebs tötete weitere vier Zombies, die aus einem schmalen Leitergang hervorkamen, ehe sie den Fuß auf den Boden setzen konnten.

Sie kletterten über mehrere Knierammen, dann gelangten sie zu einer Kreuzung. An der einen Seite führte in einem Alkoven eine Treppe nach unten. Auf den grauen Fliesen lag der enthauptete und verweste Körper eines Offiziers, der Kopf befand sich zwei Meter daneben. Die Augen rollten in den Höhlen, und die schwärzliche Zunge schaute zwischen den Zähnen hervor.

»Das ist widerlich«, sagte Stone und kickte den Kopf wie einen Fußball durch den Gang.

»Nein, *das* ist widerlich«, sagte Mercy.

Chief Liebs legte den Zeigefinger an die Lippen und schlich zur Treppe, während die anderen die vier Gänge im Auge behielten. Evan folgte Liebs und blickte mit angehaltenem Atem über das Geländer. Sie hörten das Stöhnen, ein leises Summen, das aus der tiefen Dunkelheit heraufdrang. Offenbar waren viele dort unten. Chief Liebs gab das Zeichen zum Rückzug, dann trafen sie sich mit den anderen auf der Kreuzung.

»Wir sollten weitergehen«, sagte Dakota, und Juju nickte.

»Das geht nicht«, sagte der Chief und zeigte zur Treppe. »Das ist der einzige Zugang zum Waffenlager.«

Beklommene Blicke wurden gewechselt.

»Die Treppe mündet in einen ziemlich großen Raum, eine Art Lobby«, sagte der Chief. »Rechts liegt der Eingang des Waffenlagers, die Tür hat ein Ausgabefenster. Vorne befinden sich ein Büro und die Kabinen der Waffenmeister, links der Bordknast. Ganz weit links liegen die Unterkunft der Waffenmaate, ein Büro für die Chiefs und dahinter die Unterkünfte der Chiefs.«

Er erklärte, der Bereich sei auch bei reduzierter Reaktorleistung gut ausgeleuchtet, und zog in Erwägung, dass die Verteilerkästen bei einem Feuergefecht beschädigt worden sein könnten. Er wiederholte, dass die Treppe – er bezeichnete sie als Leiter – der einzige Zugang zu dem Bereich sei.

»Da unten sind mindestens zwanzig«, meinte Liebs.

»Muss das wirklich sein?«, fragte Juju.

Der Chief blickte Evan an, der sagte: »Die Munition

wird knapp, und die Uhr tickt. Selbst wenn wir nicht nach unten gehen, hätten wir nicht genug Patronen, um zurück nach draußen zu gelangen.«

»Im Waffenlager gibt es alles, was wir brauchen«, sagte der Chief. »Meine Männer wurden alle im Umgang mit Gewehren, Schrotflinten und Pistolen ausgebildet. Alle zusammen haben wir mit den Vorräten, die dort unten auf uns warten, eine reelle Chance, das Schiff zurückzuerobern.«

»Falls wir es schaffen«, meinte Evan.

Liebs ließ den Atem entweichen. »Ja, wir können es schaffen. Ich gehe voran.«

An der Seite lachte Stone leise auf und schüttelte den Kopf. Als die anderen ihn fragend ansahen, sagte er: »Nehmt es mir nicht übel, aber ihr seid wirklich dämlich.«

Calvin grinste. Er kannte den Jungen von Geburt an. »Dann sag, was du zu sagen hast, Schlaukopf.«

Stone erklärte seine einfache, aber wirkungsvolle Idee. Sie war brillant.

Alle mussten zugeben, dass der Junge recht hatte. Selbst Chief Liebs klopfte ihm anerkennend auf den Rücken und sagte, er hätte einen prima Seemann abgegeben. Stone hatte sie von ihrer Fixierung auf einen Frontalangriff abgebracht und jedem Einzelnen gezeigt, wo er stehen musste, um seinen Plan umzusetzen.

Als alle in Position waren, sagte Stone: »Nennt mich Köder.« Er stürmte die Hälfte der Treppe hinunter und rief den im Dunkeln wartenden Driftern zu: »Essenszeit!« Dann stieg er wieder die Treppe hoch. »Na komm, mein Hübscher, braver kleiner Zombie. Komm …«

Die Toten rempelten sich gegenseitig an vor lauter

Eifer, dem Frischfleisch die Treppe hoch zu folgen. Der erste Drifter, der beide Füße auf den Fliesenboden der Kreuzung setzte, bekam ein Fleischermesser ins Ohr gerammt. Er versteifte sich gerade, als einer von Liebs' Seeleuten herbeigeeilt kam, den Toten auffing, ihn wegtrug und in einem Flur fallen ließ. Der Chief machte sich für den nächsten Zombie bereit.

Stone stand drei Meter entfernt am Kopf der Treppe, lockte und verhöhnte die Toten, drehte sich sogar um und präsentierte ihnen seinen Hintern. Die Drifter waren dermaßen fixiert auf die schwierige Aufgabe, die Treppe zu bewältigen, die sie von der Lebendmahlzeit trennte, dass sie keine Chance gegen den Chief und dessen Schlachtermesser hatten.

Einer nach dem anderen kletterten die wandelnden Toten die schmale Treppe ins Verderben hoch. Der Chief zerbrach dabei drei Messer, die umgehend von Mercy ersetzt wurden, die mit beiden Händen voll Küchenmessern hinter ihm stand. Dakota und Evan griffen ein, als die Toten in so schneller Folge auftauchten, dass die Seeleute nicht mehr mitkamen. Calvin bekam von alledem nichts mit, denn er hatte dem Ort des Geschehens den Rücken zugewandt und hielt mit seinem Sturmgewehr Wache.

Das war auch ratsam. Stones Geschrei und Geheul hallten in die Tiefe hinab und lockten die Toten an. Calvin zielte sorgfältig, bevor er abdrückte, denn er war sich des schwindenden Munitionsvorrats bewusst und wollte keine einzige Patrone vergeuden. Er feuerte auf Tote in der Mitte, an der linken und rechten Seite und wendete sich ständig hin und her. Schlurfende Gestalten und schwarzfleckige Uniformen tauchten aus der Dunkelheit auf, schleiften an den Wänden entlang und füllten die Gänge mit ihrem widerhallenden Gestöhn.

Der Haufen der abgestochenen Drifter füllte die Mündung des rechten Gangs inzwischen nahezu aus, die schlaffen Leiber schoben sich auf die Kreuzung vor. Lebende Drifter, angelockt vom Lärm, zerrten von der anderen Seite an dem Haufen, kamen aber nicht durch. Calvin verzichtete darauf, sie abzuknallen, erleichtert darüber, dass er inzwischen nur noch für drei anstatt für vier Gänge verantwortlich war.

Sein Gewehr klickte; das Magazin war leer. »Keine Munition mehr!«, rief er.

Dakota reichte ihm seine Schrotflinte. Zwei Minuten später meldete Calvin, dass auch sie leer geschossen war.

»Nehmen Sie das M4!«, rief Liebs und stach einen Mann ab, den er seit zwei Jahren kannte. Er versuchte, nicht daran zu denken, dass er praktisch alle kannte, die aus der Dunkelheit hervorkamen, Menschen, mit denen er gelacht hatte und deren Familiengeschichten ihm so vertraut war wie seine eigene. Die zunehmende Müdigkeit im rechten Arm und in der Schulter war eine willkommene Abwechslung. »Ich brauche bald mal eine Pause!«, rief er.

Evan nahm Mercy ein Messer ab und reichte ihr seine Sig. »Gib die Calvin.« Er wollte Liebs gerade auf die Schulter tippen, als der Chief mit dem Messer zustach. Der Drifter, der ein gebrochenes Bein hatte, taumelte zur Seite, sodass die Klinge nur die Kopfhaut ritzte, anstatt sich in den Schädel zu bohren. Der Bootsmann kam herbeigelaufen, packte den lebenden Drifter um die Hüfte, hob ihn hoch und wollte ihn zum Haufen schleppen.

Der Drifter fauchte, packte den Kopf des jungen Mannes und biss ihm ein Ohr ab.

Der Bootsmann schrie auf und versuchte das zappelnde Wesen abzuwerfen, doch es klammerte sich fest und riss dem jungen Mann einen großen Fetzen Fleisch aus der Wange.

Mercy ließ die Messer fallen, trat vor und schoss aus nächster Nähe mit Evans Pistole auf den Drifter. Die austretende Gehirnmasse traf Dakota seitlich im Gesicht, und er stolperte würgend zur Seite. Der Bootsmann warf den Drifter auf den Boden, legte die Hände auf sein verletztes Gesicht, taumelte zur Wand und brach zusammen.

»Die Staffel aufrechterhalten!«, brüllte Chief Liebs und stach den nächsten Drifter ab, der von unten auftauchte. Sein Unteroffizier zweiter Klasse sprang in die Bresche und schleppte den Toten weg.

»Das sind viel mehr als zwanzig!«, rief Stone.

»Ungelogen, Mann«, knurrte der Chief.

Sie hatten den Eindruck, es dauere Stunden, doch in Wirklichkeit war nach zehn Minuten alles vorbei. Calvin säuberte mit ein paar Pistolenschüssen den Gang. Weitere Drifter rückten nicht nach. Als sie die Treppe hinunterleuchteten, waren auch dort keine Zombies zu sehen.

Dakota wischte sich in Panik Blut und Gehirnmasse vom Gesicht. Chief Liebs ging nach dem verletzten Mann sehen, der eigentlich noch ein Junge war, und kniete neben ihm nieder. Dakota presste die Hände an Ohr und Wange, zwischen seinen Fingern sickerte Blut hindurch. »Ich will nicht sterben, Chief!«, rief der Bootsmann und sah zitternd zu ihm auf. Mercy kniete ebenfalls nieder und versuchte die Hände des Jungen wegzudrücken und ihm das Blut abzutupfen. »Lasst mich nicht sterben«, sagte der Seemann.

Chief Liebs packte ihn bei den Schultern. »Das wird schon wieder, Bootsmann. Ganz bestimmt.«

»Aber der B-b-biss!«

»Das wird schon wieder«, wiederholte Liebs. »Halten Sie durch. Der Chief passt auf Sie auf.«

Evan bemerkte den gequälten Ausdruck in den Augen des Chiefs, als er sich abwandte.

»Wir müssen runtergehen«, sagte Liebs mit brechender Stimme. Er nahm die Sig Sauer, die letzte Waffe der Gruppe, deren Magazin nicht leer war – vier Schuss hatte sie noch –, und stieg mit der Taschenlampe in der Hand die Treppe hinunter. Die anderen folgten ihm, zwei Seeleute stützten ihren verletzten Kameraden.

Die räumlichen Verhältnisse waren exakt so, wie der Chief sie beschrieben hatte, und da Stones Plan funktioniert hatte, gab es auch keine Toten, abgesehen von denen, die im Bordknast stöhnend gegen die verriegelte Stahltür hämmerten und die sie nicht weiter beachteten. Der Chief hatte ihnen erklärt, die Tür des Waffenlagers müsse normalerweise von innen entriegelt werden, doch er und der Abteilungsoffizier besäßen für den Notfall einen eigenen Schlüssel. Die Tür aus massivem Stahl war der einzige Zugang, denn das Ausgabefenster war zu klein, als dass ein Erwachsener hätte hindurchkriechen können.

»Das Waffenlager ist rund um die Uhr mit zwei Waffenmaaten besetzt. Ich schätze, sie sind noch da drin«, sagte der Chief, »also aufgepasst.«

Er öffnete die Tür.

Zwei tote Seeleute näherten sich ihm, und die Sig

knallte dreimal, dann rief Liebs: »Gesichert.« Auch die anderen traten ein und schlossen hinter sich die Tür.

Liebs hatte nicht gescherzt, als er gemeint hatte, hier gebe es genug Waffen, um das Schiff zurückzuerobern. Auch nach Herstellung der Gefechtsbereitschaft und der Bewaffnung der Sicherheitsteams, die inzwischen ein grausiges Ende gefunden hatten, war das Lager noch immer gerammelt voll.

Es gab Regale mit Sturmgewehren von Typ M16 und M4, Mossberg 500er, Kaliber .12, M14 mit Holzschaft, wie sie von Scharfschützen bevorzugt wurden, Kisten mit leeren Magazinen und Boxen mit Munition jeglichen Kalibers. Es gab Schutzwesten und Helme, Gasmasken, Stiftlampen, MGs Kaliber .50 mit Stativ und Schränke mit Patronengurten. An einer anderen Stelle standen Kisten mit dem Maschinengewehr M240, das in Helikoptern verwendet wurde.

Bis auf Liebs staunten alle mit offenem Mund.

»Chief«, sagte der Nuc, der in der Nähe der Tür neben dem Bootsmaat hockte.

Der Chief ging zu seinen Männern, kniete nieder und sprach leise mit dem Verletzten. Er war schwer zu verstehen, doch der Junge lächelte und nickte. Dann richtete der Chief sich mit gequälter Miene auf.

Calvin trat neben ihn und flüsterte: »Ich kann das übernehmen, wenn Sie möchten.«

Liebs schüttelte den Kopf. »Das sind meine Männer.« Er half dem Jungen auf die Beine und sagte ihm, sie würden zu den Unterkünften gehen, wo er sich ausruhen könne. Die Tür fiel hinter ihnen klickend ins Schloss. Die Menschen im Waffenlager wechselten wortlos Blicke oder sahen zu Boden.

Kurz darauf fiel ein Pistolenschuss.

Chief Liebs kam zurück und reichte Evan die leere Sig. »Wir haben einen Job zu erledigen«, sagte der Navy-Mann mit belegter Stimme. Er wich den Blicken der anderen aus, bahnte sich einen Weg durch die Gruppe und trat vor die Waffenregale.

37

Als es vor der Krankenstation knallte, liefen sie los, Rosa vorneweg. Die hinter ihr befindliche Lilly trug eine Schutzweste und war mit Waffen beladen. Gleichzeitig stießen sie die beiden Flügel der Schwingtür auf.

Auf dem Gang stand Peter Dunleavy. Mit irrem Grinsen schleuderte er etwas in ihre Richtung. Es prallte auf den Boden und rollte zwischen den beiden Frauen hindurch in die Krankenstation. Rosa nahm aus dem Augenwinkel ein olivfarbenes Ei wahr.

»Handgranate!«, rief sie und sprang auf den Gang, weg vom Ei, während Peter angelaufen kam. Die Sanitäterin warf sich zu Boden, wie sie es bei der Ausbildung gelernt und im Einsatz getan hatte, als ein Aufständischer nahe genug herangekommen war, um ein solches Ding auf sie zu werfen: Gesicht nach unten, den Kopf von der Explosion abgewendet, die Beine ausgestreckt und die Stiefel ineinander verhakt, beide Hände unter den Unterleib geschoben. Wenn sie Glück hatte, würden ihr die Füße abgerissen werden, aber nichts Lebenswichtiges.

Die Handgranate explodierte. Die Detonation klang eigentümlich gedämpft, trotzdem klingelten ihr die Ohren, und mehrere Lampenbefestigungen fielen herab.

Dann setzte das Schreien ein.

Rosa schaute sich um. Eine der Flügeltüren war herausgefallen, die andere hing noch an einer Angel. Dahinter lag Lillys zerfetzter Körper. An der linken Seite war die

Schutzweste abgerissen worden, und blutige Rippen ragten aus dem rohen Fleisch hervor.

Mein Gott, dachte Rosa. *Sie hat sich auf die Granate geworfen.*

Sie wollte schreien, doch das tat bereits jemand anders – eine Frau brüllte vor Schmerzen. Rosa rappelte sich hoch. Noch immer dröhnte ihr der Schädel. Hinter ihr taumelte Xavier aus einer Tür hervor, prallte an die gegenüberliegende Wand, beugte sich aus der Hüfte vor und hielt sich den Kopf. Sein Rucksack war verschwunden, Hose und Hemd waren zerfetzt, Blut sickerte durch den Stoff und tropfte auf den Boden.

Als er Rosa sah, rief er: »Wohin?«

Rosa zeigte an ihm vorbei, doch ehe sie etwas sagen konnte, rannte der Priester auch schon in die Richtung, in die der heimtückische Prediger verschwunden war.

Er war unbewaffnet, doch seine großen Hände hatte er zu Fäusten geballt.

Rosa ging in die Krankenstation und sah, dass Lilly die Handgranate trotz ihres Selbstopfers nicht vollständig abgeschirmt hatte. Tommy hatte eine Kopfverletzung und wischte sich ständig das Blut mit dem Ärmel ab, damit es ihm nicht in die Augen lief. Er kniete neben Eve und drückte auf ihre Brust. Eve lag in einer Blutlache am Boden und bäumte sich schreiend auf.

Rosa rutschte auf den Knien an sie heran, legte ihr die Hand auf den Mund und zwang Eve, ihr in die Augen zu sehen. »Wenn du nicht zu schreien aufhörst, kommen sie hierher. Ich kann nicht gegen sie kämpfen und dir gleichzeitig das Leben retten.«

Eve nickte, kniff die Augen zusammen und unterdrückte ihre Schreie.

Rosa ließ die Sanitätstasche von der Schulter rutschen, zog den Reißverschluss auf und blickte Tommy an. »Bewach du den Eingang«, sagte sie. »Bring alles um, was rein will.« Dann machte sie sich an die Arbeit.

Zu hoch, ich bin zu weit oben, dachte Peter. Er lief einen leeren Gang entlang und hielt Ausschau nach einer Leiter, die nach unten führte. Vermutlich befand sich der Zugang zu den tief im Schiffsbauch gelegenen Magazinen im Hangar. Er musste ihn finden.

Vor sich bemerkte er einen Zombie, der sich auf alle viere niedergelassen hatte und am Bein eines an der Wand zusammengesackten Seemanns nagte. Er wandte den Knopf und knurrte. Bruder Peter pustete ihm aus nächster Nähe mit der Schrotflinte den Kopf weg.

»*Dafür hast du keine Zeit*«, sagte Gott, der in der Gestalt des nackten, zerbissenen Anderson ein paar Schritte entfernt stand.

Peter lief an seiner ehemaligen rechten Hand vorbei, zögerte kurz an einer Kreuzung und eilte dann geradeaus weiter.

Anderson trabte ihm leichtfüßig hinterher. »*Hoffentlich sind alle tot.*«

»Das sind sie«, japste Peter. »Und wenn nicht, werden sie es bald sein.«

»*Gelobt sei Gott*«, sagte Anderson.

Bruder Peter entdeckte eine Treppe, die nach unten führte. Er schaute in die Tiefe und erblickte Anderson, der ihm vom Fuß der Treppe aus zuwinkte.

»*Keine Gefahr*«, sagte Gott. »*Beeil dich.*«

Der Prediger eilte die Metalltreppe hinunter und lief einem wandelnden Toten in die Arme. Er streckte den

Arm aus, schnappte nach ihm und stank nach verdorbenem Fleisch. Mit einem Aufschrei stieß Peter den Gewehrlauf nach ihm, fluchte, als der Zombie die Waffe packte, und entriss sie ihm wieder. Peter drückte ihn mit beiden Händen weg, doch es gelang dem Zombie, Bruder Peter den rechten kleinen Finger bis zum ersten Knöchel abzubeißen.

Peter heulte auf und griff an, schlug mit beiden Fäusten auf den Toten ein, trat nach ihm und brach ihm die Arme, ergriff die Schrotflinte und zielte. Das Wesen versuchte sich aufzurichten und biss in den Gewehrlauf.

BÄMM. Sein Kopfinhalt verteilte sich auf dem gegenüberliegenden Schott.

Der Prediger hob die zitternde Hand und starrte ungläubig den Fingerstummel an. »Du unreines Vieh«, flüsterte er.

»*Ach, was soll's, Pete*«, sagte Gott, der wieder die Gestalt des Air-Force-Psychiaters angenommen hatte. »*Bald macht das eh keinen Unterschied mehr, oder?*«

Peter schaute seinen Herrn an. »Du hast gesagt, es wäre sicher.«

Ein Achselzucken. »*Dann habe ich eben gelogen. Wäre nicht das erste Mal.*«

»Satan lügt«, murmelte Bruder Peter, setzte sich wieder in Bewegung und ging zur nächsten nach unten führenden Treppe weiter. Von seinem Finger tropfte Blut.

»*Was glaubst du wohl, von wem ich das gelernt habe?*«, rief hinter ihm Gott.

Diesmal nahm der Prediger sich besser in Acht und ließ sich von seinem Sinn für Tiefe und Richtung leiten, den er als Air-Force-Angehöriger bei der Arbeit in den Raketensilos entwickelt hatte. Das Galeriedeck hatte vier

Ebenen über dem Hangar gelegen. Er musste noch zwei Ebenen hinuntersteigen und sich dann nach Backbord wenden. Ein leerer Gang erwartete ihn, und er eilte zur nächsten Treppe. Ein Seemann im gelben Pullover eines Katapultoffiziers stolperte von unten die Treppe hoch, die Stahlkappen der Arbeitsstiefel stießen klirrend gegen die Stufen.

»Töte ihn!«, rief der Air-Force-Psychiater, doch Peter wartete, bis der Tote auf ihn aufmerksam geworden war und in seiner Fressgier auf ihn zu wankte. Erst dann schoss er ihn nieder.

»Ach, wir denken jetzt selbstständig, wie?«, meinte der Seelenklempner und stieg hinter dem Prediger die Treppe hinunter.

»Ich mache, was ich will!«, schrie Bruder Peter. »Ich muss mich konzentrieren!«

»Oh, und jetzt auch noch Widerworte. Uns wächst wohl Rückgrat, Pete?«

Am nächsten Treppenabsatz wartete der Turnlehrer und lockte ihn mit dem Zeigefinger. »Wir wollen doch mal sehen, ob du Haare auf deinen neuen Eiern hast, mein Süßer.«

Peter schrie wieder auf und stürmte dem Turnlehrer entgegen, der kurz vor dem Zusammenprall verschwand. Der Prediger schaute sich suchend um, dann setzte er sich in Richtung Backbordseite in Bewegung.

»Was ist los?«, fragte Gott, der nicht mehr physisch anwesend war, sondern nur noch eine Stimme, die von den Stahlwänden widerhallte. »Bist du zu weit unten gelandet? Gehst du nach Steuerbord anstatt nach Backbord? Willst du ewig in der Hölle schmoren, wenn du scheiterst?«

»Ich kenne den Weg!«, rief Peter, stieg über eine Schwelle und stieß mit dem Kopf gegen die Oberkante der Luke, wobei er ein wenig Haar und Haut verlor. Tränen liefen ihm über die Wangen.

»*Du hast dich verlaufen*«, sagte Gott. »*Du hast dich verlaufen, und du wirst gefressen werden, bevor du meinen heiligen Plan umgesetzt hast, und dann wirst du richtig tief in der Scheiße stecken.*«

»Ich kenne den Weg«, flüsterte Peter und gelangte zu einer geschlossenen Luke. Er drückte den Griff hoch und schwenkte das Stahloval zur Seite. Vor ihm erstreckte sich der Hangar.

»*Bravo*«, sagte Gott, der jetzt als Sherri neben ihm stand. Ein Großteil des Fleisches war weggebissen, doch die brutale Schnittverletzung, die Peter ihr mit dem Teppichmesser im Gesicht zugefügt hatte, war noch deutlich zu erkennen. Sie klatschte leise in die Hände.

Ohne sie zu beachten, stieg Bruder Peter durch die Öffnung.

Ich werde ihn niemals finden, dachte Xavier, der auf einer düsteren Kreuzung stand. *Er könnte überall sein.*

Die Granatenexplosion hatte die Stuhlreihen weggefegt und deren Splitter umhergeschleudert. Xavier hatte sich flach auf den Teppich gelegt, um möglichst wenig Angriffsfläche zu bieten, und die Stühle hatten einen Großteil der Druckwelle absorbiert. Er war dem Tod entkommen, hatte an der rechten Seite aber sechs oder sieben Splitter abbekommen: am Oberschenkel, an der Hüfte, an den Rippen und an der rechten Schulter. Es fühlte sich wie Messerschnitte an. Bei jeder Bewegung schmerzten die verbogenen Splitter, und alle Wunden bluteten. Die Wunde am Brustkorb schmerzte besonders stark und blutete auch heftiger. Mindestens eine Rippe war gebrochen, und der Splitter war tief eingedrungen und hatte womöglich ein Organ verletzt. Welche Organe liegen an dieser Körperseite?, überlegte er.

Er wusste nicht, ob eine Arterie verletzt war, doch das würde er wahrscheinlich bald herausfinden. Wenn er zusammenbrach und in den nächsten Minuten verblutete, wüsste er definitiv Bescheid.

Die Kratzer, die der Zombie ihm im Gesicht zugefügt hatte, kamen ihm auf einmal nicht mehr so schlimm vor.

Peter Dunleavy. Der weltberühmte Gottesmann. Völlig durchgedreht.

Xavier schloss aus der einseitigen Unterhaltung, die er mitbekommen hatte, dass Dunleavy glaubte, mit Gott Zwiesprache zu halten. Offenbar hatte er vor, einen Atomsprengkopf im Schiff zur Detonation zu bringen. Seine Äußerungen waren unmissverständlich gewesen.

Besaß er die nötigen Kenntnisse und Fertigkeiten, um den Plan auszuführen?

Xavier musste davon ausgehen. In diesem Fall blieb ihm nicht viel Zeit, Dunleavy zu finden und ihn auszuschalten. Wo steckte er nur?

Das ferne Echo eines Schusses hallte durch den rechten Gang. Der Priester rannte los. *Danke, Gott*, dachte er und hoffte inständig, er würde nicht verbluten, bevor er den Wahnsinnigen erreichte.

Es war ein aussichtsloser Kampf, und er dauerte nicht lange. Eve verblutete auf den Fliesen des Warteraums, schloss mit einem leisen Seufzer die Augen und regte sich nicht mehr.

Rosas Arme waren bis zu den Ellbogen mit Blut beschmiert, um sie herum lagen rot gefärbter Verbandsmull und Traumainstrumente. Sie schleuderte eine Klammer aus rostfreiem Stahl durch den Raum und schlug sich auf den Oberschenkel. Tommy sah kopfschüttelnd auf die Tote nieder. Er hatte sich abseits gehalten und nur eingegriffen, um Lilly, als sie wieder zum Leben erwachte, mit einer Gewehrkugel zu erlösen.

»Wir müssen Xavier finden«, sagte Rosa und schulterte die Sanitätstasche, ohne sich das Blut von Händen und Armen abzuwischen. »Kannst du gehen?«

Der Hippie nickte. Er trug einen dicken Kopfverband, und die Blutung der oberflächlichen Verletzung hatte sich verlangsamt.

»Gut. Nimm so viel Munition mit, wie du tragen kannst, und such dir eine Pistole.« Rosa ging in die Hocke und nahm Lilly Waffen und Munition ab.

»Hey, Doc«, sagte Tommy und zeigte auf die andere Tote.

Rosa richtete sich auf, zog die Pistole und schoss Eve in den Kopf. Tommy zuckte zusammen.

»Gehen wir«, sagte Rosa.

Jemand musste vor Kurzem hier gewesen sein, dachte Peter. Hunderte Tote lagen auf dem gummierten Hangarboden, überall waren Patronenhülsen aus Messing und Plastik verstreut. Die Wesen, die nicht getötet worden waren, hatten anscheinend die Verfolgung der Schützen aufgenommen, denn in dem langgestreckten, hohen Raum war keine Bewegung auszumachen.

Gelobt sei Gott, dachte er und erwartete eine sarkastische Bemerkung seines Erlösers. Doch sie blieb aus, denn Gott zog es vor, in diesem Moment woanders zu weilen.

Hatte ihn der Herr nicht als total durchgeknallt bezeichnet? War er das? Nein, das glaubte er nicht. Gott hatte es gesagt, das ja, aber Gott hatte auch zugegeben, zum Lügen imstande zu sein. Nein, das war ein Test, um herauszufinden, ob er schwankend werden und vom Glauben abfallen, ob er sich als schwach erweisen und seinen heiligen Plan aufgeben würde. Bruder Peter lächelte, voller Vertrauen in die Kraft seines Glaubens.

Er trat in den Hangar, schob seine letzten Patronen in die Kammer, wohl wissend, dass die Waffe nicht vollständig geladen war. Wenn es Ärger gab … *Der Herr wird für mich sorgen*, dachte er und hielt Ausschau nach einem Zeichen. Gott würde ihn leiten.

Und das tat er.

An der linken Seite des Hangars machte er eine Bewegung aus, aber nicht das wohlvertraute Taumeln eines Toten. Diese Bewegung war mechanischer Natur und rhythmisch, das wiederholte Öffnen und Schließen einer Aufzugtür. Einer breiten Tür, möglicherweise die eines Frachtaufzugs. Einer breiten, roten Tür.

Rot stand für Waffen.

Eine ovale Luke befand sich nicht weit davon entfernt im Schott. Auch sie war rot.

Der Fernsehprediger eilte dorthin, dicht an der Wand entlang wie ein flüchtendes Nagetier. Als er die Stelle erreicht hatte, sah er den Zombie, einen jungen Mann, der sich irgendwie zwischen der Aufzugkabine und der Öffnung verfangen hatte. Sein abgetrennter Oberkörper hing aus der Lücke hervor, er fuchtelte mit den Armen und wendete den Kopf hin und her. Ein krächzender Laut kam aus seinem Mund.

Der Zombie war mit einem roten Pullover bekleidet, der die gleiche Farbe hatte wie die Tür, und unter dem Kragen war eine Plastikkarte befestigt. Bruder Peter schob den

schnappenden Kopf mit dem Fuß zur Seite, riss die Ausweiskarte ab und betrachtete sie. Dann lächelte er.

Die Karte hatte einen Magnetstreifen an der Rückseite,
wie man ihn bei Kartenlesegeräten verwendet, und tatsächlich hing neben der Aufzugtür eins an der Wand. Auf
der Vorderseite der Karte war der Zombie als junger
Mann mit frischem Bürstenhaarschnitt und ernstem
Gesicht abgebildet. Unter dem Foto stand *Weaver, R.,
Unteroffizier 2. Rang,* dahinter eine Kette von Buchstaben
und Ziffern. Die untere Hälfte der Karte war mit einer
Substanz beschichtet, welche die Farbe wechselte, wenn
sie radioaktiver Strahlung ausgesetzt wurde.

»Danke, Weaver, R.«, sagte Bruder Peter und schob die
Karte in die Hosentasche. Dann trampelte er dem Wesen
so lange auf dem Kopf herum, bis er ganz flach war und
sich nicht mehr bewegte. Er packte den Toten unter den
Armen und zog daran. Der Oberkörper löste sich mit
einem schmatzenden Geräusch. Er ließ ihn fallen und
sprang in den Frachtaufzug, ehe dessen Türen sich
schlossen.

Es gab nur zwei Knöpfe darin, der eine mit *H* markiert,
der andere mit *M*. Er drückte den Knopf mit dem *M*, worauf die Kabine sich sanft in Bewegung setzte.

Bruder Peter summte eine seiner Lieblingsmelodien,
während er in die Tiefe sank.

38

Carney und TC stiegen, verfolgt von der Horde, zwei Ebenen weit die Treppe hoch; die Abzweigungen ließen sie links liegen. Schließlich führte die Treppe durch eine große rechteckige Öffnung in der Decke, deren Klappe von zwei Hydraulikarmen offengehalten wurde. Ohne sich groß umzuschauen, drückten die beiden Männer die Bodenluke zu. Sie hatte eine Gummidichtung, und als Carney sie mit dem Drehrad verriegelte, entwich mit einem leisen Zischen komprimierte Luft.

Das Stöhnen aus der Tiefe verstummte augenblicklich, nur noch gedämpftes Hämmern war zu hören.

Carney roch Tote, schnupperte aber auch frische Luft. Sie befanden sich in einem lang gestreckten Raum mit mehreren Luken an der linken Seite. Eine Treppe führte weiter nach oben, und es gab Regale voller Westen mit zahlreichen Taschen und Haken, an denen verschiedenfarbige Helme hingen. Neben einer Weißwandtafel hingen mehrere Klemmbretter, die mit unverständlichen Krakeleien bedeckt waren.

Und Tageslicht fiel herein.

In der Mitte der rechten Wand befand sich eine breite Luke, bis in Brusthöhe von toten Seeleuten verstopft, alle mit Kopfwunden. Ein Spalt von einem Meter Höhe war offengeblieben, und dadurch strömten kühle Morgenluft und Sonnenschein herein.

»Ich brauche frische Luft«, sagte TC, schob den blutigen Schraubenschlüssel hinter den Gürtel und machte sich daran, die toten Leiber aus der Lukenöffnung zu zerren.

Carney durchsuchte in der Zwischenzeit den Raum. Alle Luken an der linken Seite waren geschlossen. Er öffnete sie vorsichtig und leuchtete mit der Taschenlampe hinein, die Beretta in der anderen Hand. Hinter jeder Luke lag ein Büro beziehungsweise ein Warteraum. Als Carney sich vergewissert hatte, dass keine ehemaligen Besatzungsmitglieder in der Nähe lauerten, hatte TC die Hauptluke freigeräumt und war nach draußen getreten.

Carney folgte ihm aufs Flugdeck hinaus, dann standen die beiden Männer einfach nur da, schlossen die Augen, legten den Kopf in den Nacken, atmeten in tiefen Zügen und genossen den warmen Sonnenschein. Als sie die Augen wieder aufschlugen, sahen sie, dass das Deck mit Toten übersät war.

»Hier hat jemand aufgeräumt«, meinte Carney.

TC streifte die Schutzweste ab, ließ sie fallen, streckte seine kräftigen Rückenmuskeln und rieb sich die Brust. »Das tut gut«, stöhnte er.

»Du solltest das Ding besser wieder anziehen«, sagte Carney.

»Nicht nötig«, erwiderte TC und grinste seinen Zellenkumpel an. »Ich mach mal den Tarzan.« Er zündete sich eine Zigarette an.

Carney ging wieder in den Aufbau hinein und suchte nach etwas Brauchbarem. Waffen fand er keine, nur Akten, Decksausrüstung und einen Werkzeuggürtel, der neben der Luke hing. Als TC lautlos neben ihm auftauchte, schreckte er zusammen.

»Schleich nicht so herum«, sagte Carney. »Das gefällt mir nicht.« Eigentlich gefiel ihm das wenigste von dem, was TC so tat. Er konnte TC einfach nicht mehr ausstehen.

»Du klingst wie eine alte Lady, Bro«, sagte TC. Er zerrte an seinem Handschuh. »Ich will dir das zeigen. Das wird dich umhauen.«

Von oben waren gedämpfte Pistolenschüsse zu hören. Sie spähten die Treppe hinauf, doch es war zu dunkel, um etwas zu erkennen.

»Was war …«, setzte TC an.

»Halt's Maul!«, fauchte Carney und lauschte angestrengt. Weitere Schüsse, dann eine Frauenstimme: »Skye!«

Carney packte den Pistolengriff fester und stieg die Metalltreppe hoch. Er war noch keine zwei Stufen weit gekommen, als ihn TCs Schraubenschlüssel am Hinterkopf traf. Ein blendendes Weiß hüllte Carney ein, dann stürzte er in das Dunkel der Bewusstlosigkeit.

Er brach zusammen und rutschte die Treppe hinunter. TC nahm ihm die Pistole ab. »Tut mir leid, dass es so enden musste, Bro.« Er schnippte die Zigarette weg. »Du bist ein Arschloch geworden. Wir hätten uns absetzen sollen, wie ich's gesagt habe.«

Eine Blutlache sammelte sich unter dem Kopf des älteren Mannes.

Oben wurde weiter geschossen, und eine Frau rief erneut: »Skye!«

TC spannte sich an und sprang die Treppe hoch, ein gieriges Grinsen im Gesicht. »Daddy ist schon unterwegs, Baby«, murmelte er. »Jetzt beenden wir unsere kleine Party.«

Skye und Angie arbeiteten sich systematisch durch den Decksaufbau hindurch. Sie nahmen sich auf den Treppen in Acht, wechselten sich an den Luken ab und gaben sich gegenseitig Deckung. Mit ihren Pistolen und Taschenlampen erkundeten sie jeden Winkel, jeden Schatten.

Sie entdeckten einen Navigationsraum mit digitalen und konventionellen Kartentischen. Eine ganze Ebene war der Meteorologie vorbehalten, eine weitere dem Radar. Eine dritte Ebene war mit verwirrender Kommunikationstechnik vollgestopft. In manchen Räumen brannte rote Beleuchtung, in anderen spendeten nur die Computerbildschirme und Kontrollleuchten Licht.

Sie waren nicht allein.

Im Navigationsraum lag hinter einem Kartentisch ein Seemann am Boden, dessen Becken von einem Schrotgewehr pulverisiert worden war. Angie wäre um ein Haar auf ihn getreten. Er packte mit einer Hand ihren Stiefel und biss ins Hosenbein. Angie sprang zurück, und Skye feuerte mit der Pistole. Anschließend achteten sie darauf, wohin sie traten.

Zwei Ghule saßen auf den Drehstühlen vor den Radarkonsolen, als blickten sie auf die leeren, grün leuchtenden Bildschirme. Sie hoben die Köpfe und fauchten, bevor sie ein zweites Mal starben.

»Ich werde einfach nicht schlau aus denen«, sagte Angie mit gesenkter Stimme. »Manchmal drängen sie sich zusammen und bleiben in Bewegung. Dann wieder verharren sie an Ort und Stelle, wie die beiden, und starren ins Leere.«

Skye zuckte mit den Achseln und schob ein volles Magazin in ihre Pistole. Sie verabscheute diese Wesen, und ihr Verhalten war ihr egal. Für sie waren das nichts weiter als Zielobjekte. Eine Gemeinsamkeit aber hatten sie immerhin. Nach dem Ende der Welt hatte Skye Dennison nicht lange gebraucht, um zu erkennen, dass die wirksamste Waffe ein kaltes Herz war, und so würde es auch bleiben.

»Gehen wir«, sagte Skye und wandte sich zum Ausgang.

Angie blickte noch einen Moment lang die Toten an. »Vielleicht träumen sie ja«, sagte sie leise. Dann schloss sie sich ihrer Partnerin an.

Die nächste Ebene war beklemmend: schmale Gänge mit zahlreichen Abzweigungen, die Wände mit grauen Wartungsklappen aus Metall bedeckt. Sie waren mit schwarzen Ziffern und Buchstaben beschriftet, die einmal eine Bedeutung gehabt hatten für die Wesen, die jetzt tot durch die Schiffsflure schlurften oder mit einer Kugel im Kopf reglos dalagen. Die Frauen öffneten ein paar Klappen, hinter denen jeweils ein Gewirr von Kabeln und Schaltern zum Vorschein kam. Vermutlich waren hier die Rechner und elektrischen Systeme untergebracht, mit denen die ganze Technik des Decksaufbaus gesteuert wurde. Hier gab es keine Versteckmöglichkeiten für die Toten.

Die nach unten führende Treppe, die am anderen Ende des labyrinthischen Bereichs mit den Wartungsklappen lag, stand auf einem anderen Blatt. Ein Drifter in zerfetzter Khakiuniform – ein schlanker, glatzköpfiger Mann mit aufgerissener, schwarzfauliger Kehle – kam die Stufen hochgeschlurft und knurrte, als er sie sah.

Skye schoss ihn nieder. Die Kugel traf den Hals, doch er hoppelte weiter und streckte die Arme aus. Beide Frauen feuerten gleichzeitig, worauf er vornüberkippte. Weitere Drifter drängten fuchtelnd und torkelnd die Treppe hoch, ihr gedehntes Stöhnen hallte schaurig in der Enge wider. Angie und Syke standen dicht beieinander und feuerten, bis der Schlitten klickte, dann setzten sie neue Magazine ein.

Auf dem Boden lag unter zwei anderen Toten ein blondes Mädchen, nicht älter als Skye. Eine Kugel hatte ihr den rechten Wangenknochen und die Augenhöhle zerschmettert, war aber nicht ins Gehirn eingedrungen, und sie wurde allein durch das Gewicht ihrer Kameraden am Boden fixiert. Sie fuchtelte mit den Armen, bekam Skyes Wade zu fassen, zog sich daran vor und schnappte mit den Zähnen.

»Skye!«, rief Angie, stieß die junge Frau zurück, kickte ihr zubeißendes Gesicht beiseite und schoss ihr in den Hinterkopf.

»Miststück«, sagte Skye und versetzte dem blondhaarigen Kopf einen weiteren Tritt. Dann feuerte sie erneut, schnelle, schlecht gezielte Schüsse, während sie vorrückte und in Angies Sichtfeld trat. Plötzlich packte ein Toter Skye bei den Schultern und schnappte nach ihrem Gesicht. Syke setzte ihm die Pistolenmündung unters Kinn und verteilte sein Gehirn an der Decke. Immer mehr Tote stapften dicht an dicht die Treppe hoch, doch Skye hielt stand und feuerte, bis ihr Magazin leer war. Angie versuchte nach wie vor, einen Schuss anzubringen.

»Skye!«, rief sie noch einmal.

Diesmal wich die Jüngere zurück und lud nach, während Angie ihre Stelle einnahm und feuerte. Sie versuchte, die Toten noch auf der Treppe auszuschalten, und ein paar fielen nach hinten. Andere schoben sie beiseite und drängten nach oben. Ihr Knurren wurde von den Metallwänden zurückgeworfen. Dann war Syke wieder einsatzbereit, und beide Frauen feuerten, bis nichts mehr nachkam und ihre Magazine leer waren.

Unten war ein Knurren zu hören, begleitet von dumpfen Schlägen und lautem Knacken. Sie wechselten Blicke.

»Nicht schießen!«, rief jemand mit hohler Stimme von unten. »Ich bin's, Carney.« Schwere Stiefelschritte näherten sich über die Treppe.

Angie und Skye ließen den angehaltenen Atem entweichen.

Die Person, die aus der Dunkelheit auftauchte, war nicht Carney. Der Mann war splitternackt; man sah seine mit Tätowierungen und Bisswunden bedeckte Brust. Er atmete schwer, vom Schraubenschlüssel in seiner Hand tropfte Blut. In der anderen Hand hielt er eine Pistole. Er grinste wie wahnsinnig, seine Augen zeigten ein kaltes, irres Blau.

»Hey, Schlampe«, sagte TC und schoss auf Angie.

Skye langte hektisch nach einem vollen Magazin und sah, wie der Schraubenschlüssel herumschwenkte. Sie hob den Arm, um den Hieb abzuwehren, hatte aber einen Moment zu spät reagiert, sodass der Schraubenschlüssel sie hinter dem Ohr traf. Er schleuderte sie auf den Metallboden, und dann gab es auf einmal zwei, drei TCs, die sich drehten und drehten. Sie sackte zusammen, Blut strömte ihr über die Kopfseite.

Angie hielt sich mit einer Hand die Brust, mit der anderen tastete sie nach der Pistole, die sie fallen gelassen hatte.

»Na, na«, machte TC und setzte ihr den Stiefel auf den ausgestreckten Unterarm, der mit einem Übelkeit erregenden Knacken brach. Angie schrie auf, und TC brachte sie mit einer zweiten Kugel zum Schweigen.

Dann schleuderte er Schraubenschlüssel und Pistole von sich. Grinsend packte er Skye mit beiden Armen, zerrte sie ein paar Meter von der Treppe und den Toten weg und drückte sie flach auf den Boden. Er hockte sich über sie und verschlang sie mit den Augen.

TC zog das Messer aus Skyes Wadenscheide und schnitt ihre Kampfweste auf. Dann schlitzte er Tanktop und Sport-BH auf und entblößte ihre Brüste. Nacheinander berührte er ihre Nippel mit der Klinge.

»Jetzt ist es egal, ob du mich ansteckst«, sagte er und machte sich daran, ihre Hose aufzuschlitzen, während er sich mit der anderen Hand den Schwanz rieb. »Partytime …«

39

Obwohl die Strecke kaum einen Kilometer betrug, wurde ihnen schon bald klar, dass das Wartungsboot nicht einmal für den Uferbereich der San Francisco Bay geeignet war. Es schaukelte und krängte bei einer besonders großen Welle so sehr, dass die Menschen sich schreiend ans Deck und aneinanderklammerten, während Plastikbeutel und eine Holzkiste mit Claymore-Minen ins Wasser fielen.

Maya stand im kleinen Steuerhaus am Ruder und versuchte das lange schmale Boot so zu lenken, wie sie es sich bei Evan abgeschaut hatte. Das Boot war quälend langsam, und der Flugzeugträger schien einfach nicht näher zu kommen. Eine weitere Welle warf das Boot nach rechts, und noch mehr Vorräte gingen über Bord. Jemand rief: »Da! Da!«, und alle Köpfe wandten sich den grauweißen Rückenflossen zu, die keine drei Meter entfernt das Wasser durchpflügten.

Maya ließ sich weder durch die Rufe noch durch irgendwelche Geräusche ablenken. Die Vibrationen des alten Dieselmotors pflanzten sich durch das Ruder in ihre Hände fort, und sie nahm die Wellen mit dem ganzen Körper wahr. Sie bemühte sich, ihr Schwanken darauf abzustimmen und auf den Beinen zu bleiben.

Etwas stieß von unten gegen den Rumpf. Immer mehr Rückenflossen tauchten auf.

Ein Stück vor ihnen und ein wenig nach rechts versetzt schwamm ein Toter, ausgerüstet mit Schwimmweste,

Helm und Schutzbrille. Der Mund des Zombies ging auf und zu, doch er kam nicht ans Boot heran. Seine Arme waren abgebissen, und er trieb, in den Wellen schaukelnd, langsam an ihnen vorbei.

Als das Boot nach rechts krängte, verlor ein Junge den Halt und rutschte zur Reling, aus vollem Hals brüllend. Er versuchte sich festzuhalten, fand aber keinen Halt, sodass er mit den Beinen über den Bootsrand geriet. Plötzlich wurde er von einer kräftigen Hand bei der Hüfte gepackt, und Big Jerry, der flach auf dem ölfleckigen Deck lag, zog ihn zurück.

Endlich kam der Flugzeugträger näher, und ein paar Minuten später befand das Boot sich in dessen Schatten, ein Stück Treibgut neben einem stählernen Koloss. Maya steuerte das Heck an, wo die beiden Boote des Enterteams festgemacht hatten.

Als grüne und schwarze Flüssigkeit aufs Deck prasselte, richteten sich alle Blicke nach oben. Ein Seemann in der Montur der Flugdeckarbeiter hatte sich im Sicherheitsnetz verfangen und streckte die Arme nach ihnen aus. Er war angeschwollen und grün verfärbt. Die Menschen rückten beiseite, und zwei Hippies hoben den alten Mann hoch, der an MS litt, und schleppten ihn weg. Ein junger Mann mit Lederweste zielte mit dem Gewehr auf das Wesen.

»Ich würde das bleiben lassen«, sagte Big Jerry, der noch auf dem Decksboden lag und den Jungen festhielt, der beinahe über Bord gegangen wäre.

Der Hippie überlegte einen Moment, dann senkte er das Gewehr.

Maya fuhr ums breite Heck des Flugzeugträgers, der die Wellenbewegungen anscheinend dämpfte. Dann

schwenkte sie herum, schaltete aber zu spät auf Rück-
wärtsfahrt und prallte mit dem Bug gegen den grauen
Stahl. Mehrere Personen wurden umgeworfen.

Evan hat den Kai gerammt, ich einen Flugzeugträger, dachte
Maya. *Eins zu null für mich.*

Sie machten das Boot fest, dann versammelte Margaret
die anderen um sich, während sie einen weiteren Zombie
im Auge behielt, der sich unmittelbar über ihnen im Netz
verheddert hatte. Er war nicht grün verfärbt, doch es sah
so aus, als könnte er sich möglicherweise befreien.

»Denkt an Proviant und Wasser, und vergesst die
Taschenlampen nicht!«, rief Margaret. »Jeder nimmt eine
Waffe und so viel Munition mit, wie er oder sie tragen
kann.«

Die Gruppe packte die Rucksäcke und Schultertaschen.
Ein Mann öffnete die Kiste mit den Antipanzer-Raketen-
werfern, doch Margaret befahl ihm, stattdessen eine
Tasche mit Gewehrmunition zu füllen. Sie schaute zu
dem Wesen im Netz hoch. Es hatte sich befreit und kroch
über den Rand. Margaret legte das Gewehr in dem Moment an, als der Zombie vom Netz herabstürzte.

Er verfehlte das Boot und fiel ins Wasser.

Maya hatte ebenfalls aufgepasst, den Eispickel in der
Hand. Sie lachte lautlos, als der Drifter versank.

Inzwischen waren die Vorbereitungen abgeschlossen.
Margaret sagte den anderen, sie sollten dicht beieinander-
bleiben. Dann betrat sie durch die Luke auf der Schwimmplattform die *Nimitz*, gefolgt von einer langen Reihe von
Menschen. Ein Mann half Larraine, deren Augen über der
Sauerstoffmaske angstvoll geweitet waren. Zwei Männer
schleppten ihren Mann Gene, der sich nicht beklagte und
stoisch die Augen geschlossen hatte. Einige Frauen küm-

merten sich um die Waisen, und Sophia ging benommen mit, ohne zu sprechen. Big Jerry hatte es sich nicht nehmen lassen, die Nachhut zu übernehmen.

»Ihr wollt doch bestimmt nicht, dass ein fußlahmer, fetter Typ einen Treppenaufgang blockiert, wenn es brennt«, hatte er gemeint. Er benutzte das Gewehr wie einen Gehstock, um sein schmerzendes Knie zu entlasten. »Die würden eine ganze Weile brauchen, um mich aufzufressen«, setzte er hinzu. »In der Zeit könntet ihr locker entkommen.«

Niemand lachte, und das war vermutlich der Grund, weshalb Jerry sich als *Amateur*komiker bezeichnete.

Man hatte ihnen keine Nachrichten hinterlassen, und es gab auch sonst keinerlei Hinweise auf den Verbleib des Enterteams. Aber sie hatten natürlich nicht damit gerechnet, dass die Alameda-Flüchtlinge ihnen folgen würden. Margaret beschloss, nach oben zu gehen. Auf dem Flugdeck würden sie zumindest die Angreifer kommen sehen und hätten freies Schussfeld.

Der Weg nach oben war so mühsam wie der Aufstieg einer Raupe an einem Mammutbaum. Immer wieder hielten sie an, wenn sie ein fernes Klirren oder Klopfen hörten; angstvolles Murmeln war zu vernehmen, wenn von oben ein Stöhnen ertönte. Es war ein ständiges Stop-and-go; Menschen stießen gegen Rucksäcke, die Lichtkegel der Taschenlampen schwenkten hektisch umher.

Die kleinen Kinder fingen an zu weinen.

Die Erwachsenen bemühten sich, sie zu besänftigen und abzulenken, doch es war dunkel, es stank, alle waren angespannt, und selbst die Kleinen wussten, dass die Monster real waren und kleine Kinder fraßen. Ihr Weinen und Wimmern hallte von den Wänden wider, was die Panik der Gruppe noch weiter steigerte.

Der Lärm war ein Lockruf, und er wurde gehört. Auf mehreren Ebenen setzten die Toten sich in Bewegung.

Die Spitze der Gruppe erreichte einen Raum, dessen Wand mit *MHG* beschriftet war, und wie ihre Vorläufer hatten sie die Wahl zwischen drei Luken und zwei Treppen. Da sie zum Flugdeck wollten, wählte Margaret die nach oben führende Treppe.

Die Toten wanderten nach unten.

Ein Seemann in einem zerfetzten Krankenkittel stakste mit seinen grauen Beinen die Stufen herunter. Er stöhnte, und die ihm nachfolgenden Toten fielen in sein Stöhnen ein.

»Wir nehmen einen anderen Weg!«, rief Margaret und lud ihr Gewehr durch. Die Schrotpatrone zerfetzte das Gesicht des Seemanns. Er erschlaffte und stürzte die Stufen herunter. Andere Zombies folgten ihm nach.

Maya drückte den Lukenhebel nach links und leuchtete mit der Taschenlampe in einen leeren Gang hinein. Sie trat hindurch und bedeutete den anderen, ihr zu folgen. Margarets Gewehr dröhnte erneut, und jetzt weinten alle Kinder. Die Erwachsenen geleiteten sie rasch zur Luke, während die Männer Margaret an der Treppe unterstützten. Die Kinder hielten sich die Ohren zu und kletterten durch die Luke, ein kleines Mädchen prellte sich an der Schwelle das Schienbein. Eine Mutter nahm das schreiende Kind auf den Arm und folgte der Gruppe.

Big Jerry schaute ihnen zu. *Zu langsam*, dachte er. *Sie sind zu langsam.* Dann bemerkte er, dass der Griff einer anderen Luke nach oben glitt und die Metalltür langsam aufschwang. Eine graue Hand krallte sich um den Lukenrahmen. Der große Mann setzte sein verletztes Bein auf den Boden, warf sich gegen die Luke und drückte sie zu. Vier abgetrennte Finger fielen auf den Boden.

»Geht weiter!«, rief er und drückte den Hebel wieder zu.

Einer nach dem anderen kletterten die Flüchtlinge in den Gang, drückten gegen die vorangehenden Personen und drängten sie zur Eile.

Der Treppenaufgang war von Toten verstopft, und Margaret und die Hippies nutzten die Gelegenheit zum Nachladen. Als der letzte Flüchtling in der Luke verschwand, humpelte Jerry ihm nach, während einer der Hippies den Griff der anderen Türöffnung bewachte. Margaret holte eine Rolle Klebeband aus ihrem Rucksack und fixierte damit den Griff.

»Mein Dad hat immer gesagt, mit diesem Zeug kann man alles reparieren«, knurrte sie mit zusammengebissenen Zähnen. Dann scheuchte sie die Hippies in den Gang, rammte die Luke hinter ihnen zu und fixierte auch diesen Griff.

An der Spitze der Flüchtlingskolonne ging Maya und überprüfte mit vorgehaltener Pistole und Taschenlampe die Türöffnungen, bis sie zu einer Kreuzung gelangte. Sie war sich bewusst, dass Margaret nach einer Treppe Ausschau hielt, und da es hier keine gab, ging Maya weiter. Im trüben Schein der wenigen Neonröhren waren keine Toten zu sehen, jedenfalls nicht in diesem Gang, doch sie ließ trotzdem nicht in ihrer Vorsicht nach. Sie achtete auf jede Tür und jede Öffnung, was ihr dadurch erleichtert wurde, dass sie das Geschrei der nachfolgenden Menschen nicht hören konnte. Sie hörte auch nicht die weinenden Kinder, doch sie spürte, dass die Nachfolgenden die Art Lärm machten, die sich in diesen stählernen Gängen über weite Entfernungen fortpflanzte. Er würde die Toten anlocken. Auch das war ihr bewusst.

Sie richtete die Taschenlampe auf eine Luke am Ende des Gangs, die mit HECKÜBERHANG beschriftet war. Sie stand einen Spalt weit offen, und Maya spähte hindurch. Vor ihr erstreckte sich eine weite, offene Fläche, Tageslicht strömte herein, und sie schnupperte frische Luft. Auch hier wanderten Drifter umher, doch anscheinend nicht besonders viele. Maya wandte sich um und wollte berichten, was sie gesehen hatte, als ihr vor lauter Frust das Blut in die Wangen stieg. Die meisten dieser Leute konnten mit Gebärdensprache nichts anfangen, und selbst wenn sie es gekonnt hätten, wäre ihnen im Dunkeln mit Handzeichen nicht geholfen gewesen.

Maya schwenkte die Taschenlampe und entdeckte Clyde, der schon so lange, wie sie zurückdenken konnte, der Automechaniker der Family war. Mit seiner Winchester und den zwei Revolvern sah er aus wie ein Cowboy aus dem Wilden Westen. Maya zupfte ihn am T-Shirt, zerrte ihn zur Luke, zeigte mit zwei Fingern auf ihre Augen und dann auf die Öffnung.

Clyde blickte nach draußen und nickte.

Maya vollführte eine Redegeste mit der Hand und zeigte auf die Gruppe. Clyde nickte erneut, dann ging er nach hinten und berichtete, was er gesehen hatte. Ein paar Minuten später hatten sich ein Dutzend Bewaffnete an der Luke versammelt. Maya zog sie auf, und sie traten feuernd hindurch.

Der Hecküberhang der *Nimitz* war ein luftiger, drei Ebenen hoher Raum, lag gleichauf mit dem Hangardeck und war durch eine dicke stählerne Feuerschutzwand davon abgetrennt. Heckseits gab es eine große rechteckige Öffnung, die Ausblick bot auf Sonne, Meer und Himmel sowie auf die verwüstete Stadt, das einstige San Francisco. Die Luft war frisch, trotz der anwesenden Toten, und sie konnten die Taschenlampen ausschalten.

In dem Raum gab es mehrere große Gestelle, auf denen Jettriebwerke getestet wurden. Auf zweien ruhten teilweise demontierte Triebwerke der Super Hornet. In der Mitte, vor der Öffnung ins Freie, führten schmale Leitern zu den Laufgängen und Decksluken auf allen drei Ebenen hoch. Auf der Bodenebene standen ein Dutzend Wand- und Decksluken offen.

Im Hecküberhang hielten sich mehr Zombies auf, als Maya durch den Lukenspalt gesehen hatte, und sie reagierten unverzüglich auf die Schüsse. Einige brachen unter der ersten Salve zusammen, die anderen näherten sich aus allen Richtungen. Immer mehr drängten durch die Luken nach, stolperten die Leitern herunter oder stürzten über das Geländer der Laufgänge und richteten sich trotz ihrer gebrochenen Knochen gleich wieder auf. Diejenigen, die nicht mehr laufen konnten, krochen über den Boden.

Maya, Margaret und die Hippies rückten in einer Reihe vor, doch sie hatten keine Kampfausbildung genossen, und schon bald löste sich die Angriffsfront in Einzelaktionen auf. Isolierte Flüchtlinge feuerten auf alles, was sich bewegte, und luden zwischendurch nach.

Ein Dutzend Seeleute gingen zu Boden. Dann schrie ein Hippie auf und wurde von toten Händen umgerissen. Weitere Zombies brachen zusammen, doch durch die offenen Luken kamen immer mehr nach. Als Margaret das sah, lief sie zu Clyde hinüber.

»Such eine Kette oder ein Kabel und versuch, die Luken

abzuriegeln!«, rief Margaret durch den Lärm der Schüsse hindurch.

Der Hippie schüttelte den Kopf. »Das geht nicht! Wir müssen zurück!«

Margaret blickte zu der Luke, durch die sie gekommen waren. Weinende Kinder wurden in den Hecküberhang geleitet, gefolgt von zwei Männern, die Larraines Ehemann schleppten. Auf dem Gang blitzte Mündungsfeuer, und es knallte immer wieder.

»Wir können nicht zurück«, sagte Margaret. »Mach schon, sonst sind wir alle geliefert.«

Big Jerry hörte, wie das Isolierband zerriss, und richtete die Taschenlampe auf die Luke in seinem Rücken. Die Toten hatten es geschafft, den Hebel trotz der Fixierung zu bewegen, und jetzt strömten sie auf den Gang, der mit hilflosen und kranken Menschen verstopft war.

Der Komiker lehnte sich an die Wand, klemmte sich die Taschenlampe unter den Arm und feuerte mit der Schrotflinte, wobei er sich bemühte, so ruhig und präzise vorzugehen, wie Angie West es ihm beigebracht hatte. Viel geübt hatten sie allerdings nicht.

»Schafft sie hier raus!«, brüllte Jerry, an niemand Bestimmten gewandt, dann feuerte er dreimal und schaltete einen Flugtechniker, einen einfachen Seemann und einen Lieutenant Commander aus. Die leeren Patronenhülsen fielen klirrend zu Boden. Die Flüchtenden drängten schreiend nach vorn. Jerry lud nach und versuchte, sich einen Zombiewitz auszudenken.

Wie nennt man eine Zombiekuh? Totes Fleisch.

Mit dem Schrotgewehr enthauptete er einen Navy-Installateur.

*Der war schwach. Den würde ich nicht mal auf der Bühne aus-
probieren.*

Jerry zerteilte eine Frau in zwei Hälften. Ihre Artgenos-
sen trampelten über ihren Oberkörper hinweg, der sich
selbstständig vorwärtszog.

Woher kommen Zombies? Aus Verrotterdammt.

Jerry schnitt eine Grimasse und schaltete einen jungen
Mann im grünen Pullover und einen in Weiß aus. *Der war
noch mieser. Ein Wunder, dass ich überhaupt Auftritte hatte.*

Er warf einen Blick über die Schulter und sah, dass der
Gang sich allmählich leerte. Sein Knie war auf die Größe
einer Warzenmelone angeschwollen und pochte. Immer
mehr Tote drängten nach. Er feuerte, lud durch, feuerte,
lud durch, feuerte. Nicht jeder Schuss war ein Kopftreffer,
und die Toten ließen sich durch Fehlschüsse nicht beein-
drucken. Noch ein paar Schüsse, und sein Magazin wäre
leer. Die Toten würden ihm keine Zeit zum Nachladen
lassen. Wenigstens hatte er den anderen einen Vorsprung
verschafft.

*Wie nennt man einen fetten Kerl, dem die Munition ausgeht?
Ein Festmahl.*

Der Hahn klickte. Während die Toten in seine Richtung hasteten, langte er nach dem Munitionsbeutel, obwohl er wusste, dass er es nicht mehr schaffen würde.

Neben ihm wurden vier Schüsse in rascher Folge abgefeuert.

Maya tauchte zu seiner Rechten auf, die Neun-Millimeter ruckte in ihrer Hand, und ein Hippie legte sich
Jerrys Arm um den Hals und geleitete ihn durch den Tunnel. Zombies brachen zusammen, und lautes Stöhnen
erfüllte den Flur, als Maya ihr Magazin auf die Horde leerte, während sie langsam zurückwich. Ein Drifter, der

ihren Kugeln entgangen war, hoppelte über die Gefallenen hinweg.

Maya riss den Eispickel vom Gürtel und rammte ihn dem Irrläufer in den Kopf.

Sie lud die Pistole nach und zog sich langsam zurück, während die letzten Flüchtlinge und Big Jerry in den Hecküberhang hinauskletterten.

Als Margaret die Flüchtlinge aus der Luke hervorströmen sah – die Kranken, eine Schwangere, Menschen, die zu verängstigt waren, um eine Waffe zu halten, und jede Menge Kinder –, sank ihr der Mut, denn die Lage spitzte sich dadurch noch weiter zu. Die Neuankömmlinge verteilten sich und suchten hinter Geräten und Maschinen Deckung, während die Toten sich sogleich auf sie stürzten.

Sie machte Clyde und einen weiteren Mann aus, die Ketten schleppten, und winkte sie zu sich. Wenn es ihnen gelang, die Öffnungen zu verschließen, könnten sie die Toten in dem weitläufigen Raum möglicherweise ausschalten. Unablässig feuernd ließ Margaret sich zusammen mit den Flüchtlingen zurückfallen, lud durch und feuerte, lud nach und feuerte weiter. Aus dem Augenwinkel sah sie, wie Maya ein Rohr durch das Drehrad der Luke schob, durch die sie hereingekommen waren. Jerry lehnte neben ihr an der Wand und lud seine Schrotflinte nach.

Weiter hinten im Raum hallte der Schrei eines Mannes von den Wänden wider.

Rechts von ihr heulte eine Frau auf.

Margaret und die anderen in ihrer Nähe feuerten.

Rechts waren weitere Schreie zu hören. Der Mann der Schwangeren zerschmetterte den Kopf eines Toten.

Plötzlich setzte Stille ein, gefolgt von einem Kreischen, dann rollte eine Sauerstoffflasche mit einem schmalen, blutigen Handabdruck vorbei. Zombies kamen herangaloppiert, und Margaret drückte ab und pustete einen Kopf weg, traf einen Arm, riss einen Bauch auf.

Auf dem Wasser war es sicherer, dachte sie mit Tränen in den Augen.

Clyde taumelte hinter einem Gabelstapler hervor, in der Hand eine Kette, die Kleidung blutig, verfolgt von einem toten Seemann. »Clyde, hier drüben!«, rief Margaret, drehte sich um und schaltete einen blonden Mann in olivfarbenem Overall aus. Eine Hand legte sich ihr auf die Schulter, und als sie sich umwandte, sah sie, dass Clydes Augen grau und trüb waren, sein Hals aufgerissen und zerfetzt. Margarets Schrei brach ab, als er über sie herfiel.

Maya hatte es mitbekommen, hatte es kommen sehen. Hippies brachen zusammen, Larraine wurde schreiend weggezerrt, und ihr Mann fuchtelte unter einem Haufen schnappender und fauchender Wesen kraftlos mit den Armen. Dann ging Margaret zu Boden. Neben einem Triebwerksteststand hielt Sophia ein schreiendes Kind beim Arm, während ein Zombie an den Beinen des Jungen zerrte. Der Mund der Frau war zu einem Schrei geöffnet, den Maya nicht hören konnte.

Sie stürmte los und schoss dem Wesen ins Gesicht. Sophia zog den Jungen an ihre Brust. Maya schaute sich verzweifelt um und entdeckte in etwa sieben Metern Entfernung eine offene Luke, aus der keine Zombies hervorkamen. Sie lief zu Jerry, klopfte ihm auf die Schulter, zeigte auf die Luke und wedelte mit der Hand. Der große Mann nickte und brüllte, alle sollten zu der Öffnung kommen.

Maya schoss auf die umstehenden Toten und dachte, dass niemand Jerrys Aufforderung nachkommen würde; sie würden zusammengedrängt an Ort und Stelle verharren, erstarrt und unfähig, einen Entschluss zu fassen, bis sie zerfetzt wurden. Doch sie reagierten, und zwar schnell. Frauen packten Kinder beim Hemdkragen, klemmten sich die Jüngsten unter den Arm und liefen zur Luke. Das schwangere Paar wurde wiedervereint, und Big Jerry humpelte, so schnell er konnte.

Als Mayas Pistole klickte, nahm sie wieder den Eispickel in die Hand, holte aus, schleuderte einen zuckenden Toten beiseite, holte abermals aus. Als Big Jerry sein geschwollenes Knie über die Schwelle bugsierte, wandte Maya sich um und sprintete los.

Sie hätte es beinahe geschafft.

40

Der Cadillac war schwer, aus stabilem Detroit-Stahl gebaut. Doch er war kein Panzer und löste sich in Einzelteile auf. Von außen war er kaum mehr wiederzuerkennen. Sämtliche Glasteile waren geborsten, die Chromverzierungen standen ab wie Haare; er war nicht mehr weiß, sondern rot mit grünen und gelben Flecken, und die Karosserie sah aus wie eine gehämmerte mexikanische Kupferplatte. Er fuhr auf einer Felge, die Spur war verzogen, und der Motor klopfte.

Vlad ließ sich davon nicht beirren und bretterte weiter, kurbelte am Lenker, suchte nach Lücken zwischen den herantaumelnden Toten. Sie prallten von der vorderen Stoßstange ab – die hintere war längst abgefallen – und wurden überrollt, während sie mit gebrochenen Händen nach dem heißen Auspuffrohr und den sich drehenden Rädern griffen. Ben hatte sich zitternd an Vlads Brust zusammengekrümmt. Der Pilot biss die Zähne so fest zusammen, dass ihm die Kiefer wehtaten.

Sie hatten es vom Pier geschafft, waren über die Zufahrt und die Straßen gefahren, die an leeren Hangars und Gebäuden entlangführten.

Vladimir und Ben hatten das Flugfeld erreicht.

Vlad drückte das Gaspedal durch und schoss über die Betonfläche; er betätigte die kläglich blökende Hupe, schwenkte den linken Arm durchs geborstene Seitenfenster und brüllte auf Russisch. Die Toten wurden aufmerksam. Sie folgten ihm.

Er hielt sich vom Helikopter fern, denn er wollte sie nicht in dessen Nähe haben. Stattdessen fuhr er zur anderen Seite des Flugfelds und hielt dann an. Aus Angst, der Motor könnte sich für die schlechte Behandlung dadurch revanchieren, dass er nach dem Abschalten nicht wieder ansprang, ließ er ihn laufen. Er wartete, steckte sich eine Zigarette an und pustete den Rauch aus dem Fenster.

»Die sind ungesund«, sagte Ben, schaute zu ihm hoch und wedelte mit der Hand. »Und sie stinken.«

Vladimir nickte ernst und schnippte die Kippe weg. »Das ist eine schlechte Angewohnheit. Hilfst du mir, sie loszuwerden?«

»Ja«, sagte Ben und kletterte auf seine Knie. »Fahren wir jetzt nach Hause?«

Der Russe drückte ihn an sich. »Bald, mein Kleiner, bald«, sagte er. Er beobachtete die Toten durch die zersplitterte Windschutzscheibe hindurch. Tausende strömte über den rissigen, unkrautüberwucherten Beton. Alle Größen und jeder Körperumfang in unterschiedlichen Stadien der Verwesung waren vertreten. Der Motor übertönte ihr Stöhnen, doch er konnte es sich dazudenken.

Er ließ sie näher kommen.

»Fahre ich mit Mommy und Daddy mit?«, fragte Ben.

Vlad legte dem Jungen seine Pranke um den Kopf und drückte ihn an sich. »Wenn du sie begleitest, komme ich mit.«

Der Russe wartete etwa zwanzig Minuten, und als die ersten Wellen der kalifornischen Toten sich dem Cadillac näherten, gab er Gas. Diesmal fuhr er nach links, weg von den Zombies, und zielte mit der Lücke, an der sich einmal die Motorhaubenverzierung befunden hatte, auf den fernen Black Hawk. Er trat das Gaspedal bis zum Anschlag durch, und die Zombies, welche langsam die Köpfe wandten, flogen nur so vorbei.

Ein Sikorsky UH-60A war kein Auto, und man konnte nicht so einfach hineinspringen, den Zündschlüssel umdrehen und starten. Den meisten Menschen war dies nicht bewusst, doch ein Helikopterpilot hatte es stets im Sinn. Der Startvorgang brauchte Zeit, und Vladimir schwirrte der Kopf von Berechnungen, als er zu der Maschine raste. Die Resultate, die sich immer wieder bestätigten, gefielen ihm nicht.

Der Cadillac hustete, dann ertönte ein durchdringendes, metallisches PING, und das Fahrzeug ruckte. Öliger schwarzer Rauch quoll unter der Motorhaube hervor und schlug sich auf der Windschutzscheibe nieder, sodass Vladimir gezwungen war, den Kopf aus dem Seitenfenster zu strecken, damit er weiter nach vorn sehen konnte. Trotzdem nahm er das Gas nicht weg, der Motor war ihm inzwischen egal. Jede Sekunde zählte.

Die Toten taumelten ihnen unermüdlich hinterher.

Noch hundert Meter … fünfundsiebzig … fünfzig. Das Motorklopfen ging in ein Hämmern über, von dem die ganze Karosserie erbebte. Sie waren noch fünfundzwanzig Meter vom Helikopter entfernt, als mit einem lauten Knall ein Kolben wie ein Geschoss die zusammengeknautschte Motorhaube durchschlug. Die Stromversorgung fiel aus, das Lenkrad blockierte, und der Wagen wurde schnell langsamer.

Als sie den Hubschrauber fast erreicht hatten, betätigte Vlad mit dem Fuß die Notbremse, und der Cadillac kam ruckelnd zum Stehen. Er würde sich nie mehr aus eigener Kraft bewegen. Der Pilot klemmte sich Ben unter den Arm, lief zu seinem Vogel und gurtete den Jungen auf dem Sitz des Kopiloten fest. Als er sich an der linken Seite festschnallte, schaute er nicht einmal aus dem Fenster. Er wusste auch so, was sich draußen tat.

Vlad schaltete die Treibstoffversorgung ein, dann drückte er gleichzeitig den Starter und den Timer, den Blick auf das N1 gerichtet, das Anzeigeinstrument der Vergaserturbine. Der Black Hawk war kalt, die Batteriekapazität begrenzt. Er würde höchstens zwei Startvorgänge durchführen können, anschließend wäre der Vogel auf eine externe Stromversorgung angewiesen, und eine Bodencrew stand nun einmal nicht zur Verfügung.

Der Russe behielt die Anzeige im Auge, ohne nach draußen zu sehen. Es würde sowieso nichts ändern; entweder es klappte, oder es ging schief. Dann warf er trotzdem einen Blick durch das Fenster, und ihm wurde klar, dass ihm für einen zweiten Versuch keine Zeit bleiben würde.

Die Toten, die er mit Maxies Cadillac fortgelockt hatte, näherten sich wieder, wenngleich die meisten noch ein ganzes Stück entfernt waren. Sie waren nicht das Hauptproblem, das sah er auf den ersten Blick. Die Toten rückten nicht als Gruppe vor; sie waren über das ganze Landefeld verteilt, in unterschiedlichen Entfernungen zum Helikopter, und einige waren so weit weg gewesen, dass sie sich nicht hatten weglocken lassen. Jetzt näherten sie sich ihrer potenziellen Mahlzeit, die gerade an Bord gegangen war. Außerdem kamen Hunderte von Driftern zwischen den Hangars hervor. Auch sie waren näher als die, welche er fortgelockt hatte.

»Das war kein guter Plan«, brummte er.

Ein Kaltstart der Turbine dauerte etwa fünfunddreißig Sekunden. Wenn das N1 fünfundzwanzig Prozent Leistung anzeigte, sollten die Rotorblätter anfangen, sich zu drehen. Der Timer zählte die Sekunden. Vlad war mit den letzten Treibstofftropfen nach Alameda geflogen. Er fragte sich, ob noch genug übrig war, um die Turbinen zu starten, geschweige denn, um seinen Plan durchzuführen.

Zwanzig Sekunden. Fünfundzwanzig.

Die Toten waren inzwischen so nah, dass er ihre entstellten Gesichter erkennen konnte.

Die Turbinen begannen zu heulen, dann wurde es schmerzhaft laut. Wenn kein Treibstoff mehr da war, hatte das nichts zu bedeuten. Er nahm einen Ohrenschützer von der Rückenlehne des Kopilotensitzes ab und setzte ihn Ben auf. Der Junge war zu klein, um aus den Fenstern zu sehen, und patschte lachend auf die viel zu großen Ohrenschützer.

Die Rotoren begannen, sich zu drehen.

Vlad nahm den Finger vom Startknopf und sah, dass das N1 die 30-Prozent-Marke überschritten hatte. Er behielt die Temperatur im Auge, während beide Turbinen auf Touren kamen und den Antrieb und das Schmieröl erwärmten. Es würde noch eine volle Minute dauern, bis er grünes Licht bekäme. Wenn er vorher abzuheben versuchte, käme es zu einer Materialüberlastung mit nachfolgendem Absturz. Der Timer zählte weiter die Sekunden, was wie sich nähernde Schritte klang. Er achtete darauf, die Umdrehungszahl nur langsam zu erhöhen, denn wenn die Turbinen überhitzten, wäre alles aus.

Wenngleich der Heckrotor ordentlich brummte, drehten sich die 18 Meter durchmessenden Rotorblätter nur schwerfällig. In Anbetracht des Lärms, den sie machten, bewegten sie sich nicht schnell genug.

Das N1 zeigte siebzig Prozent an. Vladimir startete den Generator, betätigte mehrere Überkopfschalter und aktivierte die elektrischen Systeme. Es summte und piepste, rote Lämpchen flackerten.

Auf der Treibstoffanzeige erschien ein flackernder roter Balken.

Etwas prallte gegen den Schwanz des Helikopters. Vladimir biss die Zähne zusammen. Am liebsten hätte er die Pistole gezogen, doch das ging nicht. Jetzt brauchte er beide Hände. Ein weiterer dumpfer Stoß, dann spürte er, wie ein Drifter in den Transportraum kletterte, während die Temperaturanzeige auf Grün umsprang. Er zog Steuerknüppel und Höhensteuer an, inständig auf Auftrieb hoffend. Die Räder des Black Hawk hoben vom Beton ab, die Maschine bewegte sich nach vorn.

Der Zombie trug einen einstmals weißen Küchenkittel, der inzwischen ein fleckiges Braun angenommen hatte. In dem Moment, als der Hubschrauber abhob, versuchte er sich aufzurichten, verlor das Gleichgewicht, kippte aus der Tür des Transportraums, stürzte aufs Landefeld und brach sich beide Beine.

Vlad bekam davon nichts mit, doch als der erwartete Angriff ausblieb, schlussfolgerte er, dass der Zombie verschwunden war. Er brachte den Black Hawk auf sieben Meter Höhe und flog über die Köpfe der umherwimmelnden Toten hinweg, die dicht an dicht das Landefeld bevölkerten. Einige wurden vom Luftschwall der Rotoren umgeweht. Die Nase von Groundhog-7 war nach Westen ausgerichtet, wo der Zaun lag und dahinter das Wasser.

Sie würden ganz bestimmt im Zaun hängen bleiben. Oder sie würden ihn überfliegen und dann in die Bucht stürzen. Doch der Hubschrauber hielt sich in der Luft.

Ben, der noch nie zuvor geflogen war, blickte den Piloten mit großen Kinderaugen an, ohne jede Angst. Er klatschte lachend in die Hände.

Vladimir lachte ebenfalls, doch es klang ein wenig gepresst. Er stieg so hoch auf, wie er sich traute; unter ihm zog das Wasser vorbei. Groundhog-7 hatte jetzt »nasse Füße«, wie die Piloten es nannten, wenn sie das Land hinter sich gelassen hatten und übers Wasser flogen. Vlad stieg noch weiter auf, denn er brauchte eine Höhe von mindestens dreißig Metern, um das Deck des Flugzeugträgers zu überfliegen. Im Kopf überschlug er die Zeit, die er bei der gegenwärtigen Fluggeschwindigkeit bis zum neunhundert Meter entfernten Schiff brauchen würde. Fünfzehn Sekunden.

Der flackernde Treibstoffbalken erlosch.

Die Turbinen reagierten so, wie es in dieser Lage zu erwarten war.

41

Xavier war erst dem Geschrei gefolgt, doch die Blutspur aus kleinen, feuchtroten Punkten auf dem stählernen Decksboden war verlässlicher. Bruder Peter war verletzt. Er trat durch die Luke in den Hangar und machte an der linken Seite eine Bewegung aus. Bruder Peter zerrte gerade die Hälfte eines Toten aus einem Aufzug hervor, dann sprang er hinein, während die roten Türen sich schlossen.

Der Priester rannte los.

Er erreichte den Aufzug, sah das Kartenlesegerät und begriff, welche Bedeutung die Farbe der Tür hatte. Der Prediger hatte einen Zugang zum Magazin entdeckt, und die einzige Möglichkeit, es zu betreten, hatte er mitgenommen. Er blickte die rote Luke an der Seite an. Vermutlich führte sie zu einer Treppe, denn dies war der einzige rote Ausgang. Dann bemerkte er das Sicherungsblech und das Schlüsselloch. Natürlich war der Zugang gesichert, genau wie der Aufzug.

Ein Stöhnen hallte durch den Hangar. Der Priester wandte nicht einmal den Kopf. Er packte den abgetrennten Oberkörper des Waffenoffiziers, dessen Kopf nur noch Matsch war, wälzte ihn auf den Rücken und zerrte am Pullover. Wenn der junge Mann eine Berechtigungskarte besessen hatte … Tatsächlich, an seiner Halskette war ein schwerer Schlüssel befestigt. Er riss ihn ab und stürzte zur Luke.

Sie ließ sich mühelos öffnen. Dahinter lag eine rot beleuchtete Treppe. Xavier eilte nach unten.

Das Magazin war hell erleuchtet, wie Bruder Peter erwartet hatte. Die Eismaschine und die Klobeleuchtung, die Fernseher und die Klimaanlage waren entbehrlich, aber die für die Kriegsführung erforderlichen Systeme mussten einsatzbereit sein. Logisch.

Das Magazin des Flugzeugträgers umfasste mehrere Kammern, die um einen geräumigen Raum herum angeordnet waren. Jede einzelne war mit einer Tür aus dickem Panzerstahl gesichert. Getrocknetes Blut zeigte an, dass auch dieser Bereich dem Grauen, das durch die Flure wanderte, nicht entgangen war, doch es waren keine Zombies zu sehen. Er bemerkte, dass die rote Luke neben dem Aufzug offenstand, und spähte hinein. Eine Treppe. *Die Toten haben diesen Weg genommen.*

Peter zog die Karte durch jedes einzelne Lesegerät und öffnete die motorbetriebene Panzertür jeder einzelnen Kammer. Die Beleuchtung ging an, und er musterte die Regale mit Raketen, Streumunition, smarten lasergelenkten Bomben, »dummen« Bomben, Behältern mit Munition für die Zwanzig-Millimeter-Gatlings, Torpedos und Kanistern mit Düppelmaterial. An Bord dieses schwimmenden Grabes gab es jede Menge Feuerkraft, doch das interessierte ihn nicht. Peter suchte nach der Heiligen Dreifaltigkeit, nach dem schwarzgelben Gefahrensymbol mit den drei Dreiecken, die verkünden würden, dass er am Ziel war.

An der letzten Panzertür an der linken Seite wurde er fündig. Unter dem Strahlungssymbol stand die Warnung, der Zutritt sei nur bestimmten Sicherheitskräften gestattet, und wer sich unbefugt Zutritt verschaffe, müsse sich vor dem Militärgericht verantworten, bla-bla-bla. Er öffnete die Tür und hätte sich nicht gewundert, wenn Trompeten und Engelschöre seinen Lobpreis verkündet hätten. Stattdessen hörte er, wie kühle, trockene Luft entwich, und blickte in einen ziemlich kleinen, von Neonröhren erhellten Raum. An der linken Seite stand ein einzelnes Bombenregal.

»Gelobt sei Gott«, flüsterte er.

Jeweils drei von insgesamt vierzig Sprengköpfen lagerten in einem gepolsterten Gestell. Sie sahen ganz ähnlich aus wie die AGM 88 HARM, die Hochgeschwindigkeits-Antistrahlen-Raketen, mit denen die Super Hornets ausgestattet waren und die das gegnerische Boden-Luft-Radar stören sollten. Jeder Sprengkopf war knapp vier Meter lang, wog 780 Pfund und hatte eine Reichweite von 106 Kilometern. Der raucharme Feststoffantrieb beschleunigte sie auf rund 2300 Stundenkilometer, was der zweifachen Schallgeschwindigkeit entsprach.

Diese Schönheiten waren anders als die HARM. Sie hatten gelbe Nasen, und ihre Sprengkraft bemaß sich nach Kilotonnen.

MARS. So hatte der Ausbilder beim Navy-Seminar sie genannt. Nach dem Kriegsgott benannt, was blasphemisch war, denn es gab keinen anderen als den einen wahren Gott.

Der in diesem Moment auf dem Waffenregal saß. Er war so zerbissen und zerschnitten wie Sherri, trug aber die Uniform des Air-Force-Psychiaters, komplett mit Brille.

»Dann lassen wir's mal krachen, was meinst du?«, sagte Gott.

Bruder Peter nickte und öffnete einen Werkzeugschrank, in dem es alles gab, was er brauchte. Jedenfalls fast alles. Peter schaute sich um und lächelte, als er das Telefon an der Wand neben dem Schrank bemerkte. *Jetzt* war alles komplett. Mit dem Werkzeug aus dem Schrank schraubte Bruder Peter das Telefon auf, befestigte das isolierte Ende einer Kabelrolle an einer bestimmten Stelle und wickelte das Kabel ab. Dann löste er mit einem Akkuschrauber die geschwungene Verkleidung dreier Sprengköpfe.

»Du hast es immer noch drauf«, meinte Gott.

Peter reagierte nicht, sondern konzentrierte sich auf seine Arbeit.

Das hier waren taktische Sprengköpfe mit eingeschränkter Reichweite und niedriger Sprengkraft. Das Wort niedrig war eigentlich lachhaft, wenn man bedachte, dass die Bombe Little Boy, die 1945 auf Hiroshima niedergegangen war, eine Sprengkraft zwischen dreizehn und achtzehn Kilotonnen gehabt hatte, während diese viel kleineren Gerätschaften jedes für sich auf etwa die halbe Sprengkraft kamen. Little Boy war eine simple ballistische Bombe gewesen, doch ein nuklearer Sprengkopf eignete sich für die verschiedensten Transportsysteme: Artilleriegranaten, Cruise Missiles und die großen Interkontinentalraketen. In den 1960ern hatten die Amerikaner Jupiter und Thor als Interkontinentalraketen verwendet, und zu Peters Zeit in Omaha war es die Minuteman III gewesen.

Im Grunde aber handelte es sich um eine Atombombe, und alle Atombomben funktionierten nach dem gleichen Prinzip. Sie enthielten eine überkritische Masse angereichertes Uran. Darin setzte eine Kettenreaktion ein, die sich exponentiell beschleunigte und eine subkritische Ummantelung aus Plutonium 239 mittels chemischer Explosivstoffe komprimierte. Der Vorgang wurde durch eine elektrische Entladung in Gang gesetzt, und die resultierende Implosion war der Stoff, aus dem Albträume gemacht sind: Feuersbrünste, rauchende Städte, Wände mit den Umrissen verdampfter Kinder.

Halleluja.

Die Bundesregierung hatte ihn nicht nur im Umgang mit diesen Dingern ausgebildet, sondern ihn für dieses Privileg auch noch bezahlt. *Ehre sei Gott. Drei sind mehr als ausreichend*, dachte Peter.

»*Drei sind mir genug*«, sagte Gott.

Peter machte sich ans Werk.

Xavier fand schnell heraus, wie es funktionierte. Die Treppe war entweder der Hauptzugang zum Magazin oder der Notausgang für den Fall, dass der Aufzug ausfiel. Jedenfalls führte sie Deck um Deck zur untersten Schiffsebene hinunter. Die roten Decksluken waren verschlossen. Der Schlüssel funktionierte bei allen, was Xavier wunderte. Er hatte erwartet, dass aus Sicherheitsgründen für jede Tür ein anderer Schlüssel nötig wäre. Dann aber wurde ihm bewusst, dass dies zu großen Umstand bedeutet hätte, zumal in der Hitze des Gefechts. Bei Verwendung eines einzigen Schlüssels würde jeder Unbefugte durch die anderen verschlossenen Luken aufgehalten werden, falls jemand versehentlich eine Tür offenließ. Er jedenfalls war dankbar für dieses System.

Der Priester stieg in die Tiefe, ohne gestört zu werden. Dann gelangte er zu einer roten Luke, gegen die von der anderen Seite gehämmert wurde.

Xavier hatte keine Waffe dabei. Er hielt nichts weiter als einen Schlüssel in der Hand, und dies war der einzige Weg nach unten.

Er ging zwei Treppenabsätze nach oben und zog einen Feuerlöscher aus der Wandhalterung, dann stieg er wieder hinunter. Er steckte den Schlüssel ins Schloss, holte tief Luft, hob den Feuerlöscher an und schwenkte die Luke auf.

Ein halbverwestes Gesicht fauchte ihn an, und er zerschmetterte es mit dem roten Stahlbehälter. Das Wesen taumelte ein paar Schritte zurück, ein anderer Toter mit Bürstenhaarschnitt zwängte sich in die Öffnung. Xavier zerschmetterte ihm die Stirn und schlug ein zweites Mal zu, als er zurücktaumelte, worauf der Tote endgültig zu Boden ging.

Der erste Drifter griff wieder an, doch Xavier drückte ihn mit dem Feuerlöscher gegen die Wand. Der Tote verrenkte sich den Hals und versuchte ihn zu beißen. Mit dem Druckbehälter als Hammer und dem Schott als Amboss verwandelte Xavier seinen Kopf in Brei. Als sich eine Hand um sein Fußgelenk legte, wandte er sich um und erblickte den Drifter mit dem Bürstenschnitt, der ihn beißen wollte. Nach einem raschen Hieb gesellte der sich zu seinem Kollegen.

Xavier eilte die Treppe hinunter und gelangte zu einer offenen Luke. Waren die Seeleute im Magazin gewesen und hatten versucht zu entkommen? Waren sie auf der Treppe aufgehalten worden?

Da hier auch noch mehr Zombies sein konnten, lief Father Xavier vorsichtig weiter.

42

Skye befand sich an einem dunklen Ort mit einer tiefen, tönenden Glocke. Jedes *Klong* ging mit einer Schmerzattacke einher, bei der sie das Gefühl hatte, ihr reiße der Kopf entzwei. Die Migräne war zurückgekehrt. Sie war doch nicht immun, und so fühlte es sich an, zu sterben und sich zu verwandeln. Ihr Körper wurde über die Grenze gedrängt. Irgendetwas verschlang sie vermutlich bei der Verwandlung, und wenn sie wiederauferstand, würde sie genauso entstellt sein wie alle anderen.

Dann lichtete sich das Dunkel, die Schwärze wurde zu Dunst und schließlich noch heller. Die Glockenschläge wurden zum Hämmern ihres Herzens, was mit einer gewissen Erleichterung einherging. Zombies hatten keinen Herzschlag.

Da war ein Druck, ein schweres Gewicht lastete auf ihrer Brust. Hatte sie einen Herzanfall? Nein, dafür war sie zu jung und zu gesund. Auch zwischen ihren Beinen war ein Druck, auf den sie sich keinen Reim machen konnte. Das Grau verwandelte sich in einen gelben Nebelvorhang, der sich in der Mitte allmählich teilte. Sie lag auf dem Rücken, ihr pochte der Kopf, und ihr war übel. Ihr Körper rutschte über den Stahlboden, und auf ihr lag etwas Großes, bedeckt mit Gemälden. *Nein*, dachte sie, *das sind Tätowierungen*. Mit einer Hand hielt er sie an der Brust nieder und stieß grunzend in sie hinein. Seine Stöße taten weh.

Sie kannte ihn, auch wenn ihr sein Name nicht einfiel.

Dann erinnerte sie sich.

Und begriff, dass sie vergewaltigt wurde.

»Nicht …«, murmelte Skye mit schwerer Zunge. Ihre Lider flatterten, als sie versuchte, nach ihm zu schlagen.

TC drückte ihren kraftlosen Arm weg und ohrfeigte sie fest, dann schlug er erneut zu und schleuderte ihren Kopf nach links. »Halt's Maul!«, rief er. Mit der anderen Hand drückte er ihr das Stiefelmesser an den Hals. »Du bist bloß 'ne Tussi!«

Die Schläge versetzten Skye zurück in die Dunkelheit, und sie war froh darüber. Vielleicht sollte sie dort bleiben. Doch ehe sie das Bewusstsein verlor, sah sie einen Mann hinter TC stehen, eine Gesichtshälfte und die Seite des Hemdes blutig. Er hielt den großen Schraubenschlüssel in Händen, mit dem TC sie niedergeschlagen hatte.

Der Mann war Carney.

San Quentin hatte Bill »Carney« Carnes vor TCs Schraubenschlüssel gerettet. Der Schlag hatte ihm eine Platzwunde am Schädel zugefügt, ihn am Ohr verletzt und eine Gehirnerschütterung hinterlassen, doch den größten Teil der Wucht hatte er mit seinen kräftigen Schultern und den Rückenmuskeln abgefangen, die verhinderten, dass der Schraubenschlüssel ihm den Schädelknochen zerschmetterte. Die Hanteln und Klimmzugstangen von Q hatten diese Muskeln aufgebaut.

Sein Zellenkumpan hatte schlecht gezielt. Das sollte Carney nicht passieren.

Vielleicht lag es am schmatzenden Geräusch, das ein Stiefel in der Blutlache erzeugte, oder an einem schwachen Luftzug oder dem Sinn eines Raubtiers für Gefahr; jedenfalls reagierte TC eine halbe Sekunde bevor der

Schraubenschlüssel ihn traf, und er warf sich über dem bewusstlosen Mädchen nach vorn. Der Schlag traf seinen muskulösen Rücken. Es schmerzte heftig, er wimmerte auf, als zwei Rippen brachen, doch er fuhr so schnell herum wie eine Klapperschlange. TC richtete sich geduckt auf und warf sich auf seinen ehemaligen Zellengenossen, ehe Carney erneut zuschlagen konnte.

TC schwenkte das Stiefelmesser in weitem Bogen. Es traf Carney am Mundwinkel, schlitzte ihm acht Zentimeter Wange auf und bespritzte die Wand mit Rot. Als Carney mit dem Schraubenschlüssel konterte, sprang TC zurück und verhinderte nur knapp, dass ihm der Brustkorb zerschmettert wurde. Er täuschte mit dem Messer an, doch Carney ergriff seine Messerhand am Gelenk und drückte sie nach unten. TC packte den Schraubenschlüssel und drehte ihn herum. Ihre Gesichter waren zu atavistischen Fratzen verzerrt, knurrende Wesen, bereit zu jeder Grausamkeit.

Sie standen Brust an Brust und rammten beide den Kopf nach vorn. Ein dumpfes Geräusch war zu hören, Blut spritzte, und beide Männer wichen zurück, benommen wie brünstige Böcke. Keiner von beiden lockerte seinen Griff.

Carney sah die Bisswunden an TCs Brust und Armen, doch er registrierte es kaum.

TC stemmte sich gegen seinen Zellenkumpel, drückte den Älteren mit dumpfem Dröhnen gegen eine Wartungsklappe, und dann war Carney an der Reihe und presste TC an die gegenüberliegende Wand.

Es wurden keine Worte und keine Drohungen gewechselt, sie knurrten sich lediglich an und versuchten sich dem Griff des Gegners zu entwinden, schmetterten sich gegenseitig an die Wand und bewegten sich den schmalen Gang entlang, gefangen in einem gewalttätigen Walzer. Dann erreichten sie die herumliegenden Drifter und die Treppe; sie stolperten und stürzten den feuchten, weichen Teppich der Toten hinunter. Sie landeten ineinander verkeilt und sprangen gleich wieder auf. Das Messer und den Schraubenschlüssel hatten sie verloren, doch wahre Killer sind niemals unbewaffnet, und so rangen sie miteinander und krallten nach dem Hals des Gegners, seinem Auge.

TC rammte Carney die Hand unters Kinn, drückte ihm den Kopf zurück und versuchte ihn mit der anderen Hand zu blenden. Carney packte seine Hand und verbog sie mit aller Kraft. TC schrie, dann riss er seine Hand weg. Carney schlug auf ihn ein, TC antwortete mit Hieben, und der Gang hallte wider von ihrem Gebrüll.

Sie umtänzelten einander, würgten sich gegenseitig, wirbelten durch einen dunklen Bereich des Schiffes. TC entspannte die Ellbogen, und auf einmal waren sich die beiden Männer wieder ganz nah. TC brachte einen Kopfstoß an und brach Carney die Nase. Sie stießen mit dem Rücken gegen ein Rohrgeländer und stolperten über die Toten, dann stürzten sie erneut die Stufen hinunter. Jemand stöhnte, Knochen knackten, dann setzte der Sturz sich fort.

43

Chief Liebs führte sie an, eine Gruppe schwer bewaffneter Flüchtlinge und hohläugiger, bärtiger Seeleute, die unentwegt auf die Toten feuerten. Liebs hatte seine Lieblingswaffe dabei, das M14 Kaliber 7,62 Millimeter mit Holzschaft. In seinen Händen war es eine tödliche Waffe, denn die Hochleistungspatronen zerstörten nicht nur das Gehirn, sondern sprengten auch große Teile des Schädels ab. Aus allen Rohren feuernd rückte die Gruppe langsam vor, säuberte Seitenluken und Kreuzungen. Pulverdampf erschwerte die Sicht, und alles, was sich bewegte, starb.

»Da rauf«, befahl der Chief, als sie zu einer Treppe gelangten. »Hoch zum Hangar. Da haben wir freies Schussfeld, das ist effektiver.«

Sie eilten die Metalltreppe hoch. Evan hatte mit seinem Mossberg 500 die Führung übernommen. Als er oben angelangt war, hörte er von links Schüsse.

Und Gebrüll.

Und Kindergeschrei.

Es hörte sich an, als hallte die Aufzeichnung eines Kriegsverbrechens durch den Gang. Calvon und Liebs schlossen zu ihm auf.

»Das sind unsere Leute«, sagte Calvin. »Wohin führt der Gang?«

Chief Liebs hatte das Wort *Hecküberhang* noch nicht einmal ausgesprochen, als Evan auch schon durch den trüb erhellten Gang rannte. Calvin folgte ihm, dann stürmten Stone und Mercy vorbei. Der Chief sammelte seine Leute und schloss sich ihnen an.

Da war die Luke, und Big Jerrys großer Körper verschwand darin, während Maya einem toten Seemann auswich, der hinter einem aufgebockten Triebwerk hervorkam. Sie sprang über einen weiteren Toten hinweg, der ihr im Weg lag, sah, wie er nach ihr griff.

Michael. Ihr zehnjähriger Bruder, der jüngste. Das Herz krampfte sich ihr zusammen, doch dann merkte sie, dass er gar nicht tot war. Mit dem linken Fuß war er unter ein Kabelbündel geraten und gestürzt.

»Maya!«, sagte er lautlos.

Maya wäre beinahe selbst gestürzt. Sie schlitterte übers Deck und drehte sich in dem Moment um, als der tote Seemann sich auf sie warf. Mit einem leisen Aufheulen rammte sie ihm den Eispickel in den Kopf und riss ihn los, als der Mann zusammenbrach. Sie ging in die Hocke und versuchte, den Fuß ihres Bruders zu befreien, von dem sie fürchtete, er könnte gebrochen sein. Sie wollte ihn anschreien, wollte wissen, weshalb er nicht bei den anderen war, wollte vor Freude weinen, weil er noch am Leben war, und aus Angst vor dem, was ihnen bevorstehen mochte. Doch sie brachte keinen Laut heraus.

Als Michael die Arme um den Kopf legte und sich duckte, wirbelte sie auf den Knien herum und holte mit dem Eispickel aus. Eine Frau – kaum mehr als ein abgetrennter Oberkörper – zog sich mit tropfendem Schnappmaul auf Michael zu. Der Eispickel drang bis zum Schaft in ihr Ohr ein.

Michael und Maya versuchten mit vereinten Kräften,

den Fuß zu befreien. Sie nahm eine Schwingung wahr, die ein Schrei sein musste, ließ aber nicht locker.

Der Fuß löste sich.

Der Zombie, der einmal Margaret Chu gewesen war, landete auf Mayas Rücken und schnappte nach ihr.

Maya drehte sich auf die Seite und warf die tote Asiatin ab, obwohl diese die Hände in ihr Haar krallte. Drei weitere Drifter galoppierten aus unterschiedlichen Richtungen heran. Mayas Nackenmuskeln spannten sich an, als sie zu verhindern versuchte, dass Margaret sie an den Haaren an ihren aufgerissenen Mund zerrte, und dann schrie sie tatsächlich, was wie ein gequältes Schnaufen klang.

Einer der heranstürmenden Zombies wurde umgeworfen, der Kopf eines anderen löste sich oberhalb des Kiefers auf. Ein dritter bekam eine Schrotladung ab, die sein Gesicht in einen roten Schwamm verwandelte, und als er zusammenbrach, war Michael bereits auf den Knien, holte mit Mayas Eispickel aus und schmetterte ihn Margaret Chu auf den Kopf. Die grauen Finger, die sich in Mayas Haar verkrallt hatten, erschlafften, und sie konnte sich losreißen.

Big Jerry lehnte neben der Luke an der Wand, lud eine weitere Patrone in den Verschluss und rief etwas, das Maya nicht hörte, aber trotzdem verstand. Sie schnappte sich Michael und den Eispickel und lief zur Luke. Jerry feuerte, drehte sich herum und feuerte erneut, sein normalerweise so rundliches, freundliches Gesicht eine Fratze der Wut, die Augen schmale Schlitze. Von allen Seiten drängten Gestalten heran, zu viele, und dann waren die beiden durch, prallten von einer Wand ab und stolperten in eine Gruppe verängstigter Menschen.

Sie befanden sich in einem kleinen Raum, in dem Ersatzteile und Werkzeug gelagert waren.

Keine Ausgänge.

Jerry stolperte über die Lukenschwelle, ließ das Gewehr fallen, packte den Griff, stemmte sich mit seinem ganzen Gewicht gegen die Luke und drückte sie zu.

Die Hände eines Dutzends Toter legten sich um die Türkante und entrissen sie ihm.

44

In den widerhallenden Gängen wurde Rosa schon bald klar, dass sie Pater Xavier niemals finden würde. Er verfolgte in diesem Labyrinth unbewaffnet und verletzt einen Wahnsinnigen, einen Killer. Es gab zu viele Gänge, zu viele Treppen und Luken. Er konnte überall sein. Jetzt waren sie nur noch zu zweit, und unten zu bleiben wäre gleichbedeutend mit Selbstmord. Vermutlich war das Ende ohnehin unvermeidbar, egal, wohin sie sich wendeten, weshalb Rosa Escobedo beschloss, vor ihrem Tod ein letztes Mal die Sonne zu sehen.

Die Sanitäterin eilte durch einen Gang mit flackernder Beleuchtung, mit angelegtem M4, das Auge an die Zielvorrichtung gedrückt. Sie dachte an all die verletzten und sterbenden Marines, die sie in der Wüste behandelt hatte und die Aufständische gejagt hatten wie sie jetzt die Toten. Als sie eine Gestalt in einer Luke bemerkte, drückte sie ab, ehe ihr bewusst wurde, dass es auch der Priester hätte sein können. Doch es war nur ein verwesender Unteroffizier gewesen, dessen Gehirn jetzt an einer Stahlwand herabtropfte.

Sie brauchte eine Treppe. Schließlich fand sie eine, vier Stufen, die zu einem kleinen Absatz mit einer Luke hochführten. Zusammen mit Tommy zog sie die Luke auf. Sonnenschein und Meeresluft strömten herein, und sie atmeten beide tief durch. Vor der Luke befand sich ein Laufgang, und als sie hinaustraten, blickten sie zu einem Überhang auf, der das Flugdeck sein musste. Eine Metalltreppe führte hinauf.

Rosa und Tommy stiegen nach oben, dann standen sie im frischen Wind auf dem federnden Decksbelag. Rosa blickte zum Decksaufbau, einer von Antennen strotzenden Stahlkonstruktion an der anderen Seite. Überall lagen Drifter herum.

Sie bemerkte eine Bewegung an der Luke des Decksaufbaus. Zwei miteinander ringende Gestalten stolperten aufs Deck. Sie trennten sich; der Größere schwenkte den Arm im weiten Bogen, und der andere brach zusammen.

TC und Carney.

Plötzlich wurde Rosa von einem metallischen Kreischen abgelenkt, und ein dunkler Umriss stieß aus dem Himmel aufs Schiff herab.

Vladimir kämpfte gegen die Physik, gegen die Technik, die Mathematik und die Schwerkraft. Während die beiden Triebwerke den letzten Rest JP5 aus den Leitungen saugten, umklammerte er Steuerknüppel und Höhensteuer so fest, dass er fürchtete, sie könnten zerbrechen. Warntöne schrillten durchs Cockpit, während Vlad sich bemühte, den Helikopter ein paar Sekunden länger in der Luft zu halten.

Der Russe sah die auf ihn zustürzende Wand des Flugzeugträgers aus gekippter Perspektive. Sie würden mit dem Cockpit aufschlagen. Der Black Hawk würde an dem Stahlkoloss zerschmettert werden, das Cockpit sich mitsamt seinen Insassen zusammenfalten. Die Explosion würde ausbleiben – der Treibstoff reichte nicht einmal mehr aus, um ein Lagerfeuer anzuzünden –, doch sie würden trotzdem sterben.

»Ben«, sagte Vladimir, und das Kind schaute zum letzten Mal lächelnd zu ihm auf.

Die beiden Männer lösten sich voneinander und keuchten wie Tiere, die sich unter grauem Himmel gegenseitig belauerten und umkreisten. Sie hatten sich tief geduckt, schwangen die Arme und bleckten die Zähne. Schläge wurden keine ausgeteilt, denn dies war kein Boxkampf. Es war ein Ringkampf, und wer als Erster seinen Griff anbrachte, würde überleben.

TC geriet in Vorteil.

Carney warf sich ihm entgegen, doch er war noch benommen von dem Schlag mit dem Schraubenschlüssel und schätzte den Abstand falsch ein.

TC drehte sich weg und legte Carney den Arm um den Kopf, riss ihn nach unten und drückte sein Gesicht zu Boden. Carney versuchte vergeblich, den muskulösen Arm zu lösen. TC lachte mit blutigen Zähnen, er hatte ein blaues, geschwollenes Auge, und aus seiner Stirnwunde tropfte Blut ins andere Auge. Er zerrte Carney zur offenen Luke. Der Ältere konnte sich nicht wehren, er bekam keine Luft und konnte nicht verhindern, dass er mitgeschleift wurde.

Sie waren schon einmal hier gewesen. An der Wand standen Regale mit Westen und Helmen, dort waren Klemmbretter aufgereiht, und daneben hing ein Werkzeuggürtel aus schwarzem Nylon. TC riss einen Schraubenzieher heraus und zerrte Carney durch die Luke aufs Deck.

Als sie über die Schwelle stiegen, hob Carney den Stiefel an und trat TC seitlich gegen das Knie. TC kippte schreiend zur Seite. Sein Griff lockerte sich so weit, dass Carney den Kopf freibekam. Im nächsten Moment umtanzten sie einander erneut, versuchten sich bei der Hüfte zu packen, warfen sich aufeinander und taumelten übers Flugdeck.

Carney schnaubte Blut und Schleim aus der gebrochenen Nase, TC mitten ins Gesicht. Sein Zellenkumpel brüllte auf, wich einen Schritt zurück und stieß in diesem kurzen Moment, da sie sich voneinander gelöst hatten, mit dem Schraubenzieher zu. Er traf Carney am Bauch, blieb im Fleisch stecken und rutschte TC aus der Hand. Carney taumelte, fiel auf den Rücken und schlug mit dem Kopf auf dem Boden auf. Etwas kreischte im Sonnenschein, ein hoher, metallischer Aufschrei, untermalt von donnerndem Herzschlag, einem dröhnenden Knattern. Alles drehte sich um Carney, als wollte sein Kopf sich lösen und davonfliegen.

TC warf sich auf ihn, das blutverschmierte Gesicht zu einer Fratze grausamer Lust verzerrt. Er riss den Schraubenzieher aus Carneys Bauch. »Das Ende der Welt, Arschloch!« TC packte den Schraubenzieher mit beiden Händen und hob ihn brüllend über den Kopf.

45

Evan hörte, wie das Schießen abebbte und verstummte, worauf das Stöhnen der Toten an seine Stelle trat. Mit polternden Stiefeln lief er durch den Gang und machte an dessen Ende eine teilweise geöffnete Luke aus. Sonnenschein fiel an den Rändern herein. Ein Drifter kletterte gerade über die Schwelle.

Er feuerte im Laufen, das Mossberg ließ den Kopf des Wesens explodieren, und dann schwang Evan die Luke weit auf, sprang über den Toten hinweg in den nach außen hin offenen Hecküberhang. Er schaute sich rasch in dem hohen Raum um, in dessen breiter Öffnung die Sonne stand. Drifter lagen auf dem Boden, überall waren Körpersäfte verspritzt.

Und er sah die Toten, die aus allen Richtungen zu einer offenen Luke an der anderen Seite des Raums strebten.

Er marschierte ihnen entgegen, unablässig feuernd. Kurz darauf wurde er von drei Sturmgewehren unterstützt, von Calvin zu seiner Rechten und Mercy und Stone zu seiner Linken. Dann tauchte Chief Liebs auf, das M14 ruckte in seiner Hand, und neben ihm nahmen seine Männer Aufstellung und pumpten die Toten mit Kugeln voll. Schließlich gesellten sich auch noch Juju und Dakota mit ihren Schrotflinten dazu.

Der Hecküberhang hallte wider von den endlosen Salven. Tote Seeleute brachen zusammen, anderen wandten sich dem Lärm entgegen, nur um niedergemäht zu werden. Die Gruppe rückte mit der tödlichen Ruhe professioneller Krieger vor, wechselte mit geübter Präzision Magazine und setzte Patronen ein, Hippies und Streuner und Jungs in verdreckten Uniformen, allesamt Killer.

Nach wenigen Minuten lagen alle Zombies am Boden; kein einziger hatte es geschafft, auch nur in die Nähe des Exekutionskommandos zu gelangen.

Evan bemerkte die blutige Sauerstoffflasche am Boden, und auf einmal gab es keinen Zweifel mehr. *Warum? Weshalb sind sie hergekommen?* Er lief zur Luke, durch die die Toten geklettert waren, und sah einen Toten, der über der Schwelle lag. *Weshalb seid ihr nicht an Land geblieben?*, dachte er mit Tränen in den Augen. An seiner Seite gab Calvin einen gedehnten Klagelaut von sich.

Sie erreichten die Luke gleichzeitig, und Evan kletterte hindurch. Der bittere Kupfergeschmack von Blut lag in der Luft und mischte sich mit den widerlichen Ausdünstungen der Zombies. Hier hatte ein Gemetzel stattgefunden, und als sein Blick zur anderen Seite des Raumes wanderte, schluchzte er auf.

Da stand Maya, breitbeinig und schwer atmend. Das feuchte Haar hing ihr ins Gesicht, sie war in Blut gebadet. In der einen Hand hielt sie einen glänzenden Eispickel. Vor ihr lagen tote Seeleute, Köpfe und Gesichter durchbohrt, reglos und mit leerem Blick. Hinter ihr drängten sich Erwachsene, die weinende Kinder an sich drückten. Da war auch das schwangere Paar, und Big Jerry lag am Boden, auf einen Ellbogen gestützt, in der Hand eine leer geschossene qualmende Schrotflinte.

Als Maya ihren harten, unerbittlichen Blick auf Evan

richtete, wurde ihr Gesichtsausdruck unvermittelt weich. Mit blutiger Hand machte sie das Gebärdenzeichen für »Du hast mir gefehlt«.

Lachend und schluchzend lief Evan zu ihr.

46

Es war der Wind, der wundervolle steife Wind, der übers Flugdeck wehte, der Freund eines jeden Marinefliegers. Er bedeutete Auftrieb.

Unmittelbar bevor der abstürzende Black Hawk gegen die Seite der *Nimitz* krachte, erfasste der Wind den Vogel und verschaffte ihm eben diesen Auftrieb – gerade genug. Im Abstand von nur fünfzehn Zentimetern passierten die Hubschrauberräder den Rand des Schiffes und knallten am Bugende aufs gummierte Deck.

Vladimir und Ben wurden heftig durchgeschüttelt, dann verstellte der Pilot die Rotorblätter, verlangsamte die rollende Maschine mit Hilfe des gleichen Winds, der sie gerettet hatte, und brachte sie zum Stehen. Rasch schaltete er die Systeme ab, während die Turbinen mit einem gedehnten Wimmern ausliefen. Die Rotoren wurden ebenfalls langsamer.

Der Russe schaute lange aus der Windschutzscheibe, während sein Herz dröhnte wie die Hufe eines galoppierenden Pferdes. Dann atmete er aus. Er blickte seinen kleinen Kopiloten an, der noch die Ohrenschützer aufhatte.

Vlad streckte seine zitternde Hand aus.

Ben klatschte ihn lachend ab.

Rosa hatte das Geschehen vom Decksaufbau aus mitverfolgt. »Nicht!«, rief sie und lief mit Tommy auf die beiden Männer zu. Sie wussten beide, dass sie zu spät kommen würden.

Als TC sich aufrichtete, um zuzuschlagen, sah sie den Zombie aus der Luke des Aufbaus kommen. Die Frau war halbnackt, ihr letzter Rest Kleidung zerfetzt und blutig. Sie eilte torkelnd auf die beiden Männer zu und riss die Arme hoch.

Blut lief Carney aus den Mundwinkeln. TC presste ihm die Luft aus der Lunge. Er blickte zu dem Mann auf, der einmal sein Freund gewesen war und nun im Begriff stand, ihm einen Schraubenzieher ins Herz zu rammen und ihn in die ewige Finsternis zu befördern.

Er hörte den Schuss in dem Moment, als die Kugel ein Loch aus TCs Kopf stanzte.

Der große Ex-Häftling kippte zur Seite und blieb reglos auf dem Boden liegen. Skye Dennison, die wegen des Kopfschlags noch immer taumelte und deren zerfetzte Kleidung im Wind flatterte, senkte die Pistole, als sie die beiden Männer erreicht hatte.

»Und das ist für *dich*«, sagte sie und pumpte noch drei Kugeln in TCs Körper.

Sie fiel auf die Knie, dann kippte sie vornüber auf Carneys Brust. Sie schloss die Augen und seufzte, den Herzschlag des Mannes im Ohr.

Carney spuckte Blut und krächzte: »Skye …?«

Sie tastete nach seiner Hand, drückte sie und flüsterte: »Es gibt Leute, die müssen eben gerettet werden.«

Carney wurde ohnmächtig.

Als sich Rosa mit polternden Schritten näherte, zeigte Skye zum Decksaufbau. »Angie«, sagte sie, dann wurde auch sie ohnmächtig.

47

Father Xavier musste an Textstellen aus der Bibel und anderen Schriften denken, die den Abstieg in die Hölle schilderten. Jetzt befand er sich in der Hölle, in einem Treppenabgang, der von der Gefechtsbeleuchtung in ein rötliches Licht getaucht wurde. Die Luft war abgestanden, und der Verwesungsgestank verschlug ihm den Atem. Je tiefer er kam, desto wärmer wurde es. Er schwitzte, und die Hand, mit der er den blutverschmierten Feuerlöscher hielt, war glitschig von Schweiß. Er rechnete damit, dass ihm jeden Moment Untote den Weg versperren würden, Lakaien des Teufels, die verhindern wollten, dass er Bruder Peter aufspürte.

War der Mann wirklich böse oder nur psychotisch? Wohnte der Teufel in ihm, wie man es Xavier gelehrt hatte, oder war er einfach nur ein gewalttätiger, verwirrter Mensch, gefangen in Wahnvorstellungen? Und würde er Argumenten zugänglich sein, wenn Xavier ihn fand? Was sollte er tun, wenn dem nicht so war? Er hatte vor Kurzem seinen Glauben an Gott wiedergefunden, hatte Ihn angefleht, wieder in seinem Herzen zu wohnen. Würde er Bruder Peter töten und dadurch der Verdammnis anheimfallen?

Vorausgesetzt, es war noch nicht zu spät. Anstatt einem seelenlosen, taumelnden Toten zum Opfer zu fallen, könnte er auch von einem gleißenden Blitz in Asche verwandelt werden, wenn der Prediger im Namen Gottes die Bombe zündete.

Xavier hatte den Fuß der Treppe erreicht und befand sich nun im Hauptgang des Magazins. Hier gab es keine Lakaien und keine Zombies. Er würde sich dem Teufel persönlich stellen müssen.

Die Panzertüren der Magazine standen offen, Licht fiel auf den Gang. Xavier schlich sich auf den Fußballen an und atmete durch den Mund, damit Bruder Peter ihn nicht hörte. Er schaute in die Räume hinein und sah die Werkzeuge, mit denen Menschen sich gegenseitig vernichteten, lautlose Todesboten, die auf ihren Einsatz warteten.

Wie passend, dass er dem Teufel an einem solchen Ort entgegentrat.

Gib mir Kraft, Herr. Leuchte mir in der Dunkelheit.

Xavier musste nicht lange suchen, denn in einem Raum am Ende des Flurs unterhielt sich jemand.

Er schlich näher.

»*Wenn du in den Himmel kommst, gibt es eine Sause*«, sagte Gott. Der Herr hatte die Gestalt einer wunderschönen Rothaarigen mit schweren Brüsten angenommen, die ein Stück weiter splitternackt im Reitsitz auf einer MARS-Rakete saß. Sie ähnelte der Geliebten, die Peter sich in Chicago gehalten hatte.

»*Oder eine Orgie*«, meinte die Frau, nahm auf der Rakete eine erotische Pose ein und streichelte das Stahlgehäuse.

»Du sollst nicht so reden«, sagte Bruder Peter. »Das ist … nicht recht. Das passt nicht zu dir.«

»*Du bist einfach nur schüchtern*«, sagte die Frau, verwandelte sich in Angie West und streifte mit den Nippeln über die kalte Rakete. »*Ich weiß, dass dir das gefällt.*«

An Händen und Füßen hatte sie blutende Male.

»Hör auf, mich abzulenken«, rief Peter und zeigte mit der Drahtzange auf die Gestalt. »Ich muss mich fokussieren.«

»*Poussieren? Mit mir? Habe ich richtig gehört?*«, säuselte Angie.

Bruder Peter hielt sich die Ohren zu. »Hör auf, hör auf, hör auf!«

Gott verwandelte sich in Rauch und schwebte zur Decke, während Peter weiterarbeitete. Die ersten beiden Raketen waren mit dieser verkabelt. Sie waren scharf und warteten auf die Zündung. Er beendete die Arbeiten am dritten Atomsprengkopf und trat von der offenen Wartungsklappe zurück. Peter betrachtete lächelnd sein Werk. Bunte Kabel spannten sich zwischen den drei Raketen und waren über ein rotes Kabel mit dem Telefon an der gegenüberliegenden Wand verbunden.

»*Sehe ich da Stolz in deinen Augen?*« Peters Erlöser hatte wieder die Gestalt des Air-Force-Psychiaters angenommen und musterte ihn aus ein paar Schritten Abstand, die Arme vor der Brust verschränkt. »*Oder was?*«

Bruder Peter ließ den Kopf hängen. Es war fast geschafft, und anschließend würde er auf ewig Frieden haben. »Das habe ich für dich getan, Herr. Dein Wille geschehe.«

Der Psychiater schüttelte den Kopf und polierte Seine Brille. »*Was bist du doch für ein Schwachkopf.*«

Peter ließ die Drahtzange fallen. »Wieso tust du das? Weshalb machst du mich runter?«

»*Ach, ich mache dich runter?*« Der Psychiater zeigte auf den Prediger. »*Fick dich selbst. Ich ertrage dich nicht mehr.*«

»Hör auf!«, schrie Peter. »Du liebst mich! Ich bin dein auserwählter Jünger, du darfst nicht so mit mir reden!«

Gott musterte ihn schweigend.

Bruder Peter brach in Tränen aus. »Ich habe dir immer nur gedient. Aber du bist grausam. Weshalb willst du mich nicht lieben?«

Gott begann zu verblassen. *Du bist ein Idiot*, sagte Er, und dann verschwand Er.

»Aber du wirst geliebt, Peter«, sagte Father Xavier, der im offenen Zugang des Magazins stand. Er stellte den Feuerlöscher ab und streckte die leeren Hände vor. »Du wirst geliebt«, wiederholte er und ging langsam in den Raum hinein. Er sah die Raketen, sah die Kabel und die Stelle, an der sie endeten.

Als Bruder Peter zum Telefon stürzte, rannte Xavier los. Der Prediger erreichte das Telefon als Erster und legte die Hand auf den Hörer.

»Nein, nein, nein, nein!«, sagte Peter und zeigte auf den Priester.

Xavier kam in drei Metern Abstand schlitternd zum Stehen. »Tun Sie das nicht, Peter«, sagte er. »Tun Sie nicht noch mehr Menschen weh.«

»Das sind keine Menschen, sondern Sünder«, zischte Peter.

»Wir sind alle Sünder«, entgegnete der Priester. »Hat man Sie das nicht gelehrt?«

Der Prediger grinste höhnisch. »*Sie* sind Sünder, denn sie beten zu Götzen und angeblichen Heiligen, katzbuckeln vor ihrem römischen Gebieter.« Er stach mit dem Zeigefinger in die Luft. »Sie sind Sünder, jawohl!«

Xavier Church war kein Experte für Atomwaffen, doch er wusste, dass die Detonation mit einem Stromstoß ausgelöst wurde. Wenn der Fernsehprediger seine Sache korrekt durchgezogen hatte, würde der Stromkreis geschlossen werden, sobald er den Hörer abnahm. Der Impuls würde im Handumdrehen durch das Kabel wandern, und dann würde es glühend heiß werden, gefolgt von einem gewaltigen Nichts.

»Das ist nicht Gottes Werk, Peter«, sagte Xavier und trat vor, die leeren Hände vorgestreckt. »Zorn steht Ihm zu, aber nicht Ihnen.«

Peter bleckte die Zähne. »Ich führe Seinen Willen aus. Ich bin Sein Werkzeug.«

Xavier schüttelte bedächtig den Kopf und rückte ein Stück weiter vor. »Sie sind ein sehr gläubiger Mensch«, sagte der Priester. »Das sehe ich. Und manchmal kommt ein Mensch, auch ein *guter* Mensch, vom rechten Weg ab.«

Peter brach erneut in Tränen aus. »Stehen bleiben! Ich bin nicht vom Weg abgekommen. Ich führe Gottes Willen aus. Fragen Sie Ihn.« Er zeigte in den Raum, ohne den Priester aus den Augen zu lassen, die Hand noch immer auf dem Telefonhörer.

»Wir sind allein«, sagte der Priester sanft und tat einen weiteren Schritt und dann noch einen. »Nur Sie … und ich …«

»Lügner!«, fauchte Peter. »Siehe den Herrn, unseren Gott!«

Als Peter Dunleavy zu der Stelle blickte, an der Gott angeblich stehen sollte, griff Xavier Church an. Peter wandte im letzten Moment den Kopf, doch was er sagen wollte, würde Xavier nie erfahren.

»Verzeih mir.«

Xaviers rechte Faust schoss mit der Schnelligkeit und der Wucht eines Profiboxers vor und traf das Kinn des Predigers. Es knackte vernehmlich, als Peters Hals brach. Er war auf der Stelle tot.

Als er zusammensackte, sprang Xavier vor, packte den Telefonhörer und drückte ihn fest herunter, als Peter Dunleavys Hand davon abglitt.

»Verzeih mir.«

Diesmal wusste Xavier, dass er gesprochen hatte.

Epilog

Anfang Januar. Seit dem Ausbruch der Seuche waren fünf Monate verstrichen. In der *Nimitz* war es kühl, und an Deck war es noch kälter, denn es nieselte häufig, und von der Bucht her wehte ein kräftiger Wind. Meistens war es bewölkt, doch das hier war Kalifornien, wo die Temperatur selten unter fünf Grad sank. Alle trugen leichte gefütterte Jacken, ausnahmslos marineblau.

Freizeit gab es nur wenig, denn jeder hatte eine Aufgabe, manche sogar mehrere, und jede Einzelne war wichtig. Alle waren bewaffnet, und niemand bewegte sich allein durchs Schiff.

In den Monaten nach Betreten des Schiffs übte Chief Liebs zahlreiche Funktionen aus. Seine wichtigste Aufgabe bestand darin, die Jagdgruppen zu organisieren und zu führen. Im Januar hatte Liebs fast viertausend Hundemarken gesammelt und mit der Namensliste abgeglichen. Seiner Schätzung nach waren noch annähernd eintausend Drifter an Bord. Viele waren vermutlich in abgeriegelten Bereichen eingesperrt – wo sie auch bleiben würden –, doch es gab auch noch viele andere Orte, wo man mit Zombies rechnen musste.

Die Jagdgruppen zogen täglich los. Andere Gruppen

in Schutzanzügen legten die Toten im Beisein Bewaffneter in Leichensäcke und warfen sie über Bord. Mit Feuerwehrschläuchen wurden Räume und Gänge gereinigt. Vier Menschen starben bei den Aufräumarbeiten, darunter Juju, der eine Luke öffnete, ohne vorher gelauscht zu haben, und dem der Hals von einer Frau mit OP-Handschuhen aufgerissen wurde.

Vlad war glücklich mit seiner neuen Familie. Sophia, die den Unterricht für die Kinder organisierte, wohnte bei ihm, zusammen mit Ben. Der Junge nannte ihn Papa.

Auch Vlad hatte viel zu tun. Nach gründlichen Vorgesprächen wählte er vier Männer und Frauen aus Calvins Family aus und unterwies sie in der Wartung und Betankung des Helikopters. Dabei lernte er selbst eine Menge dazu und baute nach und nach eine Bodencrew auf. Außerdem brachte er Evan bei, die SH-60 Seahawks zu fliegen, kleinere und einfacher zu bedienende Versionen des Black Hawk. An Treibstoff herrschte kein Mangel. Der Russe beharrte darauf, dass es Wahnsinn sei, sich auf einen einzigen erfahrenen Piloten zu verlassen, und obwohl Evan null Ahnung hatte, war Vlad mit den Fortschritten des jungen Mannes doch sehr zufrieden. Evan war aufgeweckt und besaß eine rasche Auffassungsgabe. Er stellte fest, dass die Freiheit des Fliegens noch viel reizvoller war als das Fahren auf der Harley.

Maya wäre ebenfalls gern geflogen, doch da sie aufgrund ihrer Behinderung die Warnsignale im Cockpit nicht hören und auch nicht funken konnte, musste sie am Boden bleiben. Stattdessen schloss sie sich der Bodencrew an und spezialisierte sich auf die Elektronik. Das sollte ihre

Aufgabe sein, solange sie körperlich dazu in der Lage war.

Eines Abends, als die Arbeiten an den sechs Helikoptern des Flugzeugträgers abgeschlossen waren – Maya hatte dabei gefehlt –, fand Evan sie auf der Bettkante ihrer Unterkunft sitzend vor.

»Du warst heute nicht auf der Arbeit«, sagte Evan. »Ist alles in Ordnung?«

Maya nickte, ergriff seine Hände und zog ihn neben sich aufs Bett. »Ich war bei Rosa«, gebärdete sie.

Evan stockte der Atem. Seit er sie blutverschmiert im Werkzeuglager gesehen hatte, hatte er auch Monate nach Beendigung der Kämpfe noch immer Angst, sie könnte sich mit dem Virus infiziert haben. Er wusste, das war irrational, denn die Symptome hätten sich längst zeigen müssen, doch er machte sich trotzdem Sorgen. Maya zu verlieren wäre sein Tod.

Maya kannte seine Ängste. Sie lächelte breit und umarmte ihn. Dann löste sie sich von ihm. »Ich bin schwanger«, gebärdete sie.

Es dauerte einen Moment, bis es bei Evan Klick machte. Sie gebärdeten ständig, und er hatte eine Menge dazugelernt, doch das Wort war ihm fremd. Dann begriff er, was sie meinte.

»Ach, Liebes«, flüsterte er und legte die Hand auf ihren noch flachen Bauch. »Ist es gesund? Ist es ein Junge oder ein Mädchen? Wann ist es so weit?«

Maya lachte. »Es ist noch sehr früh«, gebärdete sie, »aber ich bin gesund, und Rosa hat keine Bedenken.« Sie notierte etwas auf einem Schreibblock, denn sie kannte das entsprechende Zeichen nicht. »Wenn Rosa das Ultraschallgerät in Betrieb genommen hat, erfahren wir mehr.«

Es gab Tränen und weitere Umarmungen. Schließlich legte Evan die Hände um ihr Gesicht. »Ich habe ein bisschen Angst«, sagte er. »Was für ein Leben erwartet ein Kind in dieser Welt?«

Maya nickte. »Ich habe auch Angst. Aber wir befinden uns an einem sicheren Ort, oder nicht?«

Evan nickte lächelnd. »Wünschst du dir ein Mädchen?«

Sie nickte.

»Wenn es so kommt«, sagte Evan, »nennen wir sie Faith.«

Calvin tat sein Bestes, um die Trauer über die Verluste zu überwinden, doch es gelang ihm nicht. Es waren so viele. Er war jetzt stiller als früher, nahm seine Anführerrolle seltener wahr und entwickelte sich allmählich zur Bezugsperson, die darauf achtete, dass jeder sich in seiner Unterkunft wohlfühlte und alle sich ordentlich ernährten und bekamen, was sie brauchten. Er ging zusammen mit Chief Liebs auf die Jagd und schaltete die Toten mit kalter Unerbittlichkeit aus. Mit jeder Tötung und jeder kleinen Annehmlichkeit, die er in die Wege leitete, gestaltete er die Zuflucht, für die so viele gestorben waren, ein wenig sicherer und erträglicher. Das war ganz in Faiths Sinn.

Obwohl ihre Kopfwunde mit siebzehn Stichen genäht werden musste und sie einen Backenzahn verloren hatte, erholte sich Skye schnell von TCs Angriff und wanderte schon bald wieder mit ihrem M4 durch die Flure der *Nimitz*. Chief Liebs gab ihr spezielle Schießtipps. Er erkannte an, dass sie einen guten Lehrer gehabt hatte und ein Naturtalent war. Allerdings machte er ihr auch unverhohlen klar, dass sie noch viel lernen müsse und einige schlechte Angewohnheiten entwickelt habe. Dank seiner Anleitung verwandelte Skye sich nach und nach in eine wahrhaft tödliche Waffe.

Eines Abends im November, als sie am Bug gerade eine Pause von den Zielübungen einlegten und aufs Wasser hinausschauten, erkundigte Liebs sich nach Skyes Ausbildung und fragte sie, wie sie die ersten Tage nach dem Ausbruch der Seuche erlebt habe.

»Hast du dich gefürchtet?«, fragte Liebs.

Skye ließ sich mit der Antwort Zeit. »Ja«, antwortete sie schließlich. »Weniger wegen der Drifter, aber ich hatte ständig Angst, einzuschlafen. Habe ich immer noch, schätze ich. Manchmal sind die Träume schlimmer, als gegen die Drifter vorzugehen.« Sie sah ihn mit ihrem gesunden Auge an – das andere versteckte sie seit einiger Zeit unter einer Augenklappe. »Und wovor fürchten Sie sich?«

Chief Liebs, der Marine-Scharfschütze und Anführer einer Gruppe, die auf Zombies Jagd machte, senkte den Blick und wurde rot. »Vor Riesenrädern. Wenn du das weitererzählst, bist du tot.«

Syke lachte, bis ihr Tränen aus dem Auge liefen.

Als Carneys Nase so gut es ging gerichtet, sein Bauch geklammert und seine aufgeschlitzte Wange genäht war, verbrachte er viel Zeit mit Skye. Anfangs jagten sie einfach nur die Toten. Dann aßen sie zusammen und trainierten im Fitnessraum. Sie fühlten sich wohl miteinander.

Mitte November saßen sie nachts auf einem hoch gelegenen Laufgang, tranken Kaffee und betrachteten den Himmel.

»Letzte Nacht habe ich geträumt, ich würde mit einem Wiffleballschläger gegen Zombies kämpfen«, erzählte Skye.

Carney grinste. »Wie ist es ausgegangen?«

»So, wie man es erwarten würde.« Beide lachten und schauten wieder zu den Sternen hoch. »Sie leuchten jetzt heller«, sagte Skye. »Weil die Städte dunkel sind. Ich habe gar nicht gewusst, dass es so viele sind.«

Carney holte tief Luft. »Skye, ich war im Gefängnis, weil ich zwei Menschen im Schlaf getötet habe. Die eine Person war meine Frau.« Das Schweigen währte lange, doch er war sich nicht sicher, ob sie mehr erfahren wollte oder er soeben alles vermasselt hatte. Er redete weiter, erzählte ihr von dem Doppelmord, der ihn hierher geführt, und von dem Kind, das er verloren hatte. Er hielt nichts zurück, denn zum ersten Mal in seinem Leben wollte er einem anderen Menschen gegenüber ganz und gar aufrichtig sein. Als er geendet hatte, musterte Skye ihn schweigend. Carney verspürte einen Schmerz, den er sich nicht erklären konnte, und ließ die Schultern hängen. So viel zur Aufrichtigkeit.

»Meine Eltern wurden vor meinen Augen getötet«, sagte Skye leise, »und ich habe mitangesehen, wie meine Schwester sich verwandelt hat.« Jetzt sprach Skye unsagbare Dinge aus, und sie setzten ihre Unterhaltung bis zum Morgengrauen fort. Als die Sonne aufging, saßen sie dicht beieinander. Er hatte ihr den Arm um die Schulter gelegt, sie lehnte den Kopf an seine Schulter.

»Ich kann immer noch nicht erklären, weshalb ich dich in Oakland gerettet habe«, sagte er.

Skye mochte seine Wärme und rückte näher. »Darauf kommt es auch nicht an, oder?«

Carney zog ihren Kopf hoch, sodass er ihr ins Auge blicken konnte. »Das bedeutet mir mehr als alles andere in meinem Leben.«

In den folgenden Wochen schilderte Carney ihr sein Leben in San Quentin, und Skye erzählte von den Nationalgardisten, die sie vom Campus gerettet hatten, von ihren einsamen Tagen und Nächten in den darauffolgenden Wochen und von ihrer Angst, allmählich den Verstand zu verlieren.

Sie waren beide inwendig und äußerlich versehrt und würden vielleicht nie mehr vollständig heilen. Was an Heilung möglich war, das besorgten sie gemeinsam.

Eines Dezemberabends suchte Skye Carney in seiner Kabine auf und entkleidete sich wortlos. Sie ließ ihn ihren aschgrauen Körper und ihre Narben betrachten und legte sogar die Augenklappe ab.

Carney wandte den Blick nicht ab. »Ich bin viel älter als du«, sagte er.

Skye legte den Zeigefinger auf seine Lippen und schmiegte sich an ihn.

Sie behielt ihre Kabine, und sie verbrachten nicht jede Nacht miteinander, doch es funktionierte. Sie hatten beide keine großen Erwartungen.

Die vermutlich meistbeschäftigte Person an Bord war Rosa Escobedo, die von allen Doc genannt wurde, denn sie nahm die Rolle eines Arztes ein. Chief Liebs, der einen höheren Rang innehatte als sie, behandelte sie mit dem gleichen Respekt wie einen Offizier. Rosa hatte den Pre-Medicine-Bachelor gemacht und verfügte dank ihrer Arbeit bei der Navy und als Unfallsanitäterin über eine Menge Erfahrung, musste aber noch viel lernen. Das meiste davon war Learning by Doing; sie legte aufgeschlagene Handbücher auf den Tisch und schaute darin nach, während sie kleine medizinische Verrichtungen ausführte oder die Röntgenanlage oder das Ultraschallgerät benutzte. In ihrer knapp bemessenen Freizeit las sie die Fachbücher aus dem Büro des Bordchirurgen. Meistens hatte sie dunkle Augenringe.

Sie machte auch Fehler. Carneys Bauchwunde entzündete sich, und sie musste die Klammern entfernen und erneut anbringen. Zusätzlich gab sie ihm Antibiotika. Das schwangere Paar hatte sein Kind verloren, und sie hatte eine Totgeburt zur Welt gebracht, während die Mutter weinte. Rosa betrachtete das als persönliche Niederlage.

Eines Abends kam Carney zu ihr, in der Hand einen weißen Kittel. Er sah auf ihre OP-Handschuhe nieder. »Nehmen Sie den«, sagte er und legte ihr den Kittel um die Schultern.

»Ich bin keine Ärztin.«

»Damit fördern Sie das Vertrauen Ihrer Patienten«, sagte und wandte sich zum Gehen. »Und übrigens, Sie sind eine.«

Zu Anfang entschuldigte sich Rosa häufig für ihre mangelnden Fertigkeiten und ihr geringes Wissen, für schludrig gesetzte Stiche oder wenn sie jemandem beim Versorgen von Wunden und beim Richten gebrochener Knochen Schmerzen zufügte. Nach einer Weile aber begann sie sich wohlzufühlen im weißen Kittel, ihr Auftreten wurde professioneller, ohne dass sie auf Mitgefühl verzichtete. Sie lernte, notfalls auch streng zu sein, zumal wenn der betreffende Patient eine Nervensäge war.

So wie Angie West.

Es war ein ständiger Kampf, die Frau im Bett zu halten

und sie daran zu hindern, den Erfolg von Rosas amateurhafter Behandlung zu gefährden. Dass sie beide starke, eigensinnige Persönlichkeiten waren, machte es nicht einfacher, und schließlich musste Father Xavier sich auf Docs Seite stellen, damit Angie widerstrebend nachgab und versprach, fortan eine brave Patientin zu sein.

Schon bei ihrer Ausbildung zur Waffenschmiedin und Schützin hatte Angie sich angewöhnt, unter der Jacke eine leichte Schutzweste zu tragen, und diese Angewohnheit hatte sie beibehalten. Die Weste hatte ihr das Leben gerettet. TCs erste Kugel hatte sie unterhalb der linken Brust getroffen, mehrere Rippen gebrochen und einen schweren Bluterguss verursacht, doch die Schutzweste hatte das Eindringen in den Körper verhindert. Die zweite Kugel, die er abgefeuert hatte, als sie schon am Boden lag, war vermutlich auf ihren Hals gezielt gewesen. Sie streifte den Kragen der Weste, drang in die Schulter ein, brach ihr das Schlüsselbein und trat wieder aus, ohne größeren Schaden anzurichten. Sie brauchte anschließend nur genäht zu werden; die Fleischwunde und das Schlüsselbein würden in ein paar Monaten verheilt sein.

»Die Wahrscheinlichkeit, dass die Kugel diesen Weg nahm, lag bei eins zu einer Million«, hatte Rosa zu ihr gesagt. »Lotterieglück.«

Angie musste ihr recht geben, und diese Erkenntnis verhinderte, dass sie *allzu* lästig wurde.

Der Arm war eine andere Sache, denn Speiche und Elle waren beide gebrochen, doch zum Glück waren die Brüche nicht sonderlich kompliziert. Rosa richtete sie so gut wie möglich und entschied sich für eine Gipsschiene mit Schlinge anstatt für einen Gipsverband, damit sie gegebenenfalls noch Anpassungen vornehmen konnte.

Angie war körperlich fit, Nichtraucherin, litt nicht an Diabetes, hatte sich gut ernährt und machte brav die krankengymnastischen Übungen. Sie würde bald wieder gesund sein, und Rosa schätzte, dass die Knochenbrüche in einem halben, spätestens aber in einem Jahr verheilt wären und Angie anschließend wieder voll einsatzfähig sein würde. Das Problem war nur, dass sie zur Übertreibung neigte und aufs Tempo drückte. Angie wollte zusammen mit den anderen auf die Jagd gehen, wollte schießen und sich nützlich machen, musste sich aber ausruhen. Das bereitete ihr nicht nur körperliche Schmerzen.

Father Xavier besuchte sie täglich, sprach mit ihr über ihre Familie, berichtete ihr Neuigkeiten aus dem Schiff und bemühte sich, ihre Schuldgefühle wegen des ungeklärten Verbleibs ihrer Tochter und ihres Mannes zu lindern. Manchmal weinte sie, und dann tröstete er sie.

Angie tat, was man ihr auftrug. Die Bordrechner verknüpften ihr Leben wieder mit dem Ablauf der Zeit und dem Kalender, und Angie schaute zu, wie die Tage verstrichen. Als das neue Jahr anbrach, war sie wiederhergestellt, wenngleich ihr Arm schmerzte, wenn es kalt war, und weniger kräftig war als zuvor. Chief Liebs nahm sich ihrer an und machte sie fit für den Einsatz.

Es hatte unausgesprochene Einigkeit darüber geherrscht, dass Xavier Church das Kommando über die *Nimitz* mitsamt deren Bewohnern übernehmen sollte. Er entzog sich der Verantwortung nicht und übernahm die Rolle des Verwalters, Ratgebers, Vaters, Beschützers. Als man ihm nahelegte, die Admiralsunterkunft zu beziehen, entschied er sich stattdessen für eine einfache Offizierskabine, in der er nur selten anzutreffen war. Er wanderte unablässig durchs Schiff, machte sich über den Fortschritt der zahllosen Projekte kundig, beteiligte sich hin und wieder an der Jagd und hielt engen Kontakt mit den ihm anvertrauten Menschen.

Er humpelte und musste sich häufig ausruhen. Rosa war es gelungen, die Granatsplitter bis auf einen zu entfernen. Der verbliebene Splitter befand sich im Oberschenkel nahe der Hüfte und verursachte ihm Beschwerden. Wegen der zu erwartenden Blutungen traute Rosa sich nicht, ihn herauszuholen, doch sie hoffte, dass er mit der Zeit weiter nach außen wandern würde, wo sie besser an ihn herankäme. Xavier ließ sich dadurch nicht bremsen und verbrachte im Fitnessraum viel Zeit mit den schnellen Punchingbällen und den schweren Sandsäcken.

Xavier hatte keine Ahnung, was Gott von ihm hielt. Wenn er sich durch die Tötung Bruder Peters die ewige Verdammnis zugezogen hatte, dann hatte es eben sein müssen, denn er hatte die Menschen gerettet, die ihm ans Herz gewachsen waren. In diesem Gedanken fand er Trost und begann sogar wieder zu beten. Er hielt eine Messe für die Getöteten ab, und bei der Weihnachtsandacht flehte er im Namen aller Gott um Sicherheit, Gesundheit und Frieden an. Vielleicht hörte ihn Gott ja. Xavier hoffte das jedenfalls.

Angie West war so schwer mit Waffen und Munition beladen, dass Xavier hinter ihr gehen musste. Der Priester hatte ein Mossberg geschultert, und wenngleich dieser Teil des Schiffes gut beleuchtet und für sicher erklärt worden war, hielt er die Augen auf.

»Hast du die Hydras dabei?«, fragte er.

»Habe ich«, antwortete Angie. »Eins für mich, eins für ihn, und zwei als Ersatz.« Chief Liebs hatte sie im Gebrauch der Hydra-Funkgeräte unterwiesen, die in der Lage waren, die vielen Stahlwände an Bord zu durchdringen, und im Freien eine Reichweite von mehreren Kilometern hatten. Alle an Bord trugen jetzt ein solches Gerät bei sich. Am Zielort würde Angie keinen Kontakt mit dem Schiff aufnehmen können, aber wenigstens könnte sie den Piloten erreichen, falls sie getrennt wurden.

»Wenn du willst, komme ich mit«, sagte Xavier. »Ich sollte das wirklich tun.«

Am Fuß der Treppe blieb sie stehen und wandte sich um. »Darüber haben wir geredet. Dein Platz ist hier.« Sie küsste ihn auf die narbige braune Wange, auf der sich die roten Kratzspuren eines Zombies allmählich weiß färbten. »Begleite mich nach draußen.«

Sie traten aufs Flugdeck hinaus, wo Vladimir bereits das Triebwerk des Black Hawk hochfuhr. Xaviers Herz war schwer. Er versuchte, sich mit ihr zu freuen, und betete dafür, dass sie ihre Familie lebend antraf. Auf der Krankenstation hatte Angie ihm von Vladimirs Versprechen erzählt, sie zu ihrer Familie zu bringen. Der Priester vermutete, dass diese Aussicht zu ihrer raschen Genesung beigetragen hatte, und jetzt war es so weit.

Angie trug Leahs blauen Beißring an einer Kette um den Hals.

»Bis nach Chico ist es nicht weit«, sagte sie, als sie in den Wind hinaustraten. »Vielleicht sind wir zurück, noch ehe du uns vermisst hast.«

»Ich vermisse dich jetzt schon«, entgegnete Xavier.

Angie lächelte. »Ich habe Sophia versprochen, auf Vlad aufzupassen.«

»Pass auf dich auf«, sagte Xavier. Er schloss die Frau in seine kräftigen Arme und hielt sie fest. »Ich werde für dich beten, bis du wieder da bist«, flüsterte er ihr ins Ohr. Er schämte sich nicht der Tränen, die der Wind fortwehte.

Der Hubschrauber stand am Bug, und sie gingen beide hinüber. Vladimir hatte zwei neue M240 in den Kabinentüren montiert und den Black Hawk mit zwei zusätzlichen abwerfbaren Treibstofftanks ausgestattet. Skye lud gerade Ausrüstung ein. Sie trug einen schwarzen Kampfanzug und Stiefel, hatte eine Munitionsweste angelegt und war mit einem M4, Pistole und Machete bewaffnet. Ihr Schädel war frisch rasiert.

»Wir haben nicht den ganzen Tag Zeit«, sagte sie und kletterte in die Kabine.

Angie bedachte Xavier mit einem scharfen Blick, worauf der Priester lachte. »Du glaubst doch nicht etwa, ich hätte ihr gesagt, sie solle dich begleiten?«, meinte er.

Angie schüttelte den Kopf und kletterte in die Maschine. Ehe sie sich auf den Sitz des Kopiloten setzte, deutete sie auf Skyes Augenklappe. »Du siehst aus wie eine Piratin.«

»Du mich auch«, entgegnete Skye.

»Können wir?«, fragte Vladimir, als Angie sich anschnallte und den Kopfhörer aufsetzte. Sie nickte, und er sagte: »Gut. Fassen Sie nicht die Instrumente an. Ich will nicht deshalb sterben, weil Sie das mal im Fernsehen gesehen haben und sich jetzt für eine Expertin halten.«

Angie reckte lächelnd den Daumen.

Vladimir wollte gerade abheben, als eine bewaffnete Gestalt mit Rucksack herangetrabt kam. Der Russe wartete, während der Mann mit Xavier sprach und dann in die Kabine kletterte.

Vlad seufzte. »Kann ich jetzt starten? Oder soll ich noch mehr sinnlos Triebstoff verbrennen, während wir warten?«

Angie reckte erneut beide Daumen, dann hob der Black Hawk von der *Nimitz* ab und schwenkte nach Nordwesten.

»Groundhog-Seven ist gestartet«, sagte Vlad in dem gelangweilten Ton ins Mikrofon, der bei Fliegern üblich war. Vom Schiff kam eine Bestätigung.

Skye hatte einen Fuß auf das Plastikgehäuse einer Barrett Kaliber fünfzig gesetzt und musterte den dritten Passagier. »Verlaufen?«, fragte sie.

Carney grinste. »Fehlanzeige. Ich bin genau da, wo ich sein will.«

Father Xavier schaute dem Helikopter nach, bis er verschwunden war, dann wandte er sich um und ging zurück zum Decksaufbau. Ein ferngesteuertes Fernrohr verfolgte von der anderen Seite der Bucht aus seine Bewegungen. Ein Mann mit unfreundlichem Blick und Mord im Sinn schaute auf den Monitor. »Bis bald«, murmelte er.

Es war der 11. Januar.

Bis zum größten Erdbeben waren es noch zwei Tage.

Danksagung

Dieses Buch wäre nicht zustande gekommen ohne die Unterstützung von Charles Liebener, USN, der dazu beigetragen hat, dem Flugzeugträger *Nimitz* Leben einzuhauchen, und der immer nur höflich lächelte, wenn meine Fragen gegen das Geheimhaltungsgebot verstießen. Seine Begeisterung für meine endlosen Befragungen wird nur übertroffen von seiner Leidenschaft für die ganz besondere Arbeit, die er für uns leistet. Für alle Fehler bezüglich der Navy-Tätigkeiten oder der Schiffsmerkmale ist allein der Autor verantwortlich; einige Dinge wurden im Dienste der Geschichte auch bewusst abgeändert.

Des Weiteren danke ich Amanda Ng, Alexis Nixon, Jennifer DeChiara, Dominique und Anna für die herausragende Arbeit, die sie in San Antonio leisten, sowie meiner Familie und meinen Freunden, die Verständnis dafür hatten, dass es viel Zeit und Abschottung gebraucht hat, das Buch zu vollenden.

Schließlich möchte ich allen Lesern, die so lange auf diese Fortsetzung gewartet haben, für ihre Geduld und Unterstützung danken.

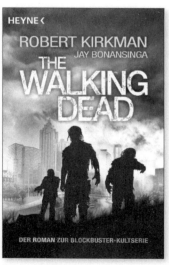

Z. A. Recht

Die Welt gehört den Toten!

»Z. A. Recht schreibt beängstigend gut.
Lassen Sie beim Lesen das Licht an!« *J. L. Bourne*

Leser von Robert Kirkmans *The Walking Dead* und
J. L. Bournes *Tagebuch der Apokalypse* werden begeistert sein

978-3-453-52941-0

Die Jahre der Toten
978-3-453-52941-0

Aufstieg der Toten
978-3-453-53425-4

Fluch der Toten
978-3-453-53449-0

Zombie-Apokalypse bei Heyne

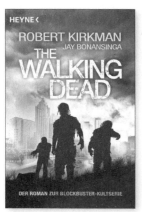

The Walking Dead
978-3-453-52952-6

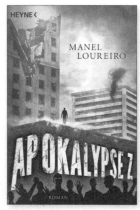

Apokalypse Z
978-3-453-31552-5

Omega Days
978-3-453-31715-4

Unter Toten
978-3-453-31571-6

Leseproben unter **www.heyne.de**